王方晨 著

山东文艺出版社
北京十月文艺出版社

生活啊,你的奥妙!

——题记

引　子

　　大河湾曾是香庄粮仓，土地非常肥沃。
　　古人就不要说了，还说仍被记着的吧。
　　眼下，能记最早的，就只有老勺头了，也免不了驴头安在马嘴上。偏他最爱吼几声颠倒语。看官且清耳：

　　　　颠倒语，你颠倒听，
　　　　拔了萝卜栽上了葱。
　　　　六月天，穿棉袄，
　　　　口袋驮着叫驴跑。

　　　　吹铜锣，你打喇叭，
　　　　门楼子拴到马底下。
　　　　拴着拴着官来到，
　　　　抬着马，骑着轿。

　　　　东西街，你南北走，
　　　　十字街上人咬狗。
　　　　拿起狗来打砖头，
　　　　砖头咬着俺的手……

　　老勺头的户口本上，写着一九三二年七月二十五日出生，算来他已经八十九岁了，但他有时说自己属牛，有时又说属虎。可见真实年龄他自己也说不准。从日常表现上来看，他要比自己的岁数年轻得多，所以，除了自家的人，不分老幼，人人称其为"大叔"。

在老勺头记忆中，大河湾最早生活着三户人家，其一是外乡人。至于这外乡人是初来，还是久居，老勺头就说不出了。听其口音是河南人，近鲁之商丘那一带。看那主人的样子又像西人。

乡下人不知道西人也有大不列颠、法兰西、意大利之别，再说不出更详细的情况来。另据县志记载，民国十七年，有北欧挪威籍牧师汉森，来金乡境内传教，在县城北荡街，建礼拜堂，置教产。其余并无一字。由此来看，那人便是汉森牧师也有可能，而那商丘口音或可证明汉森牧师在中国生活时间非短，以致忘记了故国话也未可知。

大河湾生活着一个黄头发、凹眼窝的异域人，很能刺激周边乡人的神经。老勺头当年作为一个小孩儿，大河湾是他最好耍的宝地，逢到吉祥的日子还会得到一块甜死人的洋糖，大抵总是昨晚做了好梦，被一团羽状白云托到了半空。但这户外乡人消失得很突然。老勺头每天清早醒来，脑子里照例是大河湾美好的景象，他的父亲却走来残酷地告诉他：

外乡人走了。

走去了哪里？父亲不知道，反正是人不见啦。

居所留了下来，土地也留了下来。它们又有了新的主人。

这个就比较确切了。新主人姓赵。

赵家的路子比较寻常，不同之处是在外乡人留下的土地上种满了果树。那个不大不小的果园里，找得到这片大地上的所有果树品种。除了苹果、葡萄、梨子、桃子、李子、杏，还有像是野果子的林檎和沙果，没吃过的会以为这是同一种东西，而前者口感较硬实，后者较脆甜，所以又叫"甜子"。

因为有了这个果园，大河湾比外乡人在的时候还要美好，看的吃的俱全。

天不遂人愿，偏那赵家的主人在四十五岁的年纪上，爱上了赌，好起了色，时不时还要去北荡街抽上两口。

遭人恨的是，他收的最小的一个，才十五岁，是河东张暗楼做铁锅的张老六的独生闺女。

张锅匠为还赌债，就把闺女给了一把年纪的老赵。偏这闺女长得那个俊，桃花不足以喻其红，梨花不足以喻其白，杏花不足以喻其俏。抬来的时候倒也没哭没闹，但比哭了闹了还让人揪心。

他家不败谁家败！

先是小老婆夜半跑了，不知所终。他哪有脸去寻？

张锅匠自然又得了一笔钱才罢。

接着是他的另一个老婆躺到了邻家的床头上。这老婆当时也不过三十岁，是个很结实的高个儿女人，在邻家什么活都干，每天下河洗衣，上厨炊事，里里外外，忙个不住。她在赵家还不这样呢，到了邻家，脱胎换骨。

等赵家的房子土地都归了邻家所有，赵家余下的人也就流落四方。有去济宁州贩皮货的乡人见了赵赌棍，说是他在跟日本人干事。尽管他脸上贴了块狗皮膏药，仍将他认了个准！

这邻家的当家人有名有姓，老勺头历经多年也还叫得出来。是李姓"贵"字辈的，叫了个"仁义礼智信"中的"仁"字。

李贵仁素爱种庄稼，不喜果木，赵家留下的果园就被伐了个精光。

刨出的树根带着黑黝黝的泥土，都晒在河岸上，供他家烧了三冬。

李贵仁从小到大，没吃过一颗果子。跟赵家做邻居，果子采摘了送来，也一概不吃。窝窝头是天下最好的美食，他总吃也吃不够。有比粮食香的吗？没有。顶多就是年节时佐以红通通秦椒酱下饭。

"窝窝头，蘸秦椒，越吃越上膘。"

这话是他倍感知足时，常挂在嘴边儿的。

守着莱河，少不了鱼虾之利。不知他仅是为了做样子，还是真的不思鱼虾之味，他从不沾腥。自然鱼虾都便宜了家人。

从这里看出来了，他就是个地地道道的纯种庄稼汉。他敬土地，惜庄稼。割麦的时候在田里休息，见人坐在麦捆上，他必得赶人起来。

麦子怎么能坐在屁股底下？

新麦下来，第一碗面他要送到土地庙，给土地老爷吃。

大河湾的东南角，有座土地庙。这土地庙极为神奇，预示阴晴雨雪，那是比得过当今天气预报的，可不是金乡台、山东台，那得是国字号的，中央电视台！

一说庙，人会想到飞檐翘角，但大河湾的土地庙非也。它只是一块巨石，半为泥土所掩。离地三寸余，有一天然石坎，可插香烛、摆供品，两侧隐见石棱，仿佛两根宇柱。石上青天为盖。

人们多以为这巨石为河水大泛滥时自丁公山冲来，细说则更有来历。

往古之时，女娲补天，锻炼神石，因工程浩大，免不了刮刮擦擦、磕磕碰碰，便有一石埃逃过了女娲的眼睛，飞落到人间的丁公山，就是半大不小的一座山头。

土地老爷虽为小神一枚，然其农历八月十五得道日，天见异象。那可是电闪雷鸣，大雨倾盆，直下了个天地倒悬！女娲所遗石埃，应时崩落，滚入河中，一路如沸汤浇雪，至大河湾方止。霎时云开雾散，风平雨歇。广阔大地上，但余细流淙淙。

你道是何朝何代啦？说远不远，说近不近，约三千年前大周朝是也。有传石下铭文记载甚详，但挨了石基掘下去，丈深不见其根。

再掘，黑水咕嘟嘟直冒，恐怕大地都给掘漏了。

昔日四极废、九州裂，尚有女娲拯黎民于水火，而后世哪里寻得着第二个女娲来？

皆因土地庙有这神迹，即便二十五里开外也有不拜大庙，而专门来拜这小庙的。李贵仁又是那样视土地为命的人，岂肯怠慢了土地爷？

也是靠了土地爷护佑，大河湾年年五谷丰登。

李家仓库里，大囤满来小囤流。

喜这李贵仁也不是吝啬之徒，村中纳捐纳粮，他倒主动占了大半。日本人有多恶毒，村子竟幸免于难，是当时金乡县境唯一的一个老弱妇孺皆获良民证的村子。不能不说李贵仁跟日本人"维持"有功啦。

客观地讲，人是种子，没了种子，土地有何用？但这并没影响村里人英勇抗日。几年里跑出去了好几个，家里都没事。家里平安不就是对抗日战士最大的支持吗？

这就说到赵家走失的那个俊俏小老婆，最后也抗了日了。

张锅匠去县城卖锅，被日本人抓了夫，不幸死在日本人的屠刀下。他闺女后来当了抗日县长也没回乡看爹。

爹没了。

他闺女当县长的地方远了去，听说是在诸城。有说在高密。再后来，村里人说那个当了共和国女部长的就是她，改了名了。不回来了。

回来干啥？伤心地。

日本人投降的第二年，庄稼长势极好，眼见得又是一个大丰收。

蹊跷，蹊跷，真蹊跷！一夜之间，李贵仁全家老少皆亡。

什么原因？不详。反正一家人个个死挺了。但总得有个原因啊，人家说死于瘟疫。

想想是有道理的。土地庙下面有个大窟窿，能通到哪里去啦？谁说不是黄泉路！近幽冥地府鬼门关之处，疫气瘴毒潜滋，一个土地小神怎么镇压得住？

大河湾土地固然肥沃，怎么看都肥沃得不正常。庄稼秸秆那么粗壮坚挺，叶片那么苍郁墨绿，仿佛长在了死人身上。

有心人记得，大河湾的麦子成熟了，根部的老叶一律变红，像死人血，泛了出来。

想想都瘆得慌。

于是，大河湾就没人去了，任它疯狂荒秽着，远看黑压压的，像一个巨大的怪物低低蜷伏在寂静的地平线上。

荒秽了两年，三年。

到第四年的一天，忽然，那里蜂拥一样出现了无数垦荒者的身影。

与张暗楼的土地之战进行了一个半月。张暗楼村民越河而来，扬言无主的土地，谁垦谁有。这已是人们认识中避之唯恐不及的邪祟之地，但张暗楼破除封建迷信，用伟大的先进的无产阶级思想，战胜了陈旧的落后的封建意识，有决心把共和国任何一寸土地，都建设成为丰收的社会主义粮仓。后相持不下，张暗楼甚至拿出了一张年代不明、发黄糟污、真不真、假不假的地契来，说这块土地本为张暗楼张世民、聂宝春、张显、郭麻子等人所有。甚至还提起锅匠张老六当初将闺女嫁给赵家，共得土地十五亩八分。幸得上级明断，驳回了张暗楼的主张，将他们一股脑儿赶回了河东。

不打不晓得，哪有什么阴司报应，哪有什么神仙阎罗？有的，只是这块土地上的人们自己！

荒秽既除，却有一谜至今不得解。

土地庙不见了。想那巨石深掘一丈尚不见其根，如何移得去？

而连土地庙的位置，人竟也说不出了。指东指西，一团乱麻。

这已是新社会，看官多不陌生。从香庄收回大河湾说起，经历了农业互助组、农业合作化、"大跃进"、"人民公社"，到改革开放时期的家庭联产承包责任制，叫的那些口号，"自力更生""农业学大寨""抓革命，促生产""以粮为纲，纲举目张""兴无灭资""斗私批修""跨黄河，过长江""大干快上""鼓足干劲，力争上游，多快好省地建设社会主义"……都像是昨天的事情。

不可不提，大河湾在"大跃进"时期创造的一桩奇迹：

村中王老七一铁叉下去，刨出的地瓜大得用马车拉！

究竟有多大呢？据说像是从这块土地上凭空消失的那座土地庙。

这可不得了！不管你讲它神灵附体也好，讲它恰长在了肥窝里也好，它是被供奉在了大河湾，被数以千万计的人赶来参观了一个月，又被扎上红绸，运去了济宁地区的各县展览，极尽荣耀之事。

若不是组办人员疏忽，在曲阜孔府大门前空地上展出时，遇着气温骤降而忘了夜间覆以棉被，结果被冻坏，它还将从兖州乘上大火车，呜呜呜呜，一路向北，要送给北京亲人尝一尝哩！

冻坏了就完了，想留种也留不成啦。但它的照片却像不死的灵魂一样留了下来，印刷在了反映金乡县光辉历程的精装书籍里，谁想看都能看到。说实话，如果没有文字说明，那一团黑乎乎的东西，很难认出来会是地瓜。

其实在金乡县民间,地瓜叫作"芋头"。

改革开放之前,主食窝窝头,也便叫作"芋头窝窝"。

看官,歪理邪说不可信,粮食落囤才是真。

实行家庭联产承包责任制之后,大河湾留作村中公产,名曰"机动地",实为安不忘虞之见。

肥沃的土地孕育了丰足的粮食,也产生了三天三夜说不完的故事。可惜大多数故事刚发生也就忘了,或只得从老勺头的颠倒语中寻些蛛丝马迹。

鸟在天上自由飞,鱼在水中欢乐跃。

大河湾啊大河湾,清新空气里,灿烂阳光下,你就是人们心目中美如图画的桃花源。你把日精月华吸收,混以醇厚地气,将密实的、沙糯的、多味的果实,无私奉献给人类,让他们一个个筋骨强健、心房殷红、皮相光鲜、目光炯炯、牙齿洁白,从你的躯体上驻足或行走时,宛若上天的宠儿。

  颠倒语,语颠倒,
  千吨巨石水上漂……

老勺头又吼起来了!

第一章

1

那人被带到子在川会长跟前。
"你叫李墨喜?"
"是的。"

此非寻常之地,乃深藏于傲徕峰的一个千古石室,平时人迹罕至,且罕有人知。整个景区两万四千多公顷,大大小小的山头,不计其数。傲徕峰高不及泰山主峰之半,子在川会长独独看中此地,一则本心不愿引人注目,二则喜其地势可爱。

上山容易下山难。有段路是一块平滑陡峭、令人望而生畏的金刚巨石,足以将人挡在其上下。真的走过,方知安全无虞。

巨石的弯度,形成一道天然滑梯。不怕衣物磨损,尽管滑下去,童趣盎然。

子在川会长原名马卡,为人平易可亲。

"大地上没有我的一棵庄稼。"这是他常对亲近的人所讲的一句话。

没有一寸土地上种着子在川会长的高粱和玉米、大麦和稻谷、棉花和萝卜。他就像在世界上一无所有的人。

从傲徕峰的石室俯瞰下去,广袤而肥沃的土地,延绵至海,大汶河银白一带,若隐若现,蜿蜒西流。天地间日出日落,千古不息。

子在川会长见惯了人烟阜盛的景象。他是天空的常客,既是搏击雷电的苍鹰，也是随风翩跹的蝴蝶。回想过往，恍然觉得飞在天上的时候居多。舷窗外的世界，已不再具有"方向"的意义。欧、美、亚，或者亚、美、欧，任何一个起点，都会开始一个出生于一九四五年的古稀老人的无尽旅程。

每年的春夏之交，在布鲁塞尔一个全球业界会议上，作为业界发展大会联合主席，他要发表高瞻远瞩、引领行业发展的讲话。布鲁塞尔归来，却必至傲徕峰。

万米高空之上，神思漫游。三十五岁在欧洲游历的情景，仿佛朵朵白云，随之悠悠浮现在眼前。

当时的两个月时间，不可能走遍欧洲每个角落，但每个国家的重要人物都有所接触。行至罗马尼亚，十分侥幸，受到了齐奥塞斯库总统的亲切接见。东欧寒冷的十一月份，尊贵的总统刚刚获得塞拉芬皇家骑士勋章。罗马尼亚举国电台和报纸，均被最高领导人的荣誉所充满。这件事其实对他以后的人生并没有丝毫影响。

离开罗马尼亚，经由莫斯科，乘坐横贯西伯利亚的洲际列车返回国内。北方大片黄色的土地，赤裸裸地铺展于视野。

忽然，心头一动，一句话仿佛灵光闪烁，将使他牢记终生：

"大地上没有我的一棵庄稼。"

正因只是灵光一闪，你无法追寻这句话产生的逻辑，但它却是不可更改的事实，基本上概括了作为人类的子在川，与浩瀚宇宙的本质关系。

他像一无所有，走过了世界的很多地方、见过无数世面、为无数人所簇拥，脸上却找不到走过很多地方、见过很多世面、为无数人所簇拥的神态。他穿着普通的夹克衫，说话也没有令人畏惧的口气，唯有肤色白得令人惊奇。

在他这个岁数，皮肤虽不如年轻人那样润泽，却也未曾遭到形态不同、深浅不一的老年斑的侵蚀。

他还有着未曾沾染岁月痕迹的双眸，虹膜上凝聚着纯净的琥珀似的物质，仿佛有一种魔力，使人过目不忘。善良、宽容、温暖，几乎就是那双眼睛深处所有的语言。

总之，在他身上看不见外人想象中的凛然和犀利。他差不多就是隐居傲徕峰的养蜂人。

石室一旁的石隙，生活着一个庞大的蜜蜂家族。子在川会长从第一次涉足此地就注意到了。

蜜蜂家族没有被驱逐，或被以水泥封缄于石隙，而保留至今。绝对不能说因为几只蜜蜂，使他挑中了这个石室。

实情却是，几年下来，他拥有了相当丰富的蜜蜂饲养知识。

夏天炎热的威力有时可以穿透岩石，改变蜂巢的温度。那些蜜蜂齐心协力，不停鼓动翅膀，为蜂巢降温。无边的嗡嗡声，笼罩整座山峰，如同阵阵隐雷。可以看到一些蜜蜂飞出石隙，身下拖着力竭而死的同类。那些尸体，被蜜蜂从空中丢弃在山石之上和草丛里，如同举行了一次次庄严肃穆的天葬仪式。

子在川会长对蜜蜂的迷恋几乎是天生的。这种迷恋在他的身体深处沉寂半生，才被傲徕峰石室旁的蜜蜂家族大大诱发，而且一发不可止。

一个个在明媚阳光下晶莹剔透的琥珀色的小精灵，会让他久久凝视。但不会太久，因为每只蜜蜂都不可能长久在他跟前停留，供他观赏赞叹，即便它正吮吸蜜汁的花朵是那么色彩艳丽，是那么香气浓烈。

在他注视着这些忙碌不休的小精灵时，人们会感到它们是从他的眼睛里，源源不断飞出来的。

他有意成为一名养蜂专家。

很快，他就像一个具有特异功能的人，潜入了小小的蜜蜂的心灵。他从而听到了蜜蜂的心声。

所有的蜜蜂，都不需要他的饲养。他既不能种植花朵，促发花瓣里秘密的渴望，也不能为这个蜜蜂家族提供一寸蜂巢。唯一能做的，只有陪伴。而这种陪伴，有时甚至是一种粗暴的打搅。

从傲徕峰上，他转动脖颈，默默把目光投向山下的土地。他感到了严重的失落，那句话又很自然地在他心中响起。

原以为自己在山上意外拥有了蜜蜂，不料仍是一厢情愿。

身在石室，似乎也能听到蜜蜂家族宏阔而低沉的嗡嗡声。他不是没有想到如果自己被蜜蜂蜇上那么一下，是否意味着与这庞大的家族建立了某种联系？

养蜂常识告诉他，这会付出生命的代价。当然不是他的生命喽。任何无辜者的死去，都是他不忍心看到的。

石室里面，装饰着深色的榆木护墙板。其面积之大，足容二十人就座。在他所有的房间里，都少不了书架，这里也不例外。

书架同样取材于当地的榆木。这种榆木的叶、皮及果实榆钱，均可食用，灾年时救活过无数饥民。木质坚韧，素有"榆木疙瘩"之称。书架上摆放的多是马克思、爱因斯坦、弗洛伊德、洛克菲勒、巴菲特、卡耐基、卓别林等人的著作，有关本业界方面的却几乎没有。那些书籍当然不是摆设。

尤其是卓别林的自传，已被他在石室读过不下五遍。

那个年轻人在回答问话时，从他手中看到了书名。实际上他也并不是刻意拿起卓别林自传。手中拿起一本书，更不是掩饰什么。难道面对年轻人他会内心紧张？

"你是大河湾香庄的？"

"是的。"

他一点儿也不想让谈话变成审讯。这两句话如同废话，却包含他必须确定的两个信息：一个年轻人，一个村庄。

至于其他，似乎也不必通过这个年轻人来了解，因为此前他已经对大河湾香庄的信息了如指掌。他的目的，不过是要亲耳从大河湾香庄人的口中，将大河湾香庄的情况再听上一遍。

地球在宇宙旋转。自转。公转……这是本世纪非常重要的一个年份，当然是对于人类来说。世界各地的大事件层出不穷。

一位老者——尽管本人并不承认是老者，但改变不了那位来自乡村、实际已届不惑之年的年轻人心中的印象——手持一本卓别林自传，面带欣赏，倾听年轻人讲述自己的家乡。

两人渐渐全都忘了身在五岳独尊的群山里，身在华夏神山上一个僻静的万年洞窟，就像围着一个普通的灶台，至少在那年轻人感觉中是这样的。他甚至凭着直觉，断定护墙板的材质就是自己所熟悉的榆木。

此时，他尚未想到，不过几个月后，自己即将开启一场造城之旅。那既是人城，更是心城。让他迷惑的是，榆木到了这里，怎么会是酱黑色的？大概经过了火烤。

他有很多古老的乡村故事，多是从父辈那里听到的。他可以拣最有意思的来讲，只要老者肯听。

2

山上有座庙，庙里有个老和尚。老和尚在讲故事。山上有座庙，庙里有个老和尚……他不由得想起年幼的时候，亲爱的老勺头曾经这样给他和赵明海讲过。

此刻他的跟前，端坐着一位神态蔼然的可敬长者。

家住湖西大河湾……

湖是驰名遐迩的山东微山湖，碧波荡漾，荷叶田田。

事实上，将近七十年，没有村里人住在大河湾。大河湾只是他们香庄村靠近莱河的一块肥沃土地。

围绕这块地，发生的故事，太多啦。

有道是，三天三夜也说不完。

大河湾暂且不表，单表本家二爷爷一生里娶过七个女人。这也是二爷爷到死都引以为豪壮的事情。

二爷爷大名李根生，娶第一个女人的时候才十四岁。在李墨喜的记忆中，脑后永远拖着才半尺长的白色小辫儿。村里所有的孩子，都以突然揪住这根小辫儿为乐。当然，二爷爷防备甚严，不会让任何一个人轻易得手。

孩子们那么小的年纪，就知道他身上某个部位有剧毒，赛过呋喃丹，因为他娶一个，死一个。其实全都死于难产。

娶一次，也穷一次。

在所有人眼里，他都是失败和倒霉的象征。唯一的荣耀，他留下了自己属于万恶旧社会的小辫儿。没人忍心劝他，或者硬是当"四旧"给他剪掉，让他变成秃瓢儿。

那小辫儿虽短，却时刻发出银子的光芒，直到主人死去，依旧顽强地从那颗苍老的脑袋后面，探出银白的辫梢。

为尊者讳，他没讲李根生的绰号叫作"李小辫儿"。

他的名字就是"李小辫儿"给起的。

"李小辫儿"好像有文化。

"李小辫儿"娶过七个女人，算不算传奇？你羡也不羡？

这是一件。

另一件说的是，远了去，明末一人，也有真实名姓，唤作秦世淼，有号广远，自幼聪慧过人。

这秦世淼文化大。琴棋书画，无所不能。天启六年，得中进士。曾任河南修武知县，一生刚正不阿。其书画造诣颇高。女儿出嫁，陪送大大小小十几只箱笼。女婿一见，得意忘形，以为箱笼里装的是金银财宝。洞房之夜不上床，惦记夫人的嫁妆，亲自打开箱笼。不料，里面全是书画。盛怒之余，不顾夫人颜面，唤用人抬去烧掉。有用人随手捡了一幅，贴在自己床头。那画中一只蛐子，栩栩如生，趴伏在一个带叶萝卜上。

东家晒粮，用人阻拦，说今天准有大雨。东家看天上万里无云，哪里肯信？仍命人将粮食摊晒在场院上。半个时辰刚过，阴风顿起，电闪雷鸣，下起瓢泼大雨来。粮食来不及拾掇，被急雨冲去大半。东家十分心疼，叫过用人询问，那用人方说道：

"您还记得当年烧掉的书画吗？我捡了一张，画的蛐子萝卜。后来发现，每逢晴天，那蛐子就趴在萝卜上，翼翅张开。天若有雨，收起翼翅，藏到萝卜叶底下。"

东家闻言，后悔莫及，便去求岳丈再给画上几张。岳丈叱咄：

"凡夫俗子，何堪受用！"

天长日久，这幅蛐子萝卜及其他画作，均已遗失不见，但在塔镇南江草庙一座林前的石碑上,还能看到他的字迹。

讲完方觉这秦世淼实乃塔镇秦楼村的。

罢罢罢!他大舅、他二舅,都是他舅。秦楼村、江草庙,都是村子,就都是村子里的故事。

再说个不远不近的。

那是在七十多年前,恰是二爷爷李根生娶第五个老婆那年。我军奉命北撤,国民党还乡团乘虚而入。北撤前,中共金乡县委将十三只箱子的机密文件,交付给支部负责人范尊德。这回可不是说值钱值钱、说不值钱就一文不值的书画。

人命关天啊。领导特意嘱咐范尊德,宁可掉脑袋,也不能让文件落到还乡团手中,尤其是那只红箱子里的。

夜黑风高,范尊德带领几个可靠的村里人,将十二只箱子埋在范氏祠堂院里,红箱子则让另一名共产党员范尊厚埋在自家磨道底下。

由于坏人告密,第二天一早,还乡团突袭村庄,将祠堂包围,十二只箱子悉数挖出,损失巨大。范尊德担心红箱子的安全,决定迅速将其转移或销毁。

不巧,村里一些坏人正在范尊厚家门口开会,商议反攻倒算之事。范尊德心急如焚。范尊厚急中生智,挺身闯入会场,凛然断喝:

"眼下输赢未定,还不赶快散会,各自留条后路!"

那伙坏分子骨子里胆小怕事,被范尊厚的气势镇住,相互看看,也就解散了。范尊德率人趁机将红箱子取出,埋到村外林地。

还乡团又突袭村庄,将范尊厚家翻了个底朝天,却终无所获。

十多年过去,范尊厚出任沙河西马庙人民公社党委书记。当地流传着一段俚谣:

天不怕,地不怕,
就怕范尊厚来讲话。

范尊厚生就的气度从容,平时出言掷地有声。如果不被打搅,他可以声若洪钟地随便将每一条革命道理从天亮讲到天黑,从天黑讲到天亮,从腊八讲到过年,从过年讲到大寒。一口水不喝,也不会口干舌燥,而且肚子也不会饿。

凡俗听众怎么能比得了他?关键是,他每句话都在理儿。

奈何!

听到这里,子在川会长嘴角露出一丝颇有意味的微笑。

一只蜜蜂无声地飞过来。子在川会长注意到了,朝蜜蜂看了一眼。

年轻人讲到自己的村子坐落在莱河岸边,金乡县人俱唤作"大河湾香庄",与苏桥村一起,组成塔镇香庄行政村,最早是明万历年间,项氏始祖由山西洪洞县迁入建项庄,而苏桥村则是明永乐年间苏姓由山西洪洞县迁此建村。李氏家族并非后来者,也于明万历年间由山西洪洞县老鹳窝迁入,与项氏家族比邻而居。

项氏家族人丁不旺,土地渐为李氏所吞,而至于五代后再找不到项姓之人。

李氏有一祖传技艺,就是手工制香。农闲时节,家家户户做制香的买卖。所制之香,质优价廉,行销方圆几十里。李氏始祖所建李庄,似突然不被提起,便只唤作"香庄"。

现塔镇香庄行政村人口一千二百九十九人,整三百户,耕地面积一千六百九十七亩,有张、李、赵、王、范、秦、苏、唐等八姓,李姓约占十之八九。

大河湾香庄祖祖辈辈吃苦耐劳,也特别重视教育。明末那人,就不再说了吧。自一九四九年以后,共培养出大中专生四十五人,本科生二十五人,研究生三人。高中生未做统计。

年轻人脸上蓦地一红。他本人就是高中生。为什么不做统计?他心里有数。

他的目光随之注意到了那只蜜蜂。刚才它静静落在了老者雪白的手背上,老者没有发觉。它又飞起来。他的目光追着它。看不见它疾速扇动的翅膀,它就像一个凭空移动的小小的神奇的物体。

对了，除了传统制香业，新中国成立前香庄就有一处酒场，当时所生产的散装白酒，很受全县及周边县的大小酒铺欢迎。

要知道，香庄紧傍莱河，河道里流的可都是一瓢瓢香水呀。

可惜酒场在"文革"初期被定义为"资本主义尾巴"，割掉了。之后再没拾起。而制香的，也早就没了。

时代前进，要反对封建迷信……他的目光还在跟着那只蜜蜂。

石室门口闪着亮光，蜜蜂向门口飞去。

于是，老者放下手中的卓别林自传，邀请年轻人去看蜜蜂。

年轻人没想到石室旁边会隐藏着这么一个巨大的蜂巢。吃惊过后，眼里充满喜悦，让老者不禁问了一句：

"你养过蜂吗？"

"没有。"他如实回答，"但我见过放蜂的。每年都会有养蜂人带着蜂箱经过大河湾。"他回头看了老者一眼，似乎把他看作了风尘仆仆的养蜂人。

老者由衷感到自豪。他已经说过了"去看看我的蜜蜂"。那是"我的蜜蜂"。

现在，他得到了一个年轻人的承认。

他身边那么多人，都没有这样认为，甚至不做一下联想。他们把蜜蜂家族当成了一种定时炸弹似的危险，并担心他的安全。

事实上，"猪头"就被蜇过一次。当然是"猪头"惹了蜜蜂。他试图用一根树枝探测石隙的深度。结果，他在傲徕峰上发出了猪叫声，并获得了三声回响。

这么小的生物，会有这么大的力量。在不成比例的对比中，那像是一小块鼻屎的毒针给"猪头"制造的痛苦，使他一阵阵眩晕。他取下遗留在皮肤上的毒针。

"一块鼻屎。"他说。的确像块鼻屎，他并不是为了表达鄙视。那也是老者第一次叫他"猪头"，尽管这个绰号在会员之间流传甚久。

"猪头，自找的！"

那毒针既是一个小生灵维护尊严的武器，更是生命的怒放。

年轻人神情是多么可爱啊！他该不会想着要变成一只小蜜蜂吧。他在石室跟前，略向前俯下身子，津津有味地凝视着那些忙碌的蜜蜂，就像亲近着自己的同类。他口中轻轻发着啧啧之声，但并不知觉。

时光在什么情况下最有意义？难道不是在被品味的时候吗？

老者也已经神思悠然了。最有意义的就不该被打断。他像年轻人一样端详着蜜蜂，品味时光就像品味蜜汁。

自始至终，年轻人都没有发出一句疑问。是您养的吗？为什么养在山上？怎么取蜜？是让蜂蜜白白流走？蜜汁越来越多，会不会将石隙灌满，就像人间洪水泛滥？

但是，年轻人终要离开了。老人决定送他一程。

在那块金刚巨石上面，年轻人毫不犹豫，孩子般哈哈笑着滑落下去……

3

接到万镇长的电话，是在半夜：

"五分钟之内赶到！"

万镇长承认，自己不能知道更多。

像在做梦，乡村大人物李墨喜，钻进了等候在金乡县塔镇人民政府院内的一辆黑色帕萨特。向着泰安城一路飞奔，到达泰山脚下一座环境清幽的宾馆。接待他的人，话不多说，只让他天亮前休息一会儿。他虽没什么好担心，但还是有了被劫持的感觉。被劫持也不怕，因为他在寻找机会。

这些年来，大机会不多，小机会还是有一些的。畏难而退，因疑而止，就什么机会都找不到。

直觉告诉他，一个大机会来到了。

明知道身在泰安，但他情愿这是世界上任何一个未知地点。

未知，才会蕴藏更大的机会。

他不可能睡着。他让自己忘记身在何处。南极、北极，甚至宇宙间另个星球，都无关紧要。也让自己忘记时间。过去、现在、未来，这些概念全不在他心上。因此，当他被叫出房间的时候，脚步有点飘，整个人像是脱离了地球的引力。好在帕萨特一直把他送到不能再往山上开的道路尽头。

跟人上了傲徕峰，在石室见到的子在川会长，虽没让他肃然，但他也算一个知道些人间传奇的人了，心里并不敢小视。寻常之辈，不会把他从几百里外的一个乡村弄到这个孤悬于世的地方来。他虽在一方地界贵为乡庄掌门，却自知出了本土，相比于大千世界，无过芥豆之微。本要赔了小心的，不料那人言谈举止，不像让人须赔小心的样子。

出人意料的是，他在山上饲养了蜜蜂。或许是个养蜂大王，掌控着全国的养蜂业。

及至下得山来，竟连那石室的朝向都记不清楚，神秘老人姓甚名谁竟也忘了问。只觉满眼里明晃晃，石室门口挤了一世界的白玉片。

回望上去，山峰连绵，巉岩如阵，已辨不得来处。

山中才半日，恍然过了半世也似。平时打给他的电话一个接一个，手机在山上却一下未响，可不就是到了世外？

想那悠然之界，哪有这些绞得脑仁痛的俗世繁杂？

半路上，万镇长才打来第一个。万镇长急切切的。

"招你去的是什么人？"

"回去说。"李墨喜只应了这一句。

坐的还是那辆帕萨特。风驰电掣。到达塔镇政府大院，没用两个小时。放下李墨喜，帕萨特就噌地开走了。

只见万镇长快步迎上来说："这么个大老板，怎么也得弄辆奔驰迈巴赫开开，肯定是跟班的车。"拉住他就往办公楼里走。他却想回去，就要去开自己那辆停在院子里的马六。

"快说，是个什么老板？"万镇长催他。

他盯着万镇长看了半天，才淡然说：

"养蜂的。"

万镇长一愣，没掩住失望。"这阵仗也太大了。"他说，"我还以为至少是个副省长级别。"转而高兴起来。"哎呀,怎么没想到呢!你们香庄,可以搞个蜜蜂养殖基地,比啥都强。大河湾种满了鲜花。你们搞起来,整条莱河两岸都能给你养花种草。墨喜,这回你拉到这个老板,项目搞成了,对整个塔镇都功莫大焉。可是……"又不禁疑惑,"你荣誉上顶多就是个金乡县政协委员,连县人大代表都不是,名声不出十五里,他们怎么会知道你?老板是个养蜂的?也没看你像鲜花一样啊?"说着,怪认真地歪头瞧他。

他是在搞笑吗?不,他是激动!

全塔镇二十五个行政村,哪个村弄来项目,他都兴奋得无可无不可。他就忘了自己不是一般人,什么话也说得,什么表情也做得。

李墨喜钻进车里,想逃离镇政府。这里跟山上差别太大了。他还要回到那里去。享受那里的清静,品味那段美妙的时光。

你想吧,深山一个远离尘嚣的石室,却不缺乏温暖。榆木的护墙板,榆木的书架,还有那些书,处处显露着不俗。他走下山去,回头就找不到了。那就更像是天界了。

开着车,恍惚又有了身在神仙洞窟的感觉。

不料,又开始了!

人间的繁杂仿佛呛人的黄尘,向他团团扑来。手机阵阵急响。接通后,竟是金佛寺的金士魁打来的。

"有难同当,有福同享!"金士魁张口就说。

李墨喜听见他的声音就头疼。

"有了好事情不要忘了我们金佛寺啊!谁也不是没娘的孩儿!"

你看,头一句话还算靠谱,接着就荒腔走板,罔顾事实。这人就这个特点,正经不了三分钟。

"我在开车!"李墨喜忍着烦躁。

"你不是人家用飞机送回来的吗?还是三叉戟。"电话里的他,爆笑起来,"要不就是波音737!"

李墨喜挂断了他的电话,胸膛起伏。他头疼,但也对金士魁有种莫名的畏惧,因为他觉得自己总是招架不了这个人。偏偏有喜欢的。韩大哥就喜欢。他以前接触过这个人，还能接受。好像得到韩大哥喜欢后就这样了。跟他同类型的，还有史家洼的赵玄玄，都是韩大哥心尖上的人。

韩大哥是东土楼子的。

想韩大哥，韩大哥的电话就到。

"事情还顺利吧？"韩大哥从来都有大哥的样子。

李墨喜让自己平静下来。

"顺利。"他回答。

"那好。"韩大哥不多聊，"先回家歇歇。"

电话挂了。他将手机静音。

回家？李墨喜终于意识到自己跟傲徕峰的老者说了谎。香庄一年前就开始七零八落了。一千二百九十九人，整三百户，将在今冬如期从七零八落的状态聚集到一个新世界，在一个叫作"光善社区"的居民小区过上新生活，开启新时代，当上新农民。但他从头到尾，给老者娓娓讲述的，都是一个行将或已在祖先的土地上消失的村庄，唯有荒芜的大河湾是实在的。

为什么不告之以实情？一则因为现实还未来得及归纳整理，二则鬼使神差，他当时觉得除了村庄诡谲有趣的历史，实在没什么好讲。

他去了大河湾。

路上，朝放在副驾驶座的手机偶瞥了一眼，就瞥到屏幕上闪出金兰的名字。心里陡生愧疚，正要去接，电话自动挂了。出来快一天时间，竟没给金兰报个平安。

金兰是他的妻子。他百依百顺的小妻子。虽只比他小两岁零三个月，在他心里，他却常常称呼她为"小妻子"。从结婚，到现在，再到永远。

"哦，小妻子。"她也是他孩子的母亲。"哦，小母亲。"

今天不同，他突然想到了金色的蜜蜂。

"哦，小蜜蜂。"

又一个手机号码闪现在屏幕上。他飞快地瞥去。

他认得这是同村人二毛的号。

他转脸直视道路。

4

地球在宇宙空间旋转。世界有点小。像颗核桃。像个木塞。像粒黄豆。

大地之上的塔镇，真真比一粒黄豆大不了许多。自从弃了自行车，开上电动车、小汽车，要找一个人，几分钟就能找到，反正不是在黄豆之上，就是在黄豆之下，开猛些人就掉下去了。不为见面，只为说事情，那就瞬息可成。手机可以把电话打到塔镇大地任何角落。

李墨喜不想见金士魁，有时候万镇长也不怎么待见他，嫌他吵闹。

有一次，万镇长躲他，不接他电话，还关了机。他硬是有本事找人通过卫星定位将藏在丁公山的万镇长拿了个结实。当时万镇长脸色蜡黄，头冒虚汗，一个劲儿地小声嘟囔：

"你这样是不行的，你这样是不行的。"

怎样不行？做得出来就是行！

李墨喜离开塔镇政府不到二十分钟，金士魁也就出现在万镇长跟前。万镇长躲不掉，但万镇长今天要给他点颜色看，所以万镇长就把脸一耷拉，像是生气。

"不都是一个娘的孩儿吗？"金士魁大声嚷嚷，能把万镇长办公室的天花板顶飞，"谁也不是后娘生的！"

说实话，若不碍于东土楼子村韩凤昆的面子，镇委早把他撤了。可他的确工作也还抓得紧，有时做得好，有时做得不太好。

都是凡夫俗子，谁又不是这样呢？

他还有一个好处，只要他在，气氛不会沉闷。别人逗他，他也逗别人。他刚走进万镇长的办公室，就有人站到楼道里，等候他了。

刚才沉静的办公大楼，这时也像一潭深水泛起波澜。

"你讲公道，镇上亏过你们金佛寺没有？"万镇长不由正言厉色，"你村最偏远，水泥路给你们铺到田间地头。每条巷子都不见泥土。免费安装太阳能照明灯，从你们金佛寺先安起。给别村路旁种女贞，给你村栽花树。茅厕改造，你们比别的村子高一个等级，出肥料还生沼气。

大闺女小媳妇聚一块唱歌跳舞的娱乐广场，你们金佛寺比别的村大一轮。你不是最爱看嘛……"

"快别说啦，镇长。"金士魁忙笑着打断他，"这些小小不然的，镇上没忘我们。我讲大的。大的项目给我们就来一个，金佛寺也不至于倒数。"

万镇长真不客气了。"你还承认倒数！刚学走路的孩子去扶一扶，长到三十大几，还要人扶，就不怕人笑话？"万镇长把身子往椅子里一沉，露出一副不屑理他的样子。

金士魁见状，声音才略低了些。"李墨喜弄这个大的，怎么就不能分一些给我们？"他蛮委屈的，"怎么不让我去见大老板？"

万镇长猛地转过头来。

"听风就是雨！"他抬手朝金士魁重重点了一下，"也好。我看你们金佛寺比大河湾香庄更适合养蜂。我倒想起来，你们村里原有几家养蜂专业户。金士魁，我现在来问你，你为任多年，想过把这几家养蜂专业户的优势利用起来没有？"

金士魁竟一时张口结舌，半天才给自己辩解道：

"马不扬鞭自奋蹄。等他们忙起来，亲爹都见不着他们的影子。人家自己干，图的就是个自在逍遥。湖西湖东，山里山外，满世界跑，我去追？那我不自讨没趣？"

"要你不成了摆设啦？"

"我想帮他们，不见得有他们那能耐。他们出去放蜂，我在村里管好他们亲爹就是啦。"金士魁说着，又反问道，"万镇长，我跑这里是来找批的？您老不给面子，至少隔壁老陈、对门小米都听见啦。幸亏我脸皮厚，不怕臊。臊坏了我不打紧，您也不该说一句养蜂去吧，打发了我。敢情李墨喜三更半夜被叫去几百里外，是去考察养蜂的。"

万镇长也挠头。

"我没瞒你。"他说，"深更半夜接到济宁市招商局一个电话，指名道姓要李墨喜去见人的。人家也不容我多问。电话才撂下，那边车就来啦。"

金士魁想了想，说："李墨喜有什么好事，我不争。都是兄弟。下次请万镇长想着我。"

"你放心,一个村子也落不下。这是全国的任务。"

金士魁叹了口气。

"那我走啦。"他依旧扯着嗓子说,"我请你吃饭你也不敢吃,省我说啦!还是那话,借钱可以。需要钱的时候找我。我对谁都这么说。"

的确,对塔镇政府的每个工作人员,他都这么说过,所以,不必在万镇长的办公室有所避讳。

万镇长在他背后摇摇头。毋庸多言,他没金士魁钱多。金士魁在镇上,在县城,都有生意。不光是金士魁,塔镇二十五个行政村,那些主要领导干部,总要弄些大大小小的生意来做。政策没有不允许。不做自己的,就做村里的,身兼村集体企业的这董事那经理。还有专门炒股发了家的。这是实情。可是,万镇长又忽然想起什么来,忙走到他身后,低低叫他一声。

金士魁一回头,感觉到了一丝神秘。他不由得静下心来,侧耳倾听万镇长要对自己说的话。

"你要珍惜你的村庄。"

万镇长说过了,像没说一样。但金士魁听到了耳中。耳中一麻痒。下意识想抠一抠。抬抬手,没抠。

又明白,又不明白,竟也把头点了。

这一回,意外地没听到金士魁在楼道里与镇干部斗嘴的声音,就像他把他无所顾忌的大嗓门,他的脚步声,甚至他的气味,一股脑儿带了去。

5

塔镇大地上,最早消失的村庄应该是镇西佟家庄。

上世纪八十年代,全国农村实行家庭联产承包责任制不久,一个名叫韩佃义的农民从关外还乡,筚路蓝缕创立翰童集团,彻底把佟家庄变成了城镇,现已与塔镇城区连成一体。翰童集团涉及商贸、娱乐、纺织、制造、地产等多个领域。进入翰童集团工作,至今仍是塔镇农村青年的理想选择。

相对于庞大的翰童，其他一些公司，包括东土楼子村韩凤昆在塔镇东南搞的小羊圈国际产业园，都是小打小闹。

平心而论，这个韩凤昆虽也姓韩，还被一些人称作韩大哥，谋略、胆识、眼界跟韩佃义相比，可就天差地远了。至于其他人，能超过韩凤昆的，也是不多。这正是塔镇历届政府领导为之焦虑的事情。

翰童掌门现已换成了佟姓后人，叫作佟志承，有在邻县从政的经历，更是了得。万镇长初来塔镇任职，第一个拜望的就是他。那是不能叫作"走访"的。不论从履历，还是从能力上说，万镇长都自愧弗如。

佟家庄人成了依靠辛勤劳动、开创幸福生活的典范。作为一个也是同样失去村庄的人，为什么感觉不一样呢？

万镇长不是本地人。他的村庄在南边丁公山里。那是一个可爱的小山村，只有五户人家，名叫蝎子崖。

从他出生到第一次走下山来，就没踩过平地。连屋里的地面，都是高低不平的。也没有正经路能通到那里。走下山是为了去一个最近的小学校上学。

放学回到蝎子崖，第一次向大人发出疑问：

"为什么要住在这里呀？"

大人郑重回答：

"为了不让人欺负。"

他信了。

五户人家，和睦得像一户。一到吃饭，老老少少都会端着饭碗出来，四处或蹲或坐，把苍穹当餐厅，把村庄当饭桌。但他还不知道村庄的珍贵，他渴望住到山下去。

他勤奋苦读，考上了地处泰安的山东农业大学，毕业后分配到了金乡县农委。金乡县虽邻近丁公山，但境内几乎都是平地，属于鲁西南大平原的一部分。放目望去，泱泱乎一马平川。

十年前，蝎子崖人告别祖居之地，与山下一个叫金鸡湾的大村合并。当时他为蝎子崖的乡亲感到欣喜，可是只要想起家乡，想的还是悬在半空里的蝎子崖。

蝎子崖人祖辈耕种的土地，没片巴掌大。挂在山崖上，像一个个燕子窝。奔跑的兔子收不住脚,就有可能跌下山崖,粉身碎骨。

小时候还听大人说,蝎子崖从来就没有过地主。将蝎子崖的薄地白送给地主,地主也不要,因为收租子,能累断腿。大人说这样的事,会发出哈哈大笑。

国民党来抓壮丁,在下边喊:"下来!"蝎子崖的人就在上边呼应:"上来!"

大人笑得快背过气去。

他回丁公山探望父母的时候是很多的,每回都要花上一两个小时,自己走到蝎子崖。荒废的村子只剩下残垣断壁。近来才不大上去了。走到半路,会发现自己走不动了。直喘。停在半山腰里,喘定了,四顾山野,耳里是一声递一声的"下来""上来"。

这不,他又听到了:

"下来!"

"上来!"

"下来!"

"上来!"

……

他是要上去,不敢说一退休就回归田园,但死后一定要埋在故土。

在哪里出生,就在哪里死去。这才算活得全须全尾。

还不到四十岁时,他就有这想头了。他不觉得这跟党的信仰有对立。应该不算迷信。时不时这想头就会栖落在他的心上。

他不是想想而已。正因如此,他会感到一丝沮丧。即便将来给儿子有所交代,也不见得儿子肯如他所愿。随便在他乡找个旮旯给埋了,他肯定也不会再从墓穴里爬出来。

全镇二十五个行政村,已拆、待拆的有十九个。建成的居民小区有五个。光善社区年底就能入住。全镇只剩六个村庄未列入拆迁计划,都像金佛寺一样,地处偏远,交通不便。

金士魁见不得人有。人家上楼,他还没洗脚,他以为吃血亏,也不问本村村民怎么想,除了上楼还有没有别的招儿,逢人便讲是"没娘的孩儿"。他不想想,紧着他在金佛寺住,这辈子还能再住几天?

哦,当然了,虽然他不兜底讲实话,万镇长也清楚,他在县城有房。

这么说吧,二十五个行政村的干部,在县城没房的,没有。个人有条件,在县城买房也没什么不对。多年了,原则上村里就不准建新房。这在整个山东省都很普遍,所以看上去,齐鲁乡村好像还停留在上世纪九十年代。况且,不在城镇买房,儿子说不上媳妇。年轻一代真的不再恋土啦!

唉,那一把一把,养活了祖祖辈辈多少代人的土啊!

与一般村民不同的,他们这些村干部,大多有意绕过了塔镇。

住楼上是什么感觉?万镇长就住楼。

他现住老农委的家属院,楼层不算太高,但位置好,从楼上能看到城中魁星湖波光潋滟的水面,能看到香烛一样高耸的金乡县人民医院门诊大楼。窗外开阔明亮。每当朝外一望,就会想起丁公山里的蝎子崖。

镇西佟家庄人早在上世纪九十年代就统一住进了楼房,他不知道他们的感受。从这些佟家庄人身上,已经找不到农民的印迹。那种卑屈的,怯懦的,安分的,还含有一些惊惶的眼神,全都消失不见了。他们才是镇上的人。他们才真正是塔镇的主人。

他没问过他们,是否怀念当年面朝黄土背朝天的苦熬岁月。他自己觉得那是犯病。

他要把生命终结在蝎子崖的想法,也是犯病吗?

岂止犯病,犯得还挺重。不过,他是打心眼里替佟家庄人高兴的。

又有所遗憾,因为其他村子总是做得不能像瀚童集团一样好。

有道是,人不在人屋檐下,树不在树底下。瀚童集团就是生长在塔镇大地的一棵参天大树。万镇长期望还会有更多的参天大树。塔镇四周,那些个新建成的厂区、工业园……小羊圈国际产业园啦,天香食品工业园啦,八大人电商云社啦,金塔物流中心啦,都能在塔镇大地上根深蒂固,枝繁叶茂。

正想着,就听到院里一阵吵闹。从窗内望去,见是一个女人气汹汹紧揪住一个男人不放。

米委员推门探进头来。米委员就是小米,全塔镇的人都叫他"小米",但唯独万镇长叫他"米委员"。

"我去看看。"米委员说了一句,就把头收了回去。

不提米委员去劝和,万镇长已经认了出来,那女人正是李墨喜庄上的二毛,那男人则是镇政府食堂的大老肖。他没跟二毛搭过话,却常遇上她。在他感觉中,她就像一只勤劳的小蜜蜂,在塔镇大地不停地飞来飞去。

一来塔镇,万镇长就见识到了塔镇政府的伙食,味道自与别处不同,以为食堂师傅厨艺了得。不料食堂师傅不贪他人之功,直说是酱油好。

这酱油就出自大河湾香庄的二毛之手,不是市面上出售的那种。酱油制作必选在万物丰盛的时节,所以才食之多味。每年所制酱油量也不多,仅一罐,多年来一直往塔镇政府食堂里送。

不仅酱油,有时也送些别的物产。按说这女人跟食堂里的人很熟,不至于因价格吵闹起来。

从窗外飘入的话里有"野鱼""野花"等字眼,万镇长也听不明白。二毛已被人拉开,但仍旧不依不饶,伸长脖子,挺直腰身,对着斗败的公鸡似的大老肖乱嚷。

万镇长怎么就那么眼尖,看到二毛的一只手使劲抈着衫子下摆,好像全身最关键的力,都落在那几根手指上,却更显出了她的杨柳细腰。

那件杏红色的衫子,把她打扮得不像个年近四十的妇女,倒像个未出阁的,只是这副凶样与其有违。

万镇长不由暗怪米委员揽事。他以为事小,岂知官民之间向无小事。民怨天大。他是可以出去问一问的:

"这位大妹子,请消消气。"

6

大事何其多!

银河系天体发生撞击,尚无人知,但科学家发现了一千五百年前巨型天体撞击地球的证据。

地球上，还有无数人陷于黑暗的战争。刺眼的熊熊炮火，照不见和平到来的黎明。各国之间，对立、联合，周而复始。

本国举行经济工作会议。中央一号文件发布：建立联系点制度！光刻机引进的谈判有所进展，自主芯片科技取得重大突破。

省会地铁建设继续推进，县城主要道口摄像头升级换代。

塔镇县东巷一新生儿满月，七姑八姨，于风和日丽的春日上午，带上长命锁、银手镯、麒麟兽等传统礼物，从四面八方，喜气洋洋赶来，齐汇满月宴……

至日薄西山的时辰，天还很亮，身穿杏红衫子的二毛，骑着一辆本地产杂牌电动车，母兽一样，冲出塔镇政府大院的大门。

本来没有多少人注意到她，但在市政广场东南角左拐时，因为拐弯急遽，绑在后车座上的空鱼篓掉落在地。空鱼篓有着良好的弹性，蹦蹦跳跳，跟随电动车走了大约二十来米，看着像是成精长了脚，引得不少人停下手中的工作，对这仓皇而去的女人张望起来。

"二毛！"

一个认得她的服装店老板喊她一声。她没回头。她们是好姐妹。特别是在赶集的时候，二毛总要来她店里坐一坐。

二毛身上那件衫子就是从她店里买的。像是掩饰尴尬，她接着赞叹道：

"真好看哪！"

她问邻居，电动车店的一位师傅：

"你不觉得二毛穿着件杏红衫子好看吗？"

师傅刚给一辆电动车充了气，因为光顾着看二毛，还没把气针拔下来。

"快爆啦。"他说着，眨眨眼睛。

二毛弃鱼篓精不顾，也像一枚火箭，不是向星球发射，而是一口气骑出了塔镇。她以为很远了，停下车，左右一看，路两旁还是房子，不远处排开一溜儿有着白色屋顶的蓝色厂房。阳光只是略微减弱了一些，刺眼依旧。

这一整天了，她都觉得有气。不，差不多两年时间，她每天都气鼓鼓的。即便睡着。

她在梦中感受不到自己的双脚，却又躺不到大地上。总是像气球一样，蹦啊，跳啊，一忽儿蹦到锅台上，一忽儿跳到屋顶上、树梢上，一忽儿跳到什么也看不见的地方。

她那个急啊。嘭！碎裂了，朝四面八方散去。

惊醒了还好，惊不醒就还是气球。

再这样骑下去，她也会爆。她停下车子。踩到硬实的土地，果真觉得好了一些。手搭在车座上，她蹲下身，什么也不想。

好半天过去，二毛才看清地上其实是一幅宏阔的生命场景。数不清多少蚂蚁，密密麻麻，黑压压，在齐心协力拖动一只绿虫子。

她是农民的女儿，农民的妻子，本身也是农民，从小在田间劳作，认得大地上所有的小生物。土中的地老虎，水里的蜉蝣、龙虱，会飞的蠓蛾。

在田间汗流浃背，跟各种令人讨厌的害虫战斗，占据了她每个炎夏的漫长时光。她也因而接触了各种烈性农药。乐果、六六六、滴滴涕、敌敌畏、敌杀死、呋喃丹。每场劳作过后，她都发现自己仿佛变得百毒不侵。幸好后来棉种改良，植入了抗虫害基因，而从前年开始，镇里推行无人机喷洒农药，人们才算真正从灭虫的枷锁下挣脱出来。

二毛一眼认出那是一只大尺蠖。

瞅瞅，它还在动！殊死挣扎。蚂蚁们紧咬不放。

尺蠖肥大，够这个蚂蚁家族几天的吃食了。二毛不由想道。

她心里渐渐有了些轻松。

"二毛，怎么啦？"忽听有人问，回头看见是同村的张福庆。他骑着一辆旧的脚蹬三轮车也从塔镇方向赶来。

她有点不好意思。"没什么。"说着，站起，小心移开自己的车子。

"去哪里？"张福庆又问。

"我回家。"她支吾道。此时光线暗淡多了。

张福庆脸上露出疑惑的神色。他左右张望了一下。

"你也快回吧。"她忙说。跨上车子，往前骑去。风吹到脸颊上，有些凉。没到通往香庄的道口，她就拐上了去大王庄的路。眼角余光朝身后一瞥，张福庆没追过来。她怎么也想不起张福庆搬去哪里住了。

正当此时，她才意识到自己走错了路。

香庄是一片正待整理的废墟。她家的土地还在，但日近黄昏，不是去种田的时候。夕阳悄然衔山，田野的颜色渐深，仿佛正在她面前持续不已地陷落着。她略一犹豫，决定奔赴大河湾。

再没有比大河湾，更适合一个失去村庄的人去做停留的地方了。

天色朦胧，二毛一点也不觉得害怕。

她跟过去不同了，虽然她身上还是热的，还穿着人间的衣物，但实际上，她是一个轻飘飘的游魂。

河水静静流淌。这里地势平坦，或许根本没有流动。这只是一个具有河的形态的古井，深藏着幽暗的悠久历史的倒影。

水汽弥漫在大河湾，二毛一头走进去，就觉得再也走不出来了。那些远古的传说，她早已耳熟能详。说她一下子就闯入了开天辟地的神话时代，也未为不可。但历史没有静止，传说中的场景，在她面前联翩出现。

她没有恐惧，好像还挺享受。在一个土坎上随意坐下，像一个没有骨头的人一样浑身瘫软，根本不去担心污了衫子。

其实这是撂荒了两年多的土地。最近一次承包到期，因为村民意见分歧，新的承包就拖延了下来。大河湾长满了荒草。那些高高的枯槁的蒿秆，尚未倒伏。二毛眼前黑影幢幢，阴森森的，就像埋伏着万千的魔兽，但她不怕。

天已黑透。

不知什么触动了一下她的心。她拿出了手机。上面有一个未接电话。李墨喜的。她呆呆地看，忽觉有人无声走到了自己背后。

"谁？"她压低声音。

"别怕。"张福庆回答，"我。"

她仍紧张起来。她不会忘记今天下午发生的事。她男人盐虎从莱河里捉了鱼，她给镇政府食堂送去。一向很正经的大老肖犯了桃花癫，每条鱼都要翻看一遍。这是红鳍鲌，那是乌鳢、长春鳊。嘴里嘟嘟囔囔，"野鱼，野鱼"，又把手指伸到长春鳊的嘴里去，明显是一个猥亵的动作。还不算完，竟将身子靠了上来，"野鱼""野花"地杂说。她抬手甩上一大巴掌。

二毛把他揪到了院子里！

大庭广众之下，让人都看看。

二毛感到脖子上张福庆呼出的热热的气息。她的手一颤，力气像电一样从肩头传下去。迅疾的风声已在耳边响起。

"你干得好！"张福庆重重地说。

二毛镇静了一下。

"全塔镇都知道你郭二毛大闹镇政府的事啦。"张福庆兴奋地夸大其词。"你是好样的，二毛。"他挨着二毛坐下来。二毛没动地方。"让他们看看咱香庄女人，不是好捏的。土地奶奶，土地公公，香庄人吃了你们的粮食，不给你们脸上抹黑啦。惹不高兴啦，啪，甩他一巴掌！痛快！奶奶的痛快！"

二毛不吭声，任随他胡说八道。

"二毛，我喊几声。"他忽然又说。

二毛想阻止。他觉察了。"没人。往西四里五里，都没人啦。河东的村子，不是咱们的人，等于出了国，笑话不着咱们。这世上就剩我们啦。我张福庆，二毛，大河湾的老祖宗。那我喊啦，二毛。"

他直直身子，梗起脖子，俨然雄鸡。

"来啦来啦又来啦！"

他朝黑暗的夜色嘶喊。

"走啦走啦又走啦！"

二毛头一低，往张福庆肩上一靠，闭了眼。

　　来啦来啦又来啦！
　　走啦走啦又走啦！

她身上热热的。在自己的眼皮后面，她开始了翩翩飞翔。忽急忽慢，忽上忽下，像蝴蝶。一会儿工夫，就不知身在何处了。

那该是宇宙的样子。任何一个方向，都是无限的深，无限的远。

再高，再深，再远，她都不害怕。她还有颗坚定的心，只要发出光来，她就是宇宙间的一颗天体。

她暗暗努力着，让自己发光。路程还很漫长，但她有充足的耐性……

"回吧。"不知过去多长时间,听到张福庆在耳边低声说。他扶她起来。他们一起推着车子离开大河湾。

夜色浓厚,星空映照在了河面上。他们忘了骑上去似的。

隐隐地,二毛又听到了一个男人粗哑的嗓门在吼,那样地肆无忌惮。

来啦来啦又来啦……

不由回了一下头,影绰发现一辆汽车停在漆黑的河边,就马上把头转回。

7

傲徕峰归来的第二天,李墨喜被一阵嗡嗡声叫醒。他依旧没有躺在香庄的土地上,而是身在张暗楼表舅家的一间破南屋里。

从张暗楼可以隔河望见香庄的千亩良田。很多年前,为着肥沃的大河湾,香庄和张暗楼起过激烈的纷争。选择寄居此处,是要尽量跟香庄靠近一些。

岂料,一种潜藏在身体里的敌意,时刻蠢蠢欲动,眼前的世界也就好像极为陌生起来。他几乎不想双脚踩地,不想碰触到南屋里任何原有的东西。往床上一倒,人就像焊在了铁砧上,整夜一动不动。

嗡嗡声还在持续。他确定那是蜜蜂的声音。

这时候,院子里传来唰唰扫地的动静。金兰总是天不亮就起床。自从来了表舅家,什么事都帮着做,摸起来手都粗硬了。李墨喜疼在心里,却说不出口。

李墨喜决定去趟金佛寺。当然不是去找自己讨厌的金士魁。金佛寺至少有五家养蜂户,他都叫得出名。其中一户,户主金大筐。

去金佛寺没什么难。小小寰球……那里交通不便,沿莱河堤往南走,到杨庄桥,向西,进入一片沙土地,车开不起来,但也不会超过二十分钟。

这一次,他要骑电动车。

在村街上，抬头看见二毛在前。她把一辆铅酸电池电动车骑得生风。车身一旁，捆绑着一根长柄板镢，一根细齿铁耙。跟他家的锂电池电动车比起来，她的那辆车显得十分笨重。

李墨喜不由得慢下来。他家这辆电动车刚买来的时候，金兰只要骑它出门，那些女人远远看见，都会笑着说："小鸟来啦。"不知有什么好笑。还有人欢快地比画着："啾啾啾！啾啾啾！李墨喜家的小鸟，啾啾啾，飞到天上去啦！"搞得金兰宁愿骑自行车，也不骑电动车，所以，买来两年，等于搁了两年，还是很新。

不看见二毛，李墨喜不觉得骑电动车的别扭。好在二毛很快驶出了村口。他拐到一条南北路上，才好受一些，但脑子里还在想二毛。

昨天，她给他打了电话，他没接也知道她会说什么。那会是骚扰。

跟那种响一声就挂的骚扰电话不同，只要他接，她准有话说。哪句话都能噎他大半天。这个女人，也是让他有些畏惧的。可是，在大河湾待到天黑，他却忍不住给她拨了回去，那也是第一次主动给她打电话。

当时，他好像听到一种剧烈的撞击声。忽然明白，是自己的心在怦怦狂跳。他连手都颤抖起来了。他几乎不知道要跟她讲什么，但他还在等待着传来她的声音……

哦，是的，现在李墨喜很少能见到香庄人了。见到最多的，就是二毛一家，因为依旧同村，只是分别寄居在各自的亲戚家里。

起初，安排过村委会的人去做统计，看香庄人到底分散在何处，不料碰了钉子。很多人不愿意把自家的住址告诉村委会的人。像一把米撒在了沙里，哪里找去？偶尔在塔镇，在县城，或在路上碰到同村人，态度也都很冷淡。

没有二毛一家，他就真的在莱河东岸，在别人的家园孤单起来。

天地玄黄，宇宙洪荒，就像只剩下他一个人了。

结果，电话里只有铃声和无人接听的提示音。

李墨喜以为认识金佛寺的金大筐，人家却根本不知他是哪位。

自己名声哪里是不出十五里？万镇长说得很不对。五里之外，他李墨喜就只是个无名之辈。想想困扰自己多年的焦虑，他是大人物吗？李墨喜不禁苦笑。

在金佛寺村外的小树林，蜜蜂的嗡嗡声早从他脑子里跑出去，正被一个旋律代替。"我们是工农子弟兵来到深山……"也就是说，他似乎开始有些高兴。旋律反反复复。怎么会想到这个？且不管它。

那养蜂人脸色黧黑，皱纹深深，脖子上明显有道十厘米长的紫痕。自他来，打过招呼就没再多说一句话。

槐花蜜、枣花蜜、杂花蜜、柽柳蜜，只要有的，他都要了一些。还问一团羊粪蛋一样的东西是什么，回答说是蜂胶。旁边的女主人便插话，"不中看，却是好东西。"他就说也要一些。

女主人给他打包时，他心想去看蜜蜂，养蜂人马上懂了他的意思。他的购买，已经激发了养蜂人的慷慨和好感。

旁边树干的断枝上，挂着一顶白色的桶状防护帽。养蜂人随手取下，向他递过来，但他们一同听到树林外响起了一阵笑语。

金士魁的声音像钢锥一样在李墨喜耳鼓上扎一下。树林里的蜂群也像立刻受了惊动。接着，李墨喜又分辨出了万镇长的声音。他和养蜂人的动作已戛然而止。

忽然，李墨喜转身把女主人打包好的蜂蜜放在了车筐里，就在养蜂人夫妻狐疑的目光中，匆匆离开了小树林。

李墨喜不怕养蜂人疑心。他不想在金佛寺遇上金士魁、万镇长他俩中间的任何一个人。像逃跑，骑了好远才慢下来。

蜜蜂蜜蜂，满脑子的蜜蜂。

他只看到过蜜蜂，却从没有看过蜜蜂的生活。他有了一种强烈的愿望，变成一只蜜蜂，跟无数蜜蜂挤在一起。

骑得慢，但没有停下。眼睛就像不管用，所幸没把车子骑到水沟里去。太阳晒着他的脊背和后脑勺，让他身上暖洋洋的。

一路上，几乎没被打扰。等看到田里正用铁筢耧地的二毛，才发现已经来到了香庄的土地。他下意识不弄出动静，却看到塑料袋子里钻进了一只蜜蜂。边骑，边腾出一只手，小心地扒开一道缝。

蜜蜂显然失去了活力，感受不到降临身边的自由。他想了想，就把手指探到蜜蜂身下。蜜蜂没有动。他慢慢收回手指，托起蜜蜂，将指尖朝空气中轻轻一弹。蜜蜂落下去，又飞起来。他舒了口气，继续往前骑行，忽觉眉头上有异物。

还没来得及停车，一阵剧痛传来。他一咬牙，没让自己叫出声，但他高估了自己的车技，连人带车，跌倒在路旁的草丛里。

大地上静悄悄的。他觉得自己的视线都发红了。跌得很重，他还不忘去瞥二毛。二毛浑然不觉。

刚要起身去扶车子，前边开来一辆蓝色奇瑞。忙把脸孔转向田野，装作坐在路边小憩。奇瑞开了过去，扑了他一身干土。又有一辆三轮车，装着一台旧的滚筒洗衣机，随后开过来。三轮车也开过去了。接着，有人骑着一辆自行车，从南边赶来。自行车上捆着一只白山羊，羊头低垂，眼神麻木茫然，羊嘴无声张开。

来来往往，有车，有人，还有动物，天上掠过的鸟儿，飞过道路的飞虫，都像对李墨喜视若无睹。

这就不怪李墨喜越来越沮丧。他的一只眼睛肿得睁不开了，眼皮像被粘在了一起。手机却响声大作。

"五分钟之内，给我赶到镇政府！"

万镇长确实在大吼。李墨喜觉得自己耳朵都要震聋了，可他还是唯恐李墨喜听不到。

"记住，五分钟之内！"

"万镇长，可不可以让……"李墨喜想让别人代替。

"就你！"

"您说清楚……"

"来啦来啦来啦！"万镇长声音有多高，就有多兴奋。

五分钟之内绝对赶不到镇政府。即使能赶到，他也不能这样见人。万镇长这么急切，肯定是大事情，关系到香庄，甚至塔镇全体人民的未来和命运，以及天体运行。

鬼使神差，他忽然把目光投向二毛，好像二毛能帮他似的。

阳光下，二毛像个虚幻的影子。她已经察觉到了路上的动静，但两人的目光碰到一起，他又躲开了。

幸好万镇长猜出他有难处，随即又把电话打来。先问他在哪里，他说在香庄，趁机告诉万镇长自己被马蜂蜇了。听万镇长叹一声，语调却忽然一振。

"那就更要来啦！"万镇长不由分说，要派人来接。

一见万镇长，李墨喜大吃一惊。那万镇长一张脸肿成个二十斤重的大面瓜，脸皮胀得铮亮，两只眼都只剩下一道细缝。李墨喜哭笑不得。他却一把拉住李墨喜，叮嘱他，等来人问，就说是被蜜蜂蜇的！

什么来人？

当然是昨天召见李墨喜的那个大老板！万镇长接到通知，大老板已经驾到金乡！原是要直接到塔镇来的，现在被县里留住了，可能要耽搁个把小时。

县里要求，原地等候。他从金佛寺火速赶来。

正说着，米委员带着塔镇卫生院的一个大夫走进镇政府接待室。那大夫名叫冯耀国，也是院长，进门就哈哈大笑。转眼又看见了李墨喜，"是不是一起去偷蜂蜜了？"先把万镇长给按下，检查脸上有没有毒针，问他到底怎么弄成这个样子。万镇长就说：

"还不是金士魁那恶煞给惹的？谁想到他一去养蜂场，蜜蜂就发毛，乌压压扑过来。他狗似的，跑得飞快。我能像他那样跑吗？咱又不敢打，怕打死人家的蜜蜂。"

"镇长，情况危急，就不要心疼小蜜蜂了呗。"米委员怨道。

因为蜜蜂扎在万镇长脸上的毒针已被金士魁拔过，冯耀国只找到残留的一两根。"金士魁怎么样啦？"一边给他消毒止痛，一边又问。

"他倒没事。"

"领导有难，他可不该光顾自己窜啊。"

"发现我被蜜蜂围攻，他倒是跑回来救我。"万镇长说，"怪啦，蜜蜂先是见他发毛，他却一下没挨。"

"李书记是怎么回事呢？"

李墨喜刚要说自己被马蜂蜇了，想起万镇长的话，就讷讷说：

"也是惹了一只蜜蜂呗。"

"蜇得这么严重，不去医院找我，巴巴地等我上门，这要来的人肯定是重量级大人物。"冯耀国对万镇长说，"恐一时半会儿，你这脸上的肿痛也消不了，怎么跟贵客说话？装瞎吗？"

"是个养蜂大王。"万镇长说，合着眼指一指李墨喜，"他见过的。"

冯耀国好像一下子明白过来。"罪过罪过。"他说，"这是万镇长的苦肉计啊。"故意对李墨喜说，"李书记这里就不要处理了吧。"

"我轻得多……"

"就让他那个样子！"万镇长打断他，"一个农村干部，受点伤，沾点土，还不正常吗？这些年虽说条件好了，但整天躲在村委会，夏天开空调，冬天开暖气，出门坐轿车，脚底板连点泥土都不踩，总说不过去。"

"万镇长说的是。"李墨喜说着。他真的不想让冯耀国给自己处理。"一只很小的蜜蜂蜇的。"他说，还加上比画，极言其小。"早不痛了，就是眼睛不大睁得开，把人看扁了。"

"看看，万镇长，有人不服了吧。"冯耀国笑着说。

"我很愁啊，冯院长。"万镇长说，"香庄拆迁后，土地还是依前耕种，除了给种地增加麻烦，一点好处没有。我就盼着立马给他们开发一下，省得落埋怨。李墨喜不说，我也知道他心里怎么想的。"

冯耀国开始收拾药箱子。"我不干政的。"他笑着说，"我走了你们继续聊。"

"哎，真不管我啦？"李墨喜忙叫。

"不是情况紧急，每人给你们脸上拔几个火罐。你们能带着火罐印子见人吗？"冯耀国笑着说，"这些药我留下。以后再被蜇了，冰块啊，碱水啊，肥皂水啊，蒜汁啊，韭菜汁啊，老黄瓜汁，都可以缓解疼痛。但不要犟着，该去医院还要去医院。"抬头往窗外一看，"哦，来啦！"

呼腾一声，万镇长从沙发上跳起。

为陪远方的贵客，县领导班子倾巢出动。

鱼贯而入的车辆，几乎占满了镇政府院子。所有人都注意到了万镇长和李墨喜二人的异样，一问，才知是蜜蜂蜇的。

贵客自有大人物的气派，站在那里，像座大山，特别是跟身材娇小的女县委书记杨暖仪相比。他那颗脑袋，可比万镇长的大多了。这还是没蜇过的。

岂料杨书记一介绍贵客的名字,万镇长登时呆若木鸡。李墨喜比他惊呆得还早。

不要小看李墨喜是村里人,他也十分关心外面的世界。通过网络,对世界的了解不少于只会听汇报的领导。他搭眼就认出这个被众人簇拥的贵客,可不是深山里的那位隐士,而是全国丰茂生态农业组织的创始人朱麒麟!其实,当初也不是奔着丰茂生态才去搜索有关信息。他是恰巧看到。看与农业有关,不免多看了两眼,就注意到了朱麒麟这个人。恰好那张网络照片又极为清晰生动,也就刻在了他脑子里。

李墨喜哪是发呆!他也算经过些大阵仗,这回却差点尿到裤子里。再加上他自己带着一只红彤彤的肿泡眼,像半个瞎子,又一身尘土,他是恨不得找地缝钻进去!

偏偏县镇领导,一味把他往贵客身边推,一时间,让他大汗不止。全身湿漉漉,水洗一般。

将客人引到接待室,万镇长慌乱中不知怎么安排座位,还是杨书记帮他请客人落了座。客人拍拍沙发扶手,让李墨喜坐在旁边。李墨喜很不安,竟说自己站着就好。客人闻言,又马上站起来,要求去香庄。万镇长忙凑到杨书记跟前小声说了句话,然后就对客人说这都正午了,还是吃了便饭再去,都已经安排下了。杨书记也这样劝。客人哪里肯听,说"中午吃泡面",让他只管备上热水。他看着客人的脸色,竟不敢违拗,给米委员做个手势,那米委员立刻往外跑。他又叫"回来"。米委员忙收了脚步。他做了个手势,米委员竟又领会了。

去香庄的路上,李墨喜被客人请上了自己的车,而且跟客人并排坐。

不用说,李墨喜的马六没法跟这辆车比。心想,今天丢人丢大了。客人早看出他的窘相,就说:

"我给香庄人打工来啦。"

"朱先生,您……"李墨喜看都不好意思看人一眼,"您不要这样讲。"

"您是'地主'。"客人又说。

"这个……"李墨喜心想,这是吓我吗?我没斗过地主,但爹娘斗过,叔叔大爷斗过。

"李先生，您当好'地主'，丰茂生态当好打工的。"客人说，"我们是雇佣关系。我们给香庄扛'长活'。"

李墨喜手机在响。他掏出来要挂断，客人让他接。

金兰问他几点回张暗楼，他说不用等他。

"老婆大人的？"客人笑问。

他点点头。

"抱歉，害你不能多说两句。"

"一天到晚，就吃饭睡觉两件事。"李墨喜犯愁。

话音未落，前边司机却扑哧笑了。

"这可笑吗？"他一本正经地问，又一本正经地转向身边的客人，"朱先生，您觉得可笑吗？"

看出来客人想笑，但客人说：

"不可笑。"

五分钟之内，就像眨眼工夫，香庄的土地到了。在李墨喜的陪同下，客人走下车来。接着，人们目睹了客人不同寻常的举动。

塔镇人民的贵客，大河湾香庄村民的贵客，全国丰茂生态农业组织创始人朱麒麟，该有多么热爱土地啊！

朱麒麟走下车来，适应一下中午明亮的阳光，然后走到路边的田地，单膝跪地，捧起一把泥土，放在自己眼前，久久凝视。

大家对这样的举动显然感到极为陌生，也就没能马上反应过来。等反应过来，朱麒麟也已经把土放回了地上。

"好土。"他说着，双手拍打了几下。然后，极目远望。

"一千六百九十七亩。"万镇长突然上前介绍，"南到二干渠，西到三棵树，东到莱河，都是香庄的良田。都是好土。"他兴奋异常，弯腰抓起一把土，也放在了眼前，竟一时忘了自己的面瓜脸。"好土啊。"

后来，他对李墨喜说，自己悔恨当时迟钝了，怎么没跟朱麒麟一起跪下来。这是对神圣土地的跪拜。过去哪里想得到呢？跟着朱麒麟一起跪拜，也就不会感到别扭。按说什么时候跪拜都不晚，但你让他现在跪，他已经跪不下去。跪的话，他也要跪蝎子崖。

万镇长的话里，隐含了对李墨喜的不满。自始至终，他都看得出来，李墨喜身上有本能的躲避意识。不是万镇长时刻暗暗提醒督促他，他都不会站到人前来。

那天，朱麒麟一行人，几乎走遍了香庄一千六百九十七亩的土地。在香庄废墟上，他们停留了好长时间。给朱麒麟做详细介绍的，不是李墨喜，反而是万镇长。这是老村委会的位置，那是小学校、藕池、中心街道，好像比李墨喜还熟。他却不知，自从香庄按计划完成拆迁，李墨喜也是第一次站在这里。

就在今天上午，李墨喜也只是站在村头，等候万镇长派来的车辆。

村庄的树木除了一棵老皂角树，全被一伐而光。离得很远，就先把这棵老皂角树看到了。看到皂角树，他会想起发生在香庄的一切。

大河湾也是必到之处。午饭，就是在大河湾吃的。

朱麒麟吃到了香庄二毛酿制的酱油。他的员工从车上搬下来两箱泡面，每人领到一桶，用米委员准备的热水泡了。

只见万镇长提了个亚腰玻璃酒瓶，径直走到朱麒麟跟前，说道：

"朱先生，尝尝，尝尝。"

没容朱麒麟问是什么东西，他已将那半透明的酱汁倾倒进朱麒麟的面桶里。朱麒麟好像怕咸，但还是吃了。万镇长依次给别人倒了些。

一时饭毕，大家都像忘了说话。

万镇长悄声问朱麒麟：

"朱先生，怎么样啊？"

清风传送朱麒麟的回答：

"土地的味道。"

当天晚上，李墨喜去了设在南店子农贸市场的香庄临时办公点。久没人来过了，房间里弥漫着一股令人窒息的腐浊之气。趁着窗外路灯的微光，打开电脑。通过朱麒麟这条线索，顺藤摸瓜，终于从网络上搜到了泰山养蜂人的信息。他一下子连心跳都似乎听不到了。若不是韩大哥来电话约他，他会这样在电脑前坐到天亮。

韩大哥得知丰茂生态农业组织即将承包香庄土地兴办"香庄丰茂农

场"，准备明天召集朋友聚会为他庆祝。两年来有关香庄土地的事情，像块巨石，沉沉压在他的心头，常常使他愁眉不展，朋友们全都看在了眼里。他对韩大哥说，尘埃落定之前不想招摇。韩大哥就说，随你。

电话挂了，李墨喜眼前却是一只只飞舞的蜜蜂。他还没意识到这些蜜蜂意味着什么。从上午被蜇到现在，经过了十二个小时，肿痛已经消失。

忽然，他发现电脑屏幕上写满了蜜蜂的文字。

借助五只复眼和三只单眼，蜜蜂视角可达三百六十度。他回忆在蜜蜂的脑袋上，哪是复眼，哪是单眼……想不起来。

一只蜜蜂要采一斤蜂蜜，需要工作三万三千三百三十三个小时，吸吮三千三百三十三朵花蕊……为什么数字都是"三"？蜜蜂飞行时速可高达四十公里。

李墨喜不由得站了起来。

此时，相比爱其他，他觉得自己更爱一只蜜蜂。

8

第二天一早，万镇长联系李墨喜，李墨喜关机。等不得，又打电话询问韩大哥。

香庄发生了多大的事呢！凭往常的经验，他断定李墨喜昨晚有可能跟韩大哥在一起。

江草庙的江福兴、史家洼的赵玄玄、金佛寺的金士魁、陈官庄的陈小杰、打驴蹄张家死了的张秀山、双庙村退了的王大牙，加上香庄李墨喜，因为韩大哥，常聚。传在人口中，就有好有坏。

原镇长刘茂林死在任上。万镇长接任。什么风言风语早都听到了，但他谨慎，不说破。两年后，又来了个新书记卜南田，不留情面，全镇村级干部会议上直接点名。

好事可做，坏事绝对不可做。纲举目张。党纪国法，就是言行的总纲。不要借口协同发展，成了亲戚，渐至于公私不分，更可怕结党营私。

从那以后，就都注意了。

一接万镇长电话,韩大哥直呼冤枉。"你们有惊天大事,我都不敢打电话问问,晚上十点才说过了夜再给香庄祝贺一下,目的是给墨喜鼓劲。"他辩解道。

万镇长生怕问东问西,搞得纷纷扬扬,就决定亲自过莱河去张暗楼看看。才出塔镇,李墨喜把电话打了来。

"我放蜂去了,万镇长。"他说,"我现在是一个养蜂人。"

万镇长诧异,比听到杨书记介绍朱麒麟为建设香庄丰茂生态农场而来,还要诧异。朱麒麟不是养蜂人,李墨喜成了养蜂的。

以前,他死也不会相信李墨喜还能做出这样的事。他好像看到一个人,孤零零走在广阔的北方田野上,心事重重,满目忧伤。他毫无理由地相信这个人会一直这样走下去,最终消失在宇宙。

突然,一个想法像把雪亮的匕首,跳到万镇长脑中来:

这个人在逃避!

匕首刺痛了神经。

万镇长先问自己,我能够留下一个七零八落的乡村吗?不能。在塔镇,他还只是一个外乡人。他来塔镇工作,转眼七个年头。他经历了人间五百年未有之巨变。这个巨变,本质上就是现代化。人人脚下似有车轮,人人两肋若生双翼。地球是个村,天涯若比邻,塔镇像颗黄豆……要找到李墨喜,不费吹灰之力。不用担心被害。传统社会的烧杀掳掠、鸡鸣狗盗,已在塔镇几近绝迹。犯罪和法律,成了虚拟空间的较量。天上的卫星不知疲倦地瞪着眼,空气里传送着奇妙的电波,连接世界。但目前,还不完美。

七零八落,肯定不是乡村最终的形态。而在结束这种现状之前,万镇长不考虑个人的升迁。作为一个地地道道的香庄人,李墨喜你却走到了逃跑的路上!

这就怪不得万镇长火了。

"胆小鬼,你怕什么!"他忍不住呵斥。

没错,李墨喜是被吓住了。丰茂生态农业组织来头大,它降临在香庄的土地,是香庄人的运气。试想,哪个人会傻乎乎拒绝运气呢?不用李墨喜回答,万镇长也想得到,他怕办不好。人心隔肚皮,什么样的好事都不一定会受到所有人的欢迎。历史就是证明。

那就做动员工作！历史也已证明，无所不通。

"镇政府给你撑腰。"万镇长说，"镇党委给你撑腰。"

说得多好啊。远的不提，从推行生产责任制开始，三提五统，计划生育，这撑腰，那撑腰，给撑腰的事，桩桩件件，记都记不过来。那些年，说要种棉花，整个大地全是棉花。说种蒜，就都种蒜。说要种葡萄，葡萄园一个挨一个。说白了，撑腰就是命令。

说白了，不下命令，就一个人一个想法。

现在香庁惯于有想法的村民，万镇长早有掌握。赵明海，苏广厚，王宝堂……最难弄的张福庆，是个泥腿。他都打过交道。这些人阻挡了什么？不过是落了个丢盔卸甲的下场。

谁能阻挡得了历史的巨轮？历史无情。顺应了历史，历史就是有情，历史就是一头温驯的肥猫，跟你缱绻亲热个不休。

李墨喜却请求："万镇长，不要逼我。"

一个"逼"字，让万镇长瞬间就理解了李墨喜的行为。

"你还没有做好准备？"

李墨喜以沉默做了回答。

"那我明确告诉你，这件事只有好，没有孬。"万镇长说，"塔镇要建成金乡县最大的、标准最高的现代农业生产基地。下一步我们还会联合周边村子。搞好了，带动全县农业发展。事不宜迟。如果搞到鸡飞蛋打，我们都是塔镇的罪人，没法跟祖宗交代。"

"给我一周。"

"你明天就给我回来！"

"给我一周。"

"你跟金大筐在一起？"

"我在放蜂的路上。"

"那好。"

这块土地上将要发生什么？地球在宇宙间转动，昼夜交替……不管是万镇长，还是县委书记杨暖仪，都还拿不准。也许什么都不会发生。

十年前的冬天，丰茂生态农业组织创始人朱麒麟，在海南三亚全国现代农业发展论坛上，首提这样的价值观："生态农业，人的生态。"大批企业家，特别是农民出身的企业家，立刻认同和响应，纷纷把目光从各行各业转移到农业上来。

丰茂生态农业组织一直致力于资助、扶持民间大规模农业产业的成长，打造企业家、NGO、社会公众共同参与的社会化保护平台，倡导以智慧生产为手段，凝聚爱的精神，完成最终使命：建设"农民乐土"。

过去，丰茂生态农业组织只是远方缥缈的传说，至少在金乡县的政界，没人去做深入的了解，但几乎一夜之间，它就真实地降临在了塔镇大地上。

人们亲眼看见，气宇非凡的朱麒麟，朝着土地单膝下跪，捧起一把热土……

这样一个身价百亿的企业家，竟能够在众目睽睽之下跪拜土地，在场的没人能做得出。别说跪拜，多少人连往土地上蹲一蹲，都已经蹲不下去了。

多少人一年到头，连一寸泥土，也没有踩过一脚。

锄头镢头扬场锨，也不知有没有摸过两把，好意思说自己在做农村工作？

在场的金乡干部，从县到镇，从镇到乡，一个个木呆呆、直戳戳，俱作壁上观。

全县招商会上一再强调怎么对待金主。一切都为金主的笑脸。要让金主嘴里满意，眼里满意，心里满意，每一根头发丝都满意。

不光是万镇长意识到了自己的迟钝，杨暖仪书记也意识到了。当时但凡有一个人跟着跪下去，效果也就烘托出来了。

头顶苍天，下跪黄土，啧！要肃穆有肃穆，要神圣，就有神圣。

这看似无关紧要的问题，一遇到紧要关头，就很可能让人掉链子。朱先生没表现出不快，但杨暖仪书记到底觉得哪里做得不足。也好，是个提醒。

她把万镇长招到办公室，当面督促，以示重视，还不分时间，一遍遍地给他打电话，他就知道她跟自己一样，心里没底。怕呀，眼看到嘴的肥鸭，跑了。

目前，县里能做的，只能是未雨绸缪。将来政策上一路绿灯。不管是农业开发，还是建厂挖矿，搞房地产，一律表示欢迎。从现在起，工作不容许出现一丝疏忽。

除此之外，他们只能一遍遍回想，又一遍遍怀疑。朱麒麟一行莅临塔镇，在香庄土地上吃了一顿自己带来的泡面。饭毕，连小叉子、包装袋、调料袋统统带走。生态农业嘛。时时刻刻保护环境。如果不是塔镇政府提供了热水和调味的酱油，他们几乎没跟塔镇发生一点实质性的联系。

"那酱油是怎么回事？"杨暖仪书记不禁询问起酱油来了。

每个人都有一条舌头，并非每个人都会吃出土地的味道。

越回想朱先生的话，越觉得对。

万镇长把酱油的来历讲给杨书记。杨书记不语，神情像在回味。妙处简直难与君说，那就只能用"神奇"来概括了。杨书记还没在塔镇政府食堂吃过饭。万镇长就说，下次来给杨书记带上一瓶。

杨书记没反对，看来也没什么不妥。她在济宁市直单位工作十五年，三十九岁从青联主席的位置上离开，七年时间在金乡周边转了三个县，来金乡县工作才一年零五个月。一般情况下吃县委食堂，但自己做饭的时候不少。一个人在金乡，吃饭的事好打发。有时要回市里看看。女儿在杭州上大学，剩下丈夫一人在家。作为一个女人，总得给丈夫做顿饭的。酱油用得着。好酱油拌饭，味道不会差。

又问，来塔镇七年了吧。

他说，怎么止？整整八年半。

杨书记就"哦"一声。

卜南田书记离开塔镇都已两年多了。他跟卜南田合作还算愉快，不像有些乡镇书记和镇长那般关系不谐，甚至闹到伤了和气。现在卜南田在瀚童集团现任老总佟志承当过县长的那个县出任副县长。他因塔镇的事情找过他，还很热情。

三年过去，县里都没给塔镇派个书记或镇长。党务、政务，均由他一肩挑。因他从来不在官职上有要求，不免让人认为他还挺享受现状，也就没有急于对塔镇领导班子进行调整。但据灵通人士透露，快了。他心里却另有想法，希望再给自己两年，用于纠偏。

等大河湾香庄搬上楼,以后再轮到偏远村落,绝不能这么整。要搬,就先把小区建好再说。发展的道路上,气宜聚不宜散。村子一散,气也就散了。

今天杨书记什么意思?万镇长虽然从毕业就在金乡工作,到底比杨书记多吃过几斤咸盐,能看出来她问这些闲话,不过是要放松一下自己的情绪。

万镇长能在金乡生活一辈子,杨书记不能。还有更远大的前程等着她。她必须干得更好,才会更快地回到她丈夫身边去。

9

允诺给李墨喜的一周时间,万镇长等得。

那么,李墨喜你个村干部,又能做什么呢?没你李墨喜,地球停止运转?其实离谁都转。万镇长却觉得自己也像杨暖仪书记一样,需要放松一下。

李墨喜跑开了,又岂知不是为了放松?

眼前的道路上,是谁在走来?那是光辉灿烂的丰茂生态农业啊!这个闻名全国的社会组织,即将彻底改变香庄田野的面貌。

尽管往好处想吧。让人能不心口乱跳?

万镇长也想去放蜂了。李墨喜这伙计,怎么不叫上自己?他有办法给自己放上一周假,跟李墨喜一道做个逍遥自在人。

哦,想想吧,带上一个蜜蜂王国,在香风骀荡的野地里自由游荡。想想吧,远离尘嚣,与日月星辰、花儿、鸟儿、虫儿为伴,就像回到了童年时的蝎子崖。

万镇长先是以为李墨喜可能去金佛寺找金大筐了。至少在塔镇地界内,金大筐是养蜂大王。不料金大筐还在金佛寺。

这是五月天气,洋槐花刚过盛期,而野地里各种各样的野花,还在你追我赶开个不休。万镇长想到了丁公山。每年一开春,差不多正月一结束，一面面山坡上就有小小的花儿在悄然开放。从零零星星，开到漫山遍野。从色彩轻淡，开到色彩浓烈。

蝎子崖祖辈没人养过蜂，虽然他从一朵朵花蕊里品尝过花蜜的味道，但他直到参加工作，用自己刚领到的工资买了两瓶蜂蜜回乡看望父母，才算真正吃到了蜂蜜。

每次走在野地，掐下一朵花，从花柱根部吮吸花蜜时，他都会幻想把那时常只带着稍许甜味儿的花蜜，一点一点收集起来，从零零星星，甚至只是一点难以捕捉的气味，积聚成一小口，一大口，一小碗，一大碗。

人做不到的，蜜蜂却做到了。蜂蜜吃到口中，带给人的愉悦是那么强烈。不是蜂蜜在舌头上融化，是人融化在蜂蜜里！感觉真好，从来没有过的幸福和满足。父母的眼睛像在说，哎呀呀，天底下怎么会有这么好这么好的东西？他们又怎么会生出这么好这么好的儿子？手里一有钱就给他们带来了蜂蜜，沉甸甸的坠手的两瓶蜂蜜！

那奇妙的甜极了的黏稠的液体，也给他们插上了透明的翅膀，让他们化身为无数轻盈的小蜜蜂，迎着明媚的阳光，漫山遍野地自由飞翔。也是在一个美好的天气。微风和煦，山峰如玉。

一家人兴致勃勃品尝蜂蜜的场景记忆犹新。奇怪的是，他却从没想到自己去做一个养蜂人。连一刹那的想头也没有。在李墨喜从泰山归来之前，他从没有认真关心过任何一家养蜂专业户。

曾经得到蜂蜜的滋养，而不做回馈，那天终于在金佛寺遭了报应。想起来，脸上隐隐还有肿痛。

再次走进金大筐的养蜂场，他虽心有余悸，但没有一丝怨恨。从金大筐口中，他得知村里另几家养蜂专业户去了丁公山。他们每家各养了五十群，每年都要轮换去山里放蜂，这样可以避免对金佛寺蜜源的竞争。现在正是蜜蜂最活跃的时期。

这一周，光金大筐这里，万镇长就来过三次。每次都没有惊动金士魁，也再没有被蜜蜂蜇过。他已经了解金大筐饲养蜜蜂近二十年，家里的地全都租给了别人。自从在小树林养了蜜蜂，也就很少去村里住。

金大筐饲养的蜜蜂很怪，有的人来了会炸锅。特别是金士魁，一来蜂场就像往蜂群吹了一股暴风，所以他就很少来。万镇长这才明白，那天自己说要来看蜜蜂，他似乎很犹豫。

万镇长单独来了，蜜蜂没有炸锅，但他上次却挨了蜇，所以金大筐的态度还算不错，问什么就回答什么，还给他开蜂箱让他看蜂王。

在亲眼看见蜂王的那一刻，他身上一激灵，如同过了电。

奇怪了，蜂王跟它的工蜂相比，只是腹部略长一些，却让人陡生一种莫名其妙的感觉。

塔镇的二十五个行政村，全都夹在莱河和大沙河之间。紧靠大沙河的张岔楼，也有一家养蜂的，才养了二十群。万镇长去那里看了。

跟金大筐蜂场的欣欣向荣不同，那里几乎听不到圆润洪亮的嗡嗡声。从蜂箱里钻出来，向远方飞去的蜜蜂，寥寥无几，就好像大多数的蜜蜂都躲在蜂箱里睡觉。它们的身体也没有清晨露珠一样的晶莹剔透，而是发暗、发灰。蜂箱外的地面上，散落着一些死蜂。

万镇长一走进蜂场，像个富有经验的养蜂人，仅凭听觉，就断定蜜蜂出了问题。他直接向年轻的蜂场场主提出来：

"你要去向金大筐学习。"

场主谦逊地答应下来，但没有急迫的样子，让他暗自决定再见到金大筐时，亲自请他来做指导。

这几天万镇长心心念念想的都是蜜蜂，整个塔镇也就像一个巨大的养蜂场。不知疲倦的工蜂在空中飞舞，寻找鲜花盛开的蜜源，以特别的飞行轨迹传达信息，并引导蜂群向蜜源飞去。你来我往，有的已经满载而归。

稍有空闲，万镇长眼前就不可救药地出现这种幻觉。

在蜜蜂组成的世界里，伴着蜜蜂轻快的舞姿，一个人向他缓缓走来。

这人就是李墨喜。他信守诺言，如期来到他的面前。

实际上，万镇长首先看到的是他的背影。

这天上午十一点左右，万镇长在县政府开完会从县城一中门口经过，远远看到路边有个人背着一个灰色旅行包，在跟一个高中学生说话。他无法形容自己的心情，完全不顾挡了后面车辆的路，立刻把车停了下来。

那人是李墨喜，身上带着野外放蜂时沾染的风尘。高中学生是他的女儿。父女俩说完话,他目送女儿走进学校大门,才回过头来。

李墨喜不讲自己这一周去了哪里。他坐上万镇长的车,跟万镇长一起回到塔镇政府。门一关,这养蜂人张口就对万镇长说:

"我要把大河湾留下。"

他一脸郑重其事的表情,让万镇长止不住疑惑。他用一周时间跟蜜蜂在一起,就是为了做出这个决定?一周时间,足以了解蜜蜂。

留下大河湾,是要做一个养蜂人?

本来万镇长担心丰茂生态农场落地不顺利。不排除会有人故意捣乱,拒绝流转土地。从赵明海、张福庆,到二毛,他都想到了,不料第一个提出拒绝的竟然是李墨喜。难道李墨喜从蜜蜂的生活中得到了什么启示?

嗡嗡声又在万镇长耳边响起来,却嘈杂不安。

大河湾,那块荒芜两年的机动地,一直都是香庄的痛处。对土地承包款、承包程序的追问,从来就没有停息过,即使老地丁在任时也是这样。李墨喜应该知道好歹,趁机从根本上解决了它。

万镇长要反对。"你得考虑大局。"他说。

往常只要李墨喜在万镇长办公室关上门,那就是要跟万镇长好好谈谈了。有人敲门,万镇长也不会喊"请进"。

李墨喜坐下来,直着身子。野外的风和阳光在过去的一周,给他脸上留下了干燥的痕迹。他的嘴唇也有一点爆皮。

哦,他肯定用这两片嘴唇吃过了蜂蜜。

"万镇长,你知道我在泰山见到的是谁?"

"不是说养蜂的吗?结果来了个老朱。"

"那天晚上我从网上查到了,是子在川会长。"他紧盯着万镇长的眼睛,又补充道,"错不了。绝对是他,马卡!马卡!"

万镇长闻言,一声不响。半晌,才慢慢朝沙发上坐下去。

"你想没想过,香庄的土地会有这么珍贵吗?能够惊动我们过去想都别想接触上的子在川会长?"李墨喜说,"他选择以这种方式与我们合作,简直突如其来,就像香庄的土地下面埋藏着什么无价之宝。我是凡人,反正我看不出那块土地跟史家洼,跟金佛寺,跟张岔楼、大王庄、核桃园、乔大庄，有什么不同。它是那样普通，从来就不比别的地方更好。"

万镇长在沉思。

"香庄需要外来投资。资本选中香庄，我替香庄受宠若惊。"李墨喜继续说，"但我要有所保留。既然我在香庄当家，我就要替香庄人提出这个唯一的要求。请镇长放心。我已尽自己所能。朱先生那里，我也表示了欢迎。我保证，每个香庄人都将是顺从的。依您的说法，每个香庄人都会从大局考虑，不会给政府添麻烦。只有我李墨喜，要给香庄留点私心。"

"也许别人就能看出它的好来。"万镇长自顾自地说。

"我也并没有嫌弃它呀！"李墨喜几乎叫了起来，"我只是不想它全交出去。"

这时候，他像刚刚品尝了甘甜的蜂蜜一样，神情愉悦明亮。甜的食物，总会让人高兴的。况且，世上并没有发生令人沮丧的事情。

朝前看，朝前看，不好的事情总有结束。比如他过去何曾想过，村子会散？岂止是散，是消失了。万历年间，老祖宗千辛万苦从山西迁来，历经数百年，其间经受了多少战火、天灾、人祸的考验，说没就没了。他不是想不通，是不大相信重聚。按规划，香庄可在光善社区分得五幢楼。把全村一千二百九十九人，弄到五幢楼上，人头上住人，人倒是密集了，可那还是村庄的样子吗？这样的疑问，不是他一个人发出的。他之所以没说出口，一则自己也确实想过住上高楼，像个城里人一样，手可摘星辰，二则自己是当家的，不光要带头服从，还要具体执行。他有疑问不假，不相信重聚也是真，但村庄回不到过去，那就一定是一种新的样子。

新的样子虽然让人忐忑、怀疑，但也会让人有所期待。

万镇长有什么可说？李墨喜进门后郑重其事的表情，不知不觉早已被轻松愉快所取代。他不是苦呵呵的。你得承认，一脸阴沉、悲愁，会打动人，但有时也会让人警惕。他把好的情绪传染给了万镇长。

在过去，仅在一周之内，他们共同品尝了蜂蜜的鲜美。美妙的感觉很容易就被唤起。就好像是同醉的人，在合欢之物的影响下，相互之间不再设防。况且，在对自己的土地未做充分了解之前，一股脑儿交出去，多少有点莽汉的行为。

留下大河湾，那仅是一百二十亩，又不是香庄土地的全部。是香庄最肥沃的地块，却不在土地中心。虽然占据了水源，但上世纪五六十年代开挖的水渠，修整后依旧从边缘延伸到了剩余的绝大部分土地上，并不影响香庄土地的连片开发。

为香庄土地开发而欢呼，但不做莽汉。这是对的。

10

走出镇政府大院，李墨喜面带微笑，仿佛醉了。

时代选中香庄，没什么好奇怪。从古至今，有些人的突发奇想，就是另一些人的命运。傲徕会子在川会长，在几百里外的深山洞窟，或万里之外的豪宅琼苑，头脑一热，香庄跟着就要改变了。

不知将来还能不能再见上他。为香庄人呈示感激，那是自然。感激并不是丧失尊严，而对命运的有所保留，也是维护了自尊。

刚刚，在万镇长的办公室，他一个人就代表香庄决定了这种对命运的不完全的顺从。

香庄另外的一千二百九十八人，尚不确知上周发生在那块一千六百九十七亩土地上的空前盛况意味着什么。

李墨喜这就要回去，原原本本告诉每个村民！

来到南店子农贸市场，还是没见到一个村委会的人。

真是散了呀！

当初在香庄，村委会的办公室哪天不挤个满满登登？现在可好，连四名村党总支委员和五名村委委员，开村委会都常常聚不齐了。

李墨喜挨个给他们打电话。不到十分钟，打通了四个，只有现住河东璧井庄的村委委员唐继民的手机无人接听。心想，璧井庄距张暗楼不远，他可以专门去璧井庄一趟。唐继民是村里唯一的不是党员的村委委员，也是唯一有正经学历的人。他上过济宁商校，没赶上国家分配。在市里、县里干过几年编外，受不了不平等待遇，一赌气就回了村。

唐继民应该跟其他几个村干部不同，至少他不会不知道子在川！

想象中的激动或欣喜若狂，根本没在那几个村干部身上出现。

子在川？他们好像根本就没注意到这个名字，更不用他去说马卡了。

傲徕会？有什么稀奇？李墨喜听得出来他们语气里的漠然。

可这对李墨喜来说，都是如雷贯耳的名字！

已经踏上香庄土地的朱麒麟，就是傲徕会这个优秀企业家俱乐部的一员。自傲徕会成立，到现今也只发展了十七家会员。随便从这十七家会员单位中拎出一家来，都可威震全国。

汉马控股、美达集团、雄远集团、辅仁控股、热海集团、大星集团、巨子集团、梦想集团……十七家。

十七家，哪家都非本地瀚童集团所能比。活在这个时代，谁家里找不到这十七家的东西？可是，他们就要来了。

他们来了！

汉马控股总裁子在川会长，亲自把这块土地上的一个代表请到身边，听他讲述了村庄的故事，并陪他观赏了蜜蜂。

当时，他尚不知此人底细，但仍可判断非同寻常。

就是这个人，几乎让他迷上了那小生灵。他不惜用上一周的时间，去了解蜜蜂的生活，去亲近这小生命。

他们来了！

在争取万镇长同意保留大河湾后，他第一次把这激动人心的消息，正式向这块土地上的人们传达。

他们"嗯"一声，表示知道了。

坐在办公室桌前，大河湾香庄人李墨喜，因为村委成员平淡的反应，而倍感孤独。愣了半天才发现，自己的眼睛在看着一幅逼真画面：

无数的蜜蜂簇拥在一起。它们并不是静止的。即便如此拥挤，也仍在劳动。当然不是悠闲地劳动着，而是拼命地爬，拼命地钻，互相从身上潮水一样，一轮一轮地爬过去。它们全都一个模样，分辨不出谁是谁。或许根本就没有蜂王和雄蜂。

显然，李墨喜不是蜜蜂，自然代表不了蜜蜂。但是，从众村委委员的语气上，似乎——他也代表不了村民。这让他不甘。

在众村委委员衬托下,他就好像一个没见过世面的人。问题是,他清楚感受到了那种激动。

当蜜蜂发现了新的蜜源,那里鲜花怒放,它会不激动吗?

一时间,李墨喜心情很不好。

忽然想起,自己有日子没受到二毛骚扰,是不是正说明自己反应过度了?此刻,二毛在干什么?她总是忙。一年到头,没见她闲着过。可以说,她是香庄最勤劳的女人。

对,二毛就是一只将在命运中奔忙到死的蜜蜂。

如果他把消息传达给二毛,她会有什么反应?会不会劈头给他一顿冷嘲热讽,噎得他吃不下饭,睡不好觉?

他倒是要冒一次险。打电话给她!管她接不接!

房门咣当一声,被猛地推开。门扇撞到墙壁上,又弹了回去。

"可捉到你啦!"金士魁跳进门内,大声叫道。

在他的身后,站着韩大哥。

金士魁一把扯住他的胳膊。"走走走!"金士魁继续急火火地嚷嚷,"不要因为村里的事,连午饭都不吃。"

他想挣脱。韩大哥上前,对他认真瞧一瞧,若有所思地说:

"弟弟脸都晒黑啦。人也瘦啦。"

"先不要解释。知道你想避着哥们儿,我就没给你打电话。"金士魁说,"你不饿,我也饿啦。"

韩大哥伸出宽厚的手掌,放在李墨喜的肩头,怜惜地轻轻摩挲:

"好啦,好啦。"

从天上俯瞰塔镇大地,会看到大大小小很多房顶。塔镇和县城几乎被新建的住宅小区和厂区连成了一体。住宅小区和厂区的明显区别,就是房顶大小的不同。每座厂房都像一个宽广的体育场。厂房房顶,红白蓝三种颜色居多,晴空下异常耀眼夺目。塔镇以南,约四五里,才能见到大面积的农田。

面对城区疯狂扩张之势,万顷绿波仿佛含了隐忧似的颤抖。

在这万顷绿波中,有一座不到三分的小菜园。

李墨喜家五亩三分地，五亩转包，留下三分种菜，自给自足。但凡土里生长的菜蔬，每年都种一些。

小菜园里，能找到香葱、韭菜、芫荽、生菜、辣椒、茄子、秋葵、西红柿，上架的芸豆、黄瓜、豆角。

莳弄菜园的活计，基本上都交给了他老婆金兰，因为他要忙村里的事情。金兰精细，一个人种出的菜全家人吃不了。金兰种菜不打农药。

这一天，夫妻双双来到菜园。李墨喜用锄头给茄子、辣椒、西红柿松土，金兰在一旁整理菜架。

天气很好，不一会儿，李墨喜出了点微汗。他脱下外套，身上只穿一件干净的白衬衣。

夫妻一边干活，一边小声交谈。不知不觉，都没有了声音。

茄子开紫花。辣椒开白花。西红柿开黄花。

白花上落了一只金黄的小蜜蜂。

李墨喜停下干活，只看一眼就像看迷了。金兰听不到他的动静，也就从黄瓜架后面看他。金兰只看他一眼，也像看迷了。

他被什么吸引住了？

真是好天气啊。阳光这么明亮，却不那么灼热。田野上的风，感觉不出来，但的确在轻轻吹拂着，无色无味，像经过了极细密的过滤。四周草木那么绿，透着生机。李墨喜的衬衣是那么白，漂洗过了一样，在太阳下散发着朦胧的光晕。金兰胸膛里送出了柔软的气息。她小心翼翼地看着，仿佛怕惊动了丈夫。她不知道自己的视线悄然模糊了起来。

携带着花粉和花蜜，小蜜蜂飞走了。李墨喜又开始干活，金兰却没有觉察。

"这是最后一季啦。"

金兰蓦地一惊。李墨喜说什么？

不能让锄头碰掉花朵和刚刚冒出的果实。那些小茄子、小辣椒、小西红柿生长得还很不牢固。李墨喜干活的样子，就像土里有黄金。一想到这个，金兰就止不住有些激动。下意识扭过头，朝身后看一看。虽然没看到什么，但她知道很多人影散落在田野的各处，或者是村里的二毛，或者是其他人。

她更愿意此时此刻，万里长空笼罩的大地上，只有他们夫妻二人。

土地下面，究竟埋藏着什么呀？

金兰没有那样的眼睛，可以看到黑暗的地层里去。过去，她只知道，土下面还是土。活在土地上的人，祖祖辈辈刨不完的土，最终深埋在土下。活一辈子，像把自己埋了。可是，丈夫说了，这块土地有多么珍贵！千里之外，一个叫子在川的老人，看中了这块土地！

李墨喜拄着锄头，稍事休息。

"这是最后一季啦。"他说。

丰茂生态农业组织迟则秋季，就要来开发这片土地了。这是香庄人最后一季的劳作。显然，秋白菜、胡萝卜、红萝卜、冬瓜这些蔬菜种类，就不用再准备播种了。

不知为什么，金兰鼻子里一酸，赶紧把一根黄瓜秧绑扎在了架子上。

"是啦，是啦。"她龌声应道。

李墨喜记得，那天韩大哥用手掌轻轻摩挲他的肩头，口中说"好啦"的时候，自己差点掉下泪来。

他们走出香庄临时办公点，就去附近的一家羊肉馆吃了顿很迟的午饭。没想到都快下午两点了，又呼隆隆来了几个人，赵玄玄还带了箱好酒。他们都是为香庄祝贺的。于是，换了有大桌子的房间，又添了菜。恰巧唐继民打来了电话。

唐继民先听到了房间里的嘈杂，就说："这么热闹啊。"他告诉唐继民，香庄人只能在香庄的土地上种这一季了。唐继民好像没听明白，他就说：

"等着，我当面告诉你！"

深夜，李墨喜才有空把唐继民约到璧井庄前的一棵老榆树下。

夜幕低垂，唐继民默默握住了他的手。他看不清唐继民的表情，但唐继民脸上发出了微弱的光亮。他知道，那是唐继民流出了眼泪。四野沉寂。

忽然，东方的地平线上，无声地打了一个持续半分钟之久的露水闪。

他们知道，夏季来了。

小菜园里，李墨喜又锄了一锄头，好像在寻找大地黄金。

第二章

1

地球在宇宙空间转动……快过年了,雪还没着落。

"管得了的事嘛,你管。"金兰柔声劝道,"管不了的事,唉声叹气也白搭。"

乡村大人物李墨喜把头扭向窗外,长时间看着那张寡白的天空。

"下场雪就好啦。"听他小声嘀咕,"瑞雪兆丰年。"

金兰不由得一笑。"谁当得了老天爷的掌令官?"她道。

李墨喜站起来。

"怪不得呢,在给老天爷操心。"她悄声道。

过了年李墨喜四十五岁,民间叫作"驴年",也有叫"腌臜年"的。

一进腊月,金兰就觉得李墨喜的脾气有些捉摸不定。金兰想想就偷笑。

元旦那天,姊妹们都在她娘家聚,她就专门给姊妹们叮嘱过,不要谈论李墨喜的年龄。她娘搂着她说:

"看,还是俺二闺女有心。"

姊妹们嘴上说:"就你二闺女是亲养的!"

哪个姊妹心里没块明镜?不是沾了金兰的光,这老娘也不会住上县城的好房子。

一过节,不管是土节洋节,姊妹们没落下一个。老娘打从马庙乡徐砣门村搬来,一家人就像天天在县城过节啦。村里人从不放在心上的那些西洋节，复活节、情人节、圣诞节、万圣节，还有三八节、劳动节，全被姊妹们记住了。过起元旦来，隆重不差于阴历年。

当初老娘还不舍得徐砦门的小破院子，在县城住了两年，撵她回她都不回。房子水电气暖齐全，物业又好，出门碰到个邻居，不是这部门的头脑，就是那单位的负责人。要去奎星湖公园，去大商场，都方便。

跟她娘住的房子相比，光善社区差不少，但跟村里相比，却好出一截。村里没楼。依她早就起楼，却从没跟李墨喜提过。

何为好夫妻？她和李墨喜就是。两人总是一条心思。在村里起楼，扎眼。城里有房子，他们也没去住。同样是怕扎眼。

给老娘住了，免不了有传言，但她咬住口，也就是有一搭子没一搭子的事。好在娘家姊妹也不爱人前招摇。

搬来光善社区之前，她家在莱河东张暗楼村的表舅家总共住了两年半。这两年半她每天见人就脸红。

来表舅家住是表妗子答应的。表舅很冷淡，两年半没正眼看过她和李墨喜。

一天夜里，她忍不住哭了。又怕被表舅和表妗子听见，就捂住嘴。

"我脸皮还是薄啦。"她呜呜哭着。

贤惠女人，就会说这句话。她觉得再哭下去就要崩溃了，但她止不住。

李墨喜没反应，让她像抱着根死沉的木头。她的手在他身上摸摸，肚子、胸脯，再往上，下巴，嘴，鼻子。鼻息轻拂在她手上，热乎乎的。李墨喜总不说话，她就有点生气，随后就又自愧。李墨喜沉稳，要做什么，不做什么，心里头明明白白。倒是她，糊涂了。

渐渐地，脸上的泪干了。她不想再躺着，揉一把脸，就悄悄下床要去屋外透口气。

这两间南屋，原是表舅家专放农具、杂物用的，地面坑坑洼洼，没铺地砖，也没铺水泥，因从未住人，就有股瘆人的阴气。夜里她怕出门，人一躺下，就硬是躺到天明。睡不着时暗暗自我宽慰，熬过去搬到光善社区就好了。继而还想，等李墨喜撂了挑子，她就正大光明地住到城里去。那时候，谁爱戳脊梁骨，谁爱说三道四，随他吧。就像她老娘，等在城里住惯了，回过几次徐砦门？过不上十年八载，跟村子也就全断了来往。这有点绝情，却是终将摆在面前的事实。

大胆到了屋外，坐在一个石臼上。低头一看，两只脚尖正伸在月光里，自己腰部以上，涂了层银水一般。

月亮挂在东边一棵楝子树梢，像在瞧她。

深更半夜，这么独自坐在月亮地里，感觉很奇特。不由得轻叹一口气，心头又觉得酸酸的。耳听得一阵窸窣，猜是老鼠或虫子，目光就随意搜寻了一下。

屋山西边的墙旮旯，有团黑影子在晃动，看体积不会是猫和狗。要叫呢，肯定会惊起想必已入梦乡的表舅一家。

到底起疑，就多看了一眼。似乎有张人脸迎着月光向她转了过来，不知有没有看到她。她相信自己看清楚了，这是同村的红鼻子张福庆！

紧接着，她看到了更多。

张福庆没干好事啦。张福庆手下摁着个黑乎乎的怪物。张福庆在动，怪物也在动。

金兰身上腾地起了一团火，顿觉自己快被气死了。早听说张福庆在张岔楼找了他大姐家的房子暂住，从张岔楼到张暗楼，又隔着一条河，有五六里路之遥，竟跑她表舅家做这见不得人的勾当，简直丧了天良！

她喘不过气，就像她坐在身下的石臼，被塞进了她的肺里。她也无力起身，就那样软瘫在坚硬的石臼上。

墙旮旯的动作愈加激烈。一股腥臊的浊浪猛地扑来，令人作呕。

金兰竭力克制着胸腔里的不适，直到那里静息下来。过了好一会儿，才见张福庆直起腰，慢条斯理地系裤子。一个女人在他的搀扶下踩上一堆柴火，两人一先一后从院墙的缺口跳到外面。

在女人消失的一刹那，金兰认了出来，竟是同村盐虎的老婆二毛。早听说张福庆跟二毛有点不清白，今夜就撞在了金兰眼里。

摆明了，这一对狗男女是有意的。

不知不觉，月亮被一团暧昧云气笼住了。金兰回到屋里无声躺下，第二天醒来也没对李墨喜透露一个字。

经历过这件事，心里倒平静了。表舅虽是亲戚，说到底自己是寄人篱下，让人家天天当你是贵客，也不现实。

从嫁给李墨喜，到搬到表舅家之前，没受过一天委屈。人活一世，没受过屈哪成？这是找补啦。不定将来还会有什么补偿，该来的都得来。而表舅家好端端招惹了谁？

金兰向来就会自我宽解。金兰显得高兴了。每去县城，都不忘给表舅和表妗子捎点礼物，一箱牛奶啊，一包"工商联"点心啊，喜得表妗子说：

"用得着好外甥媳妇恁破费！"

表舅的脸色不变，表妗子还背里说：

"别理他，从年轻就是一脸老挂钟。"

金兰遇到二毛也很高兴。

二毛家同在张暗楼的亲戚家找了房子，离表舅家不远。

平时在本村因为二毛风言风语多，金兰对二毛多有些敬而远之。再见了二毛，金兰不一样了。唯其不一样，才见出两家的缘分。本村的房子拆了，两家又住到了同一个村里。

金兰一脸的笑，邀她同去县城赶会。二毛没给脸色，脸上也笑着，但话中夹枪带棒。

"你们是高级人儿，"二毛咬着舌尖子道，"高级人儿才配去大县城赶会。俺只配去王丕啦！"王丕是张暗楼东南方向的一个小镇。

二毛家的屋子才盖了三四年，拆的时候两口子都哭。

金兰家的屋子也才盖三四年，拆的时候金兰去县城看娘了。李墨喜带头拆的。

那之前一个月，李墨喜带领村干部挨家挨户跟人做工作，说："就要住上楼了。"说，"旧的不去，新的不来。"

金兰不走，保不准也哭，但李墨喜不哭。

陆陆续续半个多月，村子才拆完。又熬了一年半，等不及全面装修，金兰就催李墨喜搬离了表舅家。

终于结束寄居，住进光善社区的房子，金兰觉得比县城她娘住的那房子都好！

在表舅家的那段日子，真是一场噩梦！她连与表舅一家人断绝亲戚关系的心思都有。为了李墨喜，她不能显出不快。

这光善社区虽说只是在塔镇边上，房子装修也粗糙，不时断水断电，但她就想象自己纯粹是住在县城的房子里。

要问原因，只一个。李墨喜还没撂挑子。

塔镇的领导金兰也认识几个，也没听出来让她家李墨喜撂挑子的意思。她很懂领导想什么，培养这么个农村干部，不那么容易。

一想到李墨喜是塔镇，甚至是金乡县培养出来的"农村干部"，她的心里就总是一漾一漾的，像一片大湖，湖里盛着一丈深的蜜，颜色自然也是透亮的蜜的颜色。

说千道万，她做女人很幸福。但是，这幸福的背后，却是李墨喜的辛苦。

女人的心是蜜汁充盈的湖，李墨喜的心是风浪险恶的深潭。

李墨喜时常心事重重，金兰从不强迫自己去多做揣测。

李墨喜的前任，是赵明海的爹老地丁。本来与赵明海从小玩到大，管了村子里的事就弄成了对头冤家。李墨喜打二十九岁开始管事，眼看要过驴年，管了整整十五年。

这十五年里头，有八九年是赵明海领头在村里闹事。那个有意跑到张暗楼给人添晦气的张福庆，就是赵明海死心塌地的跟班。金兰不知多少次在心里骂他是赵明海的狗腿子。

村里消停下来，还是在近几年。

李墨喜惋惜与赵明海的情分，金兰轻易就能猜到。她不提这茬儿。李墨喜不说，她不问。李墨喜说了，是惊喜。李墨喜若肯斥责她一句，她倒求之不得啦。李墨喜还没到驴年，就有了驴脾气，她暗想，这很有意思。

李墨喜心神不宁地出去了，金兰也开始盼下雪。

入冬以来，没下过一片雪，至今尚未有下雪的迹象，却连个蓝天的影子也见不着，整天笼着层白蒙蒙的雾霾，重的时候看不到楼房对面的墙壁。

既然李墨喜要下雪，那就下吧。

李墨喜出去一遭，转眼就会把下雪这事儿给安排妥当。

再一转眼，鹅毛大雪纷纷扬扬如约而至，保不准一气下三尺！

2

出了楼道，李墨喜略一怔。他该清楚，此时不是在村子里，只能看到光善社区刷了乳黄色墙漆的楼房。已从表舅家搬来几个月，却总是消除不掉这个错觉。

李墨喜不否认，光善社区跟自己想象的大有差距。他这个年纪的人，确实憧憬过"楼上楼下，电灯电话"，而电灯、电话、楼房等物都已常见。电灯早不是当年想象的白炽灯，是灯棍、霓虹灯、节能灯、镭射灯、LED灯，五花八门。电话变成了智能手机，随身带。摩天大楼也不稀罕。可是，一旦人在"新村"，却常常想起已荡然无存的老村。连金兰都不知道他整夜睡不着，因为他是装睡。

在村里，李墨喜去老勺头家还是比较多的。村南池塘边的老皂角树下，是一帮老头子的常聚之地，在那里也可以找到他。

怪不怪，每一天看不到那棵老皂角树，或者看不到老勺头，就像不是在村子里似的。

老皂角树留在了香庄古老的土地上，而光善社区只有老勺头。

老勺头就是二毛公公的爹。他要去看老勺头。这位远房本家，年轻时特爱招呼村里的毛孩子玩耍，下河摸鱼，上树摸鸟，尿水缸，堵烟囱，而且天生爱说笑话，村里一半人的绰号都是他起的。老勺头的孙子早就出外当小工。

灯下黑，他不给自己孙子起外号。

那年，风传食盐紧缺，孙子就从外面弄了两大箱子食盐回来。二毛为了早把盐吃完，做饭下意识地大手大脚，老勺头被齁得受不住了，不好训二毛，就训孙子：

"怎么不叫'盐虎'！"

很快，"盐虎"的外号就流传开来。

盐虎常年在外，李墨喜常去盐虎家，就有传言他跟二毛有一腿。其实是没有的。李墨喜帮过二毛家是真。

那些年弄块宅基地那么难,二毛找到他,没过两个月,宅基地就批了下来。二毛相中了哪里就给了哪里。

到了老勺头家,他不在。这是李墨喜第一次来。只有二毛在屋里收拾东西。屋里显眼的是窗户下放着的一具桐木棺材,外面包着干芦草,但形状没变。他有些尴尬,因为他本应走开,但迟疑了一下,就进了门。二毛倒没拦他,但一声不响,更没请他落座。

他脑子里随即蹦出来往日有关他和二毛的那些传言,以及那些令他不安的手机铃声,所以,眼睛也没好意思朝她看。站了一会儿,正要说"再来",却听到从她那里发出一个声音,低而清晰:

"你是个骗子。"

李墨喜以为听错了,一抬眼,见她半扭着身子,背靠八仙桌,脸上是一抹神秘的微笑,支着两只胳膊,在自顾自地往脑后拢头发。李墨喜心头不由一荡。她不看李墨喜,眼帘低垂,样子像只亚腰油葫芦。李墨喜不敢造次。可是她又低低地道:

"全村人都叫你哄了来。"

鬼使神差,李墨喜竟一点也不生气。她是笑微微的。他也不由得脸上带出笑来。过去,并不因为老勺头是他尊重和喜欢的长辈,而是对村里任何女人,他都没有动过心思。在这方面,他自认为对得起金兰。

此刻,李墨喜却完全忘记了男女之嫌,不自觉向她走近了一步。

接下来,李墨喜油然想到,什么样的事情都将会发生了。

"我何曾哄过人?"李墨喜含笑道,声音也很细小,甚至可以说很温柔,"我不忍心哄人的。"这不是反驳和解释,分明是一种妙不可言的调情。

二毛从桌边走开,轻轻摇动着少女似的腰肢。

李墨喜过去从没发现,村子里会有尕廖佳人,如此令人着迷。她不是最美的。要命的是,她是迷人的,像传说中的那些根本不存在的狐魅一样迷人啦。

他要捉住她,捉住这个小妖!

他要问她，她究竟要在那些打通了又挂掉的电话里说什么。

小妖依旧面对着他，依旧在拢头发，不是在退却逃跑，而是在用神情，用身姿，不停地说，来呀，来呀，捉我呀。

不知不觉，他们在房间里转了一圈。二毛还没被李墨喜捉到手。他们都不说话。李墨喜不禁气喘起来。迷离的眼神里，二毛就像一道影子，虚飘不定。他大气一出，影子就会被吹跑，他得憋着点，憋着点，只要把她捉到手……

二毛陡然站住了，头发披散下来，遮住了她高挺的胸脯。李墨喜搞不明白是什么让他也跟着止步，他甚至没敢正视一下她的眼睛，内心顿时涨满了羞愧的潮水。

时间好像凝固了。后来是二毛身旁的棺材救了他。

火葬实行多年，村里的老人大多都已开化，不再像上代人生前就为自己准备寿材，偏这个每天很快乐、看似很通达的老勺头逼着孙子提前给自己买棺材，棺材买来还偏要放在屋里。幸亏孙媳妇是二毛。拆了村里的房子，二毛家分了大小两套房，老勺头把棺材带在自己身边，就更随他了。

"这就妥啦。"李墨喜看着棺材说一句，算是勉强掩住了自己的窘态。

二毛走开，继续为老勺头拾掇屋子。李墨喜向她告辞，也没见她转下脸。

走出房门，李墨喜发现自己全身在哆嗦。他不能回想刚刚在房门内发生的事情。下楼梯时，几次差点绊住脚步。他不敢说自己好性儿，但他的确感到了黑暗的怒涛在心中翻涌的力量。像摸黑一样来到楼道口，停了停，竭力平复了一下心情才走出去。

回到自家楼下，并不晓得自己脸色铁青。把车从车库开出来，握着方向盘，好像听到心里低低骂了声："贱货！"在骂谁，又似乎不明白。

在整个塔镇，跟李墨喜玩得最好的，就是东土楼子的韩大哥，当年拜了把子的。如今万镇长多次叮嘱不让说了。他那么迫切地想见到韩大哥。可是，在出社区大门时，不小心被一辆停在路边的破拖拉机剐蹭了一下。

他不想引人围观，就把车开到远离社区二三百米的地方才下车察看。

想必那辆拖拉机长了牙，剐蹭了好几道牙印子，他不免心疼。

说起这辆车，可有点来历。

村子里的小喇叭，生来嘴大，亲戚给他在县城保险公司找了个跑保险的活儿。村里头一辆车，是小喇叭买的一辆白色二手现代，然后李墨喜才准备买辆福克斯。韩大哥听说后不愿意了，硬是要送他一辆黑色马六，最后只收了他半辆车钱。他开车出出进进，倒也没发现村里人异样的眼光，但他并不认为自己多虑。

韩大哥说过："你这个人，给放在村里，低了。"认定李墨喜能干大的，还说要做主把侄女许给李墨喜的儿子。

李墨喜开了他送的马六，就觉得事情复杂了，开车就很小心。开了四五年，车还像新的，从没出过险。那意思就似有朝一日再把车还给韩大哥。

看着车身上的剐痕，李墨喜摇摇头，眼睛里不觉又跳出二毛的样子。

二毛似笑非笑，两眼乜斜，在他跟前拢头发。她的头发不像金兰那样乌黑，梢子都是黄的。她的肤色也不像金兰那样白净，而是偏灰，人似有不足之症。把金兰看作贵妇，她顶多也就是个端茶送水的丫头。

李墨喜偏偏就邪，怎么想，她就怎么动人！

这是站在寒风里，李墨喜的心还在像细草一样摇曳。他不骂二毛"贱货"了，因为他自己犯了贱，已经大大地怜惜起她来。

她又怎能不恨他？房子那么新，生生拆掉了。表面上他没强迫谁，村子是他管的，他若强迫了谁，谁又挡得住？可是他又觉得委屈。

要说他哄了村里人，他不认。每家都分到了房子，而且每家都不止分到一套。

当今，值钱的不就是房子吗？

他后悔自己没向二毛分辩，这种说法流传出去，不是好的。

正胡思乱想，就听一声熟悉的招呼，一辆车在路上戛然而止。李墨喜抬头一看，见是史家洼的赵玄玄。

"万镇长要我找你商量事，"赵玄玄开了车窗，在车里笑道，"敢情是兄弟，你在半路上等我。"李墨喜问是什么事。他就说万镇长让光善社区参与组织新春灯会。

"镇上的灯会不是历来就由翰童集团操办吗？"李墨喜疑道。

赵玄玄随口解释，香庄等几个村子顺利上楼，镇上要光善社区参与是有庆祝的意思。李墨喜无话，赵玄玄就邀他同车，两人车上谈。他面露难色，赵玄玄问他是不是有别的事要办，他说不出来。问他该不会怕车被偷，他又不语。他知道的，这车放路边一年，也没人敢动。关键是，车有韩大哥的人情，丢在路边不怎么合适。赵玄玄见他犹豫，就下车往他车上钻。

"能跟哥们儿在一起，就一定在一起啦。跟哥们儿在一起，我就欢喜。女人算什么！"

在李墨喜的朋友里，赵玄玄是出了名地喜好女人，且无所顾忌。

兔子不吃窝边草，赵玄玄却很爱向他吹嘘睡遍了全村的女人，还不止一次耻笑他的不与时俱进。听他突然扯到女人身上，李墨喜不以为怪，反倒脱开了刚才困扰自己的迷乱，恢复了往常的样子。

与赵玄玄的敢作敢为相比，李墨喜只能算是胆小如鼠。本来史家洼地处三镇交界，这起"农民上楼"之风一时半会儿也还轮不上他们，而轮上的那些村子也有千般反对的。巧的是，离塔镇不足五里，有个凤落村，人人舍不得老屋子，闹得很凶，把万镇长愁得要命。赵玄玄出了主意，愿意拿史家洼跟凤落村置换。

结果，留恋老活法的凤落村，只顾眼前，整体搬迁到了史家洼，偏乡僻壤的史家洼反落在了镇郊，跟香庄住的光善社区的东区只隔一条振兴街。

不出一两年，塔镇略微南扩一两公里，那就完全是在"镇上"了。

赵玄玄自以为于史家洼有功，是做了件利在千秋的好事，在村里人面前，常常表明要人对他感恩戴德，感激他把村里人带进了"城里"。

脱离传统农业社会，摇身一变"城里人"，这有"划时代的意义"啦。都"划时代"了，这有多么好啊。

李墨喜并非不想提醒他低调，却又想全塔镇已无人不知他张扬惯了，劝也无益，也就忍着不说。若说了呢，李墨喜猜得出赵玄玄会怎样回他。

对这个赵玄玄，李墨喜佩服有加。再大的事体，到了他这里也是小事。但他胆子大，却不是粗人，历来很会为朋友着想。

李墨喜还没说什么，他就怕他犯难，主动承担灯会的大部分费用。过去多少年，李墨喜也被他帮过多次，想想就心头发热。

在府前街上，望见政府大院里高高的旗杆，李墨喜才觉察到赵玄玄有一会子不说话了。赵玄玄出了名的话稠，特别是跟一帮朋友在一起，一开口就滔滔不绝。镇政府院门口的拦车杆正在升起，他却盯着李墨喜的眼睛，幽幽地说道：

"我发现你变了个人。"

李墨喜忙笑。"怎么会？"他道。心里扑通一声，就不可抵挡地陷落了一个大坑。

"你瞒不住我。"赵玄玄没把目光拿开，目光像蛇，已钻入他的身体。"我得重新看你啦。"他道。"我的直觉很准。"他压低声音。像二毛一样，声音小，但清晰。

李墨喜陡然想到了二毛！

李墨喜显出了不自在。他挪动了一下身子。"看你爱说笑话，我就是我嘛。"他竭力镇定了一下，"我不是孙悟空。"

车子开了进去。

"那么，"赵玄玄紧接着说道，"今天，你得听我安排啦。"

3

从二十九岁，甚至还早，从跟了老地丁，李墨喜就像一张拉满的弓。

跟了老地丁，老地丁的对手就是李墨喜的对手。

老地丁不在了，对手却没变，还多了老地丁的儿子。

这些对手，好像一个个鬼影，死死纠缠着他，妄图将他从他得之不易的宝座上撺走。他弓如满月地与之厮杀，终于有一天，发现对手不是死光了，而是又像鬼影子一样莫名其妙地消失了。他不敢麻痹，直到完成了拆迁,顺利搬到光善社区,才得以轻松下来。

没像别的村子一样出事,值得庆幸。

就为拆迁,出了人命的,打架斗殴的,都有。上访闹事的更频繁。县里、镇上,什么招数也都试过。县水利局的一个科长,老家乔大庄,父母不满拆迁补偿款太低,耗着不搬,他不去做说服工作,反而出头鼓动村里人去省里有关部门告状,就被停了公职,至今也没能回单位上班。

因为拆迁顺利,县里和镇上的有关领导就专请李墨喜吃饭。问有什么经验可在全县推广,他不由得变得很谦虚,说:

"经验真的没有。"

领导们不信。

他想了想,老实说:

"我真的啥工作也没做,但要说顺利的原因,我倒能说出一条。"

领导们忙催。

他说:"我们村都是顺民啦。"

领导们说:"顺民也是你治下的顺民。"

领导一言,让李墨喜想到自己似乎早就可以高枕无忧了,可他却一直满弓随身,如临大敌。

回到光善社区,其实就是回到村里,回到同村人——那些曾被他视为对手的顺民中间。他是不是可以就此将那满弓收藏起来了呢?

哦,处心积虑,宵旰忧劳,就为了继续住进光善社区的这套半毛坯房,而至终老一生?这又何异于将自己囚禁起来!

一天晚上,他喝酒喝多了,叫了代驾。到光善社区一看,又断电。车停在楼下,代驾怕他走不稳,要扶他上楼。他一眼看见有一辆车子从外面开过来,从车牌号看是赵明海的车。他竟怕赵明海发现自己,伸手将代驾一推,自己紧贴到墙上。

赵明海的车开了过去,他就挥手让代驾走开。

背贴着墙,趁着酒劲儿,李墨喜做出了一个重要的决定。他要找机会跟赵明海谈谈,不光是跟朋友和好如初,也是跟恩人的儿子和好如初。

没老地丁,就没他的今天啦。

没老地丁引路，他永远是暗黑里的瞎雀儿。要跟县里、镇上的领导推杯换盏，甚或勾肩搭背，那是妄想。

他要向赵明海表现出足够的诚意，看他会有什么诉求，他尽量予以满足。

虽同住一个社区，两家相距不过两栋楼，李墨喜却没能找到合适的机会，一是因为两人互不理睬已有多时，要打破坚冰没那么容易，二是跟在村子里差不多，这些青壮年男子白天不闲着，待在社区里的时候较少，碰不到啦。社区里多是一些老弱病残，就连李墨喜也常是一早出门，夜半才归。

仿佛做了场大梦，看谁都亲切，但又很快落入失望，因为人们似乎总是对他不冷不热，而他环顾一遭，发现世上跟自己亲近的，只剩老婆金兰一个！

李墨喜脑筋好使，没啥不明白。村里人对他不冷不热，并非从入住光善社区才开始，是早就开始了。

他接了老地丁第五年，村里人就开始伙着整他的"黑材料"，不外乎是他贪污徇私。最严重的一次，捅到了县检察院，还托人找了省电视台《道德与法治》栏目的记者，结果仍于他毫发无损。他起初还捏一把汗，寝食不宁，渐渐也就看开了。他的事，哪个村子里都有啦。大不了专心种地，再不就外出搞装修。他是画得了图的。

高中时，他几何代数都学得好，考大学只差两分半。若不是他好强，但凡托人复上一年课，至少能考个大专。老地丁相中他，也是看他会画图。

盐虎不过是小学毕业，都能每年从外面挣个两三万回来，他出去挣个万儿八千不在话下。

他看开了，村里人也好像看开了。冷淡与否他不管，他有忙不完的事。更重要的，他有了更多的朋友。

塔镇喝酒死掉的刘茂林镇长，后来的万镇长，人大常委会主任张万桂，派出所所长武老日，土管所的老杨，原计生办的老牛，都熟，还有县里各部门的头头脑脑，局长科长的，不能说没交情。塔镇二十五个行政村的干部，也都相互走动。

这些年来，他非怕清静，是太怕热闹啦。

跟赵玄玄那种人不同，他不张狂。

二毛一家拼血本建了房子后，他也建了新房。别说起个二层楼，五层楼也起得来！房子建毕，都说还没二毛家的房子气派。为此二毛洋洋得意，打扮得花红柳绿，像花蝴蝶，一天八趟往街上跑，就为了听人家夸一句她家新房高大宽敞、样子时新。

带头拆了房，他就去张暗楼表舅家住。

为何去表舅家？因为他在塔镇还有一个规模不大的工贸公司，雇了表弟搞经营，算给表弟一碗饭。不料表舅不支他情，给他和金兰甩脸子。表舅是老人家，像老地丁一样，是老想法，他并不介意。

要论塔镇二十五个行政村干部在镇上县上的口碑，李墨喜数一数二，自然有根据。史家洼代替凤落村搬迁顺利，赵玄玄一声令下，要村里人把房子给凤落村腾出来，没有不腾的。镇县领导却只请李墨喜而不请赵玄玄，说明领导都是明白人。

这天，与赵玄玄一起向万镇长做了汇报，赵玄玄就请万镇长晚上去县城喝茶。他在县城荷香街上开了家红樱桃茶社，消费不高，万镇长住在附近，偶有闲暇很喜欢去喝一杯。

六年前，查出重度三高的万镇长听从医生意见，严戒酒，改食素。

见时辰尚早，李墨喜就说先去修车，赵玄玄才知他的车被蹭。

开车到4S店，办好手续，李墨喜发现自己很不想去茶社跟他们汇合。说实话，他从来就不想去。红樱桃的经理，是史家洼的一个姑娘，叫李樱桃，长一个樱桃小嘴，外号一点红，快三十岁了也没嫁人。那年金兰上城，带回来一个消息，说一点红生了个双头怪胎。不论真假，反正李墨喜对红樱桃产生了阴影。

乘出租车去了那里，万镇长和赵玄玄已在房间候着他了。茶社是一幢五层小楼，却安了部电梯，很方便客人上下。

房间在顶楼，李墨喜一进门，两个妖冶裸露的年轻女子马上就要朝他围拢过来，他顿时一慌。

万镇长早看在眼里，便对赵玄玄道：

"他是老实人，你不要捉弄他。"

李墨喜揩了一下额头，道：

"外面冷飕飕的，进屋就热起来。"

赵玄玄哼了一声：

"这还不至于。"

万镇长笑道："人家家有杨贵妃。"

万镇长到过李墨喜家多次，第一次就碰见金兰在堂屋地上拆缝被子，以后就常在各种场合夸她。说女子动人，非关纹绣珠玉，都是在一些勤谨小事上。李墨喜心有戚戚焉。万镇长说他家有杨贵妃，不假。

金兰生得好，有福相，十里八村，还真难有比的。

赵玄玄示意女子退下，接着又叹：

"万镇长，你也别总向着他。他这么着，有什么意思？人生得意须尽欢。'昔好杯中物，今为松下尘。'谁也没有千年的阳寿。"

万镇长笑道："夏虫不可语冰。"

赵玄玄道："好，我是夏虫。镇长说我是跳蚤虱子我也认。我只是好心，看他失神丧魄的，替他宽解宽解。"

李墨喜忙辩道："我怎么失神丧魄了？"

那万镇长听了，也对他凝目看起来。

半晌，万镇长就道："你只是初来乍到而已。"

李墨喜想想，点下头说很是。赵玄玄问道：

"是什么？万镇长的意思是你很快就会成为一个疯子啦。"

李墨喜不理他，自诉苦恼：

"我在张暗楼表舅家住过一年半，从没这感觉。每天一合眼就觉得是在老村里。"

赵玄玄插话："那一睁眼呢？"

李墨喜道："一睁眼还觉得是在村子里。我就想，这是老啦。或许我是天生享不了城里的福。"

万镇长郑重道："所以说，这段时间是你们这些搬迁村的适应期，万不可掉以轻心。"又问，"明年是你的腌臜年吧？"

李墨喜道:"镇长记得?"

万镇长笑道:"怎会不记得?塔镇二十五个行政村的主要干部,连生日我都能说个差不离。"

赵玄玄在一旁嘀嘀咕咕道:"我就想看他疯一次。"

万镇长便斥他:"我看你早就疯啦!"

赵玄玄自顾道:"人生不疯一次有什么意思呢?"

万镇长不禁指着他笑道:

"玄玄真是疯了。"

这红樱桃茶社既有江南的茶点,也有日式的果子,茶具无一不精美,怪不得客人喜爱。按说赵玄玄的性子不宜细斟慢饮,但他又不是锤子,万镇长喜爱,他便喜爱。况且还有一点红在。几年前他曾送一点红去日本学过茶艺表演,如今在金乡县城的茶艺界,她已是老师级的人物。

一点红亲自给万镇长表演茶艺,颇为熟练,赵玄玄两眼就只在她身上,眼里爱意满溢,不加掩饰。她虽不像个能生下双头怪胎的人,李墨喜却总是摆脱不了自己的联想。这让他不适,但也只能忍着。

好不容易挨到散去,李墨喜就独自坐出租车回来。偏这个出租车司机不晓得光善社区的位置,腾讯地图上又搜不着,害得李墨喜坐在车上时刻给他指点。

临近光善社区,就不见了灯光,四下里黑乎乎一片。

李墨喜远远看见似有一大团黑影在雾气中蠕动,车灯照过去,不由一惊,竟是一帮人在抬赵玄玄弃在路边的那辆车!原以为有人偷车,又马上断定不是。偷车哪会有这阵仗!那司机也好奇,刹了车看着人用绳子抬着那辆被包裹好的车,慢慢往史家洼的西一区挪去。

李墨喜付了车资,下车站到路上,车子开走了好一会儿,耳边却还有那帮人的喘息和脚步声,眼睛还能看到一团黑影一边蠕动,一边轻轻飘入夜幕深处。

4

金兰想了个主意。她要组织女人学习跳舞。

住上高楼的女人,不会跳舞怎成?县城公园里,镇政府广场上,净是些跳舞的人群。她的娘七十六岁,在城里住了没一年,就学会了两三支舞,还要教她和姊妹。她的姊妹们学,她不学,她说羞答答的。姊妹们说你不学有道理,你是娘娘,娘娘得有娘娘的样子!

她的三妹学得最快最好。学上了瘾,还专为学跳舞,住在城里不走,快三、中三、慢三、快四、慢四啥的,就都会了。

金兰不是不想学,她在掂量自己学了到村子里跳舞合适不合适。见到村里的妇女主任曹秀花,几次想提出来让她组织村里的女人学跳舞,都没能说出口。地里那么多农活,哪个农妇不是豁上命地干?

住上了楼,没地种了,就该转换身份了。

金兰想过,李墨喜有犯驴脾气的苗头,是因为不知干啥好。其实她也一样,她也一天到晚没个抓挠。但有一样很明确,她得尽自己所能给李墨喜分忧。能分多少是多少。

想来想去,觉得组织妇女跳舞或将是下一步工作的突破口。妇女好了,男人也就好了。家家户户好了,问题自然就解决了。

意义如此重大,让她不由得神情肃穆起来。但她又不想惹下女人干政的嫌疑,就决定去找曹秀花试探着提出来。不怕曹秀花反问为啥不跟李墨喜提。若是反问,她就来个笑而不语。平常很多不方便回答的事情,她都只是笑笑。

笑笑就过了。

大河湾香庄村委会从南店子农贸批发市场搬出后,临时设在了村两委委员赵邦文家的一套两居室空房子里。

忽然想起在村子里,自己几乎从没跨进过村委会大门,就迟疑了一下,要转头去曹秀花家找她,却一眼看见了骑三轮车而来的张福庆。

听人说张福庆每日出门去县城西关大街桥头给人修理自行车,金兰路过几次都没看见他。下意识地往路边一躲,将头一低,心头突突乱跳。

显然张福庆也看见了她，他开始轻佻地吹起口哨来。她又觉不妥，心一横，就抬了头，而且脸上竭力带出了友善，一声亲切的甚至讨好的"福庆兄弟"也即将出口。但比张暗楼那天夜里更甚，深重的羞辱伸出千万只利爪，一下子把她全身的皮都给血淋淋地扒了下来。

张福庆就像没有看见金兰，兀自骑在三轮车上摇头晃脑，吹得更起劲儿了。金兰眼前一黑，差点倒地。

三轮车哗啦作响着远去，金兰的世界还在黑暗中，许久才挤出一丝光亮。

金兰若是转身而回，那就不是金兰了。金兰虽觉委屈，但也在责备自己。看见张福庆从前面走过来，就该早迎上去。挡住了他，看他怎样！

搬进了光善社区，就不做一个村子的人了吗？该死的红鼻子张福庆，你要撕破脸，就早早撕破脸算了！

但是，她已经浑然不觉地怯生生了起来，等着碰见人，又怕碰见人。前面路上，不晓得谁家乱堆了一堆烂砖，堵了半边路。偏又有两三个老女人站在砖堆旁拉呱，她影绰认出来有爱芹大娘，有翠花大婶，还有王四奶奶。没等走近，她们就收了声，而且不约而同把眼睛转向别处。这时候，她简直没有勇气再往前多走一步。

正拿不定行退，她要去找的曹秀花就出现在一幢楼后面。那曹秀花一见路上有人，便提前从自行车上下来，要跟那些老女人打招呼，却见她们相互使个眼色，随即默默走散了。那曹秀花虽不是霜打的茄子，但也显然像是全身抽了几根筋出来，飘着两脚推着自行车路过砖堆，慢慢走到金兰近前，两眼发直。不是金兰嗓子痒止不住轻咳了一声，竟还看不到她呢。

两个仿佛受着同一种苦难的人，一旦相遇在一起，得到的不是相互的依靠，反而是加倍的尴尬。

金兰已在恨着自己，如果她没发出声息，两个人就可能擦肩而过，那样或许要好受些。而那曹秀花，被人彻底把窘状看在眼底，心头也隐隐生了恨意和羞愧。

于是，不光金兰没有说出话来，那曹秀花也暗暗将牙一咬，两个女人就像两条挨打的狗一样，深深地看一眼，顾不了许多，就各自落荒而逃了。

冬天，那遮蔽了日光和天空的雾霾里，深藏了多少凶险！而在搬离村子之前，却有一段顺心如意的好日子。

可恶的张福庆，除了农忙，很少待在村子里了。李墨喜的老对头赵明海偃旗息鼓，跑去沙河西鱼山镇，给同学的冷藏公司弄账。苏广厚、王宝堂，两人合伙弄了个建筑安装队。赵国瑞两口子县内县外逐集卖布。这些都是闹得最欢的。

还有的天天去镇上、县城卖菜……能走的都走了，但走得再远，总要回到村子里来。这就不怪在表舅家的一年半，连金兰也天天盼着失散的村里人再次相聚了。光善社区交了房，她一天都不想耽搁，紧催着李墨喜搬家。

失散在各处的村里人，又陆续走在了一起，金兰也早已备好了对每个村里人的笑脸。这些日子却在告诉她，村子永远成了过去。即便村子里的人重新住在一起，也不再是过去的村子了。可她不相信。他们的村子不小，一千二百多口子人，基本上她都认得，而且很有心地记住了全村的哪家哪户分了几套房子，空了哪套房子，住了哪幢楼。怎么会都成了生人了呢？她不相信！

她只管一出门，就满脸堆上笑，向路遇的每一个人都赔着小心。

迟至今日，她才看出来，村里人哪里是在怀疑她的诚心，是连辨别一下也还不屑啦！而且，她以女人的直觉断定，威胁着李墨喜和她的家庭的凶险，从来就没有消失过。这样的凶险曾经发生过多次，她与丈夫同舟共济，总算一次次化险为夷。而在这个干燥而寒冷的腊月里，它就要像一场蓄谋已久的大雪一样，再次铺天盖地而来了。

她的李墨喜，有没有觉察到啊？或者，即便觉察到了，是否还没有意识到事态的严重性？想想他出门前的表现，是有些失了章法啦。

金兰有些后悔没把张福庆和二毛那个月夜在表舅家墙角做下的勾当告诉给李墨喜了。她告诉了李墨喜，就会引起李墨喜更多的警惕，虽然他们已做了相当充分的防备。

张福庆的心没死，村里谁的心也没死啦。

二毛那骚狐子，别看她整日眯缝着两只睡凤眼，就会是个善茬儿！在村里时，李墨喜时不时就去她家，也弄些个风言风语出来。从那天夜里起，金兰就不再相信那些传言，可李墨喜却未必能看清她这个人。

天快黑了，李墨喜打来电话。

李墨喜常常不在家吃饭。可是，从没像今天一样，她倍感孤单难熬。她在房间里不停地走动，走累了就坐下，坐一会儿又走，几次想离开家去县城找她娘，可又觉得自己畏怯被人看见。天黑了，她就可以离开了。

在她的感觉里，时间像在跑步，让她听到了迅疾的脚步声。一抬头，黄昏却还在窗外挂着。她忍不住跑到窗口，像在寻找那颗悬挂黄昏的钉子。

雾霾在小区里涌动，显得更浓重了。她想到了一个丑陋的怪物，趴伏在地上，一张大嘴正不停地喷吐灰白色的浓烟。

从窗户缝里，她闻到了硫黄燃烧的气味。

忽然，她看到了二毛。她下意识地往窗后一避。

二毛慌慌张张地从雾霾中钻出来，像在寻找什么人。她一边走一边使劲往雾霾深处看。她呼唤着。金兰侧耳一听，是在呼唤老勺头。她走进雾霾深处去了。

等到半夜，李墨喜才回来。李墨喜像是很疲惫。她把洗脚水热好给他端到跟前。

见到了李墨喜，她的心神就定了。

老天赐给她的李墨喜，相貌堂堂，她是怎么看就怎么喜欢啦。见到他，就忘了世间一切愁烦。当年看他第一眼，她就跟定了他。他们也是经了媒妁之言，那时他还没混出人样子。他跟着村里的老地丁"打江山"，苦心巴力兴办集体企业。在塔镇的集市上第一次见，他就把她引到了一个角落。

没见过悫急的人，才见一面，就攥住了她的两胸不放。

换个没见识的，肯定嚷叫起来。他攥得很疼，她就是不叫。不光不叫，还像是很享受，每个男人看了都会受到鼓励。不是媒人赶来找他们，就什么事都做下了。她不怕他因此小看自己。头一次见面就这么急吼吼的，那肯定是双双看对了眼，错过了才是冤瓜哩。

她不做冤瓜。

她就爱这样下手狠的。

她不是老勺头，如果她是老勺头，她就给李墨喜起个外号，就叫"下手狠"。

不知有多少次，她回忆到他第一次对她下手狠，她的嘴角都会不由自主地带出一丝神秘的微笑。她也在心里叫过他很多次"下手狠"，这成了她一个人的最为动人的秘密：

"那个下手狠的咪！"

她再次不由自主地微微一笑，在她的"下手狠"面前蹲下身子，温柔地把他的那双大脚板捉在了自己手里。

那真是一双好脚！也只有与她神一样的李墨喜相配。

因李墨喜很少穿着裸露的鞋子，一双脚又常年包在袜子里，不沾泥土，也便被养得雪白滑嫩。高高的足弓，好像鸟儿收拢的翅膀，蕴含着冲天之力。足弓之下的那两块脚心，其实就是一对小小的心脏，内里鲜红，透过柔软的外表，似乎在发出生命的温暖的呼吸。那寥寥几根脚毛，又黑又亮，就像眉毛之于炯炯双目，也使两脚顿增一分生气。

在她为李墨喜洗脚时，李墨喜好像给她回报一样，告诉她要与史家洼组织春节灯会的事情。

清脆的水声，在她的手和李墨喜的脚板之间响着，她的心也在欢快地跳动。

她是多虑了，有镇政府在，有县政府在，光善社区就不会被抛弃。李墨喜想不到的，政府也会替他想到。政府照顾得好哩！

这不，过了春节，一到十五，两个村子就要加入塔镇的狂欢中了。她立马预想到了本届灯会的盛况。那可是从未有过的！

为什么她会脆弱起来呢？她想，这都是雾霾闹的。把谁丢在雾气腾腾的世界里一连半个月不见天日，谁都会发毛。该死的雾霾！

"下了雪就好啦。"她很突兀地说道，两目弯弯。

这曾是今天惹她哂笑的话，被她自己浑然不知地重复了一遍，完全是诚心诚意的。接着，她又真诚地惋叹了一声。

"我没看今晚的天气预报。"她道,"天气预报总不准啦。"这就是在抱怨了。

可是,一只热乎乎的手,无声地托住了她圆润的下巴。

她身上不由得轻打了一个麻颤,也就随之温顺地低垂了眼睛。

5

下雪啦。

好大一场雪啦!

纷纷大雪就像漫天齑粉,下着下着,就透出了湛蓝。天空明亮耀眼。李墨喜眼前是一片雪野,雪把什么都覆盖住了,白茫茫的,没有一棵庄稼,也没一棵树,村庄也没了影儿。李墨喜像在小时候,找他家丢失的牛。

他家的大牯牛,每天能吃三大筐草,喝三大桶水。食量大,力气也大。他放学就回家割草。热天里,他去大河湾放牛,坐在河边打了一个盹,醒来牛就不见了。他怕牛掉在河里淹死,就顺着河来回找。

雪地上,李墨喜在找他的村庄。不光他的村庄没影儿了,所有的村庄都没影儿了。这场雪,就像大地的裹尸布,把他曾经熟悉的世界给裹得严严实实。

好不容易,他才看清从雪里孤零零长出来了一棵老皂角树,就是村南池塘边的那棵,无比亲切,却只长了两根枝子,一根还在开花,就开几朵,像棉花,一根顶端缀着几串熟透的葡萄。花、叶子、葡萄、树干,都是银色的。

愈走愈近,老皂角树却消失得无影无踪。

李墨喜茫然四顾,就看见了一个黑黑的牛背正在雪野上无声游弋。他搭眼就认出了自家的老牯牛。眼圈一热,泪芽就顶住了眼皮。

那年秋天,老牯牛老得不能干活了,被卖给了县城清真街上的屠户,他爹难过了半个月。

可是,从牛背上却传来了赵玄玄的哈哈大笑声。

定睛一看，哪里有什么牛！赵玄玄正盘腿坐在他的车顶上。车子像是浮在了白色的大海上一般，自动向前缓缓漂行。李墨喜忙远远朝他唱了一声喏。

"他们就像抬着一个大宝贝。"赵玄玄仰着笑脸告诉他，"他们主动把我的车给抬回去啦。小心了再小心。我吩咐他们抬了吗？没有。这说明什么啦？"

"说明赵兄台深受史家洼人拥护嘛。"李墨喜心怀景仰之情地说道。

赵玄玄又哈哈笑了。在阳光照耀下，整个人熠熠生辉。"你呀，"他叹息了一声，"你得跟我赵老大学着点儿。"

"请兄台指教。"李墨喜像古人一样，打了一躬。

赵玄玄又笑了。"你倒会装。"赵玄玄道。

"兄台何出此言？"

"那我问你，你如实说来。"赵玄玄一翻白眼，掰着指头道，"你家有多少存款？镇里、县里、市里有多少套房？你的公司怎么赚的钱？"

李墨喜急欲辩解，嘴皮子却像被胶粘住了，一句话也说不出。

赵玄玄又一阵哈哈大笑，坐在车顶上，眨眼消失在雪野尽头。李墨喜紧追慢赶，忽然发现自己来到了大河湾。

这里也是光秃秃的，只剩下厚厚的雪，看不着一点河道的痕迹，可他就知道这是他们村仅存的一百二十亩良田。他觉得自己从来没像现在一样热爱土地。

在他眼里，大河湾的雪就像一只只羊，美好而肥壮。

他走在雪白的密集的羊群里了，他的手也触摸到了绵密而温暖的羊毛。突然，他看到了老勺头。

老勺头脑袋枕在肥美的大白羊身上，一身热天里的打扮，高高跷着二郎腿，眯着两眼，自得其乐地晒着太阳。

李墨喜不由得一喜，上前道：

"勺头大叔，你好啦！"

老勺头摇头晃脑，嘴里哩个啷当、哩个啷当地唱着。

"勺头大叔，你好啦！"李墨喜又道，声音大了一些。

老勺头唱着:"恁好的天儿,下雪花儿,恁好的孩子,没有脚巴丫儿。"

"勺头大叔,你理我一理。"李墨喜道。

"麦穂黄泉谷露糠,豆子穂在地皮上。"

"勺头大叔,我在这里呢。"

老勺头转过脸来,像是不认识他一样,对他打量了一阵,冷冷地道:"你没用啦,都不用搭理你啦。"

李墨喜心里咯噔一下,猛地想到了光善社区。有一点不是错觉,光善社区对每个村里人都是陌生的,他早就跟人生疏了起来。在村子里,也只不过跟村里人同村而已。一千二百多口人的村子,想来想去,除了他自己的家人,好像只跟老勺头亲近些。可是,眼前的老勺头也对自己待答不理的了!他不由得一阵伤心,像是叫出口来:

"我们还是一个村里的人哩!"

"你个糊涂虫!"老勺头道,"村子都没有了,怎么会是一个村子里的人?"

"这不还有大河湾吗?"李墨喜道。

"早晚也会让你们给卖掉的。早晚。"老勺头道,"你果然在惦记它啦。"

李墨喜瑟缩起来。"我向您老人家保证……"

老勺头起身要走。"凭什么你来向我保证?"他道,"明海也还没说过保证啦。"

一听到"明海"这名字,李墨喜心头就一阵刺痛。他几乎要恼怒起来,但又不敢发作。他继续哀求着:

"老人家,你理我一理。老人家,你理我一理咪。"

"羊儿,我被他闹乏啦。"老勺头对一只异常高大的羊儿道。他一侧身坐到了羊儿身上,然后吆喝一声,"走哩!"羊群涌动起来。"恁好的天儿,下雪花儿,恁好的孩子,没有脚巴丫儿。"他唱着。

"老人家……"李墨喜向着老勺头伸出了手。

转眼间,大河湾又只剩下他一个人,一只雪羊也看不见了,四处一片静寂,阳光没有温度,只是刺眼。雪野仍无尽头,酷寒入骨。赵玄玄并非他最好的朋友,赵玄玄弃他而去,倒也没什么。而他从幼年就极喜爱的老勺头，也抛弃他了，这让他受不住。

此时，李墨喜就是个被全世界抛弃的婴孩，无父无母，无兄无妹，那么弱小无助，孤单可怜。鼻子里一酸，就抽搭起来啦。越想越绝望，就要放声号啕时，猛觉地下一颤，随着轰隆一声巨响，一道黑水向着苍穹冲决而出，一时间天昏地暗，含哀肃义。从那黑水里走出一个庞然大物，浑身冰甲，足有两丈来高，模样竟像煞赵国瑞七十九岁的老爹。李墨喜早吓得大气不敢出。

"哪个胆大蟊贼在此啼哭，扰我清梦！"怪物发着一脸青光，像在大戏台上一样向他吼道。

李墨喜隐隐听到了阵阵锣鼓声，辨不得真假，倒头就拜。

"我非蟊贼啦，实为……"

"窃我祖产，断我祖根，毁坏世风，罪不可恕，宁非蟊贼！"

怪物说罢，砉的一声抽出一柄寒光凛凛、锹头样宽的冰剑，照着李墨喜天灵盖直劈下来。

李墨喜惊恐万状，"啊"的一声，身子向后一翻，重重躺倒在地，却见那怪物倏然幻化出另一副面孔，却是死去已久的恩人老地丁！忙要从地上爬起，向老地丁求救，只觉金兰一阵乱摇，耳边就是一连声的急唤。

他醒过来，身上冷汗淋漓。

"你魇住啦。"金兰说着，顺手拿过一条毛巾给他擦起来。"你梦见什么啦？"她问。他不语，眨巴一下眼皮，镇静了一会儿，才低声道："梦见了老地丁哩。"他沉默起来，金兰也沉默了。

梦中的情景那样真切，虽说是日有所虑，夜有所梦，但李墨喜回想起来，到底还是怏怏不乐，至天明也没再睡着。

过去李墨喜做过很多梦，都不如这场梦奇异。

果然，金兰去厨房做早饭，往窗外一抬头，吓一跳，不是意外放晴了，也不是雾霾比昨日更重，而是浓雾里影绰浮动着许多白布丧幡，东一条西一条。她以为花了眼，揉揉，不错，白布都要飘到锅台上了。

"死人啦。"她想。放下锅碗跑到还在养神的李墨喜身边，指着窗外让他看。

条条白幡跟连天浓雾混在一起，就像他们的家被无数白幡深深淹没了。李墨喜一下子想到了晚上的噩梦，身子一激灵，就从床上跳下来，急忙穿衣跑到楼下。

雾气浓得简直化不开，仿佛一堵厚得无边无涯的墙壁。李墨喜像一头钻到了墙壁里去。

李墨喜的心神到底在这百年不遇的大雾中凌乱了。他是要往赵明海家里去哩，就像死的认认真真是老地丁。

这怎么会！老地丁早死了，他亲眼实见的。一口鲜血喷出来，死在了他面前。

李墨喜颓然打住了脚步。他想了想，才转身往老勺头家去。

心里有多少忐忑，有多少不情愿，都顾不得了。他确实地梦着了老勺头哩！

路上，不时看到缭绕雾气中晃动着一些人影子。不知为什么，像在梦中一样，心生胆怯，不敢上前问人一句。从人们零星的谈话中，他终于听出来是赵国瑞的老爹昨晚过去了，小区里的这些白幡，都是赵国瑞的老爹死前叮嘱挂的，从家门口，一直挂到小区外面的大路口。

赵国瑞的老爹道，他的魂不认得回家的新路……

在很短的时间内，李墨喜就有了主意。这是他们村入住光善社区的头一桩白事，此前的一年半，村里共有七位老人去世，因为家家都在寄居状态，白事也都较为潦草，符合金乡县委移风易俗、简办婚丧的倡导。

反对红白事大操大办还在说，村里也有现成的红白理事会，但不管赵国瑞给他老爹办大办小摆不摆宴席，他都准备睁只眼闭只眼，再封份礼金，趁便交于丧家，而花圈、挽联等物，则不坏规矩，另由村委会统一置办即妥。

颇觉轻松地回到家，一天也没接到红白理事会的电话，也没见人来找他，就知道谁都不想出头以村里的名义对村民家事予以主动干涉。

赵国瑞家住的楼，在小区东北角。

这天夜半，李墨喜方登门慰问。赵国瑞家里还有一群人，多日不见的赵明海也在。赵明海与赵国瑞是没出五服的本家。

李墨喜的不期而至，倒也没引起在场人的惊奇。在这里，他彬彬有礼，哀而不伤，说了该说的，问了该问的，做了该做的。看到那位仰躺在灵床上的死者时，他脸上现出又哀戚又庄重的表情，丝毫不被人怀疑。而且，最重要的，把写着"奠敬"字样的礼金封，丝毫不觉唐突地放在死者的长子赵国瑞手上，而赵国瑞不但没有表示推让，简直就是自然而然地予以收纳了。登门之前的那些疑虑，一扫而光。如果不是身在此情此境，嘻嘻笑出声来也未可知。他已认定自己干了件一生中最漂亮、大大值得为之甩一响鞭的事体。即便以后还会发生什么，他的这种看法都将永不动摇。

赵明海看看天晚，要回去了。李墨喜暗暗抑制着自己内心的激动，在赵明海下楼不久，也向丧家告辞而去。

黑魆魆的夜雾中看不到赵明海的影子，但他的听觉变得出奇敏锐。他知道赵明海就走在他前面不远。

"明海！"他几乎是非常欢悦地向凝重的夜雾里叫了一声，似乎忘了自己刚刚从躺着死人的房间走开。

"明海，久不见啦。"他道。

没人应声。他竭力往雾气里看。

"过几天去家里喝一杯。"他道，又马上纠正，"你忙，改天我去鱼山看你，可以吧。"不知不觉地，他已经低声下气起来，但他一点也不觉得屈辱。说着，抬手在眼前撩一下，像要把眼前的雾翳撩开似的。他想赵明海站住了，他也就跟着站住了。千言万语，浓雾一样，顿时翻卷着涌向心头。

可是，从那雾墙后面，只传来低低的冷冷的一句话：

"你倒是会做人了。"

李墨喜心口一疼，人就冻僵了。他不停翕动着嘴唇，什么声音也发不出来。

半晌，才道："你还在埋怨我……不，你在恨我啦。你是在恨我。"

他颓丧极了，再次往雾中探望了一眼。

眼前空无一人，只有雾，那像是沉积已久的凝固的大雾。

"我要给你说清楚，"李墨喜挣扎似的道，"你我同岁，我们都要到驴年了，大半辈子过了，不能再拖延下去啦。明海兄弟，我错过……"

背后传来一阵脚步声，他不响了。

不知道是谁，从他两米远的一侧往前走了过去。他藏身在黑暗的浓雾里，任何人都不会发现他。

在这严寒的冬夜，在这被大雾充塞得没有一丝空当的世界上，决然地独此一人。

6

接下来的几日，依旧是混混沌沌的雾霾天气。村里的红白理事会没有派上用场，而是另由赵明海等本家和村里一个富有治丧经验的长者来操持。

赵明海当了大总理。

从死讯传出，每天都有人前来赵国瑞家吊唁，又都把丧事大办的消息带到了四面八方。赵国瑞家住的楼上，哭声时起时落，在小区里闭上窗子也听得到。附近的村庄和镇上的人，纷纷赶来看热闹，竟还引来一些卖零食和小玩意的小商贩，像集。

李墨喜不出门。4S店通知他马六修好了，他说先放着吧。朋友邀他聚会他也不应。在沙发上坐坐，在床上躺躺，在窗后站站，一整天就过去了，却一点儿也不觉得闷。金兰看得出来，他的心里像是压着一股子高兴。

从老地丁去世，多久没看过一桩像样的丧事了？老地丁的丧事办得大，镇上的全部领导和县里的一些领导都来了，给足了面子。

可以肯定，赵明海再怎么操持，赵国瑞爹的丧事也超不过老地丁。不过，对于一介平民来讲，即便超不过老地丁，也算得隆重。

出殡前一日，赵玄玄打来电话，张口就道："你下楼看看，光善社区有没有史家洼的人？"他不解，赵玄玄就又道："你认出一个史家洼的人，告诉我名字，看我不让人打断他的腿！"他忙道："不就是一桩丧事嘛。"

"反扑！"赵玄玄接着在那头叫道，"我明白告诉你，这是反扑！借机反扑！"

李墨喜觉得赵玄玄确实言重了。

"住上楼了，哪怕摸着云彩了，顶着星星了，也是咱们治下的地儿。"赵玄玄道，"天还是这个天，咱就不能给他们开这个口子哩。"

李墨喜好像还不放在心上。他"啧"了一声。

"这几年，整个塔镇，没敢这么干的。"赵玄玄道，"你脸上磨不开，只要你说声同意，我有办法治他们。"

"快过年了，赵老大。"李墨喜笑道，"网开一面，稳定压倒一切。光善社区能安安稳稳过上第一个年，比啥都好。"

赵玄玄遂叹道："不是我说你，看你那个东区乱的，楼前楼后留的绿地都让人抢了种了。这哪里还是城镇的小区啦？四处破砖烂瓦，柴火棍棒，鸡鸭鹅狗，分明是把村里的场院搬了来。农民究竟能不能转换身份啦？以我们史家洼的经验来看，能的！等我们史家洼树成了样板，与东区一路之隔，你心里可不要不是味儿。"

待到出殡，李墨喜才傻了眼。从丁公山请来的响器班子，一大早就吹。粗细乐曲穿破重重浓雾，向冬天的原野四处扩散。帮忙的和吊唁的，加上看热闹的，把小区挤得铁桶也般。天光亮些时，从楼上往下望，竟如煮着一锅滚沸的稠米汤。响器声，哭声，丧礼司仪的口令声，踩了脚时发出的叫声，搅成了一团。

不比人之尊贵，但比人众，这丧仪之势隆远超老地丁，赵国瑞的老爹可谓其生也微而死备哀荣了。

李墨喜想到赵玄玄日前所夸海口，不禁冷笑。即便史家洼人全体出动，个个如狼似豹，丢在这人海里，也不过是把瘪芝麻，不被踏为芝麻酱才怪。

至午后，启灵毕，出殡的队伍缓缓行走在小区里，铭旌、挽联、纸活，样样不少，丧礼执事、响器班子、送殡者、丧主，依次随行，竟也如压地银山。

"呜哩哇，呜哩呜哇，呜哩哇，呜哩呜哇……"

当这些声音消失时，李墨喜发现自己神魂走了许久。走到哪里去了？走到了光明朗阔的天国！

在那里，李墨喜仪容端庄得好像天神，沉静的呼吸散发着奇异的芬芳。湛蓝的天空，流溢着澄澈美丽之光，映衬着他内心的从容祥和。他觉得自己从来没有过这样的满足和幸福，以至别无所求。

可是，他又立时惶乱起来，因为极高处的他，看不见那个被一层层厚厚的发霉破败的旧棉絮似的浓雾所捂着的世界了。似乎耳边起了一声尖啸，他急速坠落着，又陡然坐到了自己的家里。

金兰从外面推门进来。

在这个雾霾密布的冬日，东一区唯一一个没有走进极度喧嚣的人群的人，眼睁睁地看着村里人倾巢出动，为一个老人送葬，就像他与所有人无关，尽管他曾在几天前亲手奉上了一份并不菲薄的礼金。

待到夜半，李墨喜才无声走到户外。

浓雾之下，仿佛隐藏着一个尚未打扫的战场。李墨喜逡巡不已，分明是一个潜入自己战败现场的战败者，内心五味杂陈。这时候他才发现，自己对这个战场是多么不熟悉。

这里一点也不像他的村子。即便现在，他一闭上眼，村里的一切仍旧历历在目。村里的地形，那些街道、池塘、房舍、小巷的拐角、房前屋后的树木、废弃的磨盘，甚至哪棵树上的鸟巢、马蜂窝，他都记得一清二楚。而这里，却成了一个陌生的迷宫。

走着走着，就不知道是在哪幢楼的楼下了，一如遭遇了鬼打墙。

走着走着，撞着了一物。

走着走着，被什么东西绊了……

走着走着，他听到了自己的喘息。

夜半的大地，却并不是静着的。这不是生命热烈的夏季，一天到晚，万籁齐鸣。这是生命沉寂的枯冬，可是，李墨喜听到了自己的喘息，也听到浓雾的喘息了。

再细听听，脚下的土、水泥、砖头、瓦块，也在喘着，似乎还掺杂着老人的呻吟。不错，那是无数亡魂的疲惫之叹息。

李墨喜不禁悚栗起来。大地陷落，无数亡魂出动。李墨喜的脚被一只从地下伸出的手捉住了，他挣脱开。可是，走不几步，又一次被捉住了。他磕磕绊绊地往前走，直至在一位老人跟前停下来。黑暗中，他看不清老人的面容，但他听到了老人嘴里的小声嘟囔：

"我的家呢？"

他屏息住了。老人慢腾腾地从他身旁挪动过去。

"家呢？"

一团浓雾擦过他的脸，像划过一排寒硬的锯齿。

李墨喜也分辨不出家在何处了。道路消失了，午夜星辰全被浓雾挡在了九天之外。好不容易，才看到前面的浓雾中透出一道微薄的光晕，而他的心，马上收紧，好像怕那光晕消失了一样。

光晕没有消失，在向着这边移近了一段距离之后，就静止在了那里。李墨喜定定神，一声不响地走过去。

一个女人坐在路边的一捆玉米秸上，是二毛。

"天天往外跑，深更半夜也往外跑，跑出去又回不来，"二毛两手抱着一只手电筒，蜷缩着身子，兀自不停埋怨，"村子有什么好哩？非要死在那里不成？"

李墨喜想到了刚才从自己身边走过去的老人，能断定那不是老勺头。忽又想起那天自己遭到的冷遇，竟连叫她一声的勇气都没有了。

"老东西冻死在外面算啦。"二毛又说，"我还不想死。"她咒骂起她的男人来。"你的爷爷你来管，凭什么让我天天陪着一个老头子？"

李墨喜止不住弄出了动静。二毛抬头向他这里看了一眼，也不知有没有看清他是谁，但也并没有吃惊。

"盐虎没回来？"李墨喜试探道。

"凭啥告诉你！"二毛冲他道，"有不给赵国瑞他爹送葬的，你高兴啦。"

李墨喜支吾一阵。"我去叫一下村里人，帮你找找勺头大叔。"他道，"恁冷的夜……"

"收回你的好心啦！"二毛冷言道，"我家爷爷走丢了，冻死了，狼叨了,跟你们'村里人'有什么相干?你以为我做'村里人'还没做够?今夜告诉你,我再也不想做你们'村里人'了!你们这些人,拆了我的房子,收了我的地……你们还要那样整治我一辈子,没门儿!天不管,地不管,才好哩。"说着,已经站了起来。

她气咻咻地扭头往前走去。

手电筒发出的光晕摇曳着,渐渐稀释在漆黑的浓雾之中。

李墨喜重新听到了响在自己冻僵的鼻腔里的气流声,而且,好像看到无数失魂落魄的人和无数的鬼影幡然混杂在一起,在夜半暗沉的浓雾里,各自走,各自寻觅,也都发出了低低的疲惫的苍旷的喘息。

7

"下场雪就好啦。"李墨喜自语似的说道,往窗外看一眼,却像瞎子,肯定什么也没看见。

金兰在和面,也随着看一眼。

"再这么下去,人都要发毛啦。"金兰道。她咳一声。"越来越呛了。"

窗户已经挡不住雾气里弥漫的硫黄味儿,好像还有那种烧蚂蚱、烧飞蛾、燎头发、烧死人的味儿,人是没法出去了。电视上说,学校一律停课。

"下场雪就好啦。"金兰浑不知重复了一句李墨喜的话。

可是,李墨喜忽然向她转过脸来。"你见到谁啦?"李墨喜问道。

"二毛……"她竟慌了一下,"我见到了明海。"

李墨喜轻轻"哦"一声。

"都说他这大总理当得好。"金兰道。她的心里怦怦直跳。怎么就知道李墨喜单单问的就是日前葬礼上的赵明海呢?哦,她与李墨喜真是一条心啦。"恁大的阵仗,赵国瑞的老爹能享到这风光,指靠着他啦。"

李墨喜却把目光躲了,好像被人看到了心病。

金兰不说了,看样子只顾和面。她从来就不怀疑李墨喜的这块心病。可是,李墨喜不提,她就总是小心的。她也不是没想过,自己代替李墨喜亲自去找赵明海谈谈。这些日子,每次见到赵明海,她都有讨好他的感觉。

　　赵国瑞爹的葬礼上，只要不被人挡住，她的目光时刻追逐着赵明海。好几次，她都觉得赵明海发现了自己。在那种场合，不可能向他微笑，但她可以向他投去深深赞许的目光。事实上，她就是这样做的。

　　正想着，忽听一声响，嘭！一抬头，两腿差点吓软，一大块混凝土从天花板上脱落下来，重重砸在李墨喜面前的茶几上，四分五裂。李墨喜直了上身，也怔住了。

　　未等完全反应过来，金兰就沾了两手面向李墨喜扑过去。她紧紧抱住他，自己抖成了一团。

　　李墨喜没动。过了半天，金兰就疯狂地在他身上亲吻起来。她一遍遍地无声地亲着，又一遍遍地抬头看他。

　　哦，是她的李墨喜。她的李墨喜还好好的！她停不下来了。她不能让李墨喜离开自己的怀抱。她根本不知道，自己脸上满是泪。

　　直到李墨喜推她，她才无力地坐在了他的身边。

　　"不要说出去。"李墨喜低声叮嘱道。

　　李墨喜是一副沉着的样子。李墨喜向来心中有数。光善社区是谁建的，瞒不住人的眼睛。转手承包了不知多少次，建筑质量能好，那就邪了。入住这才几个月，问题出一堆，还在攒着，爆发的时候还在后面。等着瞧。

　　金兰不知有没有听懂李墨喜的用心，但她仍旧用力点了点头。接着，她站起来，对房间环顾一眼，泪痕也没擦，身上也没收拾，就走了出去。

　　李墨喜有没有在背后叫她，她也全然不知，反正她骑着电动车来到振兴街上时，脑子里唯有一个念头，那就是快快赶到县城的房子里去！

　　那里有她的老娘，还能经常碰到她的姊妹。母女在一起，总是其乐融融。

　　一路浓雾伴随，金兰站到了她娘面前，可把她娘吓一跳。这衣衫不整不说，眼神还直勾勾的。一准是跟女婿吵架跑来的，这可是头一遭。

　　往沙发上一坐，嘴里就念叨：

　　"我要城里住，我要城里住。"

　　她娘道："这有啥为难，要来城里住就来城里住，我回徐砦门就是。"

她白她娘一眼:"哪个要赶你?真武小区有房子啦。"

她娘疑道:"两口子就为这个拌嘴?"

她的小妹金菊也在,这时候从里边房间跑过来,道:

"你们两口子,也太亏待自己,有万年的江山要坐也不至于此。我去你家看,空调没安,大冷天就弄一个电暖器,你好歹把屋子刷刷漆,刮刮瓷,窗帘也整个艳色的,就那样半个毛坯房搬进去,比我村里还不如。这也太寒碜了些。"

说着,就拉她起来,脱了她沾了面的衣服,又拉她去卫生间清洗手脸,还笑道:

"你不要管,姐姐,我把你当娘娘伺候着。"

手洗了,脸洗了,金兰也才去了狼狈相。为打消娘和金菊的疑心,就道:"俺没吵。"她不想隐瞒了。"不干那劳什子啦。"她道。

她娘又把她一把搂在怀里,疼爱地抚娑着她。

"看把俺闺女委屈的,有话也不说出来。"她娘道。金菊也在她一旁坐下,跟她娘一起安慰她:

"姐姐,有话说吧,说出来就舒服啦。"

她已经安静下来。她向亲人们笑笑。

"每天操不完的心,有什么好啦!"她道,"干点啥挣不出那口吃的?"

"哟!这才是当娘娘的口气。"金菊戏谑,伸手在她脸上擦了擦,"脸有点儿皴哩。"她随即把小妹温暖的手抓在自己手里,只觉心平气静。

她想,话就只能说到这里,跟亲娘亲妹妹也只能这样。她不可能向任何人抱怨村里人再也不需要她的李墨喜。她是遭够了那些冷眼啦!每个人都在排斥她和李墨喜。依着她,早离了那是非之地,住上真武小区的好房子了。她吃得了苦中苦,也享得了福上福,事情就卡在不知是苦是福。不是因为在村里管事,也不用有那些顾忌,利利索索说走就走,当初也根本不用考虑借住张暗楼。

想想在张暗楼受表舅那些闲气,至今心里还是发堵。可她是女人,她知道夫唱妇随。

要想得幸福,夫唱妇随是一条可靠的路啦。

坐在娘亲和小妹金菊温暖的身体之间,金兰知道自己冲动了。她不该那个样子从家里跑出来，以致引起亲人们的惊慌。她重新笑盈盈的。

"直说了吧，我一天也不想在光善社区住啦！"她道，"中午吃了娘做的饭，我还要去真武小区看看。"

她娘就赞道：

"我亲养的闺女，处处知道忍让。"

"下场雪就好啦。"

她扯开话题。说着，慢悠悠给李墨喜打了个电话，告诉李墨喜自己在她娘这里。

午饭后，金兰就离开了。不敢骑车子，好像不小心就会一个倒栽葱掉进无底深渊，也不知她来时怎么恁大的胆子。

走了一二百米，发现了两三起追尾。不知不觉，来到了荷香街上，看四周雾阵腾腾，又听不到什么声音，蓦地想起红樱桃茶社双头怪胎的传闻，身上不由得森然一凛。别说是双头怪胎，就是迎面撞上一个青面獠牙的黄毛鬼物，她都信啦。脚步止不住加快，一直走到真武大庙前，就有松了一口气的感觉。

她不想去真武小区了。她不是要去真武小区空无一人的毛坯房里独自大哭的。她要跟她的李墨喜双双在一起欢笑的，即便是在天下最岌岌可危的屋厦里。

回到光善社区的家，见茶几和地上的水泥已打扫干净，天花板脱落的地方才糊了张报纸，但李墨喜不在。她心有余悸，生怕脱落还会再次发生，还生怕自己踩重了，一脚将地板踩出个窟窿。后来一横心，就搬着面盆到了阳台上，又加了面，默默和好后，盖上盖片，又覆了层小褥子以加快发面，然后就把头梳梳，穿着金菊的衣裳慢慢走出家门。

金兰要让所有人看见自己，不论多大的风雨，多重的雾。

小妹衣裳有点艳，她不怕。光善社区还不是城，但也算沾了城里人的边儿，穿点红的绿的，谁说不应该？怕人说不庄重，她从没烫过发，以后，她倒要试试啦。

小区里不比日前葬礼时人多，但毕竟能够碰到人。出门时碰着了对门的邻居大林,她主动招呼:"回啦。"下了楼,别看她像是只顾走路,实际上眼光是在机警地搜寻着被浓雾隐匿的人群。

哪里有人,她就装着路过一样向那里走去。而且,她不知不觉地抬高了声音。脸上照旧堆着笑,说话不紧不慢。声音一高,就像每个字都想要人听得一清二楚。

她已经不再是畏畏缩缩的了,她不忘流露出对每个人的尊重。

"赵国瑞这回做事够排场。"有人说。

她很认真地听,然后认真地点头,并发出感叹:

"孝子啦。"

不仅她一个人这样说,这些天里,很多人表达了对赵国瑞的这种看法。

村里人日常是不习惯把自己关在屋里的。可是,在村里时她也不会像普通村民一样热衷串门子。她从来就有自己的矜持。老少爷们儿谁也没有见过徐砦门的金兰会端着青花大碗站在街上,啃馍馍,喝糊粥。

徐砦门的金兰天生是个大家闺秀,笑不露齿,只要有可能,就大门不出,二门不迈。她家的院屋,是村里最干净的院屋,全都因为她这个主妇在。可是,当全村人都住上了楼,差不多就是城里人的时候,她却要天天从家里走出来,走到大庭广众之下了。

城里人是什么样子?听说过,即便住对门也互不来往,生分得很。门一关各过各的日子,一家就是一个独立的世界。各人自扫门前雪,莫管他人瓦上霜。

最像城里人的高贵的金兰,要一次次往人堆儿里凑了,这也是世道要改了!

她娘说她委屈,她没反驳。

她不觉委屈。为了她的李墨喜,怎么着她都不觉委屈。

金兰最想见到的是赵明海。赵明海每天一早就会开车去沙河西鱼山镇,她不好在路上见到。那么,就是见到赵明海的老婆也好。

要不,就见到二毛。

见到二毛,金兰一定要拉住她的手,像好姐妹。

在张暗楼发现二毛和张福庆见不得人的鬼勾当,再遇上二毛,她像很亲热了,但她从没碰触过她的肢体。

如今不同了，金兰要紧紧拉住二毛的手不放开，用行动切实告诉她，你有毁人心，我无害人意。

往日在村子里，二毛常去村南池塘边大皂角树下找老勺头，而那里却是金兰总在刻意回避的地方。因为那伙老不死的，最喜欢给路过的人起那粗鲁不堪的外号，不论男女。人们也反给他们起，叫他们：

"等死队！"

村子没了，香庄人搬进了光善社区。不知这伙等死队又要去哪里。

浓雾挡住了眼，金兰恨不得能像揭开一条棉被似的揭开它。那样，世界就会在面前一目了然，让她一眼看到老勺头，看见二毛、赵明海的老婆此刻究竟在哪儿。她将直奔过去。

抬头望望天，天没了。判不出太阳的位置，天上连块亮斑都寻不着。

老天保佑，就让金兰一头撞上他们吧。撞上老勺头，她就说：

"老人家，我送你回家啦。"

撞上二毛，她就拉着不让她走，跟她说东道西。

撞上赵明海的老婆，更有的说了！李墨喜从年轻时跟了老地丁，没少受老地丁照顾。老地丁看李墨喜脑子灵活，就把村里的厂子交给他干，而且这也得到了镇政府领导的支持。后来出了那档子事，并非李墨喜所愿。

金兰记得李墨喜曾送过她一只杯子，说杯底装了木鱼石，喝水也会有保健作用。更让她喜欢的是，杯子外壳上还喷绘了她的名字，和一簇金色的兰草。美术体的名字，是他亲手写的。闻得到香气的兰草，是他亲手画的。

那些年，镇上、县里，哪个干部的桌上都会有他们村生产的口杯。何曾想老地丁被人家告上法庭，一口鲜血喷出来，就在法庭上过去了。

李墨喜是为了厂子才擅自从私人手里偷买了人家的图纸，仿造了人家畅销的口杯。要说有错，是有错，但要说他有意气死恩人老地丁，他们两口子至死不认。

这件轰动全县的公案之后，镇上还让他接替了老地丁。镇上的人可不是全瞎了。可是，就这么与赵明海结下了梁子啦。无时无刻李墨喜不在痛惜。

不管赵明海的老婆肯不肯听，金兰都要说。

这才是她所受的委屈。她为李墨喜受这委屈受了太久了。

那只喷绘着她名字和兰草的口杯，最终被她丢进了村中枯井。她不想再亲眼看见它。

已被深深填埋的村井里，被她所珍视的口杯四周，该是什么阴惨景象？

她略一想，就是一个寒战。过午了，浓雾重压大地，光线还在持续发暗，那就是此刻自己眼睛所看到的，一样样的啦！

金兰止不住心里发了毛。她就要急抽身跑回家里去了。

8

从万镇长的办公室出来，李墨喜去4S店提车。

刚把放了好几天的马六开出店门，就看见了陪客户处理车险的小喇叭。他的车小喇叭不会不认识，可是小喇叭以灰蒙蒙的雾气当掩护，佯装什么也没看见。

其实，他的车险就是让小喇叭给办的，算他对本村人的一回眷顾。蹭了车没报给小喇叭，也是嫌烦的意思。

小喇叭装作没看见他吗，倒好。他也是要将自己藏起来啦。

没费工夫，他就找到了一个最隐蔽的地方，雾茫茫一片，简直就是古诗中的"前不见古人，后不见来者"，连他自己也不知身在何处。

李墨喜细思万镇长的话。

万镇长今天不在电话中说，而是把他叫去当面告诉他，显见得是将他看作了体己。当万镇长把推荐他出任光善社区村级联合办公点负责人的意思说出来时，他立刻检讨了自己的工作，包括上次无视村里白事大操大办，并提出当大事的该是史家洼的赵玄玄。不料万镇长只说，你听安排就得，我怕你大意。

正说着，赵玄玄笑嘻嘻地来了，张口就道：

"史家洼人变成了镇上人，一致请求要向镇政府献匾表示感恩啦。"

万镇长道:"嗯嘛,就不要弄了。我知道是你的心意。你能让史家洼稳稳当当继续往小康路上走,我就不能再高兴。"还道,"赵玄玄的长处就是想到了就做。"

赵玄玄朝李墨喜挤一下眼,说道:

"夸人要夸一对啦。"

万镇长就说李墨喜的长处是想到了也不做,是要在心里捂着,就像酿酒,捂够了时间才出那个味儿。赵玄玄问这如何解释,万镇长反而说:"你的长处就是短处。"赵玄玄"啧"一声,万镇长就又道,"不论你们身上有多少长处短处,个个都是我的好兄弟哩。"却偷偷向李墨喜递个眼色,李墨喜也就以提车为由告辞。

在这个大雾弥漫的冬天,是不是新的对手就要出世了?以往的十五年,那些杀机四伏的日子,他弓如满月,但当对手一个个销声匿迹,他又时不时变得恍惚和惆怅。

赵明海,张福庆,赵国瑞,苏广厚,王宝堂,二毛,每个村里人都像已离他远去……

在那永不复存的生长着老皂角树的古老村子里,他俨然王者。而在重重大雾之下的光善社区,他似乎又想要他们一个个地回来。就像在那天的噩梦中,他孤独无助地站在白茫茫的雪野上,热切地呼唤可爱的老勺头,心怀为自己辩解的渴望,甚至整个人都因而怯弱了起来。塔镇二十五个行政村的管事儿,也都是他的朋友。

如今,在他多年亲如兄弟的朋友中,就要有新的对手诞生出来啦!

这对手,这魔王,分明是由对自己偏袒喜爱的万镇长所一手制造。可是,那种弓如满月的感觉并没有随之被激起。有的,似乎只是深深的不安和对万镇长的怨意。

在新的对手逼近之际,另一件事不能再拖了。

李墨喜发动车子,仔细看一眼导航仪,就把车开进了浓雾里去。

不过二十分钟,李墨喜来到了沙河西鱼山镇。

赵明海帮忙弄账的冷藏公司,处在一条省道的北侧,公司门口竖着一个巨大的农产品电子交易的显示屏。一辆装满的货车，停在院子里。赵明海身穿一件棉大衣，站在货车下跟人说话，转头看见了李墨喜的车，略一迟疑就把手里的东西交给别人，向他走过来。看他意思是要上车，李墨喜立刻就从里面按开了车门锁。

"随意开吧。"赵明海坐在右边车座上，眼望前方，淡淡说道。

多长时间了啊，他总是这样对待李墨喜，就像皮肤下面，不是血肉，是接近冰点的水，连一丝水纹也漾不起啦。

他不知道，这该让李墨喜怎样心痛。要说为什么，因为他是老地丁的儿子，是他幼时要好的伙伴啦。换了别人，管他是冰是火。

李墨喜把想好的一见面就要说出的话全压了下去。他是要无比郑重地对赵明海道：

"我请你出山啦！"

在这场百年不遇的浓雾中，李墨喜已坚定了自己的想法。

李墨喜是要离开了，是要离开村里人啦。

他要亲口对赵明海说，这是场大大的误会，使他管了村子一十五年。从老地丁去世，这个村子就是赵明海的。

不，赵明海从一出生，就注定要接替老地丁！千年万年。村子本是他们父子的，李墨喜只不过是半路杀出来的程咬金。

阴差阳错，李墨喜独霸村子一十五年。他们本来是兄弟，却敌对了这么久……

迎面一辆车，李墨喜紧急避开。这像行进在灰蒙蒙的隧道里，李墨喜不得不小心了。车开得更慢，像毛毛虫的蠕动。后来，依稀看到一棵柳树的影子，听到车顶上好像有柔细的柳枝拂过，就把车停下来。

李墨喜把手搭在方向盘上，慢慢向赵明海转过脸去。赵明海还在往前平视，只留给他一个脸孔的侧影。他忽然感到异常羞愧，因为他竟像女人，差点从眼中落下泪珠。

软弱可不是他的性格。他迅速调整了自己的情绪，几乎是以高兴的语气开口了。

"老伙计！"他叫了一声，"我是盼着这一天啦。到底有什么可忙的，不能在一起坐坐！"他眼里闪着热烈的明亮的光。"明海，早就想跟你说，你的机会——到了！"

赵明海脸上微微露出惊奇的表情，但并没有把脸转过来。

"我知道你不想理我，"李墨喜接着说，"但我很开心你坐我车出来。这是好的时代……不，我选择'最好'！这就是，明海……"他克制不住内心的激动，脸色涨得通红，呼吸也跟着急促起来。"我的'最好'，就是，我认个错吧。"

此刻，浓雾吸尽了整个世界的声音。

李墨喜只能听到自己怦怦的心跳。

赵明海终于开始缓慢地转动他的脖颈。但他停住了。

"我给村子里挣下的钱不光彩，怪不得地丁大叔生我的气。"李墨喜面色沉痛地说，"我害了地丁大叔！"

李墨喜看清楚了，赵明海似要张口。

他要说什么？他要说什么？要说什么……

李墨喜快要喘不过气来了。哦，赵明海什么也没说。他只是垂了一下脑袋，就重新看着眼前的雾气，久久地看。

"明海。"李墨喜轻声叫道。他相信自己的真诚。"你站出来吧。你比我强。时代跟我开了一个玩笑。这出戏，也该谢幕了。"他絮絮地说着，目光已经黯淡。

赵明海一声不响，神色那么冷静，好像永远不受任何事物的迷惑。他打开车门，下了车。寒冷的雾气立刻涌进车里来。他站在离车头不远的地方，雾气在他身上缭绕，流淌，人像是沉进了一条缓缓流动的河。

过了一会儿，李墨喜也下去了。迟疑了一霎，才站在了赵明海身后。

这时候，他发现自己面对的是一条小河沟，河沟对岸是一片宽广的田野。浓雾遮挡着田野上的一切，就像这片田野一直延伸到了天际。

赵明海微微动了一动。"你好心，可没谁愿意背后叫人戳脊梁骨。"赵明海冷言讽道，"你以为人人都在盯着你，全世界都在意你啦。告诉你，都已经见惯了，你就趁早省省。"

李墨喜头上轰地一响，就几乎什么也听不到了，整个人似乎一下子跌到了那天梦中的雪野。在那场梦中，被孤零零弃之雪野的感觉，比真正的坚冰，还要冷酷十分。

"这的确是一个最好的时代，可是，有的人却宁愿选择下地狱。"赵明海道，"你的胆子还是小了。整个村子都是你的，你可以全拿去的。你有什么不放心的？村里还剩大河湾一百二十亩地，新的承包，又能收一笔钱。哼，你可以拱手让出去。"赵明海没有看他，一边轻轻说着，一边走回车上。

李墨喜已经冻成了冰，只能继续立于车前。他本来是要蹲下身子的，可是，他对此充满了恐惧，好像略一动弹，就会折断四肢，整个人碎裂成一地冰碴，再也无从收拾。

过了好一会儿，他才慢慢转过身来。怔怔地上了车，坐在那里歪头沉思，赵明海也不催他。他像不知道自己干什么一样发动了车子，紧擦着那棵柳树向冰封的小河沟开过去，然后拐了几拐，才把车子稳住。

赵明海自始至终不言语，任随他开。

说不清开了多长时间，李墨喜依稀看到了那个高耸在浓雾中的巨大的农产品电子交易显示屏。他刹了车，哑了声地说："我不送你进去了。"赵明海就要推开车门。"你根本不想跟我讲话。"他叹息着又道，"你没讲几句。"不知他哪来的勇气，突然直直地看定了赵明海。"我们没有和解，是不是？"

赵明海不答。

"我们还是对手！"李墨喜直言不讳，"我们相互都是敌人。"

赵明海好像有了反驳的意思，可是，李墨喜两臂一软，垂了下去。

"哦，我今天终于明白了，是我误会了你。"李墨喜道，"村里人早不把我当成对手啦。"他想笑，但马上克制住了。"你甚至不看我一眼，不是怕了我，是当我空气啦！我不是人啦？你们从来就不怕我，对不？哦，我知道，不管我怎么解释，你我都不会和解。你会想到，这个家伙在打谱全身而退。人生三条路，要么做好人，要么做坏人，两者之间，不好不坏。不瞒你，我不敢想比任何人好，我只知道很多人跟我一样。我不是第一个，也不是最后一个。随你啦。"

说着，像把一切看开了一样，长长吁口气，目光转向车窗外的显示屏，渐渐沉静下来。

就是在这时候，他向赵明海提出一个请求。

"当年，"他道，"五六年前，移动发射塔那事后，你们为什么没动静了？这突然的偃旗息鼓，让我好生纳闷。"

赵明海扭头看他一眼。

一眼就回答了他，过去的事还有啥好说的？

赵明海推开车门，下了车，在地上颠动了一下肩膀，好像在解放被禁束在车子里的身体。他迈开大步向冷藏公司的大门走去了。不过数米的距离，就几乎被连绵无尽的浓雾所吞噬。

9

因为上次村庄规划，在王宝堂家和前院苏广厚家之间空出一块三角地，给县城的移动公司建了座发射塔，几年来成了村中一景，吸引着小孩子不断前来攀爬。后来为了安全，移动公司贴着发射塔围了一圈栅栏。

王宝堂在县城一中上学的儿子，偶尔听说自己曾经攀爬过的发射塔对附近人体有害，周末回来就告诉给他。之前人们并没有觉出有什么异样，听王宝堂儿子一说，就头疼的有了，头晕的有了。苏广厚的儿媳妇正在怀孕，不光呕吐得更厉害了，而且再也睡不着觉。以发射塔为中心，由王宝堂家和苏广厚家及外，整个村子都沉陷在了不安中。人们似乎刚刚发现，发射塔占用了村子的公用土地，可是，问谁谁都不知道土地租用费去了哪里。愤怒的村里人在一天深夜聚在一起，写下了一封罢免书。

芥子、簸箕，鲜红的手印，摞满了最后一页纸。

赵明海领着人去镇上了。

赵明海领着人去县上了……

赵明海扛着锄头下地了，然后又去鱼山镇给人弄账。

虽不能说李墨喜虚惊一场，但内心的不安却是有的。从此，村子里海晏河清。盐虎本来就常年在外，赵国瑞两口子卖布，王宝堂、苏广厚商量商量，合伙拉起了建筑队……田里嘛，挣一个儿算一个儿，又不用交税。无儿无女的无不被送去了塔镇幸福院，年过六十的每月领到了五十元以上的养老金……村里人活成了仙啦！在那些对手如狼似虎的岁月里，李墨喜心里有根弦，从未松懈。可是，这些对手，怎么就突然没有了呢？

赵明海、张福庆、赵国瑞、王宝堂都在，对手却像是死光了，留给他的，只是时而冒出的一点疑惑。

因为浓雾的遮蔽，鱼山镇巨大的电子交易显示屏上，那些瞬息万变的交易信息，一团模糊，而李墨喜的疑惑也仍旧没有被解开。

李墨喜悻悻地开动了车子，实际上，却不知道要往哪里去。车过沙河桥时，他接到了东土楼子韩大哥的电话。

韩大哥近日得了一对鹦鹉，今儿特意在文峰路上的恒泰大酒店安排了一桌酒宴，邀请好朋友前来赏鸟。

这没啥可惊奇的，韩大哥素爱养鸟。他曾熬过一只鹰，非常听他的话。这只鹰帮他做过很多事，跟他寸步不离。

你想想，胳膊上站着一只老鹰的韩大哥在人前是怎样威风凛凛！

可惜，这只猛鸷的老鹰误食毒老鼠死掉了。韩大哥甭提多伤心，逢人就讲，一天抓一只兔子啦。朋友们于心不忍，要送他一只老鹰，但他坚决不收。他开始饲养别的，鸽子自不必说，其他诸如画眉、百灵、八哥、绣眼、戴胜、红点颏、蓝点颏、黄莺、白腰、金翅、蜡嘴，应有尽有。

到了恒泰大酒店门口，李墨喜一眼看见赵玄玄从自己的车里钻出来。他马上停了车，想都没有想，似乎不怕被赵玄玄发现，就把车开走了。

在远离了恒泰大酒店时，李墨喜似乎才意识到，自己并非躲避赵玄玄，而是在进行与过去的诀别。

从这天开始，他已经不再是那些朋友的朋友了。他是属于村里的，属于那些消失的田地和庄稼，那些被填埋的水井，那些被连根刨起的树木，那些永远坍塌的农舍。

一想到自己是在往村子里去，他没法抑制内心的激动。

这激动怎新鲜，若在以往，他不相信会有。但现在，他分明感到自己身上麻颤颤的，又新鲜又美妙。

手机铃声一次次响起,但他全然不顾。他继续向迷雾里缓慢挺进,不管在前面的道路上,是隐藏着陷阱,还是火坑。他的车像头老牛,他家的老牯牛,慢腾腾地,持续不已地挺进……

失望是必然的。

他的村址和大片的土地,已被香庄丰茂生态农场圈起……最后,他来到了大雾覆盖的大河湾。面对的可不是沙河西陌生的小河沟,而是一条他从小就非常熟悉的真正的河流。

在这条河里,他曾与小伙伴们一起游泳、摸鱼,免不了遭遇过很多次溺水的危情,但每次都能有惊无险……

他是空手捉到过一条足有二斤半重的大鱼啦!大鱼扑棱棱……

冰封的河流里,传来了一个孩子的欢笑……

李墨喜的心,滚烫。他凝望着大河湾,好像正准备迎接从河里焘嘟钻出的河神,即便狰狞可怖,他也要热切地迎上去。

在大河湾,李墨喜滞留了很久,回来时天将黑了。半路上,依稀看见路边有人,本想把车开过去,却又停了下来,好不容易认出来是二毛和老勺头。二毛在试图拖动老勺头回家。看老勺头像一块泥巴,倒在地上不动弹。二毛急得要哭。

李墨喜连忙走下车子,上前问道:"勺头大叔怎么啦?"

二毛虽不情愿,但仍旧懒懒地回答了他:"他是睡了。"又忍不住抱怨,"谁知他是真睡假睡?这么冷的天,把他扔在野地,还不得冻死?每天就这样出来,装聋装哑装瞎,走累了就往地上随便躺,天天弄得像个土布袋。"

"大叔,勺头大叔。"李墨喜叫了两声,老勺头没有反应。

"你叫不醒装睡的人。"二毛道。

"把他抬到我车上去啦。"李墨喜说。

越来越暗的雾气在他和二毛之间不易觉察地涌动。二毛没说话,他就要伸手搬起老勺头的身体,不小心碰到了二毛的手。二毛触电一样,猛地直起身来,站开了一步。

老勺头的身体很沉，李墨喜没能一下子将他搬起。李墨喜屈膝半蹲，尝试着先把老勺头搂到自己怀里。等姿势调整顺了，猛憋了一口气，就将老勺头搬离了地面，随后半扶半抱，困难地向车门走去。二毛迟疑一下，才肯过去帮他开车门。她的动作不可能熟练，在车门上摸索了好一阵子，才将车门打开。李墨喜把老勺头放进车里，听二毛含着歉意小声道："看把车弄脏了。"李墨喜没吭声。把老勺头放好，回到驾驶座上，摇下车窗，唤二毛上来。二毛站着不动。他又唤，但二毛自顾向前走去了。他开车跟着，还是想让二毛上来。

"外面冷。"他向车外道。

"我走走。"二毛头也不回一下。"你开车先走吧。我自己走回去。"

"放着车不坐，偏走，何苦啦？"李墨喜道。

"爱走。"二毛边走边道。

李墨喜傍在她的一侧慢慢开了一阵，一时忘情，脱口道：

"二毛，你是在怨恨我不？毁了屋的，不止你一个。大家都赶上了……赶上了这个时代，这有多么……"

二毛不说话，在雾气中若隐如现。

"我去看村子了。"李墨喜告诉她，"我还去了大河湾。"

可是没想到二毛忽然向他转过头来，毫不顾忌地道：

"你啥意思？我男人不在家，你就想跟我好？哼，好就好，谁怕谁！"

李墨喜不作声了，似乎才想起车上躺着老勺头。

将车开到二毛家楼下，二毛已招呼了别人，其中就有张福庆。在大伙儿一起将老勺头从车里搬出来时，张福庆故意用身子撞了他一下，他就不动了。

看着张福庆他们把老勺头抬进楼道，李墨喜才上了车，默默把车开走。

家里已开了灯，弥漫着刚出屉的馍馍香气。金兰听见他进门，忙从厨房出来，一见他浑身是土，就问他怎么回事。他笑而不答，去卧室换了衣服。

金兰蒸了两屉馍馍。金兰不说为什么要蒸恁多馍馍。新蒸的馍馍散发着麦子香味儿，咬进嘴里，像咬了一牙夏天的阳光。不用就菜，新馍馍就很好吃啦。吃完馍馍的李墨喜，浑身放松地坐在沙发上，打开了电视机。

地球在宇宙间转动……全国卫星云图上，雾霾不散。

金兰收拾好了厨房，也来看电视。"下场雪就好啦。"她道。却听门外一阵喧哗。李墨喜立时紧张起来，因为他听到了赵玄玄的声音、韩大哥的声音，还有很多他耳熟的声音。

"哈，你跑回家来啦！"随着赵玄玄的一声高叫，一群人拥进了家门。

李墨喜一眼就注意到了人群里的两只华羽焕然的大个儿鹦鹉。它们落在韩大哥的肩头，像人一样，不停地发出嘎嘎大笑。

人们还带来了很多东西，有富贵竹、发财树、万年青等绿植，大多叫不出名来，还有饮水机、空气净化器。韩大哥抱歉道，李墨喜、赵玄玄搬家上楼他都没能前来贺喜，今儿补上。大家环顾一眼，都道："这也太简陋了些。"东西放下，搬东西的几个小伙子退出门去。有那几盆绿植，屋里顿时生了春意。

大鹦鹉人来疯，嘎嘎笑着飞离了韩大哥肩头，在绿植大大小小的叶子之间，兴奋地飞来飞去。

众人纷纷选择位置扑通通坐下，楼板微微颤。

"兄弟要有难事，哥们儿不能坐视不管。"韩大哥坐在沙发上道。

"在酒店门口，我看见你啦。"赵玄玄说着，似乎发现天花板上有些异样，扫了一眼，又似乎什么也没发现。他问李墨喜："你为啥转头走了？又为啥谁的电话也不接？"

韩大哥摆手止住赵玄玄。"兄弟不想说，就不要勉强。"他道。他看着李墨喜。"我们是哥们儿。团结就是力量。"

"老弟的一味忍让也够喝一壶的啦。"赵玄玄道，"看前几天你们村里闹的那事！你那脸面哪儿去啦？怎么一离村子，就一句硬气话也没有啦？"

两只鹦鹉一起飞回韩大哥肩头，韩大哥伸手在它们花花绿绿的身上抚摸了一下。

"乖。"他道。

"我就说嘛，老弟还没有转换身份。"赵玄玄道，"鸟枪换了洋炮哩！

你得尽快适应。我对万镇长提议啦，过了年，组织全镇行政村的领导来一次上岗培训。"

赵玄玄扑哧笑一声。旁边有人问他笑什么，他道，想起了凤落村，就笑了。赵玄玄得意扬扬。

"上楼还没轮上我们，"金士魁道，"我们盼这一天早早来到啦。"

"乖！"一只大鹦鹉道。

"乖乖！"另一只大鹦鹉道。

它们摇头晃脑地嘎嘎笑起来。

第二天一早，李墨喜就要走出家门，忽然转过头来，清晰地捕捉到了金兰目光中的一丝幽怨。他想了想，轻声道：

"下场雪就好啦。"

来到楼下，就是走进浓雾。李墨喜要徒步到镇上去。离镇不远，可以说自己本来就是在镇上，用不着开车。

"喂。"背后传来一声低唤，李墨喜听出来是赵国瑞。

虽然没有任何必要，李墨喜仍旧下意识地往旁边躲开了一步。服丧中的赵国瑞探身辨认着脚下的道路，走到近前，二话没说，把一个纸包塞到他的怀里。

李墨喜心头一颤，脑袋止不住发起晕来。

李墨喜记得自己封了九百块钱的礼金，这在乡间应该是份大礼了。可是，赵国瑞给退了回来……而且一句话不解释，在他眼前倏然一晃，他就再看不见了，眼里只剩下无声暗涌、连绵不绝的浓雾。

雾真大，已是早上了，还像是在夜里，有好几个人与他擦身而过，而一无觉察。

那九张百元大钞，都被李墨喜一张张抛到了浓雾中去……

10

李墨喜在镇政府大门口遇到了麻烦，过去熟悉的看门大叔换成了两名陌生的黑脸保安。李墨喜报上名来，两名忠于职守的保安不相信，继续盘查，直到米委员出来，才算罢休。可是万镇长又不在，说是在县城开会，让他等。

等待万镇长期间，李墨喜独自在镇政府大楼里走动，不禁想起当年自己跟随老地丁创办集体企业期间的那些事。

他常来镇上办事，骑的是一辆飞凌牌的自行车。镇上的这些人脉，都是老地丁帮他介绍的。那是他今生中经历过的最混乱的年代，每个部门的人都颐指气使，还有的明目张胆吃拿卡要，他与老地丁疲于周旋。后来，才渐渐好了……

一看手机，已近十一点，还不见万镇长回来，就又给万镇长打电话。万镇长回道，又通知下午开个临时会，如果非要当面讲，可到他家去。

现在上上下下狠刹吃喝风，有"八项规定"，干部开完会一般能回家的就回家。

李墨喜去过万镇长在老农委大院的家。不想回光善社区取车，就在镇政府门口打了出租。

到了万镇长家里，万镇长已给他准备好了简便的午饭。

开门见山，他从怀里掏出自己昨晚写好的请辞信。

几年前，村里人联名上书镇政府罢免李墨喜而不得，今儿，李墨喜就要自己罢免自己啦！万镇长把请辞信拿在手里，只瞄了两眼，脸就拉下来，随手把请辞信往地板上一丢，气得发抖，嚷一句：

"幼稚！"

"我经过了深思熟虑……"李墨喜欲辩。

"任何人都不需要深思熟虑！"万镇长重重地坐在沙发上，随口打断他，"上边安排你做的事，千年万年不说停下，你只管老老实实做下去就是。"

"请辞信上说清楚啦，"李墨喜道，"前两次换届我就该下来。在各个方面，赵明海都比我强。况且，我是个有污点的人。我的行为，直接导致了地丁大叔的死亡。想起前辈对我的好，我不能不愧疚至今。"

万镇长别着脸不看他。等他转过脸来，李墨喜便猛一惊。在他的印象中,万镇长沉稳老练,是一个藏而不露的平易长者,但的确没有让他想到过年纪。过去他从没意识到,万镇长竟会是一个真正的小老头。

跟他刚进门时见到的神采奕奕的万镇长迥然不同,万镇长一脸的憔悴,染过的头发,露着花白的发根,面孔消瘦,从两颊一直到脖子,都是松弛起皱的皮肤,上面隐现着几块褐色的老人斑。

"干不出鲜亮的成绩,我基本上就走到头啦。"万镇长神情黯淡地沉吟道,"我这一辈子,这么个收场,说坏不坏,说好,也没好到哪里去。年纪大了,失去了高升的机会,不能跟别人比。"

李墨喜一时无语。

"你不能出事。"说着,万镇长两眼突然盯住了他,"我不想看到任何意外!"

"可是……"李墨喜为难起来。他支吾着,终于说出口:

"没人怕我啦!"

万镇长把身子往沙发背上一靠,点点头,吁口气道:

"你能想到这个'怕'字,就证明我没有看走眼。你是最合适的。人就得有点畏惧。别人怕不怕,还不当紧。当紧的是你要怕。"他兴奋了起来,猛地站起身。"来,干娘的会议!我有一瓶存了五年半的国窖酒。今天破规矩,跟你喝一杯!我去拿酒。"

望着万镇长走向酒柜的背影,李墨喜心中充满了沮丧。他像在挣扎一样,再次发出声息。

"赵明海……"他道。突然间,他的心又坚定了。他道:

"村子是老地丁的,村子是赵明海的!"

万镇长收了脚步。他走回来。

"你以为赵明海会答应?"万镇长缓声问李墨喜。李墨喜想到赵明海对自己的排斥,就答不出来。万镇长重新坐下,并拉住了他的手。

"我来告诉你一件事,"万镇长语气诚恳地说道,"你坐下。几年前,就是你们村那次为发射塔闹事,我在县政协周主席家里见到过赵明海。"

一听到发射塔,李墨喜就意识到了不寻常,神色立时有些紧张。老周也是李墨喜认识的人,曾在塔镇当过一段时间的工商所所长,后来调到了县里,原先也是老地丁的熟人。

"当时我去老周家串门，"万镇长接着道，"老周显然已经跟他谈过了。至于谈的什么，你猜也能猜得出来。老周送他下楼，在门口碰到我……真的，我永远忘不了他看到我时的那个表情。一双眼睛里，全是黑的……全世界的黑气，一团团都跑到那双眼里，已经说不清那是什么……绝望，失望，惊异，迷茫，怀疑，羞愧，哀伤。这原是条硬汉子，可我亲眼看到，这个汉子就要站不住了。我没想到，他会突然向我和老周深深鞠了一躬，然后转过身，一声不响地下楼去啦。"

万镇长停下来，兀自摇头。

"我和老周心里也都不是滋味，回到屋里，坐了好一阵子，都不想说话。后来，老周告诉我，赵明海求他，是要……老周不想糊弄他，直接向他说明，自己离开了塔镇就不想再去干涉塔镇，因为塔镇已有了自己的安排，这还不是'不在其位不谋其政'，只是怕给人添乱。哦，当时我就在老周跟前，他要张口说情，我会怎么回答？"

李墨喜凝神听着。

"相比赵明海，我更熟悉你，也更信任你。"

万镇长说着，向李墨喜靠近了一些。两人的身子几乎贴在了一起。他的声音不知不觉地小了，小得仅可耳闻。

"你能接老地丁，是你先有了老地丁积累的人脉。镇上因此知你，比知赵明海更多，也便用你顺手。不过，如果让赵明海接了他爹，坏了就坏了，好也就好了，只要不想下台，就会得到支持。除非……好比你，除非还有比我知你更多的。你也用不着比赵明海强，你能接老地丁，那就一定会强。懂啦？农村基层情况复杂，就在这里……"

忽听一声呜咽，再看李墨喜，深深地埋着头，似乎在微微打战。

李墨喜抬起头来，没有看万镇长，半晌都没说话。万镇长也没打搅他，等他逐渐平复了，刚要说吃饭，他就站起身。

看他的样子，是要告辞了。万镇长不由想到，他会不会像赵明海一样，对自己鞠个躬，然后永远地走掉？

没有。他没有向万镇长鞠躬，而是一语不发，走到了门口。万镇长也没叫他，任他自顾开门下了楼。

李墨喜昏昏沉沉的。他要马上找到一个没人的地方，在那里痛痛快快流一场泪。当时老地丁已去世十年，不到走投无路，赵明海怎么会求到那姓周的头上啦？一想到这个，泪芽就在他的眼皮底下，像万尾小鱼在死命往外拱。

　　赵明海，你是受了委屈啦！

　　室外浓雾翻腾，看似面前一无所有，却又应有尽有。离开老农委宿舍大院，就是熙熙攘攘川流不息的大街小巷。

　　李墨喜不停走着，似乎整个世界都找不到那样一个没人的地方。他想不起真武小区的空房子，实在是因为从没在那里住过。最后，他打了出租车。不过是刚过塔镇，就要下去。

　　少了县城里的极度喧嚣，李墨喜觉得好受多了。

　　浓雾里掺杂了一丝田野的气息，虽然依旧令人憋闷，到底减轻了些。

　　李墨喜开始往光善社区走，耳听一阵鼓乐声从背后的路口传来，就悄悄等在路边。原来史家洼村的花灯队正在进行演练。

　　于是，灰蒙蒙的浓雾里，不光有了热闹的鼓乐声，还依稀透出了花红柳绿的色彩。

　　李墨喜不禁想到，这样一支欢庆的队伍，莫不是要往天堂去啦？他们越过李墨喜，继续向前行进。看那雾霾密布的景象，又像是他们在走另一条相反的路。

　　谁知道呢？

　　　　恁好的天儿，
　　　　下雪花儿，
　　　　恁好的孩子，
　　　　没有脚巴丫儿……

第三章

1

  一个村庄从地球上消失了,而地球照旧在宇宙运转,浑然不觉。三千年后,估计连香庄的名字也寻不到。

  光善社区新居民老勺头,就像一条闻到了香庄气味的狗,一次次地走在去香庄的路上,但他看到的只是一片裸露的黄色泥土。

  老勺头活了多少岁,还从没见过田野会这样平整,刀切过一样,让人走上去,会担心滑上一跤。

  香庄丰茂农场还在沉睡!

  实际上,在大雾弥漫的天气,或者光线暗淡的时辰,他曾穿过空旷的田野,一直向南走去,甚至走到了塔镇最为边远的村庄金佛寺。

  自从搬进光善社区,二毛就什么事情也不能做了。二毛已经有了很多的工夫,但偶尔还是忍不住生气地呵斥:

  "你就死在大河湾吧!"

  起初以为老勺头走得再远,总知道回来,不料不去找他,他就真的回不来了。

  "谁问你住哪儿,你就说家住振兴街光善社区。"二毛一遍遍地教他,"你说'光善社区'。"

  "'光蛋社区'。"

  "塔镇有座光善塔,所以我们住的小区就叫'光善社区'。光善塔,你以前不是常常说的吗？'光善社区'怎么就不会说了呢？"

镇上的光善塔是座古塔，始建于唐代贞观年间。地方史志记载，此塔为唐代著名大将尉迟恭所造。那尉迟恭面如黑炭，一生戎马倥偬，征南战北，屡立战功。后来呢？后来就走上了千家万户的门板，与济南府好汉秦叔宝一起成了门神。

"有道是，好汉尉迟敬德，育有三子。"往年老勺头讲古，"这三子，对爹爹的话，只会反着听。你说西，他听东，你说南，他听北……"

为了让他记住家门，二毛三番五次领他在光善社区里转悠。

小区也有东西之分。一条新修的柏油路，叫振兴街，将小区分为东西两部分，分别集中了原香庄、原大王庄、原史家洼和原尚庙村的村民。香庄一千二百九十九口人，占据了东一区的一至十五号楼，二毛帮他挨栋辨认。

辨认了小区，又去辨认小区外面的道路。

"这不是三里窑吗？"老勺头问。

"是三里窑。"二毛告诉他，"三里窑搬到花园社区去啦。"花园社区在光善社区之北，与光善社区也仅一路之隔。

"走过路过，我得去张瘸子家看看。"说着，就向前走。"张大叔，有日子不见啦！"他向着空气打起招呼来，又连连摆手谦让，"不用客气，不用客气。"好像有人给他上茶。但听扑通一声，一屁股坐在了地上。可把二毛惊出了一身冷汗。他这是往板凳上坐呢。

哪里有板凳？

摔坏了老骨头，可怎么得了！二毛就知道他看不到眼前的事物。他的目光落在了几十年前的三里窑。

传说里的张瘸子，是个开车马店的。三里窑村上的人，谁都能说出一两件张瘸子殊奇的掌故。别说是二毛，就是再长二毛十岁的人，也没见过这个张瘸子。

老勺头去大河湾香庄的土地，却迷不了路，好像蒙上眼睛也能走得到。二毛跟了几次，根本不用给他指路。

二毛不去找，他就真的不回来了。好像人老了，就有一样好处。随便往哪儿一倒，哪儿就是永远的家。

不会说"光善社区",那就只说"三里窑"吧。反正光善社区是建在三里窑的土地上。走到三里窑,总比走到西边的五合社区要好。

"谁问你住哪儿,你就说住三里窑。"二毛叮嘱老勺头,"记住了没有?"

"记住啦。"

"自己说一遍。"

"我住三里窑。"老勺头说着,却又反问,"我住三里窑干啥?"连连摇头,"颠倒啦,颠倒啦。我住香庄。"

"三里窑有你的棺材!"二毛想哭,"爷爷,你是真糊涂还是假糊涂?"

他睁着两只昏花的老眼,看着二毛,好像听不明白她说什么。

老勺头一见棺材,就不糊涂了。他一遍一遍地摸啊。像摸他的女人,摸他的亲儿子,也像摸他的亲娘。不光不糊涂,还像变小了。他伸出小手,万分沉迷地抚摸他娘光滑柔软的乳房。他有他娘的乳房就够了。

这样的情景反正二毛早就见怪不怪。

二毛看那棺材,就像看一个大木箱子。除了三长两短,这个大木箱子跟别的箱子没什么不同。

"记住啦,爷爷,这是光善社区。"二毛趁机向他脑子里灌输新观念,"香庄人住进了光善社区的高楼。"

"不是三里窑吗?"他问二毛。

"脚底下就是三里窑。"

"我把张瘸子踩脚底下啦?"

"你要非这样想也可以。"二毛告诉他,"你把那张瘸子、李瘸子,你把三里窑、史家洼、乔大庄都踩脚底下啦。"

"张瘸子可是个人物。"

"来,来,来。"二毛拉住他的手,走到阳台上。"这是阳台。"她不是第一次给他解说了。"你往外看。"她抬手挥动了一下。

有人从楼前的路上走过。两栋楼之间,露出一个在建的工地,坑挖了很深。再远,就是深秋后寂寥的田野。它们没有香庄的幸运,依旧等待着资本开发,已经被种上了等待越冬的农作物。

"这些都在你脚底下。"

老勺头不禁笑逐颜开。"张瘸子可是个人物啦。"他又说,"一甩鞭子,能打下天上飞的老鹰来。"

"你把张瘸子踩到脚底下啦。"二毛说,"说一遍,阳台。"

"阳台。"老勺头应声道。

接着,他们重新温习了"客厅""卫生间""厨房""卧室"。

两间卧室,老勺头住一间,二毛和盐虎住一间。二毛家分到的两套房子,都在三号楼,还是同一个单元,只是楼层和户型不同。为了照顾老勺头,她和盐虎就搬到这套楼层低的房子里来。实际上,平时只有她和老勺头住这里。盐虎在市里常年有活干,半个月才回来一次,有时一个月回来一次,每次都住不了两天。

"这是你的家。"她对老勺头说。

他那两只老眼,紧盯着放在客厅里的棺材,听话地点点头,让二毛忽然意识到,他的家跟振兴街旁高耸入云的钢筋混凝土结构的建筑物无关,在他年老昏聩之时,就只是这样一口再普通不过的薄皮棺材。

二毛无法阻止老勺头回归故土,也从没想过阻止。几乎从搬进光善社区之日起,她就开始一趟趟地走在去寻找老勺头的路上。

截至腊月二十九,大河湾香庄约有二十三人摇身一变,成了香庄丰茂生态农场的员工。大河湾香庄的土地沉寂两个月之久,忽然就热闹了!机器进驻,人们冒着严寒纷纷拥来。多是外来人,携带着各式各样的仪器。仪器的名号,只有使用者才说得清楚。

除大河湾以外,香庄一千五百多亩土地就像是一个大工地。老勺头能去的地方,也就只有大河湾。

没在大河湾躺下过的人,不知道大河湾的草窝子有多么舒适、温暖!

特别是好天气,到了晌午,太阳高照,躺在草窝子里一眯眼,就能睡过去。

在这样一块土地上,老勺头做过多少绮丽的梦,那就谁也不知道了。

当然,这里也不仅属于老勺头一个人。他只是来得最多而已。香庄三百户,七十岁以上的老人四十七人,八十岁以上的二十三人。

死在大雾里的赵国瑞他爹,自从搬到光善社区,除了去过一趟县医院,就没出过门。他才活了七十九岁。现在的人，都往百岁上活呢……死前伸着两根指头不动，总不肯断气。赵国瑞他娘问他有什么惦念，他闭着眼，喉咙里咯咯响，说不出话来。到死，人们也没猜出来他惦念什么。

倒是外人，认为他家老宅埋了两罐袁大头。人老健忘，临到咽气才想起这个来。可惜舌头不听使唤，只好登时垂手，带着谜团永不回头地去了。

当初香庄丰茂农场平整土地，先犁后耙，长齿梳子一样耙过去，又深又细，耙出些断砖烂瓦、铁丝棍棒，却没一件稀罕之物，也是怪事。

其他的人，都有儿女拦着，拦得不紧了才会来。至于倒在草窝子里睡觉的，就只有老勺头。

老勺头有福啊。老勺头虽说没得到儿子孝顺，但摊上了一个好孙媳妇。这孙媳妇千般好万般好，对老人不嫌弃，能依随就依随。衣服弄脏了，就洗。

就一样不好。没生育。

两口子都使劲了，没用。盐虎瘦成个干巴猴子，抽身跑了。

跑了就跑了吧，二毛还是二毛。二毛在大地上忙个不停。

在大地上种完了最后一季庄稼，二毛也没闲下来。

每一天，人们都会看见她出门寻找老勺头。不是走在寻找老勺头的路上，就是一遍遍地在家里打扫卫生。去过她家的人，都会认为这是整个光善社区最干净的家。

这一年，大地之上迎来了塔镇有史以来历时最长，跨越情人节、春节、元宵节三大节，规模空前盛大的新春灯会。

新春灯会设在塔镇光善公园。二毛带老勺头去看了三次。要问住光善社区有什么好处，那就是去塔镇近便得很。走在穿梭的人流中，恍惚就是镇上的人了！

二毛不晓得腊月二十九赶巧情人节。去了光善公园，只见华光灯影里，尽都是些成双捉对的年轻人，唯有她伴着个老朽之躯，蜗行牛步。她怕老勺头走丢，哪里顾得上看灯？索性挎住了老勺头的胳膊。不认识的以为他是她老爹。认识的就会想，这是挎着爷爷，要是挎着公公，那才有意思。

要是挎着公公，人们就不看灯了。什么"荷花仙子""喜上眉梢"，都不如二毛这个"荷花仙子"，都不如这一老一少的"喜上眉梢"。

转眼就过了正月十五。

一过十五，人就有了减衣裳的意思。

二毛出门前，犹豫了一下。忽然就觉得自己懒了。下了楼，站在那里，像不知往哪儿走。

2

在这一天，史上最成功的新春灯会结束的第二天，二毛头一次像老勺头一样迷路了。至少在人们看来，她是这样。

抬头顺着楼体往天上看看，接着就像头晕了。她像融化在蓝天里了。

新春的大地硝烟散尽，有些日子没见过这么蓝的天了。穹顶凝聚着的不是空气，而是纯净的液体。透亮，而又深邃。

她向前走了两步，挪不动了似的。盐虎只放了一周年假，初六晚上就走了。肯定不是被盐虎弄狠了。况且盐虎也没那本事。

走在路上，二毛不像是要去大河湾寻找老勺头。她像一个无家可归的人在天空下游荡。一股微风吹来，就可以把她卷到天上去。

二毛今天有了神力，让整个世界都寂静了。整个世界的阳光都只为她一人照耀。所有人都像消失了。至少方圆百里，就只有她一个人。

当她站在香庄的土地面前时，她过了好一会儿才清醒过来。在这个好天气，她是要去曾经耕作过的田里看看呀！她家曾有三块田。庄南一块最大，庄东两块。共四个人的田，五亩二分。分田的时候公公在世。公公去世，田也没被收回。

显然，二毛已无法确定这三块田的位置。视野里，从东到西，分布着一些白墙蓝顶的小房子。它们在一夜之间极速冒出地面，不知做什么用的，而更多的设施尚未交工。不远处的一个路口竖着块招牌，上面画的就是农场规划图。她还没有认真看过一次。不是不想看，是不敢。为什么不敢，她也说不明白。

严冬时节，猛烈的北风直扑在规划图上，会发出阵阵长嚎似的呜呜声。二毛听了会不由心颤，就像在黑暗的旷野上，遭遇了一头失群的孤狼。当然，她有生以来还从没见过狼。正因如此，对遥远的孤狼的想象，才更符合她的内心。

头顶的阳光多么暖和啊！

春天就要来了，二毛不用再像往年一样，刚走完亲戚就开始忙活。庄南那块田，她曾种了一棚大叶菠菜。不知不觉，那已是一年前的事情了。

腊月底是一年里蔬菜行情最好的几天，她要争取在除夕那天把菠菜卖完。没人帮她。每天她都要开了大棚里的灯，剜到半夜，再将菠菜择净捆好。顾不上打个盹儿，就连夜去南店子农产品批发市场。从批发市场回来，天还不亮。她从来不觉得疲惫。她只是感到可惜，这么上紧干活，大棚里的菠菜还是没能赶在年前卖完。地温已悄悄上升，菠菜疯长，一天一个样，长得像荒草，也已经卖不出价钱。

香庄半夜里去卖菠菜的还有好几家，只有她一个女人。来去她都不觉得需要陪伴，就像她走在地里，从不知道劳苦。

谁不说二毛是人间最能干的女人！

二毛风风火火从人们跟前经过，有人好心叫她歇一歇，她就说：

"歇不下的呀，大婶！"

"这么忙活，还有完吗？"

闻言，她总会刻意停住，以便能够悠扬地回答人家。

"咱就是忙活的命啊！"即便身上背负着千斤之重，她也是带着笑容的。回答有多么悠扬，就似有多么自豪！然后，就又急急地往前走了，好像一霎也不能耽搁，而且还要更快，以将耽搁的工夫弥补回来。

此刻，二毛不由得向前走了两步。她看到了香庄遗留在蓝天下、田野上的那棵老皂角树，身上忽然一麻，好像过了一股电。

方圆百里，再没人见过这么高大粗壮的皂角树了。从老勺头记事起，它就是村中一棵枝干苍劲的老树。都说树长这么高大，树上就会住了神。没人敢动它。动它会怎样？会流血？动它试试。大地震怒。

没人敢动它，它才跟村子下面的土地一起留了下来，并将与土地永在。

二毛好像听到老皂角树在呼唤她走过去。老皂角树是老爷爷。很老的爷爷了。肯定比老勺头还要老。

"来歇一歇。"老皂角树慈爱地说。她本能似的要随之叫出声来：

"歇不下的呀，爷爷！"

可是，她的眼睛却像是看到昨天晚上的一幕。

塔镇新春灯会年年办，都没有今年盛大。昨晚上又以新灯更换了一些旧灯，光善公园都快盛不下了。万灯齐明之际，游人更比往年要多，拥来拥去的，不知是看灯还是看人。

二毛哪里顾得上看灯，一恐挡了别人的路，二恐将老勺头挤着，偏偏就瞥见了人流里的李墨喜一家。这是多少年来，第一次在灯会上见着他。他们两口子，加上一双儿女，多么齐全啊。往年她在灯会上只遇着过金兰和孩子们。今年他倒是来凑热闹了。她心里不无嘲讽地这样想。本来公园里摩肩接踵的，都佯装没有看见就是，但他却径直向她走来了。他走过来，就像是专门为了说那句话的：

"你让盐虎回来吧。"

她立马瞪他一眼。

咱家盐虎回不回来，跟你李墨喜何干？盐虎自有大号。盐虎"良"字辈，大号"李良志"，不像你，不从辈分上起名字，叫什么"李墨喜"，显摆自己喝的墨水多吧？盐虎乳名叫"小志"。她是盐虎的亲老婆，从来就没喊过丈夫外号。你凭什么喊人外号？知道自己有多少外号吗？一箩筐！光老勺头就给你起过仨，一叫"大茶缸"，二叫"擀白饼"，三叫"阴阳蛋"。一个比一个不光彩！

香庄一千二百九十八人，哪个不知你是"阴阳蛋"？

"盐虎可以去农场做。"他抢话似的接着说。后面的人拥过来，瞬间就把他们冲散了。二毛紧紧挽住老勺头的胳膊，再去寻他，已看不到他的影子。

农场是谁的？是你李墨喜的吗？不是。不是，你还拿农场做人情？

二毛从不想承人情。

二毛有手有脚，至死都要自己做！

在香庄的土地面前，二毛把手机掏了出来，摁了她再熟悉不过的那串手机号码。然后，朝着大河湾，拔腿飞跑。

一只不知名的鸟，从它筑在道沟沿的草窝里，忽然轻捷地飞起来，笔直地蹿到天上去。

奔跑使二毛听不到手机里的声音，但她知道在世界的另一个角落，有个人正徒劳地发出一声声问询：

"二毛？……二毛是你吗？二毛是你吗？有什么事，二毛？请讲啦。"

二毛什么也听不到，连她的奔跑也像是无声的，而那只鸟儿早在闪亮的蓝天上化作了一个黑点儿，倏忽间就不见了。

当着众人的面，李墨喜接了二毛的电话。

去年腊月初十，塔镇新春灯会准备工作正进行得如火如荼的时候，这个准驴年汉子——公历的元月份已到，距农历新年还有整整二十天——李墨喜拥有了一个引人注目的新身份：塔镇振兴街光善社区村级联合办公点党委代理书记。

根据《金乡县村庄结构优化调整组织建设工作规程（试行）》要求，塔镇党委又另选出包括赵玄玄在内的三名代理副书记。

新春灯会作为光善社区村级联合办公点党委成立后完成的第一件大事，展示了新班子的团结和蓬勃活力，惊动了县委、县政府。受到县领导肯定的万镇长，当天就召集五合社区、小羊圈社区、花园社区、光善社区、南店子社区、翰童社区的主要负责人，对光善社区进行了表扬，并重点表扬了赵玄玄副书记。没有赵玄玄的积极努力，就没有本年度新春灯会的成功举办。

好像由于万镇长流露的情感太过真挚，赵玄玄的脸登时红成了西红柿。

过去谁见过赵玄玄脸红？没有。

赵玄玄书记，可不要太骄傲哦。新的任务随后布置下来。万镇长原话：

"不让任何一个既有劳动能力又有劳动愿望的新村村民没有劳动的机会！"

李墨喜的手机响了。万镇长表情严肃。在场的人下意识地瞥向李墨喜，都以为他会挂断，但他接了。

"二毛？"

他没有避讳。他的声音好像立刻消失在了真空里，试图倾听回音的耳朵也好像被猛地吸了一下。

耳鼓发痛。

地球在宇宙旋转。他的声音逃逸在了宇宙之外，回音会有一千年。

"二毛，请讲啦。"他彬彬有礼。

"主要是针对大河湾香庄。"赵玄玄突然开口了。赵玄玄根本不关心李墨喜口中的什么二毛。说完，转头看看韩大哥，好像要从那里得到认同。他的脸不红了，跟平常一样了。在场的人，属他脸白。他在年轻时，很招女人喜欢。一白遮三丑，况且他算得上顶顶英俊哪！高鼻梁，双眼皮。与李墨喜堪称塔镇"双美"。

"香庄的问题迫切需要给予解决。"他补充一句。不对吗？不光对，还一针见血。香庄目前只有三十三人还在种地。为香庄丰茂农场种地。不要问他是怎么了解到的。所以，万镇长闻言，一时间简直无话可说。

"只有大意吃亏，没有小心上当。"韩大哥说话了。韩大哥一讲话，就像有一道激流落到平缓的土地上。"小羊圈产业园，人工稀罕。"

赵玄玄也就哈哈一笑：

"我是'腿上绑铜锣——走到哪儿响到哪儿'，别听我的！"

一直安静地坐在角落的米委员突然扑哧一笑，竟然立刻吸引了大家的注意。米委员是有话说的样子。

"二毛。"李墨喜还在宇宙之外漫步。

"磨剪子的说梦话——快哩。"米委员笑着说。

"听到啦？"万镇长转头询问李墨喜。

"听到啦。"李墨喜回到了会议室。他结束了一次好长的宇宙旅行。

任务布置完毕，散会。

3

赵玄玄单独去了县城。不用问也知道，荷香路上的红樱桃茶艺社在深情召唤他。这怎么能避免呢？

有时你会想到，很多会议都不必专门在会议室召开。天地之间就是一个空旷无边的会议室。打开手机，大家就都是在同一个巨型会议室里了。万镇长只需要坐在办公桌前，动动食指，发条免费的微信"不让任何一个既有劳动能力又有劳动愿望的新村村民没有劳动的机会"，就得！赵玄玄说了大实话，正所谓：

太阳出来照西墙，
狗配狗，羊配羊。
仨人睡觉六条腿，
炕下脱鞋整三双。

史家洼的全体村民还要种地。至少有地种，虽然不是在祖先的土地上耕种，但也没什么本质不同，不过是二氧化硅、金属氧化物和腐殖质的混合物。种得再久，也姓不了张，姓不了王，姓不了本田、史密斯。

史家洼的问题不是给村民找活干，而是刚刚搬进光善社区的高楼上，就开始受到凤落村的骚扰。

反悔的凤落村人不时来到已不再属于自己的土地上，鬼祟魅影一样伫立。更让史家洼人受不了的是，有些凤落村人素质差，半夜三更赶来，在田野里恣意奔走，根本想不到自己双脚踩躏了神圣的青苗。

不得已，史家洼村组织了护田队。捉到人又能怎样呢？打一顿？下不去手。人家吃亏了还要挨打？顶多呵斥几句了事。

毁坏青苗，还是不是好庄稼人？青苗毁了，疼在心尖。

史家洼人有多种选择，不想种地的才去找工作。塔镇周边的工厂、镇上的三产，都需人手。只要不挑三拣四、怕脏怕累，找个活干，不难。往年让责任田撂荒的没有，转租给他人的倒有几家。转租给别人，自己就轻快地去城里做工了。举家搬到镇上、县城扎根的，村里有三户。

跟史家洼不同，大河湾香庄不再有人种地。除了大河湾，土地全租给了丰茂农场。香庄村民每天端坐在高楼上，靠土地租金也能过活。

每年拿着不菲的土地租金，万镇长还要关心他们找到找不到劳动的机会，赵玄玄不过是把实话说出来而已。现今李墨喜是代理书记，怎么安排，他就怎么做，不用跟他商量，所以，他第一个出门，到院子里开上车子就疾驰而去了。卫星在天上飞行，不怕找不到他。光善社区来开会的，也就只剩下香庄李墨喜、尚庙村尚春贤、大王庄王守信三个人。

尚庙村、大王庄跟史家洼的情况类似。

三个人出了镇政府。来时徒步，回时也徒步。好像突然听到了一声号令："沉默！"就都不说话，也都好像没有意识到正在并排前行。

王守信本是退伍军人，退伍十三年，还没丢掉军人的步武。三个人斜刺里穿越镇政府前的人民广场，到了广场东南角，王守信才略微落后一些。尚春贤受到提醒，也落后一些。李墨喜单独走在前面，带领他们沿着广场前街往东，又走到东关街。沿东关街往南，行至外环路，他们还没有说一句话。

尚春贤、王守信沉默，是因为赵玄玄替他们说过了。李墨喜不吭声，是因为他认为赵玄玄说得很对。

　　他大舅他二舅都是他舅，
　　大叫驴小叫驴都是牲口。

李墨喜有话也要去跟唐继民、曹秀花他们说。过了花园社区，感觉身后很安静，一回头，尚春贤和王守信不知什么时候走丢了。他没把自己当大将，自己的部下走丢也没觉得尴尬。名义上他是社区代理书记，但他确实还不习惯去管别的村子的事。

他是明白人。你爱管，人家不见得喜欢你管。对本村看得松的，还好。看得紧的，那就是人家的领地。狗撒尿做过记号的。

赵玄玄的尿多臊啊……能冲人一个大跟斗。

算起来公布这个职务才三十六天,四人齐聚不超过五遭。暂时没有办公地点,是重要原因。振兴街光善社区村级联合办公用房,实际上已经找好了,就是振兴街上的社区门头房,从去年十一月就开始装修,因为过年,才中断了十多天。装修已接近尾声。今天他路过的时候,看到房子里有人忙活。万镇长明确要求,办公用房高标准,智能设备缺一不可,香庄丰茂农场是标杆。

丰茂农场的详细规划,给万镇长留下了深刻印象。一千多亩地的大农场,平时十个人去做就够了!万镇长给李墨喜算账,塔镇大地上二十五个行政村,设若建成二十五个香庄丰茂这样的农场,用人数顶多二百五十人,剩下的几万农民去哪儿?

吃饱喝足,唱歌跳舞,专心享受新农村的幸福生活呗!

看着李墨喜眼睛里似乎流露出了惊异,万镇长强调:

"我没给你画大饼!"

李墨喜眼神无辜。他可没认为这是大饼。他看到了什么?蜜蜂!

无数在阳光下忙碌的蜜蜂,因为翅膀扇动的频率太快,就像在空中无翅而飞。屮上还有这么热爱劳动的生灵,简直不可思议。

联合办公点上下二十间,一楼大厅设有四个集中办公区域,将来各个村委会就可以将办公桌集中在这里,为村民提供社会福利申请、调解、治安保卫等服务。它是不是可以叫作光善社区居委会,像城镇真正的居民小区一样?为什么还要继续打上农村的印记?听听,振兴街光善社区村级联合办公点……仅仅是没有考虑成熟?名字不是小事。子曰,名不正则言不顺。李墨喜觉得以后有必要跟万镇长探讨一下啦,现在还不到时候。

现在一张口,就像他迫切不要再做农民似的。要说在上世纪八九十年代,他的确有过强烈的改变身份的愿望。当年高考失败,对他是个很严重的打击。高考对每个农民子弟都是一个鲤鱼跳龙门的好机会。什么使他没有选择复读?自尊。但自尊没有打消他骨子里对非农业户口的向往。

不是遇到金兰,他还不死心。

农村大地给了他一个金兰,他还想什么呢?金兰给他的满足,就像是大地给的，那么宽广深厚，让他不能自拔。每当趴在那样温暖暄软的肢体上，他都会幻想自己身下正在无限铺展一块鲜花盛开的土地。他再不想起来。他要用自己火热的器官在她的身上扎得尽可能地深。他要融化自己，渗到她芳香的内部。他要在她身上消失，与她一起化作承载他们生命的大地的一部分。他却又像个恋娘的孩子。头皮、后背发痒，因为太阳在照耀。微风吹拂。草叶沙沙作响。小虫子乱飞，发出轻微的若有若无的振翅声……

即使他在县城里买了房子，他也没想过自己要跟土地失去联系。不会的。住在高楼上，他也是农民。那么，他又为什么在意起社区办公点的名字？

"两码事。"

他会告诉自己。

李墨喜刚走到香庄临时村委会楼下，就看见了妇女主任曹秀花。曹秀花显然是在等他。等他就是有大事，不然不用到村委会来。

果然，曹秀花是来辞职的。不跟李墨喜上楼，站在楼下一五一十说了。站在楼下说，就意味着坚决，没有商量的余地。在省城工作的儿子昨天来电话，儿媳妇过几天就要生了。不出正月，生下来还算大生日。伺候完月子也回不来。儿子、儿媳工作都忙。亲家公、亲家母也都没有退休，将来看孩子、接送孩子上学、放学这些事，肯定都是她这个婆子的。她对香庄尽力，可就到此为止了。

李墨喜怎能张口就同意？顺水推舟，也欠妥啦。可是，脑子里马上跳进来一个人。

只差把二毛写在脸上了，他也不怕被曹秀花看到。自己一个人上了楼，一声不响坐在那张唯一没摞上椅子、板凳的办公桌旁。

这就是村委会，四处堆积得满满当当，下脚的空地几乎没有。但愿二月中旬能顺利搬出去。人坐下来，就像被些杂物埋住了。这些杂物就是香庄的东西，包括账簿和各种文件，在过去的几年里，跟着村委会从香庄转移到南店子，又从南店子转移到光善社区，还是没能找到安身之处。

要问谁来这里最多，自然是他。

真是不同啊，几年前全村最热闹的地方，却成了世界上最寂寞的角落！门外的脚步声一遍遍走过，好像从没人想到这扇门内就是香庄村委会。本来他是想过在门口钉一块标示牌的，却总是想想而已。香庄村委会的木牌就埋在杂物堆里，不需另做。要翻的话，肯定能翻出来。可是，他没有翻。也没吩咐别人翻。

在离开香庄的这几年，他确实满心不情愿吩咐别人。你究竟有什么资格？能自己做的，他就自己做了。

楼上是范来运家，楼下是苏建柱家，对门是苏世平家。唐继民也在这栋楼上住。他是二单元。他离村委会这么近，也不常来。来的时候，通常还要李墨喜先给他打个电话，倒没用"请"字：

"你来一下。"

香庄五个村委委员，他最年轻。比李墨喜小五岁。最大的是赵邦文和曹秀花，都五十一。可惜他不是党员。好几次，李墨喜一恍惚，想问问他想不想进步。

谁能想得到，赵邦文家的这套空房子，成了李墨喜最喜欢来的地方。什么原因？不开村委会，这里几乎总是他一个人。但上下左右都是人，也都像在躲着他，他也像躲开了所有的人。

此前多少年，他都没想到权力意味着什么。随着香庄人离开了故园，他好像看到有一种东西被分割成了各种零部件，地上丢得东一个西一个，使他不相信它们还会聚集在一起。独自一人坐在赵邦文家的房子里，他才终于看清了"权力"的面目。

多么简单，多么简单。那仿佛就是包围着他的"杂物"呀！

文件橱，办公桌椅，接待客人的沙发，锁在橱子和抽屉里的账簿、文件、印章，那块村委会的木牌。不，是两块。还有一块，是村党委的木牌，跟村委会的一样长短，只是略厚一些，不是楷木的，是樟子松的。一律刷白漆，已有些泛黄。

村委会的东西怎么只有这些？可就这些。

是杂物，又是精华。跟这些杂物在一起，李墨喜的感觉多么奇异！离开这些杂物，他又是谁？他就是带着这种感觉，在想二毛。

二毛在哪里？每一次接通她的电话，他都会想到她马上躲进了无尽的黑暗，没有任何目光能看到她。即便在今天这样的好天气，在这样明亮的时辰。黑暗隐藏了一切。每一次见到她，他都像好不容易找到了她一样。昨晚在光善公园，他陪伴家人游逛，忽然就从人流和灯影里看到她。好像稍一耽搁，她就会消失掉一样。他毫不迟疑地向她走去。

香庄丰茂生态农场已在香庄的土地上诞生，难道还有人一无所知？二毛就一定是那些看不到事实的睁眼瞎中间的一个。

二毛就不能稍稍减轻一下对他的怨恨吗？

让盐虎回乡，回到香庄的土地！盐虎也应该看到事实。

盐虎看到了，也就等于二毛看到了。

他几乎是脱口而出。大年初一去给老勺头拜年，见到过盐虎。随口问过盐虎在外面的情况，盐虎似乎不愿多提。昨晚他猛然想到的就是这个：在自己的土地上，做一个现代化农场的工人！大河湾香庄人，摇身一变，就不是农民了。像几十年前的佟家庄人一样，全体村民成了产业工人，成了翰童集团的大小股东。

在自己的土地上谋生计，岂不更好？金窝银窝，不如自己的狗窝。大实话啦！

　　走一步退两步不如不走，
　　一把手伸出来五个指头。

只可惜当时没等他看清二毛的神情，又一股人流就呼隆隆涌上来，二毛和那个步履蹒跚的老人就被淹没了。

显然，如果曹秀花离任，没有人比二毛更合适曹秀花的角色。曹秀花只有小学文化，二毛却是上过初中的，文化比盐虎还大。

狗配狗，羊配羊，儿马单拣骒马上。大实话有时不好听，但李墨喜过去的确从没想过避讳什么，以后也不会。

4

　　这天晚上，很好的月光。

　　光善社区到底不如塔镇城区明亮，星月可以看得很清楚。云南天文台某天文学家表示，今年的元宵节是"十五的月亮十六圆"。

　　家里只有李墨喜和金兰夫妻俩，孩子们都去了姥姥家。金兰本来也可以去陪她娘，但她从没在县城住过一夜。幸福的夫妻不分开，她和李墨喜就是。李墨喜在家，她跟他黏在一起。李墨喜出门，她守在家里等他。

　　香庄离不开男人的，是谁呀？马庙乡徐砦门孔大神仙孔繁礼的闺女孔金兰！

　　孔金兰不以为丢人。孔金兰觉得是种荣耀。怎么对待自己的男人，孔家闺女最懂得。

　　香庄离不开男人的，是谁呀？

　　娘家化雨乡旗杆庄的盐虎媳妇郭二毛！

　　郭二毛离不开男人，家里却没男人，只有一个说不清岁数、雀蒙眼似鳔沾、涕泪长流揩不干的老来难。家里没有，家外有。野地里，大街上。住上了楼，就头上脚下，全方位。走下楼来，处处有男人。别的不知道，香庄的李墨喜和张福庆，孔金兰是知道的。李墨喜跟她没什么，张福庆跟她扯不清。

　　大家都没地种了，都收起了地租。闲了就更有工夫了。二毛每日在花草间飘飘荡荡。不是她走过的路上种植了花草，是好像开满了美丽动人的鲜花。花香时而清淡，时而浓烈。清淡的时候她神情悠远，浓烈的时候她会像喘不过气来，走一步就会停一停。她不再骑上她的电动车，像颗炮弹似的在人们面前东奔西突了。不扛锄，不背筐，两手空空，两只胳膊仿佛随时可以高飞的翅膀。

　　她的腰肢完全失去了重负，像柳条儿似的柔软了。她的双足好像娇贵得只能踩在棉花和天鹅绒上了。她的眼睛也不用睁开，因为花香伸出可爱的小手，给了她安然无虞的指引。

　　她好像花蝴蝶，五彩斑斓地飘荡在人世间的百花园。

香庄还在的时候，金兰也是这样的。金兰不止一次听到有人背后叫她：

"那个李家的花蝴蝶！"

在徐砦门当闺女时，哪个不夸她能干？"谁娶到孔家的闺女，八辈子修来的福气！"登门求亲的媒人，撵都撵不走。结果，就跟李墨喜对了眼。你看我是神儿，我看你是仙儿。

那个让她爱不够的"下手狠"，那个又正经又调皮的"一把抓"，真的把她一把抓在手心里，养成了大蝴蝶。

不是八辈子，是祖宗修了上千年的福，让孔金兰给享上了。孔金兰一想自己过的日子，就会像大蝴蝶沉醉在花香里，被熏得晕头转向。

今天临睡前，金兰忽然向李墨喜伸出了一只手。拇指附于掌下，其余四指，弯弯并拢。问道：

"白不白？"

"白。"

"嫩不嫩？"

"嫩。"

她赶紧把这只又白又嫩的手收了回来。她不收回来，李墨喜保准又会受不住了。她会要了李墨喜的命。李墨喜也会要了她的命。

"睡吧。"她说，随即关了灯。

但是，她睡不着，又不敢动，怕影响李墨喜休息。起初连眼也不敢睁，只是仰躺着。好像睁眼也会有声，结果眼皮越来越沉重，也越来越坚硬，变成了巨大的铁块。

眼球就要被压瘪了！啊呀呀，她猛地睁开了眼，看到了房间里的黑暗，就像奇迹。问题是，这亘古即有的黑暗，也像头一次看到。她感受到了一种强烈的冲动，心头有力地跳动起来。她真想捂住胸口。这时候，她发现了月光。

窗帘一动不动地悬垂在窗户两侧。像在香庄一样，他们睡觉还没有拉上窗帘的习惯。好在楼前没有遮挡。

一轮圆月挂在夜空，那么明亮而冷静。她看了一会儿，随着心情渐渐平复，感到眼角凉丝丝地流下了一滴泪水。

圆月渐渐移出了窗框，她才向身边的李墨喜轻轻转过头去。其实房间里没有那么黑暗。李墨喜双目紧闭，面孔闪着幽光。从她的角度看去，他的鼻梁像山坡，鼻孔像两个神秘的洞窟。

脸上带着月光的微笑，金兰不由得想到，一个人永远不会知道自己睡着了会是什么样子。身子向丈夫挪一挪，手指摸到了丈夫光滑的皮肤。

好像有座黑乎乎的山峰高高耸立起来，带起一股风，然后向她滚烫地倒下。

只听喉咙里咕噜一声，那不是呜咽。

她什么也看不到了。亲娘咪，他要了她的命了。

没人知道金兰曾经遭遇过多大的失败。在大雾紧锁的日子，她有过组织跳舞的想法，后来怎么样了？说都没能说出口。

多好的想法啊，与住在高楼上的新生活多么相匹配啊，却像一个芽胚，给生生捂死在了心里。有很多时候，她一想起这个来，都能闻得到芽胚腐死的恶臭。

那死去的芽胚，也还生着利齿，在不知不觉地细细啃噬着她的心。

金兰忘不了在路上遇到张福庆，自己怎样悄悄躲进了大雾，也忘不了曹秀花从人们面前仓皇逃去的背影。她什么都看到了。她又不是死人，你要她的心不痛？

再痛，也要装成没事人。不然，孔金兰就不是孔家的闺女，孔金兰就不配当李墨喜的老婆。

赵玄玄亲手操持的新春灯会，多么盛大热闹！她要去看。不光她去，孩子们也去。不用说，李墨喜也不会一个人留在家里。

走在观灯的人流里，金兰心中多么高兴！好像才是一眨眼的工夫，她和李墨喜的孩子们都已经这么大了。金兰不再是姑娘，可她还像有颗年轻姑娘的心，那是因为这颗心浸在了爱的蜜汁里。她眼看着李墨喜走到了二毛和老勺头跟前。本来她也想招呼二毛一声的。像二毛一样陪伴一个糟老头子逛灯会，十里八乡的，几个能做到？她不管李墨喜去跟二毛说什么。李墨喜怎么着，她都觉得对。

李墨喜又回到了她和孩子们身边。那些灯啊，真好看！左一个"一带一路"，右一个"鸟语花香"，前一个"光善塔"，后一个"卡通城"，看过了"喜上眉梢"，又看"繁花似锦"。好看归好看，这得花多少钱哪？

越往前走，心头越明白。人流是涌来涌去的，好像唯有她一直向前。在光善社区，她必须自己做些什么！理发、修脚，她做不来，也不会。办厂、开公司，不是一句话的事情。好做的话，香庄人也不会牢牢拴在土地上，早就发财了。本来她可以去当农场工人，李墨喜不给报名。嗯，疼她呢。

不是在香庄了。在香庄她还种了三分菜园，在光善社区她更不能闲得像只大蝴蝶。有一个人闲着，光善社区就是飘着的。

年过完了，该安魂了。

金兰好一番犹豫，想好的话到了嘴边又咽下。李墨喜不会答应。她不准备在光善社区寻求支持。明天一早，她就去县城。娘老了，不能劳累老娘，但她可以找妹妹当帮手。等她把一切安排妥当，再告诉李墨喜不迟。

爱不够的"下手狠"，这都是为了你！你心有焦苦，不对金兰说，金兰也知道。

大地在沉睡，美梦仿佛一块无边的白纱轻抚在光善社区之上。月亮尚未落下，不改其圆。月光清朗，却似乎更为冰冷了。毕竟还在正月，寒意凛然。

社区里的道路两侧，都装有路灯，平时不知是坏了，还是有意省电，一多半不亮。这个时辰，如果不是有月光照着，就一团漆黑。但在十五号楼的墙根底下，已有人影在活动。

走出墙根下的阴影，就看到他是小喇叭的四叔王四统。他穿着一件臃肿的、看不出颜色的羽绒服。因为身材矮小，羽绒服长及小腿，就好像裹了床棉被。脚下是双翻毛皮鞋，相对于他的身材，只大不小。这样的打扮，就像人不见了，从墙根下走出的只是一个衣服壳子。走动起来没有声音，大概是为了不惊动人们的睡梦。薄薄的影子拖在身后的地上，像个没睡醒的人，怪怪的。

不一会儿，他就站在了振兴街边。这条路北通塔镇，往南五六百米，就是一块庄稼地,当然不是香庄的土地。路上没有行人。他站在那里,像在看对面寂静的楼房,其实什么也没看,是在确定自己踩在了坚实的路面上呢。不管怎么说,缥缈的梦还在身后不远,就像月光下的那条影子。接着,他向南踽踽而去了。

  王四统就是光善社区每天起得最早的人。一整天时间,人们都不可能看到他。在他走出光善社区大约半小时后,才有别人的动静渐次响起来。

  那些在镇郊的工厂、镇上的饭馆做工的人,纷纷走出家门,已经不用再顾忌会惊动别人。这时候天还不算太亮。路上,他们遇上了下夜班回来的人,也只是简单地相互打个招呼。

  大约七点钟,小区里空了大半。太阳升起来了。一座座楼房在太阳的照耀下,闪闪发光。大人们开始送孩子们上学。

  只要有孩子出现,世界就会增添欢乐。光善社区规划中没有配置学校。依就近入学的原则,本社区孩子上学就得去花园社区的花园小学。由于花园小学办学质量远优于其他学校,本社区的居民暂时认可了现状。

  把孩子们送走,大人们也就变得悠闲了。吃过早饭的老人陆续走下楼来。他们重新找到了聚集地,却并不是楼群中的小广场,而是振兴街旁光秃秃的社区大门口。为什么选择这里?没人问。问了,也没谁告诉你:

  既为了看到更多的人,也为了被更多人看到。

  新的对老人的称呼已经悄悄在东区流传起来,那就是:

  "看门狗!"

  像在大河湾香庄的老皂角树下一样,这里也是金兰刻意回避的地方。二毛不怕看。二毛一趟趟地在老人的注视下,去大河湾寻找老勺头。二毛该怎么着,就怎么着。二毛的身姿能把那些老人的目光扯到二里地开外。二毛不拐弯,能把那些老人的眼珠子扯落一地。还好,二毛拐弯了,人们看不到她了。

  二毛这只大蝴蝶,小腰儿怎么能那么扭?二毛,你不是蝴蝶,是小妖精吗?二毛,你不会当一辈子小妖精吧?

老勺头有福气哩,摊上这么个不嫌弃自己的孙媳妇。

金兰怕看。你不能相信每个老人都那么正经。其实被儿媳妇骂作"老不正经"的就有好几个。去年十一月底死的赵国瑞的爹,婆媳都骂过他老不正经。赵明海的三叔赵彦兴,年轻时的外号叫作"骚骡子"。他要能改,就没有本性难移的话了。

一个人看,两个人看,金兰还撑得住。

天气和暖的日子,常在大门口聚的老人,至少会有二十人。不说二十个人都看,十个人看也撑不住。

这就是金兰不爱出门的主要原因。不得已要出门,她会选择东门,可是东门外只有一条土路,旁边是一块撂荒地,围了铁丝网。问过李墨喜,说那里规划了一个新材料产业园。路面干燥的时候还好,雨雪过后,就会踩上一脚烂泥。

为了不走西门,又有什么办法?

金兰不是小姑娘,又怎会怕见老头子?金兰脸皮还嫩啊。她既是李墨喜的老婆,又是孔家的闺女。依着她,一辈子大门不出,二门不迈。她能够为香庄的老婆们做个表率。

她是这样爱着她的男人的呀!

这天上午九点半,金兰从她家住的四号楼二单元款款走了出来。她穿的也是一件羽绒服,非常合体,花青色。脖子上一条驼毛围巾,秋香色。腿上一条玄青色裤子,打着笔直的裤线。脚下一双黑皮鞋,亮的。出门前将乌黑的头发梳了又梳,蓬蓬松松,但一丝不乱。脸洗得干干净净,略施粉黛。她笑微微的,一边跟人客气地打着招呼,一边朝西门走。

别看金兰平时不大在小区里闲逛,但遇上的每个婶子大娘她都认识。在婶子大娘们审慎的注视下,她的步子不紧不慢,西门越来越近。她能感到那里早早静息了下来。那些老男人不见得眼睛在朝她看,但他们的脊背、后脑勺、胳膊肘、膝盖,连他们的衣角,都长了眼睛。

哦,这些老人,金兰又哪个不认识?有叫叔叔大爷的,有叫哥叫爷爷的。

金兰今天不怕他们吃了自己。虽然不能称呼他们每个人,但可以同时朝每个人点点头。

安然无恙走出了东一区的西门,然后沿振兴街向北,在不到二百米的地方停了下来。从西门这里朝她看,她像是回到了自己家。

在她旁边,就是给光善社区配置的一栋公用建筑,那也是振兴街光善社区村级联合办公点的位置。

5

这一回,金兰可不仅是想想,而且还要完全自己做主。坐在去往县城的出租车上,她忽然感到自己有那么多的事情要做。

年轻的心跳,重新来到她这个中年妇女的胸膛。司机偷瞥了她一眼,她知道自己此刻脸色绯红。

到了她老娘家里,小妹金菊好像一眼就看出了什么,把她往老娘身边按的时候趁机在她腰里挠了一把。她有一个姐姐,两个妹妹,其中小妹金菊跟丈夫的关系最融洽。嫁给爱情的女人相互之间会有很多心照不宣的秘密,她和金菊就是这样。大姐和大妹也在,她们都围着她坐下来。

她一向是老娘家里的贵客。大姐金梅不是,大妹金竹、小妹金菊都不是。儿子大龙也在。相对于她,儿子也不是。

老娘把她紧紧搂在怀里,问她李墨喜忙什么去了。大姐就说:

"娘,你不要问,不是被姓万的叫去开会啦,就是被叫去学习啦,要么就是上泰山见大领导啦。"

"我盼你们都有大本事,也去开个会、学个习。"老娘说,"你们也上泰山见大领导。"

在塔镇,哪个不晓,大河湾香庄的李墨喜上过一趟泰山,就把香庄丰茂生态农场这么大的项目给招了来!

香庄人人都顺利当上了"地主"!

去文化大广场跳舞的时候,老娘时而也会听到有人在传说这个事情啦。她还听到过传得更玄乎的。

香庄丰茂就是全国现代农业生产的标准样板。千亩良田,一个鬼影子见不着。只要人念念咒语，要什么地里就长什么。经历过"大跃进"、跟人一起喊过"人有多大胆，地有多大产"的她，挨过饿，挖过河，受了几多罪。哪里想得到，亩产万斤也不再是吹牛，泥土都会变成金子，泥土埋下的都是一块块宝！

二闺女和女婿却从不多说这件事。他们若是多嘴，那就不是他们了。一般人，嘴头子才碎。他们不多说，老娘就不多问。

老娘从没告诉过自己的闺女们，自己去年腊月初七一大早，打了辆出租车，专门去香庄的土地上看过。那一趟来回花了她三十五元。虽然看到的，还只是笼罩在晨雾中的农场初建的景象，但她感到三十五元花得很值。

回来的路上，猜猜出租车司机问她什么。

"老太太，您不会是老革命吧？"

她本想摇头，却马上默认了。

又一个没想到。没想到金乡县马庙乡徐砦门七十岁老娘们儿，会被二五眼司机比作光荣的微服私访的老革命干部！

算起来在县城生活七八年了，她早不是徐砦门老娘们儿了。群众文化大广场上，她的舞技不输县城任何一个资深市民。

"你看，咱娘面前，我就不能说大龙爸一个'不'字。"大姐笑着对金兰说。

"大龙爸本来就没有'不'字。"老娘把二闺女搂得更紧了。

"就你家二女婿才是香女婿！"

"俺香庄的香女婿，俺香庄的香闺女。"老娘从不掩饰对二闺女的喜爱。大姐顺手把一旁哈哈笑的大龙往她怀里推，她又一把将大龙给搂住了。"俺一屋子香庄人儿！"

"不是香庄啦，是光善社区啦。"大姐笑着说，"你香女婿又升官啦，可我就怕你香女婿管不过来。"

"乌鸦嘴！"老娘说，"你不是要回眼光庙吗？还不快走。"

大妹只抿着嘴笑，不说话。小妹紧靠在金兰身上，鼻子贴着她的肩窝嗅。

"你个骚鞑子样儿！"大姐打她一下。

小妹叫起来："娘，这是当姐的该说的话吗？"

"你去镜子那里照照，羞不羞？"

"外甥在跟前，说话都注意点儿。"老娘警告。

"那你们都坐着。我不走啦，我这就给香庄的好妹妹做顿饭。"大姐说着，转身去了厨房，又在厨房里叫金菊去外面买几根香葱回来。金菊答应一声，起身要走。金兰却说也要去。金菊刚想让她尽管坐着，就看到她眼睛里有话。

两姊妹出去了。

金兰要做的事就是在光善社区开一间馍馍房。不管李墨喜同不同意，她都得做。

"我不能闲着。"她对金菊说。

生意不在大小，只要有个生意做就可以。她需要一个帮手。前前后后，她都想过了，金菊最合适。

金菊读高中的时候，因为恋上了初中的男同学，耽误了学业，但总算是读过高中的。从光善社区，到大沙河西金菊住的刘堂村也才六里路，来去都方便。但金菊却有疑虑："既然不想闲着，二姐夫认识那么多人，给你找个工作，还不是他一句话？"

"不要问啦。"金兰说。

"真是把福享够了的人。"金菊大发感慨，"二姐，你要出过我一半的力，也算出了力。我情愿给你打工，开我多少工钱，都行，但我有一个条件。"

"你说。"

"馍馍房总得有个名号吧！"

金兰还没想过："香庄馍馍房？"

"不。"金菊有眼光，"就叫'兰菊香馍'，加我一个'菊'字！既然要做，就要做做品牌规划。"

好了，这就定了。这个金菊妹妹，多么爽快的一个人，真是她的好妹妹！还有新名词。"品牌规划"！说得不牙碜啦。她没从金菊口里听到一句对馍馍房的怀疑，证明她不是心血来潮，不是莽撞、欠考虑。

现在，她不想再耽搁了。要租房，要买搅面机、馍馍机、锅炉。馍馍机不要转盘的，饧馍馍的托盘要带加热丝。总共需要多少投资，她都有数。机器可以去济宁买，她从网上查到了济宁灵湖大街一家专门出售炊事用品的大型批发店。她已有准备亲自前去采购。馍馍房销路也不愁，一是供给附近小区居民。虽说有些上了岁数的女人，为了节省几个钱，要自己做，但买来吃的在村里就占多数。二是做批发。只要馍馍好，就会把馍馍贩子吸引过来。没有馍馍贩子也不怕。有必要的话，她也能够骑上车子走乡串户！年轻时做姑娘，她不也是一只不知歇息的小蜜蜂吗？她这只大蝴蝶，到底是让亲爱的李墨喜给养出来的！

她这就可以回去跟李墨喜说出自己的计划。忽然，想起昨天夜里，自己把白白的一只手伸给李墨喜看。

连她自己都觉得自己的手还是那么又白又嫩……不！金兰可不是马庙乡徐砦门的柴火妞儿，也不是大河湾香庄的老娘们儿了。

金兰现在是城镇里的或接近城镇里的人。她养出的儿女，一个考上了大学，一个在金乡一中成绩优异。金兰的老农做法得改变。

大龙曾带回家来一罐咖啡，到现在还没喝完。大龙动手冲了一杯，逼她喝。她喝得那个扭捏！她保证再喝咖啡不扭捏了。走过光善社区东一区西大门的时候，她也保证不再畏怯那些糟老头子的注视了……反正金兰就是这么想的。

"我得回去！"她对金菊说一句，转头就走。

"你不在咱娘家吃啦？"

她又走回来，拉住金菊的手叮嘱道：

"要保密。省得都问。"

她重又往小区外走。这时候，她怀里好像揣着一块明镜呢。想都没想，就知道了自己要去哪里。

金兰当然不会去荷香路上的红樱桃茶社。两年前，儿子考上大学，一家人为他庆祝，他选中了不远处的福禧旺轻奢酒店。一进大厅，人就不由得安静了下来。玻璃吊灯高高悬挂在天花板上，投下柔和的暖黄色调的灯光。他们在这里吃到了非常好吃的孔府一品酥和样子极像水果的甜点。水果甜点入口的瞬间,金兰管不住自己,不争气地淌下了眼泪。

世上怎么会有这么好吃的东西呢?

大龙拿纸巾给她拭泪,向她允诺,等他参加工作后,一定要让妈妈想吃什么就吃什么。

金兰扑哧就笑了。不知道一口吃的怎么会给人带来这么神奇的感受,全身的毛孔好像一下子炸开了。

东西好吃还在其次,重要的是那种舒适优美的环境。每个服务员都温文尔雅,说话低声细语,让人疑心没一个本地人。小小的包间,不是完全封闭,却听不到别人的声音。往座位上一坐,就好像走到了无穷远的地方。

金兰今天就是要到这里来的。跟随服务员的引领,她走进一个小包间。虽是独自前来,但一点也不慌张。

解开围巾、掏出手机的时候,忽听到心头咯噔一声。

第一句话,要对李墨喜说什么?李墨喜会不会以为她疯了?他会不会拒绝赶来?她所付出的努力会不会前功尽弃?再一次失败,会不会命中注定?

不好!她有点头晕。

她有点喘不过气来。

她听到了什么?

> 恁好的天儿,
> 下雪花儿,
> 恁好的孩子,
> 没有脚巴丫儿……

缥缥缈缈、若有似无的一段儿歌。

从哪里传出的?从柔软而厚实、丝绸般顺滑的桌布下面?从软包的墙壁里、正月的大街上,从她度过童年、青少年时光的徐砦门,从她生活了二十多年的大河湾香庄?从天南海北、星球之间、宇宙之外……她还听到了鸡叫、羊叫、虫子叫。咯咯咯,咩咩咩,唧唧唧。汪汪叫的是狗,喵喵叫的是猫，呱呱叫的是鸭。猪在哼哼。蛤蟆在咽咽。老鼠在吱吱。老牛哞哞，鸽子咕咕，喜鹊喳喳……不知多少种声音在耳朵里响，又远又近……近在这把几十斤重的骨头里，远在往古，一枚石埃轻轻飞落丁公山……她好不容易才镇定下来。

手机打通。一声"喂"未了，两年前甜点到口的感觉又一次铺天盖地而来，全身的毛孔也随之炸开。

"我在医院。"李墨喜告诉她。

她瘫软在那里，鼻孔里好像连呼吸都没有了。

6

同是在县城，那已是七日之后。算一算，得是正月二十四。次日就是填仓日，往昔民间流俗以灰画囤，午食年糕，今人大多已视之若无。

孔老娘尚记于心，可厨房里使的不是电，就是液化气，烟既难寻，哪得有灰？所以，每逢填仓日渐至，必嘱女上城送草木灰来。所住的楼也非自己一家的楼，楼下空地也非自己一家的空地。几年来甄来选去，就选中了县城大隅首东北角金华商贸城的门前。黎明即起，去那里打了"囤"回来，邻居都还在睡梦中。但祈风调雨顺，五谷丰登，街头的孔老娘心里装的就不仅是自己几个闺女家，而是胸怀天下苍生，至少一整天，自觉境界上，比平素要高几个层次。

正月二十四晚上，孔老娘与鱼山镇眼光庙村特意来送灰的大闺女金梅用了晚饭，等金梅刷锅洗碗完毕，就一同下楼，要去大广场跳舞。还没到大广场，母女二人的肢体就开始有了扭动的意思。那孔老娘近两年拉丁很少跳，多的是三步四步。但今天非同以往，拉丁像是在大地之下沉睡了一个冬天的种子，正从她的身体上不可抵挡地悄悄复苏。金梅暗暗扯了一下她的衣服，压低声音：

"那边有个古怪的东西。"

顺着金梅飘掠过去的目光，孔老娘看到了街道对面有人很近地站在一棵悬铃木跟前，好像跟大树长在了一起。他穿着一团束紧的衣服。说是一团衣服，是因为整个人像是套进去的。衣服玄黑，被夜晚淋湿。

这是在书院街上。街两旁的悬铃木，生得异常高大，树干如同宫殿的支柱，树冠的枝杈好像鸟笼那样交织在一起。走在这样的街道，人就仿佛缩小了很多，很不起眼。也就是金梅眼神好使，能够注意到大树跟前那个"古怪的东西"。

瞧，他像怕冷呢，大树却没有张开温暖的怀抱。

金梅的目光里充满了怜悯。她和她娘都不可能认出来这是塔镇的万镇长。自始至终她们都没看到他的面容，一团衣服也像一颗纽扣都没有。

往南第一个十字路口左转就是荷香路。差不多跟大树长在了一起的万镇长，根本没有想到自己古怪的举止引起了李墨喜的岳母和大姨子的打量。他已经吃过了晚饭，但仍然在这一天走进了荷香路上的红樱桃茶社。

表面上看，红樱桃茶社一如既往。在一个小茶间落座不久，茶社经理一点红就影子似的跟过来，跟他打了招呼。见他只给自己要了份普通的茶点，便要唤人更换，他忙止住。

"这儿天没见你。"他说。

她应了一声。在她的眉尖，染着淡淡的一抹清冷，使她整个人都显得迥别于往日。"知道您要一个人待着，我就不打搅了。"说着，就要走开。走了两步，又回转身，"万镇长，以后有时间，我想给您讲讲我的事。您可从没听我讲过我自己什么啦。"

万镇长忽然觉得心头隐隐作痛。不是为了赵玄玄，是为了这个很多年被流言缠身的大龄姑娘，为了刚才她天然蜷曲的头发下面那张苍白面孔上的凄然一笑……那笑方生即灭，何其短暂，但他捕捉到了。

独自坐了有二十分钟吧，万镇长起身离开。出门的时候，一点红又追过来。好像有话，一张口却又没话。万镇长继续往外走，她就说：

"您还会再来吧？"

这让万镇长怎么回答呢？他对她看了一眼，就不忍了。她像是怕失去他一样呢。连他自己也不相信地朝她点了点头，耳朵里却有个声音说：

"这是最后一次。"

他不会来了。肯定的。甚至有些后悔。怎么可以到红樱桃茶社来呢？

这是不允许的。不欠茶钱也不行……不是曾经的那个并不遥远的时代。"打起牌来一宿两宿不睡，跳起舞来三步四步都会，打麻将三天五天不累，喝茅台三瓶五瓶不醉。"……记得哩。并非空穴来风。并非冤枉谁。"革命小酒天天醉，喝坏了党风喝坏了胃，喝得群众翻白眼，喝得机关没经费，喝得夫妻背靠背。"他不会来了……今天来，是为了再想想赵玄玄。

再想想，也就忘掉了……在历史星河中消失的人数不胜数。多少人连点影子都留不下来呢。自己也将如是……活人的事情还管不过来。

不知不觉，身子转向了大街。

他把一点红给丢在身后。可是，前面不远的人行道上，谁在走来？

那是谁？不像在散步。倒像在地上寻找什么。

这是赵玄玄在烈火中化为灰烬的第三天。

七天前的上午，镇西的新 105 国道上，赵玄玄开车与一辆呼啸而来的大货车迎面相撞，现场惨不忍睹。同车三人，俱受重伤。赵玄玄在医院抢救室昏迷至半夜才开始恢复意识。在生死线上徘徊到天明，眼看能张口说话了，只是声小。主治大夫断定人已脱离危险，不料午后伤情急转直下，至十三点五十分，人就去了……史家洼整体迁到凤落村，祖坟地却迁不来。还是镇政府出面与凤落村协调，他的这把骨灰才得以入土。因他生前总非普通村民，这把主要是钙磷酸盐、最多不超过三点六千克的骨灰，可就跟着受了委屈：葬礼简到不能再简！花圈挽联倒是收了不少，大多烧化在了新凤落村前的道沟里。烧在坟前，恐烤坏了四周的大蒜苗。

想这赵玄玄，与普通村民相比，也算活得轰轰烈烈，岂料这么清冷收场……他若看得到，会不会活转过来？

一点红不光没在赵玄玄的葬礼上出现，追悼会上也没见她的影子。一直都沉浸在悲痛中的万镇长怎么会注意到这个？他回答不了。

出了红樱桃茶社，万镇长抬头看见了从灯影下走来的乡村大人物李墨喜。李墨喜也看见了他，便早早停下脚步，等他走过去。两个人站到了一起，一句话也没说。

他们没有回家。在越加寒冷的夜晚，两个人在大街上游荡，一直走出城去。最后，他们来到修了白石护坡的莱河岸上。

一轮弯月刚刚从天边升起，这当是半夜了。夜空变得更加空旷、深邃和宁静。他们相距一两米远，面对河道坐下。也许是走累了，感觉这才是他们今晚需要寻找的地方。远离人群，远离城市、村庄，尽可能地接近天空、大地。

尚未完全开封的河面，微微反射着星辉月华。岸边枯败的蒲草丛，黑乎乎地散发着神秘的气息，好像蒲草丛里隐藏着一个未知的国度。

这样的时辰，面对这样的景色，是过去没有过的。他们知道太阳底下，这里会很漂亮，因为两岸完全被修建成了休闲场所，绿化带遍植花草，春天一到，姹紫嫣红，一直延绵到南边桃渡村的渡口，离大河湾只差两三里路。

河岸的整修，暴露了县城扩张的勃勃雄心，那是有朝一日要将整个塔镇鲸吞入肚的。

大地上那些古老的村子，又算得了什么呢？

……不知多少人在盼望，但又不知多少人在不舍。

两人久久不语，但心里都在不停地各自说话。

谁也没想到，除直系亲属外，李墨喜竟是唯一被叫到赵玄玄身边的人。那时候，人们误以为赵玄玄已经转危为安了。

李墨喜在监护室停留的时间不长，顶多也就十分钟。万镇长不想欺骗自己，他也很盼望被叫进去，亲眼看到伤者，看到伤者平安无事。但他的愿望落空了，而且，从一直守候在医院、一整天目不交睫的韩大哥、江福兴、金士魁、陈小杰那班人脸上，也看到了同样失落的表情。

要说跟赵玄玄亲近，怎么着也轮不到李墨喜。当时，李墨喜穿着防护服、脚踩鞋套从监护室出来，万镇长还想着至迟下午两点，赵玄玄就可能会让人叫他。不料，再没有机会了。几天来，他时不时就会猜想李墨喜在监护室里的情景。

赵玄玄会给他说什么？不是宣告伤势稳定了吗？连医院的书记贾桂荣、院长郭腾飞，都对焦急守候在外的亲朋好友说过了安慰的话。他们亲自组织了医院最精良的医护力量。难道赵玄玄对自己的死亡有了预感？他要把最重要的临终遗言说给李墨喜听？

在夜晚的莱河护坡上,感觉到李墨喜要开口的时候,万镇长的心竟然一抖。

面对着夜幕下的河道,李墨喜发出一声长叹,依旧是对人世无常的感慨。

那个一张口全镇人都听得到、让全镇人的耳朵都麻痒的人,那个"腿上绑铜锣——走到哪儿响到哪儿"的人,永远沉默了。看到世上还有两个男人半夜里徒步至郊外的河堤上,为他无法逃避的死亡而沉郁不乐,该不会从天上笑出声来吧。而他从会议室里,从人们面前冲出去时,也定然想不到迎接自己的会是什么。

没人拦得住。那是怎样的一个背影?……当时就像一把揪住了万镇长的心,原来他是向着冷酷的死神奔赴而去啊!

万镇长又像畏冷。

"从今天起,万镇长……"李墨喜这样开口,但又打住了。他的眼睛左右看着,好像奇怪自己来到了这个地方。

莱河两岸改造后,他还从来没在护坡上停留过。不少城里人,每到风和日丽的周末,就会成群结队赶来游玩。长长的护坡上,扎起许多帐篷,就像这里是他们祖传的领地。

当人们在心旷神怡地享受护坡上的清风和阳光时,李墨喜这样的乡村大人物在哪儿呢?他好像在忙呀!比蜜蜂还忙!那么,又在忙什么呢?他在耕种吗?

忽然,他像冲动一样说了一句:

"不能再这样下去啦!"

在医院里的监护室,赵玄玄的第一句话,也是这样说的。

"墨喜老弟,你不能再这样下去啦。"

他没有明白,脸上一片茫然。自己怎样啦?

"墨喜老弟,史家洼交给你啦。"赵玄玄又接着慢慢说,"你要带他们……走出去。"

他是大河湾香庄的啊!永远都是香庄的。平心而论,赵玄玄的话有点不好理解。史家洼不是刚从浸透了祖先汗水的土地上搬到光善社区了吗？"他们"指哪个？"他们"还要往哪儿去？不过是两天前，他还在说大实话：

"万镇长的要求主要针对大河湾香庄，史家洼没问题！"

尽管李墨喜疑惑重重，但仍安慰他：

"放心，你会好的，大夫说啦。"

看得出他还很虚弱，李墨喜实际上不能承受他给自己的"特殊"待遇，就想着尽快走开，让他休息，但他握着李墨喜的手不放。李墨喜领教过的。这个大嗓门男人的手上有一把力气，毕竟从小在土地上做过粗活。平时交谈忘情时，忽然就会抬手往人身上捅一下。自以为没用力，别人却感觉像钢锥在戳。

如今，这手那么绵软，还像女人的手那样白，又有些嫩，让人不忍抽出来。

"没什么可怕的啦。"他说，脸上微微露出笑意，"我是去过'那边儿'的人……不去'那边儿'，不知道自己做过了什么事……已经够久了。我是在飘着呢……哦，又在飘了。"闭一闭眼，又睁开。看得出他的努力。他要让自己定下来。在人世间定下来。踩得到坚实的土地。"飘啊，飘啊……跟'那边儿'一样呢……可我想回来……"

李墨喜不由得握紧了他的手……一把空气。恍惚觉得自己跟着他去了"那边儿"。

无数魂灵在空中飘荡。

哦，不能再这样下去……

坐在白石护坡上，从笼罩大地的夜色里，李墨喜好像又看到了无数漂泊无依的魂灵。而在白天，无数的人不也像夜晚的魂灵一样，飘荡不休吗？那就是人间真实的景象？无数的人在广袤的大地上飘来飘去，那简直说不出来在干什么。

李墨喜垂手按住身下的白石。这么凉，大小鱼际被咬，让他不禁打了个激灵。他像顿时冷静了下来，起身挪到万镇长身旁。就跟某天晚上在璧井庄前的大榆树下时一样，距离另一个人那么近。倾着上身，几乎胸口贴着了胸口，鼻息交汇。他的眼睛里黑黝黝的，在闪着黑色的理性之光。

"万镇长,请您这回一定答应我。"他直视着另一个男人。

河道里轻轻发出一声异响。

薄薄的冰层下面,水族的生活一刻未停。

一只栖在蒲草丛里的苍鹭,忽然展了一下翅膀,又无声敛起。

纤细的下弦月,静悄悄挂在黛黑色的夜空。

小小寰球在宇宙间旋转……

7

黎明时分,光善社区的人们还在睡梦中。

一块石头飞向一个高至九层的窗口。

石头来自《封神演义》里的黄巾力士,要不,就是《水浒传》里擅用飞石的没羽箭张清。

第二天一早,四散在楼下的玻璃碎片,让人们不禁想起几个月前一辆停在路边、重达一千六百六十五公斤的奥迪车,被史家洼村民用肩膀一步步抬进了光善社区西二区的情景……几个月过去了,今早人们在半明半暗的晨光中聚集。

肇事者已逃逸。小区摄像头出故障。有人在围着七号楼转。

七号楼是西二区位置最好的楼。原来不叫七号楼,叫十一号楼。七上八下。后来就叫了七号楼。

不挑三,不挑四,不挑十八层。十八层是七号楼的顶楼。十八层又是十八层地狱。水命的人宜住低层,不宜住太高。水往低处流。火命的人宜住高层。火往上升。金忌压。金命的人不宜住得太低。赵玄玄为庚戌年生钗环金命寺观之狗,也就选了不高不低的九层。因为不高不低,眼神不好的人也能看见那个破了一个黑洞的窗口。

等呀等呀,但那里毫无动静。

七号楼下聚集的人越来越多。会不会从九层的赵玄玄家走出一个人来?会不会有人打开窗子,往楼下看一眼?

能在楼下聚集的，都可以大胆排除嫌疑。早就听说，光善社区的楼房所安装的玻璃为当代最新产品，能抗十级暴击、二百四十五度烈火炙烤，堪比金钟罩，怎么就碎了呢？没人知道十级暴击到底是什么暴击，那肯定是金角力士或者没羽箭张清的暴击。住在那个窗口后面的人，一定懂得这个。没人下来寻找肇事者，很有道理。

渐渐地，人们觉得脖子被举酸了，就要散去。但不知是谁，率先朝着九楼喊了一声：

"赵玄玄……"

虽然没有那么响亮，但仍旧提醒了大家在楼下伫立的风险。高空坠物？大家忧心忡忡地相互看一眼。

出乎任何人意料，沉默那么短暂。几乎所有人都仰面朝天梗直脖子呼喊起来：

"赵玄玄！赵玄玄！赵玄玄……"

西二区如擂鼓，震耳欲聋。

"赵玄玄！赵玄玄……"

忽然，好像从整个世界揭去了一道魔咒，天空亮堂起来。那么明亮，整个世界就像一块发光的水晶。四处耀眼啦。

人头晕啦。人站不住了，站不住了……人踉跄起来。

"赵玄玄！"还在喊。

世界旋转。哪里寻得到九层的那个窗口？

"赵玄玄！"

有人像小羊羔附体，原地蹦跳起来。接着，又有人驴子附体，狗附体，马附体，鸡鸭鹅附体，蚱蜢蝈蝈附体……就都止不住了。西二区在阳光下一片欢腾跳跃。

"来啦来啦来啦！"

已有人呼叫了半天，喊破喉咙还是没被听到。

"来啦来啦来啦！"

谁来啦？终于有人听在了耳中。

赵玄玄来啦？也曾是乡村大人物的赵玄玄起死复生，那好……好啊好啊，生命奇迹。

凤落村的人来啦!

一伙背信爽约的凤落村人光天化日之下,又来抢地啦。

贼人们,休走!

史家洼的人群呼隆隆冲出了光善社区西二区。

很显然,这是一次极为严重的,有组织、有预谋的,轰轰烈烈的,极不光彩的,有违诚信精神的,武装抢地行为。大河湾香庄像老勺头那样的老人们看在眼里,无不想起发生在七十多年前,大河湾那块沃土上的,彪炳香庄史册的土地之战。

不能说凤落村村民全体出动,至少人们看到有一个四五百人组成的乌云之阵,光天化日之下,从田野上乌压压横扫而来。

汹涌漫溠的人群之上,参差挥动着农民兄弟样式百出的传统武器:长柄铁耙、长柄铁叉、长柄板镢、长柄榔头、光棍耠子、铁抓钩、木锨、铁锨、竹笆、铁锄、短柄铁耙、短柄铁叉、短柄板镢、短柄榔头、镰刀、铁铲、铁钩,甚或棍棒、擀面杖,长长短短、大大小小、粗粗细细,如此齐全稀有,也只能在贪恋古老生活的凤落村寻得来。

仔细看,竟有人拎了大簸箕!

该不会要用大簸箕把他们辛勤耕种几百年、感情深厚的金子一样的泥土撮走吧。又怎么不可以呢?子子孙孙无穷尽也。感动了上天,力大无比的夸娥氏就会伸出温暖的援助之手……给你史家洼留下个深不见底、穿透地球的巨坑。让你们一下楼,扑腾掉进坑里。

老勺头还没去大河湾,就遇上了这样令人兴奋的人群,一下子回到了自己年轻的岁月。

抄起镰刀,上!

每一捧喷喷香的热土,都是自己滚烫的血肉。叫别人拿去,疼啦!每一粒土,都是活泼泼的生命。大风吹去,生命就会衰减,人才会老,人才会死。

大风挡不住,也关不住,呼吸不能让大风消灭,对土的忠诚不能让风停止,但人是可以跟人较量一下的!

跟张暗楼的敌人比个高低,不难!老勺头又要吼起来了:

冬天热，夏天凉，
见了老头叫大娘。
大娘大娘好大娘，
您老的胡子咋个那么长！

这阵仗好不熟悉，好不亲切。香庄的老头子们，脚比年轻人还快似的，混在了人流中，真是腰不酸了，腿不疼了，眼也不花了。

凤落村的人如狼似虎，已经冲进了田地里，一棵棵刚刚生出嫩苔的绿色大蒜苗丧生在脚掌和器械之下。

时代召唤史家洼的护田队！都是精壮汉子，盖因势急情迫，大多赤手空拳。忽听一声哀号，却是耕种此田的女主人走来，心疼得踉踉跄跄，难以站立。

那些香庄的老头子，似乎受了提醒。这跟香庄无关呢，是演出在别人土地上的一出大戏呢。不由得收了脚步，退一退，就全是看戏站干岸儿的心态了。

"好！"

响起一声逍遥喝。

"好！"又一声喝。

不光是冲在前面阻挡破坏的史家洼护田队员，凤落村的人也陡生一阵迷惑。凤落村的人认不出哪个是史家洼的，哪个不是。他们原以为都是的。史家洼的人怎么能叫好？

被践踏的不是自家土地，就好吗？护田队员个个在想。他们尚未承认自己面对强大力量的畏怯，却差点慌得装了矮子。

"好你娘的，老不死！"女人站直了，扭头恶狠狠爆了粗口。

一件紫红色的棉衣，呼的一声，从女人挥起的胳膊上飞起来，仿佛老鹰，撞到了天上的太阳。

"狗东西！老坏种！没几天蹦跶的贼王八！"

女人继续气咻咻地连声咒骂。

一件茜色毛衣又飞起来，天上开了大大一丛明艳动人的闹鱼花。穿一件青蓝底子松花点的薄衫，女人一跃而起，投进凤落村的人群。

女人的身体像颗炸弹，在人群里炸了个大圆圈。"老不死！"仰躺在她耕种过两年多的土地上，嘴里还在骂个不停。薄衫挣开了衣领下的第三颗纽扣，露出月白乳罩的一角。

她一动不动了，身下是冻硬的土地和歪倒的大蒜苗。破损的蒜苗叶子，散发出浓烈的辛辣气味。

渐渐地，女人忘了为什么躺下，好像庄严神圣的地母，目光沉静下来，能够看到那些隐藏在天外的璀璨星辰。

没人觉察到凤落村的人在无声走开，而那只是要远离蒜田里不可侵犯的女人。他们重又汇合在一处，并因自己的走开而积聚怒火。

也是明朝万历年间建村的凤落村人是不能败的！凤落村不能败在自己曾经的土地上！凤落村人要是败了，对得起历经千辛万苦跋山涉水的祖宗吗？凤落村人要回来！

三五百的农具，在他们曾经的土地上林立，呼喊着统一的口号：

"要回来！要回来！"

凤落村人要回来，没人能阻挡凤落村人的脚步。

史家洼护田队员们，却已深陷在了愧疚之中。为保护自家的蒜苗而勇敢地躺身在蒜田中间的女人，其实就是甩到他们脸上的响亮的耳光。他们眼睁睁看着史家洼的女人倒下了，仅仅是因为凤落村人践踏的不是他们的土地。他们中的任何人都未作声。那个逍遥的"好"字，不是心里一闪念，而是应和了一万遍。

关乎村庄尊严的紧急关头，这干岸儿站的，可煞是熇燥啦。

护田队员还是不是汉子？是！精气旺着啦。骨头硬着啦。个个体健筋强。个个都是敢用双脚步量大地的先人的种。个个都是知耻后勇咬断铁的时代猛士，赤手空拳也不怕的。

邻有丧，春不相；里有殡，不巷歌。真他妈不是人！赵玄玄刚死几天，凤落村就来这一出！趁火打劫啦。不是道德沦丧是什么？鄙视！

现代社会，拳头说不得话，刀叉棍棒更说不得话。王八吃秤砣，铁了心认定是自己的土地，那就叫"爹"！看你叫"爹"，它答不答应！

眼睛不由一红，就上去了。护田队员以自己精壮的躯体再次挡在了凤落村人的面前。往前多踏一步，不能！滚回去，滚回去，滚回你们的凤落村！找不到凤落村，就是堕入了阿鼻地狱阎罗殿。

太上老君，急急如律令！大地上陡生一阵阴风，空中太阳就似找不见了。怪不得啦，太阳也不愿看见世上那些朝秦暮楚的只能沾光不能吃亏的背信弃义之人。

所有人都不禁缩一下肩膀，定一下神魂，在田野上暗下来的光线中，下意识瞪大了眼睛。

赵玄玄没死啦！

赵玄玄还魂了！

那人是谁？是土里钻出来的，还是从天而降？没看清，怪只怪一时花了眼。站在群情激奋的史家洼人和凤落村人之间，那人就是石砌的半堵墙。一语未发，已压人气焰三尺。双眉平展，却有千丈凌云之威。不急不忙，张口便问：

"各位老少爷们儿，拍拍胸脯，你们认为这是解决问题的途径吗？"

没人回答。

"打打闹闹的做法过时啦，'low'啦，尤其'low'。"那人像在村委会跟人谈心，一板三眼，娓娓道来，"我明白，打闹的背后才是你们的真正诉求。信不过刘建忠书记，那就另选一个代表。二月里，请咱们的民意代表去光善社区村级办公点谈。办公点解决不了，就去镇上。镇上解决不了，就去县上。县上解决不了，就去省里，去中央。"说着，低头看看地上那些被践踏的蒜苗。"种几亩蒜不容易。好了，回吧。记着，二月里。不出正月不算过完年。老少爷们儿，既来了，拜个晚年吧。"

凤落村的人愣了。那叫一个不知所措。那叫一个骑虎难下。

"你是谁！"凤落村的人群里响起一声喊。

这就是废话了。大河湾香庄的大人物李墨喜，谁人不晓？认不出李墨喜除非眼瞎。不承认李墨喜说得对除非心黑。

远处，从小羊圈那边传来了阵阵刺耳的警笛声。

李墨喜转身走向那个躺在地上的女人，面孔带着对女同胞的无限尊重，朝她倾下身子，像是发出了琼华宴的邀请。

"起来吧，二毛。"

人们没有听错，他是这样说的，而他显然没能意识到自己的口误。

看得出史家洼的"二毛"迟疑，一只手终归向李墨喜伸过去。李墨喜没有避开，随之将其接到自己掌中，史家洼的"二毛"也就在他的牵拉之下，顺利站了起来。

"都不要动。"李墨喜对不安的凤落村人说了一句，就迈开大步走到路上。人们已经看到了四五辆蓝白相间的警车在朝这边啸叫着驰来。李墨喜加快了步子。

史家洼的人、凤落村的人、被吸引来看热闹的无关的人，全都注视着李墨喜迎着警车走去的背影。

太阳又像开始了自己一无遮挡的长空普照。那些高高举起的古老的形状不一的武器，已纷纷卸下肩头。

"来啦来啦来啦！"

老勺头突然发出嘶吼。

"走啦走啦走啦！"

警车在李墨喜面前乖乖掉头而去。

8

就在这天早上，金兰像她娘一样打了"囤"，也像她娘一样，天不亮就起来了。草木灰是她昨天傍晚骑电动车去沙河西刘堂村金菊妹妹家亲手取来的。打"囤"地点没选在四号楼下。她去了振兴街上的东区门头房前。残月西坠，闯祸的金角力士已飞遁，她没从对面的小区里发现任何异样。踏着微弱的月光回到家里，李墨喜还没醒。

李墨喜什么时候回的家，她一点也不知道。她原本坐在沙发上等他回来，不知怎么就睡了过去。睡梦中悠悠荡荡，像是躺在缭绕不绝的白色云气里。忽闻一缕麦香，像从自己身上发出来的。忍不住低头去嗅，恍然从胸口上看到了一个白光光、暄腾腾、圆鼓鼓的大馍馍，却让她一下子害起羞来。白馍馍多诱人啊！她多想把脸儿紧紧偎上去，可她够不着……使劲够啊够啊，就醒了。随后发现自己躺在床上。肯定是李墨喜把她抱上来的。她没忘这已是填仓日的早晨，就悄悄起床，摸索着拿上准备好的草木灰和一些杂粮，虚掩了门，离开家。自始至终，都没弄出一点动静。回来了怕惊动李墨喜，同样摸索着进了门，轻轻坐到沙发上，靠着扶手，从旁边扯过来一条小褥子盖住膝盖，头一歪，睡意又涌上来。

迷迷糊糊中，看见她娘微笑着，在朝她招手。她觉得自己走了过去。在她娘面前，出现了一个巨大的和面盆。她望了一眼，和面盆好像有香庄村南的池塘一般大小。也不知她娘的胳膊有多长，她娘把手伸了进去，在盆底搅动起来。一忽儿，面盆里就凭空形成了一个光洁的大面团。

她娘一边揉，一边对她讲述和面的要领。她似懂非懂，却听得很专心。面团开始从内部发出一种显示柔韧的响声，好像手掌拍打到了面团上面。她娘转过脸来，对她说："你也试试。"她竟觉得畏怯，迟疑着不肯上前。她娘又笑着鼓励她："闺女，自己动手做的馍馍，吃着才香啦，特别是用小麦二号做的。"这话正撞到她心坎上。

她怎么没听说过小麦二号？有小麦二号，就一定有小麦一号、小麦三号喽。她把手伸出去了，忽然想到应该先去洗手，可已经来不及了，面团好像随即吐出了一条黏糊糊的大舌头，啪哒一声，把她的手牢牢粘住了，甩也甩不掉。

大舌头快速变换着颜色，红红绿绿，黑白蓝紫，一个声音随着聒噪："这是黄豆面，这是棒子面，这是小米面，这是绿豆面，这是地瓜面……"她惊慌失措，扭头看她娘，她娘的神情却好像十分阴险。

"娘！"她脱口叫道。

"金兰，金兰。"
她听到有人唤，睁眼看见李墨喜站在自己跟前。

"你做梦了。"李墨喜要拉她起来，"上床睡会儿吧。"他记得自己回来时就看到她坐在沙发上睡着了。这好女人，为等他的归来，宁愿睡在沙发上，也不愿自己躺到床上去。他轻手轻脚地把她抱起来，感觉她像个孩子。她肯定困极了。两人都没有脱衣服。他不知道她怎么又回到了沙发上。

她忙躲过他的目光，不是怕他看见自己睡意惺忪的脸，是怕他看到自己做的梦。

那是什么样的梦啊！她娘不是她最亲的人吗？每当娘俩儿见面，都像怎么亲也亲不够，像她刚生出来。她娘甚至不会顾忌她的几个姐妹在场……她受不了她娘会有另一副面孔。

李墨喜向她靠过来了！他会把她重新抱到床上去。男人的手臂多么强壮，男人的胸膛多么可靠。两人可以搂抱着再睡上一会儿，多美。

常言道，美不过回笼觉。两人都这么大岁数了，还这么黏，比面团还黏百倍，在年轻夫妻中，也是少见啦。

孔金兰，她呀，嫁人嫁得值，活得也值啦。有热腾腾的男人抱着自己，自己有热腾腾的男人抱，还求什么呢？孔金兰却不敢睁眼睛了。

"天亮啦。"她说着，一挺身子，站了起来，"我不睡啦。"

曙色透进房间。窗玻璃上好像蒙了一层露水样白亮的光。她向卫生间走去。她听到了隐藏在空气里的骚动之音。这是光善社区每天早晨的生活乐曲。

睡了一夜的人们正在醒来。人们要穿衣，盥洗，准备早饭，吃饭，然后出门。香庄人在镇上，在县城，有做保安的，有做保洁的，也有在饭店、食堂做厨师的……

一天的劳作就要开始。不像在原先的香庄了，但离开了土地，劳动还要继续。不然，拿什么活命呢？她孔金兰也要工作了。她不能让丈夫养着，像韩大哥养的那只大鹦鹉。

就在今天，正月二十五，她要告诉丈夫，自己将要开办馍馍房。名字都被小妹起好了——兰菊香馍房。

这一回，她当家做主，不管丈夫反对不反对。不拖了，就在今天。若不让做，那就请他给她一个菜园！不说要三分，就要二分。

把二分菜园给她！

亲亲爱爱的大本事，她心里叫过一万遍的一把抓、下手狠，你能在光善社区的高楼上变出二分菜园来吗？

身后没有李墨喜的动静。她停在了卫生间门口，转过头来。

李墨喜站在那里，似乎在倾听什么。光线又明亮了一些，她仍看不清他的面容。

"我去打了'囤'。"

话一出口，金兰的眼睛里就放出了异样的光彩。她简直被自己迷住了。

这就是金乡县马庙乡徐砦门的孔门女子！多少人都在熟睡的时候，她就已悄悄出门，完成了从祖先那里承继下来的填仓日的仪式。这样的古老传统，这样的像闹元宵一样的古老民俗，多少人都浑然忘记了，不再当回事。她，孔门女子金兰，也才四十三岁，既不太年轻，也不太老，却把流传百年的老传统，端端正正放在了心坎上。没用督促、提醒，就早起把"囤"打得那么大，那么圆，五谷丰登的意思全在里面了。作为老李家的媳妇，一个恪守妇道、忠于家庭的家庭主妇，祈愿家业兴旺、家人幸福安康，正是尽了本分啦。不用说，李墨喜将会对她表示赞赏，而那只需一个肯定的小小的眼神。

不过，金兰失望了。李墨喜当然是站在她家客厅里，心却随着耳朵走远了。耳朵又在倾听什么？

她不由想起上一年的初夏，他们一同在菜园里幸福劳动的情景。

天上阳光闪耀，李墨喜停下干活，静止在青翠的辣椒棵中间。从同样青翠的黄瓜架后面，她悄悄打量。记得只朝他看一眼，人就心醉神迷起来。

当时她并不知道李墨喜被一只采撷花蜜的金色蜜蜂吸引住了目光，现在也不知道李墨喜正在倾听蜂群的声音。

那不是来自寒意料峭的正月，而是跨越秋冬，从明亮灼热的神秘旷野而来。

巨大的蜂群嗡嗡飞舞，把漫天灿烂的阳光搅乱。

……房间里又只有金兰一个人了。

突然，她冲到后阳台，向窗外看去。楼下正有很多人急匆匆往小区外面走，地面上分明散布着许多杂乱的灰迹，那肯定是被众人践踏过的"囤"。

从人群里，金兰分辨出了二毛、老勺头、赵国瑞、骚骡子的身影。

不一会儿，又看见张福庆他娘、赵明海家里的，还有唐继民家里的。

那个走起路来像母鸭一样左右摇摆的矮小的女人是谁？真为她捏把汗。金兰认得她，王四统的病老婆江玉枝。

果然，那女人艰难行走到一棵还很细瘦的女贞树下就走不动了。她用一只手扶着树干，斜斜地站着，好像要喘上一口气，然后继续追赶。

金兰一扭头就冲到了房门后，伸手去拉房门。但她又站在了那里。她一下子变成了虚弱的江玉枝。她喘不上气来了。

鼻子里发酸，金兰想哭。

一整天她都待在家里。她早已习惯了独自在家。

只要她是一个人，她都会觉得自己身体轻了。走在路上，她轻得像一片云影。在她的小菜园里，她轻得像股微风。

她独自在家，轻轻地慢慢移动，或者静止坐卧。在自己身上抓一把，就会发现既没有腰肢，也没有脖颈，没有乳房、脑袋，当然也没有被自己深深感受也被自家男人深深贪恋的隐秘的器官。她是整个儿丢了！

怎么把自己弄丢的？谁知道呢！

从什么时候把自己弄丢了？谁知道呢！

她要不要把自己找回来？谁知道呢！

这么轻的一个人，在香庄人眼里，在她娘和姐妹们眼里，却是享福的。难道轻了，就是享福的感觉？

一整天就要过去了，李墨喜回了家。她不是曾经想把李墨喜约到福禧旺轻奢酒店吗？这回，李墨喜把福禧旺搬到了家里来。他买回了很多吃的。他刚一进门，她的心头就咚的一声跳。她知道，在她的家里将要有重要的事情发生了。

往常就是这样，每当他要对自己说起重要的事情，他都会事先从外面买回来一些吃的，比如县城西关清真街烧羊肉，塔镇县东巷老秦家烧鸡，槐树街老周家卤驴肉，镇南关三麻子卤货，或者就是普通的油条、糖糕、吊炉烧饼、水煎包，或者普通的炒菜、凉拌菜。

餐桌上快摆满了。从未有过的丰盛。孩子们在家也够吃两三顿。

清真街烧羊肉，有。三麻子卤货，有。辣子鸡、山椒百叶、白灼虾仁，有。还有几种甜点，她都叫不出名儿来。虽然不是她在福禧旺轻奢酒店跟儿子一起吃过的那种让她止不住流泪的水果样点心，但它们是甜点！它们芬芳四溢，它们的色泽又那么艳丽！

今天是填仓日，讲究食宜醉饱哩。

为了不让李墨喜误认为自己心疼，金兰脸上堆满了笑容。

两口子在餐桌旁坐下来。房间里已经开了灯。从天亮到天黑，一整个儿的白昼就这样结束了。李墨喜忠贞的妻子守在房间里，等到了他的归来。他含情脉脉地看着她，她又想躲开他的目光了。

他要说话，他要说话……不，什么也不要讲。他给她搛了一筷子菜。是一块鸡肉。他的眼睛在说，你尝尝。她尝了鸡肉，又尝了百叶、虾仁、卤货……甜点将留在最后。

她忽然想起应该给丈夫斟上一杯酒。怎么只让丈夫照顾自己？她真诚地后悔起来，这让她浑不知噙了满眼的泪。她不由得把头低下。

不，有话不要讲！她慌忙一抬手，想要用手掌掩住丈夫的口。

9

又是一天早上。朦胧的晨光中，一辆黑色的马六轿车无声开出了光善社区东一区的大门。李墨喜夫妇赶到济宁市灵湖大街时，才刚八点。

时间还早，街两旁那些店铺大多还没开门，夫妇俩就先去吃早点。在街边一个摊位上要了豆腐脑、油条、熏肉饼。转眼看见几步外还有一家卖胡辣汤的，好像有点来历，就又要了两碗端过来。吃的时候，金兰发现李墨喜不时抬头若有所思地朝街上看，不知他在想什么。

豆腐脑、油条、熏肉饼就让金兰吃饱了，胡辣汤买来不能浪费，就又喝下去。别小看这一碗汤，喝完之后就有些撑。吃完饭占着人家的座位不好，可她很想在座位上歇一会儿，歇完站起来的时候就很不好意思。吃饱了饭，人就很有力气，同时又感到自己身体有分量，沉甸甸的，能把脚下的水泥地面踩上一个坑。

他们朝炊事用品批发店走去，步子很慢。早晨的阳光照射他们的后背。

街上的喧嚣一浪接一浪，没有间隔，好像漫过大街的汹涌的潮水。

金兰从眼角发现，李墨喜又在若有所思地朝街上看。

"济宁州，济宁州，遍地金银积似丘。"

老年人口中的繁华富庶地界济宁州是这个样子的。金兰此前来过。李墨喜更来过。况且，这个年纪也已不让他们好奇。

金兰不知道，每次来到济宁，李墨喜都会不由自主想起一个人，那就是传说中的赵赌棍。

败光了大河湾的土地，赵赌棍跑到济宁跟日本人干事。赵赌棍究竟落了个什么下场，是不是贩皮货的见到了他，都不重要。

重要的是，那个年代的乡人就能把生意做到百里外的济宁州啦！而他小时候，香庄人去趟近在咫尺的金乡县城，就算出远门啦。

每当想起赵赌棍，李墨喜心里都会隐隐有愧。当然不是为了赵赌棍生愧。不过，那赵赌棍也算个人物，能跑这么远，只是做的事令人不齿。

不说李墨喜想什么，反正金兰注意到了他投向大街的目光。

突然，金兰就要叫出声来了。

盐虎！同村人李良志！老勺头的孙子，二毛的丈夫！

金兰确信看到了他。可是，等她要去仔细辨认时，人却又没影儿了。街上依旧川流不息。

谁都知道盐虎在济宁，看到盐虎有什么奇怪呢？金兰就觉得怪，又说不出哪里怪。她像管不住自己一样，轻轻叹了口气。

"二毛没来过济宁吧？"她说。

在李墨喜跟前，她主动提二毛，让李墨喜怎么回答呢？

过去二毛像只小蜜蜂，那么忙，怎么会来济宁？可是，现在二毛不忙了。她当上了"地主"。没看见吗？她在大地上飘飘荡荡，像只花蝴蝶……

万镇长私下不止一次对李墨喜强调，要他帮助香庄人在新形势下逐步建立起新农民当"大户""地主""农场主""庄园主"的主人翁意识。对这几个词，李墨喜承认自己敏感。但从万镇长口中说出来，应该没有问题。他从网上搜索过，新浪网、人民网等门户网站上确实存在这种说法，证明不是敏感词。

不过，又总觉得哪里有些不对……哪里不对呢？……历史并不久远啦。几十年前的事就像发生在昨日。

李墨喜多次想跟万镇长讨论讨论，总不知怎么张口。要他跟万镇长学舌，好办。请拿出红头文件。没红头文件，啥话都白说。即便不可避免提到类似说法，也只能悄悄地提。李墨喜从来都不是愣头青啦。要不，老地丁也不会看上他。

二毛这只小蜜蜂闲下来了吗？她怎么能闲着？她一次次走出光善社区，走在寻找老勺头的路上。她来不了济宁。盐虎让她来，她也来不了。盐虎让她来，她也不来。

"这个……"他竟觉语塞。他又朝大街上望去。

金兰马上善解人意地笑一笑。不怪李墨喜，这么在济宁的大街上突然提到二毛，让人怎不犯猜疑？

实际上，流传在香庄人之间的那些闲言碎语，她不仅一直没有忘记，想起来还有些心烦。

二毛没来过济宁，她也并不是因为自己身在济宁而自以为了不起。她确实看到了盐虎，甚至能断定他骑的电动车是锂电池的，跟自己家的那辆同款。

这个盐虎，花钱上倒比二毛舍得。她不禁有些愤愤不平。

"批发店开门啦。"她指着门前停放着她家马六轿车的批发店，说道。

街道两旁所有店铺的那些卷帘门、伸缩门、折叠门、平开门、弹簧门、转门等等所发出的声音，一起汇入了灵湖大街上的交响。

在批发店，他们看下了搅面机、馍馍机、专用锅炉和带加热丝的饧馍馍托盘。从批发店里出来，李墨喜的眼睛像在说，这回你安心了吧。

金兰安心了。从金兰身上不再一抓一把空气了。她吃下的油条、肉饼、胡辣汤、豆腐脑，还都没消化。她是一个有着沉甸甸肉身的人。因为鞋子挤脚，走的路一多，脚就有点疼。每疼一下，她都会想起香庄的病女人江玉枝，她的身子也会往一边趔趄一下，当然趔趄的程度要比江玉枝小得多。她不光感受到了自己的痛苦，也感受到了江玉枝缠绵病榻的痛苦。这就让她更不会把自己当成空气了。

来济宁看设备也是李墨喜主动提出来的。

昨晚，金兰没有想到李墨喜会看到自己心里去。当他说出要开一家馍馍房时，她强忍着才没让眼中的泪水流下来。

他们要开夫妻店！他原来早想好了。早知道他的想法，她就不会先去邀请妹妹……没有文件规定，当了村书记就不能做生意。她家在塔镇原有一家工贸公司，那只是跟人合伙，有自己的股份，什么也不用管，跟他们想开的馍馍房可不一样。公家有事，他去做公家的事。公家没事，他做馍馍房师傅。若夫妻俩忙不过来，就雇帮工。

地点在哪里？光善社区东区的门头房啊……

金兰觉得自己快不行了。

这个一把抓，不光会抓人家的胸啦，一把就把人家的心给抓得死死的！不光是说说啦，还紧接着就把她带到了济宁，让她悬了七八天的心，总算落了地。从批发店里出来，她就想靠着他，挽着他的胳膊走。

她忽然惊异地想起，两口子一起过了二十二年，从没在人前挽着胳膊走过。因为什么呢？他们是村里人。

现在他们不种地了，眼看就要当小业主了，不算村里人了吧。看她不把男人的胳膊紧紧挽住！反正不是在光善社区，不是在塔镇，谁认识谁！

李墨喜放慢了脚步。他在接一个电话。市声嘈杂。

金兰很生气，快走几步，走到她家车旁，伸手一拉车门，还锁着。她嘟着嘴，面朝大街，觑着眼睛，什么也不看。

李墨喜走过来，给她拉开车门。她一声不响，钻进车里，嘴还在嘟着。连她都觉得自己有点不讲道理。她猜得肯定不错，又是万镇长给李墨喜打电话。万镇长想起什么来，就打电话给他。

"五分钟之内赶到！"

他生了翅膀吗？过去她不生气，还觉得荣耀。

今天不。此刻不。

此刻单单属于他们两口子。

"要不要在济宁逛逛？"李墨喜手搭方向盘，转头含笑问她。

这个抓人心的，一句话就让金兰消了气。明摆着，万镇长夺不走他。二毛夺不走他。人间谁也不能把他从她身边夺走。她朝车窗外望一眼。

那么多人,那么多车,那么多楼房,正月二十六的阳光那么好。她的脚上也不疼了。

"有什么好玩的?又不是小孩子。"她眼似月牙儿,轻声说,"快家去吧。"

车子开动了。她偷觑李墨喜,将嘴一抿。

"你笑什么?"李墨喜问道。

"没笑什么呀。"她忙摇头,望着前方,拉长了声调分辩。其实,她刚刚意识到自己心里有了个秘密。她永远不会告诉李墨喜,自己一心想开个馍馍房,最终是因为李墨喜爱吃自己做的馍馍。

在大河湾香庄,论起做酱油,二毛做得好,但要论做馍馍,金兰当仁不让。李墨喜没理由不爱吃。

她又笑了。

"兰菊香馍"这店号嘛,就不要改了。真要开起店来,李墨喜肯定指靠不上。他若指靠得上,以前的那家工贸公司早就壮大起来了,不至于半死不活。万镇长动不动叫他,他能不去吗?让他做个馍馍房师傅,整天跟面粉打交道,她也不落忍。想想都不像。

到头来,这里里外外的,还不都得她管?金菊来做帮手,比找谁都强。你看,店主人该是谁?

振兴街光善社区兰菊香馍房主人孔金兰的眼神,浑不知就坚定起来。

在百里之外的济宁街头,李墨喜接到的可不是万镇长的电话。

挂了电话,李墨喜心情有些类似幸灾乐祸。

你道塔镇政府机关食堂没酱油了,算不算一件事情?李墨喜觉得不算。跟塔镇的经济建设、数万百姓的生计相比,吃不吃得上酱油,不过是芥荳之微,不值一提。况且当代社会物资极大丰富,油盐酱醋茶只愁卖的,不愁买的,就是愁买也找不到他头上。偏偏机关食堂的大师傅大老肖,打来电话向他求救:

"大河湾香庄郭二毛做的酱油在正月十五前就用完了。"

大老肖在电话里急火火的。本想着缺了郭二毛的酱油还做不出饭了,不料,大老肖真的做不出了。即便做出来,大老肖也觉得说不过去。塔镇政府干部们勤奋工作，连顿可口的饭菜都吃不上，大老肖觉得失职。大老肖恳请李墨喜出面从二毛那里弄些酱油来。

　　李墨喜听罢，差点笑出声。想想大老肖郑重其事、着急上火的样子，又觉得不忍。镇政府干部吃不上酱油是小事，可能也没人在意，对大老肖却是大事。大老肖把做饭当庄严神圣的事业，却又令人肃然起敬，所以李墨喜也就答应了他的请求。答应归答应，心里却想，不信没有了二毛的酱油，在镇政府上班的那些人就真吃不下饭了。

　　那么，正月底算不算春天呢？正月底不算春天，一年又怎么会从正月打头？

　　车一出济宁城区，李墨喜忽然感到春天来了，不是悄无声息轻飘飘，而是轰轰烈烈地来到的。眼前的景象又美好又火热，大地上随时就要绽放出一片片火苗一样的花朵。无数蜜蜂在橘黄色的花朵之上飞舞，就像火焰里迸出的欢乐的火星。他身上热腾腾的，无意中扫了一眼后视镜，发现脸上通红。这是无法掩饰的。他想，金兰也该是这样。

　　从昨晚到现在，他们做了一件什么事呢？很显然，从大河湾香庄的土地上走开后，他们第一次有了活干。

　　李墨喜都有些后悔了。选择一早出门，那就是保密。不承认也不行。

　　大人物李墨喜要做的事，保个什么密！

10

　　从济宁回来后，李墨喜就向万镇长做汇报。

　　万镇长说过的嘛，"不让任何一个既有劳动能力又有劳动愿望的新村村民没有劳动的机会"。

　　死去的赵玄玄一针见血："主要是针对大河湾香庄。"

　　光善社区四个村子，只有香庄人形式上失去了土地。他和老婆金兰也是香庄人一员。他是乡村大人物，却也自知并没那移山填海的神本事，给金兰弄个事情做还能办得到。给金兰弄事，也是给自己弄事。给自家弄事，也是给光善社区弄事。万镇长能说哪里不对？齐家治国平天下，可不就是一路下来的。包括杨暖仪书记和万镇长本人，哪个又是气泡吹出来的空心人？哪个不要五谷杂粮、油盐酱醋地过日子？他向万镇长汇报的重点当然不仅是这个。如果仅是这个，那打个电话就足够了。

两人定要当面谈。

看官有无见过丝瓜络？

丝瓜这种葫芦科一年生攀缘藤本植物，在塔镇大地上极为常见。田边地头、庭院道旁，都是种植丝瓜的好地方。

院中有一丝瓜架，田居生活的幸福感倍增。那绿叶，那黄花，那卷须，那气味，俱平易无恶。嫩时充蔬，老则可见丝丝络络，绞缠如织。

光善社区早已颁布物业管理规则，禁止居民私自在小区内种植花木菜蔬，破坏统一规划。目前尚无人犯规，只因节气未到。那被冬藏于箧屉内的各色种子，丝瓜、眉豆、葫芦、栝楼、豆角、南瓜，却正在被姗姗来迟的春天唤醒。

在万镇长办公室门口，李墨喜迎面遇上一个女人从门内走出来，顿觉神秘、不寻常。女人一身全黑，黑手套、黑围巾。她目不斜视，匆匆走过去了，他才想起来她是红樱桃茶社的一点红李樱桃，不由感叹这社会真如丝瓜络，不知哪根丝络牵着了谁。与之相比，小蜜蜂居住的蜂巢，可就太规整划一了些。

无事不登三宝殿。世上没了赵玄玄，估计万镇长和自己一样，是不会再去红樱桃茶社的。一点红有事，就得自己过来。当面谈，那就一定是大事喽。

李墨喜要向万镇长汇报的，当然也是大事。

镇政府食堂需要的酱油已被成功搞到！说得出口吗？吃不到二毛的酱油，谁也不会死。大老肖急就急去吧。

李墨喜往万镇长面前一坐。这不是你死我活的战争，不是做张做智的演戏，没那么多剑拔弩张的戏剧情节，用不着李墨喜心情激荡。

在大地之上生活了四十五年，今年是李墨喜的驴年。李墨喜得保持警醒，可不能把腌臜年真给过腌臜喽。李墨喜对塔镇的政治经济、人文地理状况可谓了如指掌。

北边七里的金乡县城，主要在中心街上，每月逢五、逢十便是传统大集。去金乡县城赶集，是他小时候最盼望的事情。能看热闹，还能买到好吃的。

有一年他和赵明海结伴去赶集，凑钱买了二十五颗喷香的炒花生。为什么凑钱？因为钱再少了，卖主不卖！二十五颗花生，一人十二颗。剩下一颗，你让我我让你没有结果，就拿给老地丁评判。

到现在，李墨喜还记得老地丁捏着这颗花生的手指是怎样发出了颤抖。

当时一道闪电掣过李墨喜的脑海。他顿时愧疚无比。

"大叔，您吃了吧，给您的。"他说。

赵明海好像受了提醒，也说：

"爹，您吃了吧，给您的。"

赵明海哇的一声哭起来。

李墨喜也跟着哇一声哭起来。

老地丁却哈哈笑了，将那颗花生一掰两瓣。

"两个属驴子的！"老地丁笑着说，"这还不好办？"

一人一瓣食指肚大的花生仁。李墨喜不记得自己吃了没有，却恍惚记得自己做了一个梦，种下一颗炒熟的花生仁，长出了一棵高大繁茂的花生树，跟大河湾香庄的那棵老皂角树，一同站立在村头池塘边。

皂角树上结皂角，花生树上结花生。花生树上都是花生，皂角树上都是皂角，连叶子都变成了花生、皂角……

塔镇大集跟县城大集错开，每月逢一、逢七便是赶集日。塔镇内，还有霍堌、桃渡、张岔楼、打驴蹄张家、东土楼子、窦堂、马坡、徐格庄等等几个小集市。三里窑这里本来也有一个小集，这么一搞并村合居，小集就取消了。

李墨喜作为积极负责的新任光善社区村级联合办公点代理书记，向镇领导郑重提出恢复三里窑传统集市，并更名为"振兴街新农村大集"。县城五、十，镇上一、七，"振兴街新农村大集"就三、六吧。三六一十八，大家一起发。

万镇长看李墨喜的眼神，像听天书啦。李墨喜心想，自己还要再说一遍吗?

"要么就叫光善社区大集。"李墨喜咽口唾沫。

米委员从门口一探头,进来了。

县委下发的关于持续深化农村改革、加快绿色农业发展的文件需要万镇长阅读签字。

"伙计,这是不错的思路。"万镇长点头,眼里闪出了流星一样的光。

大老肖也从门口一探头。办公室里的三个人都看见了他那张宽阔的脸。他没有进来,眼睛是紧盯着李墨喜的,颊上紧张的肌肉,竟使他的下巴都尖削了一些。

"老肖有事吗?"万镇长问他。

他愣了一下,才回答:"没有事。"可是眼睛还在看着李墨喜。

米委员跟李墨喜对视一眼,都故意不语。

"不用你来叫,我等会儿跟李书记一起过去。"万镇长手拿文件,一边阅读,一边说,"饭后我们去趟丰茂农场。"

他在文件上签署了自己的名字。

这是中午饭,每人一荤一素两个菜,两个馍馍,另加一碗鸡蛋汤。李墨喜自始至终都没给大老肖留出跟自己单独说话的机会。

正所谓"其作始也简",只有夜幕降临,身处在自家楼下,李墨喜才开始隐隐感受到一种不可遏止的激动,那就像一股汹涌的春潮,正在远远地到来。

李墨喜要去做一件什么事啊!

此刻,大河湾香庄一千二百九十八人,有谁知道在他们生活的地方,将会诞生什么?加上史家洼、大王庄、尚庙村的三千七百二十三人,又有谁知道迎接他们的将是什么样的生活?天上人间也只有李墨喜自己才清楚正在做的事情。

神仙不清楚,万镇长、杨暖仪书记不清楚,二毛、大老肖、韩大哥、赵明海、米委员、朱麒麟,还有泰山傲徕峰的子在川会长,更不清楚。

去年历时七七四十九天的大雾,哪里就结束了?

那场百年一遇的铺天大雾,弥弥漫漫,延宕到今日,新一年的正月二十六上午，李墨喜才得以走出。

在济宁灵湖大街旁的早食摊上，喝着豆腐脑、胡辣汤，吃着油条、肉饼，眼望车水马龙的景象，李墨喜仿佛得了天启，忽然就清楚看到了自己重大的使命。比这具百十来斤的肉身，要重上不知多少倍啦，往地上砸一下，可不止砸出个窟窿啦。

让冷寂的振兴街热闹起来！大河湾香庄他这个李家后生的一辈子，将是一出光荣而漫长的造城记！好像时至今日，李家后生才清楚获知自己的使命。

中华人民共和国山东省济宁市金乡县塔镇光善社区的地址上，一座不同于塔镇，不同于金乡县城、济宁、济南的新城，即将应运而生。大河湾香庄的父老乡亲，也包括史家洼人、大王庄人、尚庙村人，将在这里过上从根本上有别祖先的日子……每个人都是道地的城里人！

这一切，正从一个大集开始。

他得感谢金兰不是？他要将这振奋人心的美好设想说给她听。不！永远把它存放在自己心里，哪怕它活蹦乱跳，会将这滚烫的心房挣破。

一眨眼，他就从四号楼下无声地转身离去，走到了小区外面。正月底的夜晚，风还很冷。他就是要让冷风吹一吹的。

冷风一吹，他就更清醒了，眼睛也像更好使了。

在迷雾里徘徊的日子，他不是像个幽灵吗？这有多久啊？从他走下傲徕峰……从寄居在莱河对岸的张暗楼的舅姥爷家，比这还要久，他丧魂失魄，心似飘蓬。

在县医院的抢救室，遭遇钢铁恶煞的赵玄玄向他伸出虚弱无力的手，像一小团凉丝丝的游气搭在他的手上，他才真正意识到这样下去的陷阱，而强悍无敌的赵玄玄终究成了一个聚散无根的幽灵，再没有脚踩大地的可能……

昏暗的灯影里，李墨喜似乎又看到了赵玄玄，那已经是一个飘忽的影子，长着一副漠然的失去温度的蓝莹莹的鬼脸。不过，他一点也不害怕，他甚至想走近一些。

赵玄玄在远去。李墨喜倒要看看他会去哪里。他这是回到了无数祖先聚集的地方了吧,因为李墨喜好像看到了很多人,跟现在的人有着迥然不同的装扮和神情。单从装扮和神情,他就能分辨出他们是吹糖人的、磨剪子戗菜刀的、锔锅锔盆的、打锡壶的、打磨的、修脚的、剃头的。左右一看,先看到了车马店。

　　从车马店走出来的是谁?当年大名鼎鼎无人不知的张瘸子!这不是三里窑吗?不是。因为南北一道长街,又有茶馆、茶庄、酒铺、酱园,又有烟铺、棺材铺、冥衣铺、馍馍铺、浴池、当铺、药铺、照相馆、剃头馆也一个不少。一时间,更有市声喧哗,叫卖声、小锣声、大锣声、铃铛声、货郎鼓声、串铃声、梆子声、哨子声齐奏。

　　这是一座古老城镇的模样,显然既不是三里窑,也不是塔镇,李墨喜认不出是哪里。再寻赵玄玄,就找不到了。

　　李墨喜停下脚步,随之发现在深夜的街头另有人徘徊不前。真没想到这个时间大老肖不在家睡觉会来光善社区。他避着灯光,专往黑处走,身体缩成个刺猬,好像害冷啦。不用猜,准是为酱油而来。

　　那么,他是要直接去找二毛,还是要找自己?李墨喜想了想,掉转了方向。仍没想到,深更半夜在户外游荡的,还有一个女人。

　　走到光善社区东一区南边、振兴街东边歇工的工地旁,就听到从一个黑暗的角落低低传出女人的抽泣,乍听像虫子哀戚的低吟。

　　李墨喜脑子中首先闪出了二毛的名字,但又紧接着将头一摇。

　　不会的。大河湾香庄的二毛永远不会哭泣!

　　实际上,李墨喜又马上断定她是红樱桃茶社的一点红。他上午还在万镇长办公室门外与她不期而遇呢。

　　仔细朝黑影里辨认一下,不错,就是她。他好像这才想起一点红是史家洼的人。史家洼人居住的光善社区西一区近在咫尺,光善社区西一区不会没有她名下的房子,而她此刻却像无家可归。

　　抬头东望,月亮又升起来了,静悄悄的,比前日晚上更为纤细,像一尺银线。

第四章

1

出了正月第三天,下了一场小雪。虽然是小雪,雪花却出奇的大。一朵一朵从楼顶上飘落下来,像一个个小小的降落伞。

小雪下了不到半小时就停了,不然就是大雪了。以后接二连三都是阳光明媚的日子,想在塔镇大地上找到没有融化的泥雪是不可能了。刚到中旬,就已随处可见草木绽出的新芽。

地球在宇宙间旅行……一切皆如所愿。

光善社区四个村的村委会,如期搬进了振兴街上的联合办公点。二楼办公室足够干部们使用,一楼办公大厅足够宽敞。

当日,镇政府组织了一次简朴的仪式,放了几挂千响鞭。联合办公点和四村委的明晃晃不锈钢门牌旁,加挂一副黄灿灿钛金牌:"塔镇光善社区集市管理处。"俱是黑漆漆宋体字。六副门牌一字排开,甚为气派。

万镇长简短致辞,对光善社区四个村子寄予厚望。金乡县电视台前来采访报道,向全县人民介绍推广联合办公经验。这里有宽敞的办公区域、醒目的显示屏、现代化的办公设施、专业的办事人员……社会福利申请、人民调解、治安保卫等有关服务,均可在一楼大厅完成。

新任史家洼村的书记公羊纯真,被万镇长特意安排接受了电视台美女主持的采访。"联合办公点让村干部走到村民家门口,切实解决距离远、人难找、事难办的问题。"公羊纯真做如是介绍。

那些关心史家洼命运的人士,从电视上看到公羊纯真三十多岁还很娇嫩的面容,就会安下心来。

没了"腿上绑铜锣"的赵玄玄，史家洼也并没乱。

赵玄玄一死，唯有正月二十五这一日，光善社区西一区半夜惊魂，没想到一大早就被凤落村截了胡，从此不了了之，余音断绝。只是李墨喜没想到，自己又因之得了一个光荣绰号，你道唤甚？便唤作"李二搂"是也。他排行老二。

谁起的？不好说。反正这回不是老勺头。

《西厢记》张君瑞一纸退却百万贼兵，大河湾香庄李墨喜两个"搂"字定乾坤！

李墨喜高中毕业啦。

兰菊香馍房不用李墨喜来操心。金兰、金菊两人说话，他都插不上嘴。为表示对女儿创业的支持，孔老娘常会从县城赶来女儿家，有时天晚就住下不走了。孔老娘来，金梅、金竹也会来，李墨喜家就成了女人窝，他回了家就是家中唯一的男人。那些女人看着他，他感到她们将会把他当作婴儿一样，给他洗澡，玩杨贵妃"洗儿"的游戏，而有她们在家，他不光自己洗澡不好意思，连跟金兰睡觉也不好意思。

李墨喜很快就发现，自己从起初每天要去联合办公点两次，变成至少去五次。

兰菊香馍房在楼下，跟联合办公点隔了五个门，其实就是拐角里一个最为隐蔽的门头房。其他门头房，房门朝西开，它的房门朝南。选择这样的门头房也有道理，卖馍馍不用特别显眼。更重要的，在这间门头房上面没有二楼，蒸汽排放不会影响到楼上的人，而且大大节省了不必要的租房花销。

起初他每天要去香馍房几次，后来就只去一次，再后来索性就不去了。金兰和金菊都比他想象的能干。

二月二十日，兰菊香馍房开业，出了第一笼馍馍。按照金兰、金菊姐妹俩的计划，头三天的馍馍不卖。

香馍房的这套机器，一天可以处理一百多袋面粉。头三天做出的馍馍，全都装袋分送给了光善社区四个小区的居民。

问题是，她们这样做跟李墨喜商量了没有？没有。金兰姐妹四个，加上孔老娘，一起做了主，李墨喜反而成了外人。

　　弥漫的蒸汽里，金兰的面庞粉红，多么动人。她是他第一次见到时的样子呢。那时候他是那么年轻，一见她，心就止不住狂跳。为找到一个没人的角落，他们费了多大心思。等他们自认为这个世界就只剩下他们自己，他迫不及待，不管不顾，朝金兰高耸的胸脯，一把抓了过去。他相信金兰被自己抓疼了。他管不得。他不放松。金兰却没有叫。她像干渴的鱼，张开了嘴，翕动着。她又像全身打起了寒战。她可爱的面庞，粉红一片。他眼神迷离，也像她一样，浑身颤抖……碍着香馍房有她的姐妹和老娘在场，他走了出去。

　　坐在办公室里，半晌，他好像不知道自己在干什么。

　　头一天，香馍房外还没几个人来观看。

　　第二天，人就多了不少。

　　第三天，李墨喜认为将是兰菊香馍房发展史上重要的一天。为什么？因为他看到了二毛。

　　不得不承认，大河湾香庄不能生育的二毛勾去了他的魂。他拥有金兰，为什么还总对二毛念念不忘？但他从来不怀疑自己对金兰的忠诚。

　　二毛在寻找老勺头，但兰菊香馍房门前的道路，显然并不是二毛寻找老勺头的必经之地。

　　正有馍馍出笼，蒸汽饱含麦香，弥漫了一屋子，李墨喜看到的二毛也就像个梦幻中的影子。香馍房里有些拥挤，因为金兰四姐妹都在。李墨喜又走出门。

　　二毛慢慢向北走去了，李墨喜只能看到她的后背。他没有停，马上去了办公室。

　　从二楼的窗子往外看，视野开阔得多。二毛即使走到北边的花园社区他也能看到。他很怀疑今天二毛是在寻找老勺头。他感觉二毛今天像迷了路。二毛迷了路才会走到兰菊香馍房门前。他没问金兰给二毛送过馍馍没有，二毛有没有接受金兰的馈赠。还有赵明海、张福庆、苏广厚、王宝堂他们，金兰是怎么把馍馍送过去的。他还记得赵国瑞怎么把他的九百礼金丢弃在大雾里……

　　这时候李墨喜才想到有日子没接到二毛的骚扰电话了。也许跟赵玄玄的死有关，她放过了他……他不由打了个寒噤。他也有日子没有迎面遇见二毛了。大老肖托他的事，他并没有忘掉呢。如果再次遇到二毛，他还会不会向她发出善意的邀请？

"让盐虎回来吧。"

盐虎离开香庄够久，二毛也被他抛舍得够苦。

再看二毛，感觉又不一样了。他恨不得追过去了。他要追过去，把二毛给领回来。可怜的女人，她是真的失去了家园。田野上没有她的家，光善社区也没有她的家。过去她在野外游荡，哪里是在寻找老勺头？

她是连自己也找不到了。她怎么被弄丢的？又丢在哪里了？

李墨喜的心猛一痛，随着又一惊。这是他第一次想到二毛的时候，心里像被人狠狠掐了一把。

那个弓着腰骑在三轮车上，像顶风一样使劲蹬着脚踏，一路向北去的人是谁？红鼻子张福庆。他这个时间去县城，可是有点晚。等光善社区大集成了气候，就不必舍近求远了吧。只不过如今满世界都是电动车，据塔镇政府部门统计，所辖区域每个村买了轿车的人家占了三分之一，骑自行车的已经十分少见，他这老手艺若不改进，恐怕挣不够一个人的饭钱啦。

唏嘘未了，李墨喜心头又一痛。前有二毛，后有张福庆，似乎预示着什么。忙又往窗外看去，已看不到二毛。

李墨喜感觉已经追出去了，却只是坐了下来。他朝街上望。这是正午之前，太阳在振兴街之东，视线不受任何影响，振兴街可以尽收眼底。

从办公室俯望楼下的振兴街，李墨喜会暗暗盘算一些事情。

每发现街上走过一个人，李墨喜都会想到他们看没看见"塔镇光善社区集市管理处"的钛金招牌。张福庆有没有呢？赵国瑞两口子有没有呢？

张福庆修理自行车的事业日渐式微，而赵国瑞的卖布生意也好不到哪里去。

振兴街逢三、六成集的消息，早被散布了出去。招牌一挂，果真就有人来赶集。李墨喜会在楼上暗暗数人头。数得过来，也数得很准。

不用说，集上见不着张福庆和赵国瑞两口子的身影。他特意打问过，逢三、六，远的鱼台县罗屯镇、成武县大田集镇、单县白浮图镇、丁公山里的金鸡湾，近的本县马庙乡西沟村、鱼山镇他大姨子金梅的庄子莲池、王丕镇祭田村就有集。赵国瑞两口子肯定闲不住。

哪个香庄人从振兴街走过，都躲不过李墨喜的眼睛。要看到赵国瑞两口子却是很难的，因为他们要起早。他会看到张福庆、赵明海、二毛、老勺头、小喇叭、苏广厚、王宝堂。他比联合办公点的其他人来得都早。没有事情其他人不来，各自干各自的了。毕竟不像正式的一级政府机关，实行朝九晚五上班制。

刚在办公桌前坐下，李墨喜就看到有个年轻人迎着初升的朝阳，从西一区的大门口走出来，脚步弹跳着，像只公羊。不是别人，正是金乡县仅有一百二十一人的公羊家族后生——公羊纯真！

看到公羊纯真，李墨喜脸上不由自主地微笑。显然，公羊纯真与死去的赵玄玄截然不同。说句实话，赵玄玄不怎么招他待见。死者为尊，李墨喜不好对他多做评价。愿他安息。

有一点，李墨喜不想忽视，公羊纯真也是高中生。

除了李墨喜，公羊纯真就是来办公点最多的人。

公羊纯真穿过振兴街，走到这边来，李墨喜的眼睛会一直盯着。

有时公羊纯真不来，一整天不见他的影子，就像他一直待在西一区。其实出门的话，他会以车代步。李墨喜还不认得他的车，是一辆普通的国产比亚迪，没自己的马六好。

从西一区走出来的人群，跟东一区走出来的人群差异显著。从整个西区走出来的，还有从东二区走出来的，几乎都跟农业生产有关。人群里看得到长长短短各种农具，既有铁耙、铁叉、镰刀、铁铲，又有草筐、扁担。出出进进的车辆，也多是一些农用三轮车。七八十岁的老人，只要不是老得不能动，都没有闲着的。东一区就不同。东一区的人出门就是上班、做生意，要不就是闲逛。

瞧那些有今儿没明儿的"看门狗"！

爱面子的大姑娘小媳妇，走过东一区大门口，就是闯过一道艰碍险关。老糊涂，老糊涂，人老就糊涂，怎会不知走过去的女人，不是自家孙女就是自家孙媳？

你道振兴街上这样的情景，只有李墨喜看在了眼里？非也。

有一天，公羊纯真慢悠悠地走进来，因为没有声音，他没能觉察。公羊纯真悄悄站在了他的桌旁，顺着他的目光朝窗外望去。

一声叹息好像微风，吹进了他的耳朵。

此刻公羊纯真内心忧伤，因为叹息是从他清新的口中发出来的，听起来却有一种安详的韵味。李墨喜向他转动脖颈，脸上找不到一丝惊诧，差不多也要像他一样，轻轻长叹一声了。

李墨喜不张口，点点头。

这情形，好像大河湾香庄和史家洼的这两个高中生瞬间达成了某种默契。他要说什么他知道，他也知道他要说什么，所以，他就什么也不说了。

2

毫无疑问，春天到了，大地上的草木不仅要发芽，还要开花。

光善社区大集经过了五个集日，应该就是三月了。

第三个集日之前，李墨喜专门去金佛寺邀请了金大筐。这个集日，金大筐赶来，共卖出十斤蜂蜜、两斤蜂胶和两斤蜂王浆。下个集日金大筐因故没来。

第五个集日，振兴街迎来了一支独特的赶集队伍。他们是韩大哥带来的，但看上去相当一部分不像是东土楼子的村民。果然，一搭话，发现很多是小羊圈国际产业园的员工。

常言道，树帮树成行，友帮友成王。东土楼子村书记、小羊圈国际产业园董事长韩凤昆目的明确，他就是专门来给李墨喜贤弟捧个场！

这支赶集队伍一到，整个集市沸腾。

塔镇大地上，竟然还有不识韩大哥的！那位气度不凡、相貌干瘦、两颊凹陷、脸色黧黑的中年人就是！

似乎为了跟春天璀璨夺目的景色相称，韩大哥特意带来了自己珍爱的两只大鹦鹉。

竟然还有没见过鹦鹉的！

鹦鹉就是韩大哥肩头那两个黄绿相间、华羽焕然、滴溜溜的黑眼睛闪着聪明之光的神物。它们像人一样嘎嘎地笑着。韩大哥走不了几步，它们就叫上两声：

"恭喜发财！恭喜发财！"

没人相信振兴街上如此清晰、抑扬顿挫、一路洒落的声音，会是从它们弯曲的、有点好笑的钩子喙中发出的。

振兴街南北长五百四十八米，光善社区大集也就占据振兴街五百四十八米的长度。韩大哥的赶集队伍从每个摊位边走过，就要走出两三倍于五百四十八米的感觉。当然也不是光看不买。本来就是个农村大集，东西贵也贵不到哪里去。带来的人每人限额一百元，买吃买用，随意。

伴着"恭喜发财"的鸟叫声，这集"赶"得真叫带劲儿。走过了四百米，再往前走就是没修好的黄土路，韩大哥还是两手空空。

"八块钱！请多关照！《村规民约》第三条！"其中一只红嘴鹦鹉陡然改换了叫声，把韩大哥也给叫得一愣。

韩大哥停在了金佛寺养蜂人卖蜂蜜的摊位跟前。

"八块钱！请多关照！《村规民约》第三条！八块钱！请多关照！《村规民约》第三条！八块钱！请多关照！《村规民约》第三条！"

"乖乖！"韩大哥醒过神来，不由赞道。

围观的人们哄堂大笑，它就叫得更起劲了，还一边叫，一边剧烈地摇头摆尾，差点把一时沉默的黑嘴鹦鹉给挤下韩大哥的肩头。叫着叫着，猛地朝金大筐的摊位俯冲过去。不知从摊位上啄了一口什么东西，又扑棱棱飞回来。

"买了！"韩大哥将大手一挥，说道。

韩大哥买下了养蜂人金大筐今天带来的所有蜂蜜、蜂胶和蜂王浆。韩大哥的赶集队伍满载而归。

金大筐告诉人们，那只红嘴鹦鹉啄食了一粒蜂胶。

这天晚上，李墨喜临睡前听到窗外传来几声野猫叫。果真是春天了，猫也要叫春。

人躺在被子里有点热了，只好把胳膊放在被子外面。劳累了一天，就要睡去，放在床头柜上的手机铃声大作。他一激灵，马上想到二毛。金兰在黑暗里看他。他伸手把手机拿过来。

"小二丢啦。"

韩大哥的声音又痛又急。

小二就是那只红嘴大鹦鹉。黑嘴大鹦鹉叫三三。

"八块钱！请多关照！《村规民约》第三条！"

李墨喜仿佛又听到了小二的欢叫。

什么时候丢的？怎么丢的？李墨喜想象得到此刻韩大哥正像个丢失了心爱玩具的孩子。如果韩大哥对小二不是深爱，不会在夜晚这个时间打来电话。本来韩大哥今天的做法就很让他感动，这个电话让他更感动。他跟韩大哥一样，心里又痛又急，还有点毛乱。

大鹦鹉扑啦啦扑啦啦，翅膀充满了无边的夜色。

"找过了没有？要不要再找找？"他一边真诚地提出建议，一边做出了马上起身出门的动作。他能帮什么忙？

"反正是丢了。"韩大哥养成了睡前必去看一眼大鹦鹉的习惯。大鹦鹉在韩大哥家里完全是自由平等的。两只大鹦鹉各占据一个大鸟笼，笼门任由它们像主人一样随意开关，栖杠也都是同样的花椒木。一碗水端平。

今晚睡前韩大哥去看大鹦鹉的目的还有一个，就是要给小二喂食一些防止喉管发炎的药物。小二白天话多，回到家里还是一个劲儿嚷"《村规民约》第三条"，害得韩大哥又亲自搜检出《东土楼子村规民约》，看第三条到底是什么。一看就忍不住笑了。自己从来没跟两只鹦鹉念过《村规民约》，它从哪里学到的呢？这华美神异的生灵，怪不得如此惹人喜爱……将一种名叫凯鸽四号的粉状药物，用今天新买的蜂蜜在小盏里细细调了端给它。

岂料，抬头看见花椒木栖杠上什么也没有，鸟笼里也空空荡荡。另一只鸟笼里的三三忽然扑打一下翅膀，向他告密：

"你家小二逃到济宁啦！"

韩大哥当时根本不相信三三会这样说话。这是四十岁成人有些不怀好意、老练复杂的口气。

再看三三，好像因为他的怀疑而神情冷淡下来，收敛了翅膀，缩起脑袋，合上眼睛，事不关己高高挂起，兀自在花椒木栖杠上睡去了。

小二还会不会回来？那可说不准。

韩大哥一着急，深夜里唯一想起的，就是大河湾香庄李墨喜。给李墨喜说了几句后，心情才好像慢慢平复了下来，还为半夜打搅了李墨喜心生歉意。李墨喜是他好兄弟不假，但枕边还有兄弟媳妇呢。韩大哥可不是不通情理的人，所以，韩大哥就主动说，明天再看。

放下手机，李墨喜轻声对香馍房主人说：

"韩大哥的鹦鹉飞走啦。"

想了想，又补充一句：

"就是会说'《村规民约》第三条'的那只。"

香馍房主人孔金兰在黑暗里眨了下眼睛，不吭声。

这天晚上，李墨喜在梦境中见识到了自己从未见识过的世界上最为绚烂的夜空，其绚烂得之于一只像流星一样从夜空划过的鹦鹉。它那一身鲜明耀眼、无与伦比的彩衣，让整个春天的夜空散发出了异样的光芒。

第二天一早，韩大哥的大鹦鹉小二走失的消息就不胫而走，但人们得到的消息却跟事实有相当大的出入。

鹦鹉会说"《村规民约》第三条"，成了会背全套的《村规民约》。要知道这套《村规民约》是各村按照塔镇政府下发的文件统一制定的，共计十条，三百九十九个字。能背十条"村规民约"，智力水平绝对超过三年级小学生。

就在光善社区集市上，大鹦鹉吞下了一颗蜂胶。没等集罢，在蜂胶强烈的作用下，大鹦鹉一飞冲天。

振兴街上多少人眼看着这只色彩艳丽的智慧的大鹦鹉，飞过光善社区高高的楼顶，消失在湛蓝天空的深处。

不是没人怀疑蜂胶的效用，但很多人相信，正是因为蜂胶内某种成分的诱惑，鹦鹉才会本能地冲下韩大哥的肩头。鹦鹉体内强力飞冲的机关被拨动，才使它飞得如此之高，但飞得再高，也总要降落。于是，晨光笼罩的田野上，出现了一些人四处寻觅的身影。

他们或三三两两，或者独自一人，在沟渠田埂或者小树林里，低头、抬头，仔细辨别鹦鹉的踪迹。起初还以为他们都是东土楼子村的村民，一问才知哪个村的都有。

就没人担心鹦鹉会丧生在野猫之口？即便被野猫吃掉，羽毛也总会留下来。谁会把鹦鹉的羽毛跟麻雀的、老鸹的混淆在一起呢？找到一支羽毛，也不算一无所获。

不到中午，光善社区就有人传言香庄的王四统有幸找到了这只鹦鹉，并亲手送给了韩大哥。王四统比光善社区的任何人都要起得早。他的职业具有找到鹦鹉的先天优势，因为他是收破烂的。他从事收破烂的行业由来已久。

若问谁对塔镇大地了如指掌，你不能说是万镇长、杨暖仪书记，也不能说是李墨喜、老勺头、韩大哥、金士魁、陈小杰，或者死去的赵玄玄。

除王四统之外，别无二人。在乡下，他走乡串户。上城，他走街串巷。

"收——破布衬、烂棉套子！"他拉长声调吆喝，"收——长头发！"

多少村里人都熟悉他的吆喝声。

酒瓶子、废塑料、破铜烂铁、旧家电、牙膏皮，也都被他收罗起来，送到了废品收购站。

别人走到的地方，他到。别人走不到的，他也到。

真有人去他家看了。他的家是在十五号楼的四楼，三室两厅的全明户型。问他的病老婆江玉枝，才知他一早出去了还没回来。再问知不知道鹦鹉的事，江玉枝一脸懵。

江玉枝得的是怪病。

想当年江玉枝也是跟二毛一样能干的女人。就因娘家穷，出嫁时没一件像样的嫁妆。王四统家的条件也不怎么好，父母勒紧裤腰带，才给盖了三间土屋。若非两人是初中同学，这桩婚事成功的可能性极低。

自结婚之日起，江玉枝就立志凭自己勤劳的双手，将这三间空荡荡的土屋塞满。对她来说，路上捡到一片树叶、一截树枝、半块砖、一颗钉子，都是财富，必得带到家里来。结婚不到两年，三间土屋就满得没处落脚。将屋里的东西挑挑拣拣，送到废品站，竟换回一笔可观的收入。

这就是王四统从事收破烂工作的肇始。

可惜在江玉枝三十五岁那年冬天，不知怎么就落了这身怪病。本来晚饭后该歇了，她又惦记王四统收来的一个旧沙发，就去院中察看能不能留下自用。半夜里，忽然从梦中嚎叫起来，像被厉鬼追杀一般。据她自己讲述，腰部以下痛得无法形容。王四统要马上送她去塔镇卫生院，她怕花钱，坚决不去。实在忍不住，就干嚎到天亮。看她被折磨得不成样子，不管她同意不同意，人们硬是将她抬到地排车上。塔镇卫生院查不出病因，就又转到县医院。各种设备仪器试剂都用上了，照样检查不出。

在医院一连住了四五天，再问，还是痛。

县医院黔驴技穷，建议转至济宁市人民医院。这几天看病用了多少钱，她虽没问过，但转院却是不同意。县医院诚实地告诉她，在县医院治下去，只能延误病情，既然她不愿意转院，最好回自己家静养。

王四统让哥哥开来一辆手扶拖拉机，家人一起将浑身还在震颤的她抬上车斗。出了医院，她昏昏沉沉，头冒虚汗，忽然发现拖拉机开去的方向并不是大河湾香庄。不知她病了这许多天，哪里来的力量，一个鲤鱼翻身，就从车斗上跳下来，重重摔在路中间。当时王四统抱着她号啕大哭。她却面色很平静，轻声说道：

"不疼啦，他爸。"

她说她好了，她不疼了。

她再疼也说"不疼啦"。

她的腿就站不起来了。

在床上躺了一个月，扶着人才能够摇摇晃晃地站起。十五年过去，也没查出得的是什么病。从那天出院，至今她都没再说过疼。

"哎呀，你家的好运气来啦！"有人对她说。

不光她听不明白，甚至连说这话的人自己也没想明白。给韩大哥找到鹦鹉就是好运气吗？鹦鹉是治疗怪病的偏方？

"收——破布衬、烂棉套子！"遥远的吆喝声传来，她侧耳倾听。

"收——长头发！"

3

　　江玉枝也并没见过真实的鹦鹉，出现在她想象中的那只鸟其实叫作八哥。

　　"八哥八哥几点啦？"

　　这是养八哥的人训导八哥的常用语。一般情况下八哥会回答：

　　"八点啦！"

　　八哥的样子跟黑老鸹很相像。乡村里哪家有人要死，嗅觉灵敏的老鸹先到。老鸹喜食腐肉，爱站坟头，跟夜猫子一样，是传说中的凶鸟。向来有吃麻雀、鸽子、鹌鹑的，没吃老鸹、夜猫子的。给人的感觉，老鸹肉有毒。有毒就有药性。老鸹跟八哥像，八哥也应该有药性。

　　江玉枝顺理成章，把鹦鹉想成了可以入药。她吃了这人间罕见的一味药，怪病就会好了。病一好，岂不是家里有了好运？

　　这怪病把她折磨得够久了！

　　越想八哥，就越有灵丹妙药的模样。人们一走，她就急盼着王四统回来。王四统一开门，就会向她捧出那只被很多人惦记的鹦鹉。等她好了，她就跟王四统一起去收破烂，挣了钱给儿子家还债。

　　因为有她这样的一个病娘拖累，儿子的婚姻受到影响，好不容易才找到一个，却又得首先满足人家把家安在县城的要求。夫妻俩省吃俭用、砸锅卖铁给儿子买了房，总算在一年前帮助儿子结了婚。儿子住城里，结交了一帮靠不住的朋友，跟朋友投资欠了三十万元的债，被债主追得有家不敢回。从去年腊月起，连她和王四统都不知道小两口住在哪里，过年都没见着他们的人影。他们家缺的，就是钱。

　　通常王四统回到家，差不多得是天黑以后。她可以给他打个电话……或许他还不知道有一只神奇的鹦鹉走失在了原野。可是，忽然又觉得害怕……他真的不知道呢。他不相信这回事。他笑她……她怎么变得这么可笑，竟把生活的希望寄托在一只像老鸹一样的鸟儿身上！她该不是疯了？

　　这个病女人极力让自己冷静下来。她克制着自己身体的震颤。

　　右胳膊轻了，左腿却重了。左胳膊轻了，右腿又重了。震颤像电流一样在全身游走。

她艰难地摇摇头。脑袋里嗡嗡响。血在朝上涌。她瞪大了眼睛,然后像一根铁杵一样地站起来。

她牢牢站住了!

很快,她下了楼。

在小区里遇到她的人,无不惊异于她的目光。那不像是从眼中射出的,而像来自黑暗里一颗烧红的铁珠,炽热而生了尖钩利爪,投到任何物体上,都会炙出一股烟,揭去一层皮,甚至可以把流逝的时光从过去拉到眼前。被人们误传的振兴街大集上红嘴鹦鹉一飞冲天的壮丽景象,在这样的目光下,绝对不可能错过。

接着,人们又恍惚看到一只盛怒的鹦鹉,那就是她的生命。因为被拘囚得太久,这只鹦鹉从喙尖到尾尖,从头皮到脚趾,每根羽毛、每个部位、每滴血液、每根骨头、每丝肌肉,都在散发着怨恨的、委屈的、报复的、战斗的信息。

她要奔突,她要撕咬,她要猛扑,她要搏击。

"八哥八哥几点啦?"

"八点啦!"

"八哥八哥几点啦?"

"八点啦!"

"八哥八哥几点啦?"

……

她的脑子不停回响着这样的号角。多少年了,她从没行走得像现在一样快。她从这里走到那里。她走到了小区的门口。那些老人看见了她,以为她会走过去,但她突然一转身,又往回走。她从这栋楼下,走到那栋楼下。她好像要去找赵明海的娘,却又不是。她完全好了,好得像根坚硬的铁杵,再不会弯曲,也不会摔倒。

你就是叫她,她也听不到。她听到的只有八哥的回答:

"八点啦!"

人们窃窃私语,传说王四统找到了一只鹦鹉,那只鹦鹉最为奇特之处,就是会念三百九十九字的《村规民约》。

"破烂王"王四统疲惫地回到光善社区，又是天黑以后。他两手空空，身上只有裤兜里装着一把小巧的牛角梳子。一进家门，发现四处静悄悄的，也没开灯，就像空无一人。

以前在村里，王四统邋里邋遢，奔波一天，一身汗渍一身土，回到家放下工具，拍打拍打两手就拿馍馍吃饭。现在住上了高楼，没用人叮嘱，他就爱起了干净。每天收工回来，先脱外套、换鞋，再去卫生间洗手洗脸。

房间里没开灯，王四统不起疑。不开灯省电。江玉枝一个人在家的时候，不做活就从不开灯。

"玉枝。"他随手打开了玄关的一盏小灯，一边脱外套、换鞋，一边朝卧室叫了一声。

没人答话。他走向卫生间，还没进门就觉得不对了。他扭头冲向卧室。

"玉枝！"他紧张地叫着。

朦朦胧胧，他看到了躺在床上的人影，才不由得松了口气，但仍忘了打开卧室的灯。他走到床边。

刚才他真是怕了。很多年来，他就好像有个预感。这个常常脸上冒出虚汗的女人，总有一天会不声不响地离他而去。

他轻轻在床边坐下来。因为他还没有洗手，就没把手伸向江玉枝侧躺着的身体。

江玉枝僵死了一样一动不动，但身上的温度他还是能够感受到的。

"你还没吃饭吧，玉枝？"他轻声问道。"你看，我给你带来什么了？"他将一把牛角梳子从裤兜里掏出来。

隔三岔五，王四统都会从那些破烂废品中发现一些可以作为礼物送给病老婆江玉枝的小玩意。江玉枝已经收藏了很多，其中不乏贵重之物，银顶针、玉发卡、银耳环、银手镯、碧玉簪、水晶项链，每一样她都喜欢。

那一年，他捡回来一部看上去还很新的银白色翻盖三星手机，不料装上手机卡却不能用。将电池取出后，这部三星手机被她用一块红布包好，珍藏在了香樟木百宝箱底。她有两个百宝箱，榆木的大，香樟木的小。百宝箱也是王四统捡来的，重新刷了漆。

在王四统的手上，牛角梳子散发着幽光，显示了它真正的牛角材质。

拿这样的梳子梳头，不光不伤头皮，对头皮肯定还有理疗作用。

"放下吧。"她终于开了口，但声细如蝇。

王四统把牛角梳子放在床边的桌子上，还没转头，就似乎听到了一声抽泣。江玉枝哭了？他不由得慌张起来。

他的大眼睛小嘴巴的女同学，怎么哭了？有多长时间，没见过她流泪了？至少十五年。当年她从驶向济宁的手扶拖拉机上，不顾一切跳下来，他把她抱在怀里失声痛哭，她也哭了，只是特别短暂，不过半分钟。她的脸上混合着他们两人的眼泪。泪光锦缎一样闪烁。她告诉他，自己不疼了。从那以后，他再没见她哭过，连默默流泪的时候都没有。

此刻，他断定他可爱的初中女同学、他的老婆、他儿女的娘，正在默默流泪。

"你知道疼是咋回事吗？"这个大眼睛小嘴巴的女人，声音平静地问他。

这个问题想过，也没想过，他不知怎么回答。女人问他这个问题，也让他觉得很奇怪。看她在床上安静地躺着的样子，不像跟疼痛有关。过去看她冒冷汗或者虚弱地摇晃的时候，他问过她："你疼吗？"她一律摇摇头。如果今天再问她这个问题，她会依然如此。他懂一点心理学知识的，为了避免诱发痛感，最好转移话题。

"今天发啦……"

他让自己高兴地、轻松地说道。但女人打断了他的话：

"疼像割肉。"

岂止像割肉，断了舌，抽了筋，不可喻其疼。

那是鱼儿刮净了鳞，兔子剥光了皮。

那是刀斧来砍，锯齿来锯，钢鞭来打。先入拔舌地狱，再经剪刀地狱。阎罗地狱十八层，铁树地狱、孽镜地狱、蒸笼地狱、铜柱、刀山、冰山、油锅、牛坑，层层逃不过。大石底压，舂臼里杵，血池、火山把命索，更有十八层之苦，连行刑的蓝脸无毛恶鬼都会陪着哭。

人说万箭穿心、心如刀绞疼之极，哪里还得有心？整个人七零八落，化作迎风飞舞的蒯粉。说什么拶指、抽肠、腰斩、老虎凳，只因你非江玉枝。

"王四统，你不知那个疼。"江玉枝说道。她又止不住筛糠一样哆嗦起来。

王四统不由得抱住她，轻轻连声说道：

"我知，我知。"

"那个疼啊，那个疼。"她又说，流着眼泪，"你不知，谁也不知。"

"你从来不说。你说出来就不疼啦。"王四统也在流泪，"你是好女人。"

"我不想活啦，王四统。疼的时候我都不想活啦。我想喝农药。我想跳河。我想撞墙。我想吊死。"

"多久啦，你怎么不说？傻女人。你又疼了吧？我们去医院。"他口中埋怨着，要把她抱起来。她那么轻的女人，他竟没能抱起。

"我说出来啦，他爸。"江玉枝想推开他。随后，她忽然低声笑了。"我真傻。真的。真的。"因为身上的哆嗦还没有消失，她的笑声也在哆嗦。

"我们去医院。"王四统像是哀求她了，"我这就打电话让小文、大秀马上回来。"小文和大秀是他们的儿女。大秀三年前嫁到了大沙河边的张岔楼。"这回我给你连根治！"

"你呀。"她叹息一声，好像很平静、很安静。

她从来都显得很平静、很安静的。她向他伸出手。

"拉我起来。"她说道，"快去吃饭吧。饭要凉啦。"

她家的木壳挂钟，恰是夜猫子形状。夜猫子不停晃动着圆溜溜的大眼睛。

"当当当！"一连敲了十下。夜晚十点整。

她和王四统都吃过了饭，锅碗也都洗刷过了。王四统要刷，她乖乖服从，独自坐在沙发上休息。王四统在厨房拾掇利索，走出来，看她坐在沙发上合着眼睛，好像已入睡。他们家的沙发一大两小，却并不是同一套。长沙发是棕褐色真皮的，两个短沙发都是布艺的，全都蒙上了她亲手缝制的浅绿色沙发罩，看上去跟同一套一样。他放轻脚步走近她，想要抱她到床上去。她却把双目睁开。他心中一动，他竟然看到了她少女时代的目光。

没错，那么清澈，但既有温柔、娇羞和神秘，又有青春的不知疲倦。

她缓缓地站起来了。"我出去一趟。"她说。

"外面天黑……"王四统担心地提醒道。他准备跟她一起出去，但她立刻用眼睛告诉他留在家里等候，尽管放心。

她向房门走去了，好像电影上的革命者。他的目光追逐着她，为听不听她的话而万分犹豫，同时又带着深深的疑问。她要去哪里？

走出房门后，她转过头，向他淡淡一笑：

"等我给你捉个大鹦鹉。"

4

一整夜，人们似乎都听得到红嘴大鹦鹉嘹亮的叫声：

"《村规民约》第三条！"

第三条是什么？每户一册红色硬封面的《村规民约》。翻一翻，累不死人。弄丢了就去借一册来看。

有心人看过了，上面写着：

"尊重和保护生养女婴或不能生育的妇女，坚决反对重男轻女的封建思想。"

这是金子一般的语言。这是能把人心照亮的语言。这是能够勒石燕然的语言。

如果人间有登天的云梯，这样光辉的文字，应该被深深镌刻在庄严堂皇的穹顶，并以贵重耀眼的黄金镀之。

想必这红嘴大鹦鹉并非凡鸟，它肩负了警示世人的重大使命，在圆满完成使命之后，自然又返回了来处。韩大哥也并非它的主人，而大地上所有的寻找都将是徒劳。

不料，次日一大早，传言又起。

这回无关王四统，说的是他的病女人江玉枝昨夜捉了个大鹦鹉。此大鹦鹉也并非黑八哥，而是塔镇光善社区村级联合办公点代理书记、大河湾香庄村书记兼村委会主任李墨喜！事情原委是这样的：

昨晚十点过后,李墨喜的小姨子金菊,听得有人叩门。这么晚怎会有人来访?她以为自己忙了一天,耳朵发生了错觉。可是,没有回城的孔老娘也听见了,就支使她去开门。她开了门,看见楼道里立着个矮小瘦弱的陌生女人,便问她找谁。孔老娘来光善社区的时候虽不多,因人老爱打听闲事,却认得她是香庄可怜的得了怪病的江玉枝,赶忙上前热情招呼,并伸手搀扶。

江玉枝摇摇晃晃进了门,两眼发直。

已走进卧室里的李墨喜和金兰也受了惊动,就一起走出来。那孔老娘还在邀请江玉枝去沙发上坐下,而江玉枝一看到李墨喜,二话不说,像个面布袋,立马扑通倒地。

你道在场的人哪个反应最激烈?金菊!只见她半惊半吓,脸色蜡黄,杀鸡一样尖叫一声,便嚷道:

"无赖!这么多人看着,就敢讹人!"

那江玉枝闻若未闻,匍匐在李墨喜脚下,使劲梗起脖子,仰脸哀声乞求道:

"李书记,请帮我看病。我疼。"

这样的举动,这样的话,让李墨喜根本不敢相信自己的眼睛和耳朵。这个瘦小的、平时非常安静的女人,却有一个高傲的灵魂。两三年前,大河湾香庄给贫困户建档立卡,村中唯有她拒不接受,没有一丝商量的余地。对上门服务的大学生村官陈洪升,她亲口明确说道:

"俺家不是贫困户。"

陈洪升怀疑地左右打量,被她趁机抢过那张还是空白的"贫困户建档立卡登记表",用颤抖的无力的手,当众撕了个粉碎。

大学生想不通,以为自己不受欢迎,从她家离开后,一连几日郁郁不乐。李墨喜见状,便开导他,病女人不接受"贫困户"的帽子,大概是担心儿子说亲受影响。大学生想想,有道理,这事才算勉强丢开。

"四婶,起来啦。这是干啥?"李墨喜弯腰扶她,一旁的金兰也在扶她。

"我疼。"她又说。她身上震颤着,在这初春的夜晚,脸上渗出了细细的汗珠。

孔老娘抢上前来,心中却暗藏欣喜,替李墨喜劝慰道:

"他婶子，咱有病治病，快不要这样。"

他们一起把她扶到沙发上坐下。她好像消耗尽了自己的力量，浑身软软地坐在那里，脑袋歪在肩头，双目半闭，还在低声自言自语：

"我疼。"

金兰端过来一杯水，送到她的嘴边：

"四婶，喝一口吧。"

她突然又一挺身子，拉住李墨喜的手，眼里跳动期待的火苗。"李书记，请帮忙给我治好。"她嘴唇哆嗦着，放弃了一切尊严。"疼哩，疼哩，像是割肉哩。"她说。一股泪水涌出眼眶，将那火苗淹没。

李墨喜心头一颤。

"你放心，四婶，病要去看。"他说，"你现在疼不疼？"

"疼起来像割肉啦。"她喃喃说道，"那个疼。那个疼。"

"来找村委会，这就对啦。"孔老娘在旁说。她看一眼女婿，止不住把眼里的欣喜流露了出来。"生病不要犟着。犟来犟去，犟成大病。这个科技社会，什么病不能治？快喝口水，坐着歇一歇。"

江玉枝很听话。她从金兰的手上，把水喝了两口。在水的滋润下，她的情绪好像稳定多了。她脸上又是那一向的安静、平静的样子了，脸色好像玉石。过了一会儿，她要起来。"我回啦。"她说。

"他婶子再坐会儿。"孔老娘挽留。

她试着用力站起。她站起来了。她看着李墨喜：

"请村里一定想着给我治病。"

金菊转身跑进厨房。

"我回啦。"她慢慢朝门口走去。

金菊从厨房拿出来一袋馍馍，往她手里塞。

"拿着。"金菊诚恳地说道，"金兰是我姐姐。"

她略一迟疑，朝金菊脸上看一眼，就拿着了。

"我送送四婶。"香馍房主人金兰说。

金兰坚持把江玉枝送到十五号楼下才回。孔老娘又对江玉枝的遭遇叹息了一遍，金兰发现她娘脸上在暗暗放光。

大河湾香庄的病女人江玉枝，把李墨喜这只大鹦鹉手到擒来，经多识广的孔老娘却认为是自己老脸上的荣耀。一句话，被人求助是"香"的体现。

孔老娘的二女婿，可是新近被称作"李二搂"的！她说过，香庄二闺女一家，可"香"啦。

"《村规民约》第三条！"

清晨的空气里，大鹦鹉的叫声还在四处飘荡。

李墨喜一个人坐在联合办公点代理书记办公室，不知不觉就喝下了满满两杯水。当年，"大茶缸"的绰号可不是白得的。

水杯又空了，他盯着看了半天，就想起自己跟老地丁创办口杯厂的往事。那种木鱼石口杯，销路那么好，但口杯厂到底还是黄了。过去多少年，人并没闲着，可集体经济最终也没能很好地发展起来。有资源单一的问题，有地理位置偏僻的问题，当然也有人的原因。

凭良心说，愿意自己干的多。自己干，实打实。伙着来，心不一，力气虚。强扭一块儿的前车之鉴，也还历历在目。就凭人均一亩三分地，想要大富，那就得种出金子来。要不是香庄多年来大力发展蔬菜种植，日子也不会有起色。

话再说回来，好年景一亩地挣个四五千就不错，你非要翻上数倍，一颗大蒜头卖上二十块钱算你狠，不吃便罢，若一斤粮也跟着涨，卖个一二十块，这世间岂不乱了套？靠种地发财，到底是有限，但到底也还是要种地。

想想嘛，也对头。农村农村，不以农为主，又怎么叫农村？都像得了天时地利、扬名全国的镇西佟家庄，就不叫农村了，那叫翰童集团！

显然，大河湾香庄的村集体，没有翰童集团那样的财力。将来，这里会是一座城，或许也会是另一个庞大的翰童集团，但现在还不是将来。

"我疼。"他又听到了江玉枝的呻吟。

李墨喜发愁了。

不管香庄集体财力厚薄，集体的钱是不能随便动的。花集体半分钱，也得有个依据。香庄生病的人，可不止江玉枝一个。写满了字迹的"贫困户建档立卡登记表"，在村委会的文件橱里有一大摞。恰恰江玉枝的名字，还不在这些登记表上。

那个小小的、不停晃动的身体里，关闭着多少难耐的疼痛！她不求人。在香庄，她从来都不引人注目，但也从来没被太忽视。好像她最期盼的，就是在这种状态下默默无闻地活着。

但是，就在昨晚，她猛地扑倒在李墨喜面前，几乎压塌了地板，震动了整座楼！她那哀求的声音，像锥子刺了他的心。

此刻，年轻的公羊纯真正走出西一区大门。

李墨喜又看到了张福庆。

振兴街上，开始有摆摊的人走来。今天不是集日，但自从振兴街逢三、逢六成集后，街上就不像过去一样冷清了，每天都会有人赶来做生意，半布袋豇豆也卖，几根胡萝卜也卖，只是不像集日那么热闹。

去县城西关大街桥头摆摊修理自行车的红鼻子张福庆，不可能注意不到振兴街的变化。如果李墨喜拦在张福庆的面前，张福庆会有什么表现？

公羊纯真穿过了道路。李墨喜则走出了办公室。

田野上，仍可以看到四处寻找大鹦鹉的人们。

李墨喜独自去了趟大河湾。他有一阵子没去过了。一踩到大河湾的土地上，就感到自己马上沉浸在了泥土氤氲的气息里面，呼吸也好像跟着舒畅了。踏实哩……他想，老勺头到这里来，会不会也是这样的感觉？朝四周打量了一下，没看见老勺头。

那么，今天他为什么要到这里来？当然是为了做出一个重要的决定。

这个决定不能产生在任何人的眼皮子底下。召开会议，村两委委员讨论，像讨论村里的任何一件大事？不。不是开条沟，买个报夹子。这必须是个秘密。

在东一区四号楼他的家里，孔老娘、金兰、金菊共同目睹了昨晚发生的一幕，但也只能到此为止。不管外面有了什么传言，都只不过是一种不靠谱的猜测。

大河湾香庄全体村民都办了医保，虽然看病花费并非全报，但很难说看不起病。江玉枝的怪病拖延至今，你说她不为心疼钱？她是把钱看得比命还重！忽然起意治病了，医院门槛还没踏过，就求助到了村委会，她怕是连一分钱也不要自己花吧。别看这女人平时不多言，心里倒有算计哩。偏她只给自己算计！她在没病时，过日子那才叫一个"贪"字。

远的不说，就说去年死去的赵国瑞他爹，也生生往医院扔了四五万。谁家的钱是大风刮来的？赵国瑞两口子不辞劳苦，每日起早贪黑赶集上会，就不想把这四五万省下来？赵国瑞四十岁上害了腰椎间盘突出，疼起来也是龇牙咧嘴，治了没有？

李墨喜想象得到人们将来的议论。他将要为那个可怜的病女人保守秘密，为此，甚至还要瞒着金兰。

太阳温暖着大河湾。

李墨喜走到了远看像蒙上一层绿纱的枯蒿丛中，跟塔镇卫生院冯耀国院长一五一十打了一通电话。通话完毕，竟有了一种如释重负的感觉。

难道李墨喜刚刚出了大力？没有啊。但他一步也不想走了，脚下发软，好像踩到了大河湾宽厚的胸膛。他也想在大河湾躺下来呢，躺成另一个老勺头。也就是这时候，他觉得自己也"病"了。他得的是老勺头的"病"。

站在大河湾，不用低头看，他也知道脚下的泥土中生长着无数的植物。它们正纷纷冒出发酵似的地面，贪婪吮吸太阳慈母般的温暖。

这块肥沃的土地曾向香庄人贡献了那么多的粮食，现在却仿佛闻不到小麦、大麦、高粱、玉米、荞麦、大豆、谷子的气息。整个大河湾，已被野草闲花所占据——地丁、地黄、泽漆、益母草、泥胡菜、打破碗碗花、决明子、野菊花、驴儿草、鸭跖草、酢浆草、苦苦菜、婆婆丁，叫出名儿来的，叫不出名儿来的，所散发出来的气息，似乎比粮食更加令人迷醉。有先有后，它们次第开出花朵。用不了多久，那或许就是在下一秒、下一刻，繁花突然间就会开遍春天的原野……那时候，蜜蜂真的就要在大地上忙碌起来了。

耳边什么声音？

蜜蜂嗡嗡嗡？

嘿，老勺头来了！

    颠倒语，你颠倒听，
    蛤蟆吞了长虫精……

那是谁？李墨喜还没来得及细瞅，就听到一阵哗啦哗啦的自行车链盒的声音，沿着河岸，从南边一路响了过来。

兴高采烈地弓腰骑在自行车上的，不是泥土里钻出的土行孙，而是凤落村的刘建忠书记。

李墨喜下意识地往草丛里一躲，而刘建忠目不旁顾，一边吟唱着滑稽的颠倒语，一边从他面前一无觉察地向北骑了过去。

5

两天之后，金乡县人民医院心胸外科专家上门给江玉枝进行了免费会诊。李墨喜去济宁市委党校参加为期一周的全市村两委干部代表培训班，香庄村委会出面接待的是唐继民。

江玉枝重新向专家回忆了当初发病时的症状，后背剧痛，无法忍受，而且腿脚麻木，不能走动。专家结合部分保存下来的病历，建议立即住院，重新检查。毕竟过去了十几年，医疗设备又先进了不少。病人最关心的则是医疗费用问题。医院给了颗定心丸。此次医疗诊断，已纳入县医院针对贫困家庭疑难重病的益民帮扶计划，费用全免。

王四统两口子泣不成声，略收拾一下，就乘着医院的车离开了光善社区。

江玉枝那晚捉到的大鹦鹉可是有神通！一个电话打给县医院书记贾桂荣，就什么事情都办了。让江玉枝总算熬出了头。

住院后的第三天，诊断书上又添俩字："转院。"当然是转市医院。江玉枝拿主意："回家！"对人说好多了，基本上不疼了。她没忘让前来看望她的唐继民转告李墨喜她已完全康复。

在李墨喜培训结束之前的那两三天，江玉枝常常走到东一区的大门口，其实是加入了"看门狗"的群体。

"四统家的，好了吗？"有些老人会关心地问她。

"好了呀，彦兴叔。"她拉着长腔回答，神态恍惚有些二毛的样子了。

"看你走路还是不大利索，"这讨嫌的，竟不放过她，乜斜着眼看她的腿，"刚出院，多歇着才是。"

骚骡子，这么老了，眼睛里还有屎。但她不生气。

"您老眼花啦。"她笑着说，"快叫孝子贤孙给您老配副老花镜！"

熬出头的江玉枝好像性格上发生了重大改变：

多话！

这天下午，江玉枝终于等到了结束培训的李墨喜。阳光从振兴街西侧照射到小区门口，好像在轻轻翻涌，黄澄澄的，非常适宜照射老人们的身体。他们极为惬意地发现二毛也把去了大河湾的老勺头给寻了回来。李墨喜到了。其实去参加村干部代表培训的还有史家洼的公羊纯真。他搭乘了公羊纯真的比亚迪。

从公羊纯真的车上下来，李墨喜只注意到了那些老人。他和气地跟老人们打着招呼，并把从济宁带来的一袋南方橘子，分送到他们手上。

"不吃不吃。"老人们倒知道谦让，"吃了坏肚。"

"甜着啦。"他说着，硬往他们手上塞。

老勺头赶得巧。这老头子，不把世上的福享完，他是不准备走的。

李墨喜垂着眼睛，没看二毛，但也往她手上塞，不小心就塞到了她的胸口。橘子掉落在地，像黄老鼠在逃。

"我好啦。"江玉枝毫不犹豫地走上前去，"我不疼啦。"

李墨喜这才看到她。不怪李墨喜，过去她何曾混在大门口的老人堆里？走出大门的遭数，不超过五根手指。她弯腰去捡地上的橘子。她一趔趄，一只手急忙抓住了二毛的胳膊。

"我有啦。"她直起腰来，笑着把手中的橘子朝李墨喜晃了晃。阳光给她的面庞涂上了一层珍贵的金粉，温暖的笑容好像挂在脸上的微风。

"四婶。"李墨喜叫了她一声，因为没能及时看见她而心生一丝愧疚。

"我不疼啦。"江玉枝再次告诉他。

谁不知道呢？李墨喜一个电话就叫县医院派来了顶级专家。据说，那个相貌奇特、目似明星、鼻如黄瓜、嘴似瓦盆、牙齿雪白的心胸外科陶主任，就是从菏泽市郓城县人民医院，以高薪挖来的镇院之宝。

人们豁然大悟，江玉枝之所以频繁混迹在老人堆里，是要迎候即将从济宁归来的李墨喜！她会不会像在李墨喜家里一样扑倒在地呢？那将会震动整条振兴街，并把三里窑一个个沉睡在悠长时光里的灵魂，都给惊醒过来。如果振兴街上，突然走出个开车马店的张瘸子，一点儿不奇怪。

可是江玉枝已经搂住了二毛的腰。那个橘子还被她拿在另一只手里。她笑着对二毛说：

"该给你四叔做饭啦。咱娘儿俩回家。"

两个女人相互搂着腰，一起走进小区。从后面看，她们像是亲昵的姐妹，在外面玩了一天，正慢慢走在回家的路上。

悄悄减弱的阳光里，飞出朵朵小黄花，填满了整个小区的空间，也掩盖了江玉枝手中的那颗橘黄色的水果。

以后见到的江玉枝就总是笑容可掬的模样，但她却像又回到了寡言少语的状态。田野上寻找大鹦鹉的身影已经不见，李墨喜还是李墨喜。

李墨喜并不贪人之功，不久人们就知道其实他把电话打给了塔镇卫生院的冯院长。这有什么关系呢？那天他从济宁归来，顺路先去卫生院当面谢了冯院长，冯院长不但说他太客气，还让他带走了放在桌子上的一袋橘子。

这回看病没用花钱，出乎意料的好。

在市委党校，他仍旧关心着医院里的情况。医生建议转院，他正考虑能不能趁机会找到市医院的熟人，江玉枝反说自己好了。回到光善社区，江玉枝亲口告诉他"不疼了"。那当然是他的愿望。

隔了一天，在路上遇到小喇叭，问他怎么不给自己的亲婶子办保险，他一吐舌头，说，谁敢呀？李墨喜不由得皱眉。他就解释，想从四婶家里拿根线都不可能，还想钱！记得当年他还小，四叔收来旧纸壳，他去旧纸壳里找好东西玩，可巧找出了一盒避孕套。他哪知道这东西不能见人，稀罕得不得了，拿避孕套当气球吹。避孕套颜色粉红，吹起来煞是好看。他举着这个假气球满街跑，就碰到了四婶子。偏四婶子一眼就看出来是从她家里拿的，被她追到他父母跟前。人小不会说谎，硬是被她把那盒避孕套要了回去，连吹成气球的那只也没给留下。她走路不小心，气球被路边一棵枣树上的针一扎,啪地爆了。他娘恨得给人说,她是要放了气洗洗再用啦!这样的婶子,谁爱管她!

李墨喜不知还有这掌故,听了一时无语。小喇叭又说,四婶的病,说有就有,说没就没,他怕不好跟公司交代。李墨喜问他,你看你四婶的病好了没有?他想了想,说,好了吧。李墨喜问他,那时你在哪里?他不解,那时不是在香庄吗……他不说了。

这一天,还发生了一件让人哭笑不得的事。蓝天上飞来一只老鹰,起初谁也没注意。它已经在振兴街上空盘旋很久了。当它向东一区的老人们俯冲下来的时候,人们想到的却是一只鹦鹉。

这只鹦鹉好大啊。翅膀伸开,一两米长,像一床被风吹起的被单。但羽毛怎么变了颜色呢?该不会是一只大八哥吧。

大八哥成了精!利爪一伸,就攫住了骚骡子的衣领。

那骚骡子猝然一惊,慌忙喊叫起来。其他的老人也跟着惊叫。老鹰这才弄清楚这些聚集在大门口的老人还是活的,匆忙飞走了。

"瞎了眼啦,当我死啦!"骚骡子冲着飞去的老鹰直骂。

回想一下刚才的情形,老人们就一起哈哈笑了。

老了老了,就成了废物,天上的老鹰都等不及了。

这老鹰谁家养的?那么凶,不会是丁公山里的野鹰吧?活人死人都分不清,准是个鼻子不透气、眼睛蒙了翳的夯货。

此事很快被光善社区的人们所广知,都笑得要死。

人老狗都嫌,晒个太阳都不安全。

二毛听说了,不禁有些担心。老勺头跟别人不一样,常常一个人跑到大河湾,而且经常会躺在大河湾的草丛里睡过去。老鹰岂不更容易把他当作一个死人?万一给叼了去,发现是活的再给摔下来,还有活命吗?

别人把老鹰袭人的事件当笑话来听,她不。她要爷爷。爷爷不能死。最初,她还劝爷爷不要走出社区太远,爷爷总不听。渐渐地,她把寻找爷爷当成了每天的工作。

不去寻找爷爷,二毛还要做什么呢?她还要以自己的土方法酿制酱油吗?没那个心情了。她还要骑上她的电动车,匆匆忙忙去做些容易完成的小生意吗?不。做什么都不如穿扮得漂漂亮亮,走在田野的道路上更舒心。

那种时辰,太阳照着她,风吹着她,无边的大地托举着她,神圣的穹庐笼罩着她,她感到自己在被一切所爱护,像重又被仁慈的父母揽在了怀抱。

以前她是忙得要死的小蜜蜂,劳动本身比品尝蜂蜜更让她幸福。现在她是花蝴蝶。没错,她不慌不忙从百尺高楼上走下来,一直飘飘荡荡走到田野上去。日精月华就是她的营养,从此可以不食五谷。

她再也不用去大地上种植庄稼!

往年那些破命忙碌的季节,她是怎么泥手泥脚地从田里爬出来,累得没有力气回家!

在光善社区,她过上了吸风饮露的日子。多少次半夜里醒来,想到自己如居云端,她的整个身子都要飘起来,朵朵白云就像铺在了自己身边。再想到被拆的新屋,她意外地感到不心疼了。

她不再动辄给李墨喜打电话,并且删去了他的电话号码。

天气渐渐暖和,她穿上了鲜艳的衣服,不管跟自己的年龄相不相称。什么衣服好看,她穿什么。她把头梳得光光的,又描眉,又抹粉。嘴唇每天都是红红的。每次走过小区大门,都会故意把头抬得更高。香风扑向那些风烛残年的老人,引起骚动,让她暗自得意。

有一次,情不自禁的张福庆尾随到了野外,但她已经看不上他了。

在万物生长的田野里,她是那么美,那么年轻,那么光亮,干净得好像一尘不染。

修车师傅张福庆面对着她,看了她最后一眼,垂头丧气骑上污渍斑斑的三轮车,带着他杂七杂八的修车工具,孤独地走掉了……

老鹰叮人的事情发生后,二毛给老勺头也穿上了鲜亮的衣服。他跟大门口以黑灰色调服装为主的老人形成了鲜明对比。一看到他走来,老人们就会笑着说:

"哟,新郎官来啦!"

在他的脖子上,系着一根红布条。对此,二毛有考虑。本想趁集日买根红领带,感觉他不配。买条小学生的红领巾给他,又觉得不伦不类。一根红布条,说显眼又不太显眼。但它肯定会对老鹰起到一定的提醒作用:

"娘的，我还活着啦！"

6

繁花似锦的日子说到就到了。一支栖在莱河湿地公园的雁群，唳唳鸣叫着自此启程，向北飞过黄河和辽阔的华北平原的上空，翻越崇峻的燕山山脉，向更远的地方去了。田野上多少花朵都在争相开放，由星星点点，开得成团成球，花色也越来越深。

空气香甜，更像是掺了迷药，浓烈得让呼吸着的动物，时时发生晕头转向的错觉。

莱河近岸的河面上，会突然跃出一些大胆的鱼儿，吞吃低飞而至的草虫。无数蜜蜂已将大河湾的花朵占据，却不像采蜜，倒像在花朵上面举行狂欢的仪式。体型粗壮的熊蜂跟醉汉一样，在摇曳的花丛中没头没脑地横冲直撞，并发出阵阵马达声。大白天黄鼠狼和獾狗子也会从自己藏身的厚厚的腐草下面钻出来，跑到河岸边的路上，神态憨痴地挡住行人的去路。

老勺头三次迷失方向，两次走到了金佛寺，一次走到了凤落村。幸亏金佛寺和凤落村的人都认得他，将他送回了光善社区。

二毛来大河湾找不到老勺头，就知他一定往南去了。刚从草棵子里走出来，就看到一条又粗又长的黄斑蛇，正在路上哧溜溜扭动着惊慌逃窜。过去没见过，也没想过大河湾会有蛇。不知这条黄斑蛇有没有毒，但她看到后挺害怕的。

从这以后，她就有些怕往草棵子里走了。

她会站在路上，脸色绯红，微微眯起眼来，像在倾听空气里的万物和鸣，也像忘了来干什么。站得一久，有些蜜蜂就会往她身上脸上撞。她有什么好闻的呢？她需要换一个位置。

"爷爷。"她呼唤。

在老勺头去凤落村的那次，没喊出爷爷，倒喊出另一个人来。

大河湾新的草棵子淹不住人，往年枯死的草棵子能有半人高。东一个西一个的,还有些灌木丛。别说人藏得住,大牲口也藏得住。如果到了夏季,这大河湾一百二十亩土地上,藏得下一队兵马。

那个人从草棵子深处走出来了。他可能是要到河边来。他是个年轻人,穿着丰茂农场的工装,留着小平头。二毛不惊,因为认得他,还知道他的名字叫艾弘树,是丰茂农场的经理。香庄人有叫他小艾的,有叫他小树的。她什么也不叫他。

"远远看见李爷爷往南去啦。"艾弘树笑着抬手一指。

这是他们第一次搭话。

二毛没有顺着他指示的方向走,而是转身回来了。那天晚上,她回想自己怎么没去凤落村寻找老勺头,断定自己是不想受到任何人指引,即便充满善意的农场经理也不行。心里想着农场经理,却忽然又生起李墨喜的气来。

他是要自己的丈夫回乡,到丰茂农场去做一名工人啦!他哪知道她的心,她已经不想在大地上种下一棵麦子、一棵棉花。种地那么好,为什么不叫金兰去?种地那么好,你把地转租给别人,让老婆种了二分菜园?当要哩。站干岸儿笑人忙命,两口子笑到了人脸上。你又开哪门子香馍房?

告诉你李墨喜,姑奶奶郭二毛种地种伤了心……姑奶奶每日袖手坐高楼,再不用受那面朝黄土背朝天的苦,再不想听一句种地的事情。

这些日子她从丰茂农场旁边经过多少次,从她曾经出力流汗的土地上经过多少次,她都没有认真朝它看一眼。土地里长出个金娃娃又怎样呢?她去寻找老勺头,目光不超过大河湾。

像站在莱河岸的小路上一样,她感到自己眼神迷离起来……

"《村规民约》第三条!"

深更半夜,有人似乎又听到了大鹦鹉的叫声。

下一个集日,二毛留住了老勺头。她要带老勺头赶集,给老勺头上上下下穿了一身新。

老勺头又犯糊涂,到哪里去赶集?

二毛说,三里窑。

老勺头说有日子没见张瘸子了,二毛说这就带你去见他。

张瘸子，瘸子张，

骑白马，牵骡子。

你道这张瘸子是个废材？不对。他有一条孬腿是真，但走起路来，好腿的人也赶不上！

那时他还年轻气盛，车马店来了个骄傲的徐州客人，一挂马车套了一匹大白马、一头大黑骡子。徐州客人看他腿不好，住店时又听了些吹破天的奇谈，内心不服，次日临走就笑着跟他打赌。

都说你是"飞毛腿"，我这挂马车要去一百六十五里外的曹州米店送稻谷的。你要跟得上我，白马、骡子归你咋样？

他就胸有成竹地说，不妨试试，不过，我不要你的白马、骡子。我是为练练脚，先让你一箭之地。

徐州客人本未当真，赶车离店三百米，回头看他正在大门口勒裤腰带，就慌了，甩起响鞭，意欲尽早远离此地。那张瘸子不慌不忙，直到看不见他的影子，才迈开大步。

未时三刻，张瘸子就回来了。神情悠闲，但两手空空。

问追到了哪里？

说定陶城外。

没到曹州啊？

离曹州还有四十里。白马、骡子都累垮了。

不是白马、骡子不中用，张瘸子本心就不想要人家的牲口。这可是车把式一家人活命的家什。

几天之后的清晨，车马店外的拴马桩上，就拴了一匹白马、一头骡子。

张瘸子得了白马、骡子事小，想起一个热腾腾的汉子在大地上风驰电掣般地狂奔，老勺头跃跃欲试啦。老勺头就不是老勺头了。老勺头还是过去的一个精壮、烫人的年轻汉子。每天不在大地上撒欢跑上三圈，就会憋爆了大动脉啦。不跑一跑，身上结缠芜乱的麻束一道又一道啦。

老勺头又欢喜地看到了沉在世外的三里窑。

这并不是一个特殊的集日，只是比上个稍微兴盛一些而已。出售的物品，左不过日用百货、衣服布料鞋袜，以及蔬菜水果、特色小吃。地盘又宽敞，摆摊的人根本不用争抢。开市没有定时，炸油条的来自镇东关的老钱家，蒸包子的是江草庙的，卖豆腐脑的有两家，一个七上村的，一个八下村的，他们俱在天色薄明时分便支起了摊子，以供应那些早起去工厂上班的人。到了八点半钟，卖狗皮膏药、耗子药、大力丸的来了，集市才算真的成集。如果再吸引到沿街卖唱莲花落的，这个农村大集就已臻完美。目前，莲花落艺人尚在远远赶来的路上。

　　老勺头祖孙俩走出东一区门口，在振兴街上看到的就是这样平平常常的景象，但对于老勺头来说，已经足够。炸油条的，他能看成卖驴的。卖葱的，他能看成耍大刀的。卖粉丝的，他能当成卖鞍辔的。走不到二百米，他就能无中生有地把杂货市、皮货市、粮油市、估衣市、骡马市给看遍了。

　　从一个摊位到另一个摊位，疏疏朗朗，这祖孙俩很好辨认。

　　"勺头大叔，爱吃什么就随您拿吧。"核桃园一对卖糕点的夫妇这样热情招呼老勺头。

　　"我要骑白马。"老勺头认真地说。

　　卖糕点的夫妇闻言一愣，忽然就大笑起来。

　　"骑白马？"他们笑着说，"勺头大叔，就您这身子骨，还不给颠散架喽？"

　　搀扶着老勺头的二毛没有笑，卖糕点的夫妇看她一看，就有些不好意思了。

　　"怪不得人说'老小孩'。"他们讪讪地说。

　　村级联合办公点二楼的一间办公室里，早有人把这祖孙俩一举一动看清楚了。他的心口为什么会怦怦跳？他管不住自己。是他新的计划得到了上级领导的认可？不是。是因为那个让他总丢不开的女人第一次来赶振兴街大集。

　　离得这么远，他都能看见她唇上擦了口红、颊上扑了白粉，眉毛是弯的，睫毛是翘的。她穿了杏红色的衫子！——他等了许久呢。

　　这就走下楼去，显然不可以。楼下的金兰有没有看见她？金兰给她送过馍馍，她不给面子，不要。要不是金兰坚持，就只得原封不动拿回来。

但是，从香馍房开业，她没有去买过一次。如果今天她会走进香馍房，可以想见金兰的高兴。

公羊纯真站在了他的旁边。公羊纯真愁眉不展。他很理解。

史家洼现在实行的还是赵玄玄那一套。公羊纯真对史家洼拿不出新办法，好像赵玄玄那头脑已经是智慧的顶点。

但你让一个后来者怎么甘心？

公羊纯真好像有话要说。

这时候，他看见了万镇长。没想到万镇长今天会来赶集。他带了许多人。他们从北边徒步而来，对周围的一切指指点点。

在振兴街头，万镇长带来的是个参观团。谁组织的？刚在邻县升任县长的塔镇原书记卜南田。

卜县长跟万镇长通了个电话，说要组织本县干部来塔镇的"新农社区"看看。对卜县长，塔镇哪旮旯都不怕看。不用通知社区事先准备，万镇长就亲自把参观团带了来。

说实话，振兴街的集市规模还不成气候，摊位东一个西一个，物品种类不全，也没有划分区域。卖东西的看哪里有空地，就把摊位摆在哪里。若在县城或塔镇主要街道，这就可能被视为市政管理不善。实际上，很多地方的流动小贩，早被战无不胜的城管赶得没了踪影。巧的是参观团领队当过县委领导秘书，只瞄了几眼，就替万镇长和李墨喜把经验总结了出来，把这叫作"以商带农"，认为值得向全国推广。万镇长听了，不由得拿眼去瞥米委员。米委员满脸通红。

"商"是什么呢？交易啊！

有了交易就有了联系。任你熟的不熟的，终归要熟起来。你把人从四面八方弄进高楼，上不着天，下不着地，得不了人气，谁能舒服？要想大家舒服，那就得让人能摸着天，也能下得了地。这个"商"就是让人得人气、聚人气的捷径。不是万镇长批评米委员，自从十年前出了轰动全国的那档子事，他变木了。其实也不怪他，能捡回一条命来，就是万幸。

不提万镇长心花怒放，单讲一位威风凛凛的白马勇士，可就向着脑

瓜好使的县委领导秘书,直冲了过来:

> 张瘸子,瘸子张,
> 骑白马,挎洋枪!

只听扑通一声,如地动山摇。

7

白马跑不见了,脑瓜好使的秘书却白了脸,站在那里呆如木鸡。在他脚下,躺着衣着鲜艳的老勺头。脖子上的那根红布条,像小手儿弯在耳朵下面。"哎哟哎哟……"口中的呻唤不像是痛苦,倒像是鲜衣怒马的快乐。

人们正要俯身察看,二毛早扑上去一把揪住了秘书的衣服,尖声叫嚷起来:

"撞死人啦!撞死人啦!"

激动扭曲了她描眉画目的面孔,但她一点儿也不在乎眼中射出狰狞的光。她恶狠狠地瞪着惊慌失措的他,使劲拉扯,嘴里说着:"我爷爷死了,我爷爷死了。"旁人见状,忙上前劝说阻拦:"快看老人家有没有事。"她不停往上蹿着身子,始终不松手。那李墨喜也在人群里犹豫着,刚要上前,又听米委员说:"没事的,没事的。"她被拉开了,却像被烫着了,两脚猛地往后跳了一步,眼睛还对那吓住的秘书直直地看。

众人一边察看老勺头的身体,一边试图将他扶起。他已停止了"哎哟",脸上的神情的确并不是受了伤痛。

"我到家啦。"他抚摸着被晒得热腾腾的柏油路面,像是躺在舒适的床上。

"快起来吧,老人家。"米委员劝道。

"到家就不起来啦。"他说,"我要睡啦。"说着,慢慢合了双目。

"你家在楼上呢。"米委员笑了笑,"别闹啦,我送你回家。"

"真好看啊。"老勺头说。

没人能猜出他看到了什么。

"虫子别咬我。真好看啊。"

他去大河湾了，李墨喜想。在大河湾，李墨喜也躺下过，朝着天空，闭上眼睛。他看到了神奇的世界，流动着好看的色彩。

"这是振兴街。"李墨喜也弯下腰对老勺头说了一句。

"让我死在这里。"老勺头又说，"娘，我来找你啦……我找到你啦。娘，娘，你真好看。"

"您老阳寿数不尽……"李墨喜话未落地，就又听一个女人叫起来。那是金兰。他转过头去，看到二毛站在那里，不停地抽搐似的摇晃起来。金兰扶着她。

"二毛，坐下歇歇。"金兰说。身旁没有座位。金菊也走上来，跟她一起扶着二毛，往香馍房门口挪去。那几乎是蜗牛的速度。又是金菊有眼色，马上飞跑到香馍房，拎出一条板凳，放在二毛的脚下。"你坐，你坐。"金兰又说。

没人顾得上躺在路面上的老勺头了。所有人的目光都在注视着这个衣着鲜艳的中年妇女。她好像以无限的毅力控制住了身体的抽搐。

陡然间，扭曲的面孔得到了复位。她平视前方的眼睛里，眸子清亮。杏红色的衫子被阳光照着，不光是鲜艳，还好像变成了透明的，隐现出那色泽美丽、气味芳香的胴体。她从来没有过愤怒、迷惑和失态。她从来都是贞静的、安详的、温柔的、可亲的。

金兰又让她坐。这似乎提醒了她。一个女人，不能够被很多人看。集日里，总比平常时候人多。她要离开这里。笑一笑，点一点头，将身旁的人一推，就要回家。头一步，脚下有些软。走两步，就稳住了。也不管道路上还倒着爷爷，也不避让，只管斜刺里往东一区的门口去。

这街上寂然无声。半天，金兰才去追她。到了小区里，才追到她后面不远。她觉察到身后有人在追，就走得更快。金兰唤她等等，她只装听不见。家在哪儿是知道的。金兰追上她，两人就一同上楼。她说你来做什么。金兰直说陪她。她说我又不认识你。脸上仍是笑着的。看见她家的门，就说到家了。开了门就往门里栽。

只听扑棱棱一声,有什么东西飞出来。金兰想到了蝙蝠,连忙一低头,却飞出一只绿衣焕然的大鹦鹉!

"《村规民约》第三条!"

"哐当!"房门在她面前关上了。

他有多久没回来了?三个月?中间回来过。金兰在小区里碰见过他一次。他骑着二毛的电动车,头戴圆形遮阳帽,车上放着钓鱼的工具。当时她想,他这是今年开春以来第一次出门钓鱼吧。每次从济宁回来,住不了一天,却总会抽出时间去莱河钓鱼。钓鱼的魅力这么大,他一个人在济宁怎么过的?她感到庆幸,因为她亲爱的一把抓不玩这个。

想到这里,她把身子往李墨喜那边挪了挪。她轻轻叹口气。李墨喜也没睡着,她不怕惊醒他。

"怎么啦?"李墨喜转头问她。

"我在想那个盐虎,他是把二毛给忘啦。"金兰说。她把李墨喜的胳膊抱过来。"回来就为了钓一次鱼。"她心中充满了怜惜,"我要是鱼,宁愿钻到网里,也不要被钓着。"

李墨喜没吭声。他大概在想钓鱼的情形吧。他猜到了金兰的意思。

钓鱼是种罪恶。哦,吃鱼呢?那么,战争呢?世界上每时每刻都在发生战争……战争也有战争的规则。有没有人道的战争?不好回答。但他相信,因为残忍,才有罪恶。哦,想哪儿去了?他也朝金兰挪一挪,为了更舒适一些。

"他是忙吧。"他咕哝一声。

金兰以沉默表示反对。

黑夜是大海。她抱住李墨喜的胳膊,就不会被大海冲走。这么一想,嘴角就流露出了微笑。

黑夜里的微笑只有黑夜能看见。她的眼睛像黑夜。她看到了自己身边的丈夫,看到了黑夜下的光善社区。一只鹦鹉从楼道的窗户里,冲向天空。看到社区南边的工地。那里终于看得出也是在建筑住宅楼。大地上的炎夏即将来临。为了避免炎热的损失,工地上每天到半夜都不会停工。她还看到了白天的振兴街。

"二毛……"她又发出了叹息，身上没有力量似的，把李墨喜的胳膊松开了。

第二天上午，刚给凯瑞公司食堂开来的车装上馍馍，金兰就接到了李墨喜的电话。李墨喜告诉她他托人找到了盐虎，现在自己正在去济宁的路上。

凯瑞公司食堂的车开走了，金兰还站在原地。金菊叫她，她一愣。

与上次去过的灵湖大街只隔两条街，李墨喜找到了一个叫五元里的小巷。看那巷口不过两米半宽，李墨喜就把车泊在龙盛大厦旁的停车场。徒步走到五元里巷口，心里就明白个差不多。这里面隐藏着一个城中村。近巷口五十米，左一个右一个的小店铺，没有超过两间的。有一家半间门面的成人用品店，公然把形状奇特的男女器官假体摆在门口。李墨喜朝门口瞥了一眼，发现营业员竟然是个年纪不到二十岁的大姑娘。巷口上面密密麻麻的，是电线织成的网。有一个移动公司的员工爬上一根靠墙的电线杆，在检查线盒。巷子深处没有一个人影，但可以发现巷子更窄，视线也会被房屋挡住。那肯定是巷子的转弯处。

盐虎就住在这里。李墨喜在市委党校学习认识了一个本地人，是那人通过派出所的亲戚找到了盐虎留下的地址记录。

李墨喜有什么目的？大河湾香庄在外面打工创业的不止盐虎。他自己的大侄子跑得更远，是在河南郑州富士康，找的河南驻马店的媳妇，还在郑州买了房。有个叫苏奎星的，跟盐虎同时出去，如今落在了淄博的一家瓷器厂……为什么他只要盐虎一个人回来呢？就像唯有盐虎才算是香庄人，才值得他牵挂！

越朝巷子里走，李墨喜的脚步越沉。

没有错，这里哪比得光善社区？它是连没有拆迁的老香庄也比不过呢！盐虎两口子盖的屋，在村里顶尖。宅基地不好批。这不有他这个本家帮衬了一把嘛。

过去他一看到二毛，就会想到盐虎的苦。今天还只是刚刚看到五元里，就已把盐虎的苦看在了眼里。

盐虎不是每年也能挣个两三万吗？那每张钞票，可都是浸过了黑黑绿绿的苦汁子啦。

李墨喜脚步沉了，心也虚了。他不敢保证盐虎会跟他回去。盐虎凭什么要回去？他不是跟二毛说过吗？盐虎可以去丰茂农场做个农场工人。丰茂农场全部高科技耕作，不使憨力……香庄有二十三人主动要求成为农场员工，他可以跟小艾经理说说，加上盐虎。香庄二十几人就种了全村一千二百多人种的地，你怎么说？如果盐虎不想种地，他也没有更好的办法……

五元里比李墨喜猜测的要大得多，因为走进去才知道，里面七拐八拐的，又生出许多更小的巷子。

李墨喜忽然就明白，巷子里一片沉寂，原因就是现在并不是人们歇坐在家中的时间。那么，他不会见到盐虎。

这样，他心里就觉得坦然多了。就当自己是一个游客，把五元里看看就走。于是，他脸上有了嘲笑的神情。

济宁啊，你也有不如乡村的地方。你光亮的后边，也不乏生着霉斑、发着臭气的阴影。李墨喜不由得捂住了鼻子。反正没人看见，他挺一下胸膛，姿势就是骄傲的。那些简易的房屋，几乎没有他的身子高了。

来回找了几次，没有找到熟人告诉自己的地址。巷子里没有树木，太阳直射进来，有点烤人。

李墨喜反怕盐虎回来了。对他来说，这里总之是一个陌生的地方。他恐怕没有压住盐虎的气势，弄不好是自找难堪。

正要自欺欺人地以找不到人为由离开，就从一个半棚半屋的门内，走出来一个穿了紫红旗袍的女人。之所以他会认为女人穿的是旗袍，是因为女人的身体把衣服撑得圆鼓鼓的，没一点皱褶。

"你找谁？"

他正想说走错地方了，但看见女人怀疑的目光，就不由得如实说：

"找盐虎。"

"跟我来吧。"女人说着，走在前面。

他忽然想到，难道盐虎在外面也自称"盐虎"？盐虎认可老勺头给自己起的绰号？

"我是找盐虎。"他补充说。

"不是找'盐虎',还找'油虎'啊?"女人哈哈笑了,"我是'油虎',我是爱吃油的母老虎。"她又笑起来。

搭上话,就是建立了联系,就像"商"把人联系起来一样。李墨喜不好转身走开了。他跟着那女人走到不足一米宽的通道,在一个矮棚下一拐,才算看到一个小胡同。往头上看,屋顶犬牙交错。总算上了几级台阶,停在了一扇房门前。

"到啦。"女人说着,先开门进去。

门内很黑。李墨喜适应了一下,看清两排房间拥挤着一直往幽暗的深处延伸了过去。女人指着一个房间说:

"那就是盐虎的家。"

李墨喜心头一痛。这就是盐虎住的地方?他宁愿住在这里,也不回到他妻子的身边?盐虎,你必须要回去!

8

一刻钟后,李墨喜走出了五元里。

那女人让他在房间门口等盐虎,自己却开门进去,从门内递给他一个高腿塑料方凳。房门敞开着,女人就在房间里的床上四仰八叉躺下了。可以看见里面杂乱无章,一张床占了大部分空间。女人粗粗的两腿对着门,他才想起来这女人怀了孕。

"你是他老家的吧?"女人圆鼓鼓仰躺着问他。

他很惊奇女人怎么猜出来的。难道他衣着不体面?还是口音暴露了自己的身份?他不应该否认。"是的。"他说。

"你来得太好啦。"女人笑着说,"今天一早起来我就左眼皮跳,果真有人来啦。"她毫不忌讳地岔开了腿。

李墨喜忙挪了挪位置,不再朝门里看。

"'您'稍等,他就要回来了。他会从集上买回一条鱼。"女人说,"我需要营养。孕妇多吃鱼,养下的小孩儿聪明。——我该称呼'您'什么呢?"

李墨喜不言声。他默默走到了外面台阶上,似乎还能听到那女人在絮絮地说着什么。

　　站在五元里外，李墨喜很茫然，面前的世界不像是真的了。

　　李墨喜回到家里，受到金兰的询问，会怎么回答？
　　"好着啦。"他对金兰说。
　　"就是！"金兰说，"这些男人，好了才忘了家。"
　　"出门在外，哪有那么容易的！"
　　"好人，你知道人的苦。"
　　"他干过电镀厂。"李墨喜说道，"工资又低，活又累，干了三天手就肿了。这个活干长了，人就废了。以后还去过戴庄那个胶塑厂，倒是从那里学到了电焊手艺。"
　　"早年我姨姥爷家的小岭技校毕业不就是去了胶塑厂吗？"金兰说，"听说那是个大厂，有万多口子人。他贪活，天天看那个电焊火光，把眼睛看坏啦。去找厂里要医疗费，厂里哪里肯给？不光不给，还给踢出来。钱没要到，把自己给整进戴庄医院啦。出院后连爹妈都不认识，逮着谁给谁叫爷爷。盐虎还学出手艺，那倒是不错啦。他能回来，这手艺也还用得着。南边那几个村，光蔬菜大棚里的活都干不过来。苏桥村的苏三，不是靠这个发家买楼的吗？"
　　戴庄医院是济宁市一家著名的精神病医院。
　　"谁说不是！"李墨喜说，"所以我要他回来。"
　　"那他现在做什么？"
　　"偶尔给人安装防盗窗。"李墨喜说，"他在五元里开了个修理铺。"
　　"开铺子啦！"金兰说，"就不缺帮手？"
　　"什么铺子，巴掌大的！"
　　金兰突然用胳膊支起身来。"我看见过他。"她说，"那天在灵湖大街，我看他骑着一辆电动车，忙着赶路。"
　　"你眼花啦。"李墨喜说。
　　"他欢天喜地的。"金兰肯定地说，"他在济宁又有了家！"
　　李墨喜不晓得说什么。
　　"你要是发现什么，先别说。"金兰认真地叮嘱他，然后又躺下来。

李墨喜沉默了半天，决定问一句大实话：

"你们关系很好吗？"

没想到金兰毫不迟疑地回答了他：

"不好！"

"那你还管她的事？"

金兰不回答。他等了老半天，发现金兰呼吸平稳下来。她好像入睡了。

在李墨喜从济宁五元里回来的第六天，又是集日。

有一个人的出现，一下子引起了人们的注意。他就是盐虎。只见他一身成功人士的打扮，衣服整洁，步子不紧不慢的。这是他头一次遇上振兴街集日，乍一看像个赶集的。仔细看，手里还拉着个拉杆箱。他从北向南走过来，在一个糕点摊前停下，买了两斤桃酥和绿豆糕。人们笑他从济宁来，不买些济宁的特产。他就说，你问这位大哥，糕点是哪里的？卖糕点的大哥就说，唐口的。人们便一笑。唐口是济宁郊区的一个小镇。人们又催他，快回家吧，二毛在家等不及啦。可他走进小区不久，又走了出来，好像还要再看看这个家门口的集市。他一边大模大样地慢慢地走，一边悠闲地跟人搭着话。有人讲给他老勺头在上个集日摔倒的事情，二毛都快吓疯了。他听了也没特别的表示。是啊，老勺头没摔坏，毫发无损呢。他用不着大惊小怪的。

都以为他只是在集上闲逛，他却停在联合办公点门前，一转身走了进去。这使人们想到他可能有事情要办。其实，他没事情。

他像个荣归故里的游子呢。大王庄一个在办公大厅内值勤的，不认得他，问他有什么事。他就从容说，看看。

只一眼，他就把办公大厅里的情况看清楚了。最重要的是，他看清了角落里的楼梯。他向楼梯走过去。在楼梯上遇到正要走下楼来的大王庄书记王守信，王守信见他气度不凡，就问他找谁。他也回答，看看。

上得楼来，是一条长长的走廊。走廊两侧都是办公室。他挨个去看，一点儿也不显拘束。果然是个从大地方来的人！

他就是这个样子推开了李墨喜的办公室。公羊纯真和尚春贤也在，他俩都不认得他，一见就都站起来，把他当成了来访的领导。他向他们摆摆手，含笑说："坐，坐。"真的跟一些领导很像。

其实，李墨喜也站起来了。

"良志。"李墨喜脱口而出。李墨喜客客气气。李墨喜都有些毕恭毕敬了。李墨喜都要给他提鞋了。"你坐。"

"坐，坐。"他同样对李墨喜摆摆手，这样说。又徐缓地加了一句，"我来看看。"

公羊纯真和尚春贤不好再待在这里，忙说：

"我们出去啦。"

"坐嘛。"他挽留他们，反客为主似的。

他们悄悄交流一下疑惑的眼神，走了出去。

"你坐。"李墨喜又说，"喝杯水。"

他在公羊纯真刚才坐的位置上坐下来。

李墨喜取了个纸杯。"红茶绿茶？"李墨喜问。

"白水吧。"

李墨喜给他接了杯白水。

"几时来的？"

"刚到。"他喝了一口，打量了一下办公室，"环境不错嘛。"

"按镇政府要求来的。"

"你也坐。"盐虎说，"变局之大，五百年未有。"

李墨喜心想，这词儿是万镇长常说的，怎么到了他嘴里有个说不出的特别的味儿呢？"比在村里强多了。"李墨喜说，"总体上还说得过去，但还有做得不到的地方。"

他又喝了一口水。从他的表情来看，这水好。引得李墨喜也想喝了。李墨喜也就跟着喝了一口，本要悄没声地喝，不料就喝出了声音：

"吱！"

他瞧着李墨喜，半天没动眼珠。

李墨喜一手持杯，没动身子。

"我回来得少。"他忽然说。

"你放心，"李墨喜说，"村里会照顾勺头大叔。"

他眼珠又不动了。

203

李墨喜喝了一口水，这回没声音。不知为什么，他说了一句：

"我这里只有茶叶末子。"

"哦。"

"镇政府批准举办首届振兴街物资交流会。"李墨喜说，"时间在麦收前，具体日期还没定。"

"哦。"

"这个……"

"哦。"

"良志……"

"哦。"

"能多住几天？"

"哦。"他说，"下午就回。忙呢。"

盐虎下午没回。第二天下午回的。也没像过去一样钓鱼。他从联合办公点出来后，倒想着给家里买馍馍，因为他闻到了馍馍诱人的气味。循着气味来到兰菊香馍房，正巧有新馍出笼。他对金菊说买两块钱的，金菊问他要大的小的，他随口说了一个字，大。两块钱买大的才能买两个。他拿着两个大白馍馍出了门，金兰才跑过来。他显然不知道这个香馍房是金兰开的。他把这两个大白馍馍拿回了家。

不要小看盐虎这次归来，毫不夸张地说，这也有"划时代的意义"啦。

第一，盐虎走到了李墨喜的跟前。

第二，盐虎买了李墨喜家的馍馍。

但令香馍房主人金兰感到十分遗憾的是，自己失去了与盐虎对话的良机。只怪香馍房里蒸汽缭绕，她在里面忙活，没看清来人，而且金菊与他的对话也太过简短。买馍馍。几个？两块钱的。大的小的？大。数数十四个字，跟鹦鹉会说的差不多。他怎么不挑一挑？金兰见了他会有很多话。

你可以说，盐虎并没走，她可以去他家里。只要动脑筋，就可以找到很多合适的借口。比如跟二毛借酵母，或者老面头。听说盐虎来了，给他打听点济宁市里的稀奇事。再不就请他从济宁捎点儿东西来。

老祖宗三十六计，随便拿出几计，就可完美解决。比如敲山震虎之计、声东击西之计、浑水摸鱼、笑里藏刀、顺手牵羊、调虎离山、瞒天过海，又哪个不能用？

你要真以为金兰不用心，那也只得送你两三句："站着说话不腰疼"，真真"马后炮"，"饿汉见西瓜皮，识什么好歹！"

人家到底是两口子，你说轻了说重了，不知哪个听了会犯嘀咕。正是一日三餐吃着，少一顿心慌。五谷杂粮生肉，也生屁。能耐大得上天，没见他打赤脚。金兰慈悲为怀，却不是那长虫精！

记得李墨喜问过她："那你还管她的事？"她没答。但在她心里，她不是没想过反问一句。不知道他能否答得上来，反正当时她是答不出的。现在再问她，似乎仍旧答不出。

"《村规民约》第三条！"

她看过了。这让她想起二毛，就会想起大鹦鹉。盐虎走了，她又会想起盐虎，他是被一团白汽笼罩着的。耳朵里还会响起另一个声音：

"请多关照！"

不知不觉，脸上就会泛起一种格外有礼貌和分寸的微笑。

一个多月的香馍房经营，让她很有了那么点儿合格小业主的意思。不得不说，马庙乡徐砦门的孔氏之女，举手投足之间，似乎又添了一份稳妥成熟的丰韵。晚上被李墨喜搂在怀里，连她自己都觉得自己就是一只香喷喷的暄软可口的白馍馍，而且一想到李墨喜爱吃，就把什么都忘了。

9

不说别人给二毛操心，单讲二毛哪里就是一块木头！忙碌让她顾不上去想，而忙碌随着从香庄土地上的离开而结束，她在从秋到冬、从冬到春的恍惚迷茫里慢慢感受着事实。一眼看过去，它是那样清晰，但她情愿让它漫长地模糊着，一直被迷雾笼罩着。在任何人面前，当然也在盐虎面前，不去说破。

其实传言早就有了。二毛会以自己的态度告诉别人，那不过是无稽之谈：

香庄人出去就香呢？

盐虎脸上的褶子还少？二毛呀，她还不够忙？去管他的事！

二毛是恨不得被大风刮着往前奔呢。多少人看得见，她忙起来是连坐下来好好吃顿饭的工夫都没有的。她把电动车骑成了一颗发射的炮弹！走出家门的时候，才刚把一口热饭咽下喉咙。唉，也不止她一人啊！手里握着一根大葱，扛着农具在路上急急地走，还要把大葱和馍馍往嘴里塞的人，常见啦……紧忙的日子里，吃饭都在地头上。头几年老勺头还能帮她。老勺头说东道西，能把她逗得笑个不停。干活虽苦，但脸上总会是幸福快乐的笑容。

老勺头就是她的亲爷爷。她跟老勺头恋上啦。不光别人有这种错觉，她自己也是这样的……她丝毫没有不伦之恋的感觉……即便嘴碎的婶子、嫂子们会闹她："二毛，骚老头子跟你亲着啦？"她也不会感到不安。把老勺头叫作"骚老头子"，没冤枉他。香庄人，周边村子里的人，听他的骚话还少？那些不正经的乡谣俚曲，一多半是从他口里传出来的。老勺头比盐虎还亲。盐虎回到家，她觉得他不该来……

干完地里的活，她会闲着？才不会！

去镇郊的工厂、冷库打几天零工。特别是冷库，需要大量人手。剥蒜皮、分拣大蒜，最适合手快、细致的女人。要不，她就把自家出产的蔬菜拿到集上去卖，总比批发给蔬菜商的价钱要高。

还有呢，她从刚过六十岁就去世的母亲那里学会了制作酱油。说是秘方吧，很多女人都会做。偏偏她做出的极鲜香，人爱吃。她偶尔把酱油卖给镇政府食堂的大老肖，大老肖就吃上了瘾。整个镇政府大院，谁吃谁上瘾。

苍天在上，没掺鸦片叶！

屈指算来，她给镇政府食堂供应酱油，得有个十来年了。这是第一次中断每年自做酱油的习惯。并不因为她跟大老肖发生了争吵。她懒得做了。她去大地上寻找老勺头。她在家里做家务。每一件物品，都被她擦拭得干干净净。

她给家里的电视机缝了一个大红的布罩。这是在香庄的头一台液晶电视机。刚买来的时候，金兰都会赶来看。

别人家的电视机放在桌子上，她家的上了墙。多新鲜哪。

几年过去,电视机还是那么薄。它被重新挂在了光善社区新居的墙上。她把褪色的大红的旧布罩换成了浅浅的蓝灰色的新布罩。

布罩下的电视机，几乎还是新的。她很少开电视。但她坚持每过一段时间，就拿下布罩，用柔软的纱布，把电视机细细地擦上一遍。纱布越用越好用。不过，她最爱擦的是老勺头珍藏的一把祖传银壶。

老勺头老了，好东西不用，什么时候用？她用银壶给老勺头泡茶。

有一天，她发现老勺头喝茶跟喝白水一样了。香甜腥辣没分别。老勺头的味觉发生了混淆。这让她非常伤心。她把银壶抱在怀里，细细擦拭，差点掉下泪来。

银壶铮亮。

盐虎来了，她会一边擦拭银壶，一边跟盐虎说话。

她很安静。借盐虎八个脑袋，也看不出来那一天在振兴街头，光天化日之下，她内心所发生的崩溃。借他八个脑袋，也想不出她跟本村的修车匠张福庆好过。好过不止一次。每好一次，都会把盐虎欠的全给补上。她跟张福庆没一次是在床上。每一次都很慌张，张福庆做不到对女人的温柔呵护。他是那样凶猛有力。他那强健的坚硬的男人胳膊，是要把她粗暴地摁到泥土里去的。有好多次，她感到自己就像大河湾的那块巨石，在他慌乱而猛烈的冲击之下，沉入大地深处了。黑水与赤火，轮番从她身上滚过。她走过了一个深不见底的黑水和赤火的暗道。

那句话就搁在她的嘴边。那也是很多年前女人们见到她时的玩笑。初听，还有新鲜和心跳。到了后来，连说的人都觉得无趣了。她要再听到那样的话，就成了幻想。女人们已经不再说出口。或许只有金兰，最近才想要当着盐虎的面说出来。

"好个盐虎兄弟，也不带二毛去济宁看看。"这是金兰的旁敲侧击之法。

多少年前，济宁是在远方。不要说济宁，金乡县城也是人们不大去的地方。现在呢，多少人去过济宁，多少人一年里去过几次！那天，在济宁灵湖大街，金兰看到的人影，恍惚是他啦。

盐虎做什么发财，人们也不怎么确定。他去电镀厂、胶塑厂干过，但有人说他做保安，做装修，做清洗高楼的"蜘蛛人"，还给商场搞过空调安装。想问问他吧，他钓鱼没回来。

很长一段时间，听说他在一家生产电动车的合资企业做保安。二毛骑的那辆电动车就是这个牌子。他似乎做得不错，还被提拔为领班。

在女人们开玩笑的时候，二毛会回答：

"忙啦。"

"不怕他在外面找人？"

"不怕！"

二毛从来不对盐虎提出来自己要去济宁看看。那么忙啊。住上高楼，土地转租给了丰茂农场，她就可以去济宁看看了。但她不说。

盐虎也从没说过。

她在盐虎面前细细擦着银壶。她心里在想，盐虎你不要说。你工作忙，没时间照顾她。济宁是大城市啊。她去了那里头就晕了，每时每刻得有盐虎在身边。你说了她也不去。盐虎，你不要说，不要说，你说了就完了。

一抬头，看他要张嘴，她想，完了。

他却告诉她，自己在家休息一天，不去钓鱼了。

二毛身上悄悄地放松下来。银壶在她手中，像一捧雪。

半夜里，盐虎睡醒了，就趴到她身上。她想起张福庆，有些后悔。盐虎时间很短。他又睡了过去。

听他发出轻轻的打呼声，二毛心想，他是真的累了。

闭着眼睛，她也能把一切看得清清楚楚。飞去的鹦鹉，铮亮的银壶，李墨喜朝她递过来的橘子，大河湾草丛里的每一只飞虫，惊慌逃窜的黄斑蛇，从她跟前黯然走开的张福庆，早被拆掉的家园，他们有一个共同的名字，叫"痛苦"。

这是二毛第一次把盐虎送出小区，当然还是以二毛的方式。她用电动车驮着盐虎，盐虎一手扶着她的腰，一手提着他的拉杆箱。他本来不想让她送的，但她坚持要送，而且表情严厉。二毛稳稳当当地把他送到了公路上,帮他拦了辆从丁公山开来的去往济宁的长途车。

送走盐虎,就又到了去大河湾寻找老勺头的时辰。人们看到二毛脸上的微笑,感觉她像喝了蜜。

走到大河湾,天色愈加温柔起来,那些沸沸扬扬开了一整天的花朵,好像也要休息了。

你以为老勺头来大河湾就只是坐着打盹发呆,或者躺下睡觉吧?不是的。老勺头来了一刻也不闲着。他走进了自己的世界。大河湾的每一种生命,都需要他的陪伴和照料。他活得这么老,已经能够懂得万物的语言,因此,他要跟每一种生命交谈,完美履行一位老人的神圣职责,既不能让一棵小草受到忽视,也不能让一只飞虫受到冷落。如果听他在说"小强,别闹",并不是他又沉浸在了往昔,会见了儿时的伙伴,而是他在提醒一只尖头大蚂蚱需要安静,听他慢慢叙说祖先和神仙的美妙故事。他叫"小青",或许就是一只草蛉虫。他叫"小香",或许就是一只臭大姐。他叫"铁蛋",自然就是屎壳郎。他笑话"逃兵",那是整天哧溜溜乱窜的蜥蜴。"牛牛"是天牛。"甜甜"是蜜蜂。"面条"是地龙。旱金莲叫"小红"。苍耳叫"刺头"。艾草叫"爱姑"。鸡肠草叫"小蓝"。曼陀罗叫"大浪婆"。蛇床子叫"小白"。

"喳喳"是一种鸟。"秀才"就是白鹭。

怪的是,他把白鹤叫"连长",把狗獾叫了"娘子"。

得,他把步甲虫叫成了"张瘸子"。哪里像嘛!

二毛今天找到他的时候,他正跟一只步甲虫说话:

"张瘸子,能不能把我背回家去?"

黑头黑身子的步甲虫闻言,赶忙孬种似的跑掉了,惹得老勺头大笑。

老人的世界大多数人不懂,认为人老皆无用。日落西山,牛羊下来,忙过一天,老勺头颇觉疲乏了,跟步甲虫开个玩笑,也没什么不妥。老勺头本事大着啦,一转头,就走出虚幻,认出了真实的孙子媳妇二毛。

"爷爷。"二毛一边用手分开眼前的草丛,一边向他走过去,"该回啦。"

"我要张瘸子背我呢。"老勺头说着,主动把手向二毛递过去。二毛接住了,扶着他慢慢从地上站起来。

"张瘸子骑白马跑啦。"二毛说,"我们快追吧。"

他们向河岸边的小路走去。

"累呢。"老勺头说。

"那就再歇歇。"

他们坐在了河岸边。河面上的阳光在变黄。四周很安静,只有生翅的虫子在空气里轻轻飞动的声音。映着渐渐失去耀眼光亮的天空,河水黑沉沉的,微微发着绿光。二毛一坐下,就开始出神。过了一会儿才开口道:

"过几天一下雨就要有蚊子啦。看蚊子咬。"

她不用往下说,为了不让蚊子叮咬,就不要来了。老勺头竟点点头,领会了她的意思一样。她叹口气。点头不点头的,有什么用呢。她又沉默了,两眼紧盯着溶溶的水面。鱼儿的喋喋声传过来。

祖孙俩挨得很近,但毕竟没有靠在一起。几个月前,将近一年了吧,她记得自己跟镇政府食堂的大老肖吵了一架跑到大河湾。张福庆也追了过来。他们就像这样坐在了一起。在黑夜里,张福庆发出嘶吼。她仿佛又听到了:

来啦来啦又来啦!
走啦走啦又走啦!

嘶吼声被夜色吞没。记得她身上麻酥酥的,止不住往张福庆身上一靠。老勺头说累了,她也累了呢。她要不要靠在老勺头身上?但是,她反而把身子往一旁倾斜了一下,然后转过脸来看着老勺头,轻声问道:

"爷爷,我不管你了,你怎么办?"

"你不管我了?"老勺头脸上露出孩子的神气。

"你找你的亲孙子去吧。"二毛道。

"我亲孙子是谁?"

"盐虎。"

"盐虎是谁?"

"你给亲孙子起的外号,自己不记得?"二毛说,"吃盐不怕齁着的李良志。"

"我还没死啦。"老勺头像是在狡辩。

二毛头一低，嘴一抿，笑了。这个老东西，说他糊涂，他真不糊涂。他不死她就要管他吗？他不死她还要死哩。她不一定就能活过这老头子。她不知道为什么活着了。老头子是过来人，且等她问他一问。

"我想死。"她说道，"我不知道为什么活着。爷爷，您告诉我。"

老勺头身上静悄悄的。是没听懂她的话吧。她等待着。天色又暗了一些。空气里好像有很多耳朵。她看到水下有一群鱼向他们游过来。不用仰头去看，她也知道天上有一群鸟，背驮霞光向他们飞过来。还有一些虫儿，包括很小的虫儿，集结成群向他们靠近。大河湾的地丁、红蓼、苦苦菜、婆婆丁、蒺藜、车前子、龙葵、莎草、驴儿草、鼠曲草、马唐草，也都一起做好了倾听的准备。

一条好奇的黄斑蛇从草丛里探出头来。它必须提防狡猾的黄鼠狼和狐狸。天边的云气也被吸引……

"来啦。"老勺头像鱼在水里一样吐泡。

二毛心头一紧。

"走啦。"水泡轻轻破裂。

二毛心头又一懈。

10

这天深夜，睡梦中的二毛好像一具苍白的浮尸，正顺着黑暗的河流，向天边漂去。突然，她感到有人站在自己身边，马上醒了过来。窗外风雨交加，电闪雷鸣。房间里只有她一个人，跟一天之前一个样。

昨天，她跟盐虎同房，在床上发生的那事虽然短暂，但她还有记忆。这使她一想到刚才有另外一个人站在自己的床前，胃里便一阵往上翻涌。但她克制住了。

那个偷偷来到她房间的人，正是她觉得自己恋上的爷爷。他应该在她床前站了好大一会儿。

暴风雨继续凶猛地冲击着墙壁，要将楼体像树木一样连根拔起。这样的暴雨之夜，她不是第一次独自经历，却是第一次感到寒冷和无助。她蜷缩起来，就像躺在一无遮拦的旷野，止不住瑟瑟发抖。闪电划破浓重的黑暗，照亮乌云翻滚的夜空。大风恣意拨弄万物，雨水如同天河倒灌。

忽然，她想到老勺头不放心自己。

她哭了。

光善社区在暴雨中醒来的还有收破烂的王四统。他身披雨衣，走出十五号楼，急匆匆地扑进有着硫黄气味的雨幕。因为只顾往前走，没有看见同样身披雨衣的李墨喜。"四叔。"李墨喜叫他一声，他哪里听得见？他们一前一后相距不远，走出了东一区的大门。李墨喜从雨雾中辨认他左拐而去。二百米外振兴街中断。中断处左拐则是史家洼人去凤落村的土地上耕种的通道，此刻一定遍地泥泞。

……凤落村的土地。无法改变的事实。一颗随时可能引爆的炸弹。

王四统要去往哪里，李墨喜不能断定。又一道闪电劈下来，如同天上坠落一根粗大的火柱，把大地给戳个窟窿。闪电熄灭，雨幕如旧，像有一杆黑夜的枪管在从天上密集扫射。王四统不见了。

办公点二楼的办公室屋顶发生渗漏，李墨喜的怀疑变为现实。

渗漏发生在办公室西北角，雨水从那里流成了一道瀑布，下面正好摆放了一个开放式的文件柜。当初刚把文件柜搬进来，他就发现文件柜上方的墙壁有空洞的声音。果不其然，这里埋伏下了一个陷阱。他顾不得脱下雨衣，就赶紧挪开文件柜，但他无法堵住雨水，只好拿起扫帚，把积水往门外扫去，让积水通过走廊，流到卫生间。

从墙上的钟表来看，暴雨停止在凌晨两点半。

李墨喜放下扫帚，直起酸痛的身子，猛地意识到夏天已经来临。

气象部门提供数据，此次降雨，水量高达一百五十五点三毫米。

因为前日傍晚看不到明显的下雨迹象，以致人们未有防备心理，部分村庄遭受了巨大的经济损失，主要集中在尚以耕种为主的村庄，比如金佛寺、新凤落村。光善社区的香庄排除在外。部分社区、街道积水，道路受到损坏。塔镇党委、政府领导一班人，第一时间奔赴受灾区域，对救灾工作进行周密部署，存在危险的民众被及时撤离。经过一上午的调查摸底，损失得到统计。金佛寺、新风落村两村受灾情况严重，分别有两百三十亩、六百五十亩良田被淹。金佛寺另有十几个蜂箱被冲入莱河，被下游的提灌站挡住，捞出来后蜜蜂全被淹死。而万镇长最担心的丰茂农场，竟毫发无损！他去农场前，给李墨喜打了电话。

电闪雷鸣之下，李墨喜哪听得到手机铃声？也便漏接。雨住了才掏手机看，却开不了机。

在丰茂农场，万镇长停留了不到十分钟。小艾一点也不担心，向他简要讲了一下农场先进的排涝系统。一大早，公羊纯真赶到办公点，告诉李墨喜是自己陪万镇长过去的，他才用座机跟万镇长通上话。

振兴街露出了湿漉漉的路面。李墨喜从楼上第一次看到了去赶集的赵国瑞夫妇。一晚上没有睡觉，困涩的眼皮像是被针扎了一下。他认得赵国瑞夫妇开的是一辆带驾驶楼的蓝色时风牌农用车。随着车辆的行驶，车轮下水雾飞溅。

忽然，车子停在道路中间不动了。

雨后的空气清新，阳光照彻振兴街。赵国瑞从驾驶楼里走下来，来到车后。手推脚蹬，身体倾斜三十度。肯定是他老婆在驾驶。看上去车子行进缓慢。加油，加油！怎么没人来帮忙？终于有人跑过去了。竟是金菊！热心的金菊像赵国瑞一样，俯下身子，手推脚蹬。一个女人才有多大劲儿？一会儿又来了个过路人，三个人一起推才让车子重新发动起来。

李墨喜像躲避街上的目光一样，忙从窗后走开。

今天老勺头不会再去大河湾了，因为二毛一早对他说，你要听话。不听话会怎么样？二毛真的会不管他了。二毛会死。他不能让她死，因为他还是个孩子，她是他唯一的亲人。昨天晚上，他偷偷哭了一夜。暴风雨，就是对他哭泣的回应。他好像不知道发生了什么，偏偏他唯一的亲人要去死？是不是有人欺负了她？他还小。

他还小呢。他弄不明白。他现在只知道听她的话。她要他洗手就洗手，让他擦手他就认真擦，让他吃饭他就吃饭，而且尽量不弄出一点声音。张开嘴巴大嚼，是不行的。他的牙还没长齐全，就上面一颗牙是自己的，挂着上下两个牙套。等牙长齐了,牙套就不用了。如果不小心,牙套会掉下来。他每吃下一口饭,眼里会露出讨好的神情。

我乖。我听话。二毛不要抛下我。

二毛给他开了电视。他坐在沙发上看。二毛在旁边擦拭那把银壶。

关于这把银壶,说来话长……从哪儿说起?

他轮番看到了一些纷乱世事的片段,像是电视上演的,却又不知道跟自己有什么关系。

张瘸子。汉森牧师。赵赌棍。李贵仁。李小辫儿。张锅匠。王老七。女娲娘娘。土地老爷。蚂蚱。蛤蟆。长虫。爹!娘!儿子!孙子……来啦。走啦。来啦。走啦。

看着看着,他又哭了,好像在他的身体里,装着一个受到过度惊吓的孩子。二毛停下擦拭,无动于衷地对他看了一会儿,然后站起来。

二毛是要离开了。这里不是她的家。她的家在楼上。她怎么能天天跟一个老头子住在一起,让生命一天天消耗下去,直到只剩下一具枯冷的残骸?不!

她快步走到门口,又停住了。不知不觉,她像个小姑娘似的咬住自己的手指。

她死不了,但要怎么活,到了做决定的时候了。暴风雨之夜的哭泣,让她羞耻。她何曾哭泣过?日复一日被无边的劳累、难言的痛苦所折磨,多少次感到自己就要坚持不住了,她都没有掉下一颗眼泪。但在昨夜,好像猛烈的风雨声能够遮盖哭泣的丑态似的,她哭了……转过头来,转过头来,就会看到她哭泣的样子。

她放下留着牙齿印的手指,把头转过来,又快步走到老勺头跟前,蹲下去,握住他的手。

"听话,别哭。"她轻声说,"别出门。"

那孩子似的老人,果真又安静了。她抬手给他擦了擦老脸,然后起身离开了家。

在小区里,给四婶江玉枝办完保险的小喇叭开着车从二毛身边经过,本来是不用打招呼的,但他把头探到窗口,叫了声"盐虎婶"。只朝她脸上看一眼，车就在手下打了拐，差点开到马路牙子上去。

小区门口那些说起话来颠三倒四的老人们也都统一了表情。从小区里走来的是谁呀？她还穿着杏红色的薄衫，够年轻，够俊俏啦。她却朝四面八方发射出危险的信息，不小心就会将整个世界点燃。老头子也怕啊。衰朽的老头子哪里抵得住？

果然，一个老人只是望一望就尿了裤子。浓浓的尿臊味儿扑鼻而来。

二毛走出大门口，轻飘飘斜睨了他们一眼。这一眼多厉害，每个老头子都在想，自己实在多虑了。老头子们不禁自惭形秽起来。本来尿臊味儿不是屎臭味儿，不妨闻一闻，这时候却觉得臊臭难耐，就一齐向尿裤子的老东西"呸"了两口。

此刻的二毛已经不在意身边发生的事情。她向振兴街北头走去，但她不是去找修车匠张福庆，尽管想要他是很容易的，只一个眼色就得。她是要去兰菊香馍房买馍馍。

到得香馍房门前，她一转身就走了进去。现吃现买。不要多。两个。

从办公点门前经过时，她像两天前的盐虎一样，也推门走了进去，并对大厅里值勤的人说了同样的话：

"看看。"

但还没有走上楼梯，李墨喜就从办公室走了下来。"五分钟之内赶到！"他接到了万镇长的电话呼叫。二毛与他迎面而立，脸上似笑非笑，把馍馍举到他们之间，一晃。

这时候，在场的人几乎全被吓住了。

"你走吧。"她说。她要上二楼去看看。

第五章

1

怎样从一个女人跟前走开，绝不是小事情。那几乎就是一个男人的关口。这一天，李墨喜得体自然地走出了办公点的茶色双扇玻璃大门，让在场的人止不住松了一口气。

尽管万镇长要他五分钟之内赶到，他还是将公羊纯真叫下来，陪同二毛上楼参观。

他的那辆黑色马六停泊在办公点门口。他打开车门，钻了进去。这辆车子总要换掉的，不是因为公羊纯真开的是比亚迪，而是因为它连接着过去。

李墨喜在二毛面前是多么彬彬有礼！

你要知道，这两个月来，赵玄玄家的人因为红樱桃茶社的事情正跟一点红闹得不可开交呢。有关一点红的传言，并非空穴来风。

赵玄玄，他的嗓门有多大呀！他在另一个世界，该不会也是这样吧？腿上绑铜锣——走到哪儿响到哪儿，金士魁不也是这号人？

再想想不过是几天前，韩大哥的大鹦鹉又怎样搅动了塔镇大地上的空气！当时万镇长曾让他提醒韩大哥，韩大哥到底还是有大哥的样子，表示无奈。他知道韩大哥心中的委屈。确确实实，韩大哥只给他一个人打了电话，告知鹦鹉的失踪。韩大哥处在焦急的心理之中，情有可原。

任何问题的存在，都不会因为不承认、不正视甚至掩盖就没有了，但一切都在悄悄发生改变。至于李墨喜自己，从什么时候开始的？他似乎能够做出判断。

那大抵从他和金兰搬离了祖居的香庄。

明明香庄的土地还躺在原处呢,他却感到已经永远失去。香庄没有了,土地也就好像不是他的了。他在无边的旷野上,像个被放逐的孤独的国王,流浪了够久。再继续下去,魂儿都将找不见了……

去年春日将尽的一天,他被突然叫上超然世外的傲徕峰。在那里,他向一个神秘人物慢慢讲述香庄的故事,就像在讲述一个行将消失或已然不在的美丽梦幻:

　　家住湖西大河湾……

在傲徕峰,他看蜜蜂看迷了。

并不陌生的可爱的小生灵,他却像第一次看到。那时候,他竟然有了融身于另一种神秘世界的愿望。从傲徕峰归来,他去金佛寺认识了养蜂人金大筐。

蜜蜂世界让他惊叹,也让他怜惜。

当他回想起一只金黄的蜜蜂飞入石室,子在川会长向它投去的目光时,他觉得老人是在享受这种怜惜的感觉。

那种时候,李墨喜俨然觉得自己就是一只蜜蜂,跟无数的蜜蜂一起,组成了一个像天上的云朵一样不停涌动的闪闪发光的巨大蜂群,随着心境微妙的差异,分别与日月星辰交相辉映。

回想那些弓如满月的日子里,他如同不倦厮杀的英雄,眼里只有对手。待到他们一个个消失不见,他才发现自己的旷世孤独。

不说赵明海、张福庆、赵宝瑞这些与他发生过具体冲突的人,就说盐虎这样的本家兄弟,在出门打工之后,就再没登过他家门,没在村委会的院子里站过一站。路上遇到,也是不冷不热。

家里若有千般好,谁肯去受那漂泊在外的无着无落之苦?外面的苦处不用细想啦。不说挣回钱来,十里八村的,差点把命丢在外面的都有。

乔大庄有个叫乔光明的,他的叔叔当过空降兵,他自己还是一名党员。他因叔叔而热爱航空,有一年去北京打工,被骗至延庆荒山凿石头,说是修建飞机场。因为起疑,与工程方发生争执,一天深夜被殴打至昏迷不醒。醒来后却是躺在一个陌生县城的郊外，两条腿齐茬断了，切菜刀也切不了这么齐。被好心人送到医院，却想不起自己去过哪里。报案后一年过去，按照他的描述，也没找到类似飞机场建设工地的任何线索。

回来后被人耻笑，说他太傻了，应该及时亮出党员身份。他就万分开朗地笑着说：

"那是一帮外星人，听不懂我们的话！"

上个集日，李墨喜还看到过他。他在路边摆了个小摊，专门出售旧像章。坊间已称他为"像章王"，但有些东西还是从他摊位上找不到。若找不到，他就让人去旁边江玉枝的摊位上找。

"怪病"莫名其妙就好了的江玉枝，也在振兴街的集市上摆了个摊位，出售丈夫王四统从破烂里淘出的"宝贝"。

当然，盐虎走得近。盐虎不至于如此不幸。不光人好好的，还能每年弄回个两三万。不知谁说的，反正他听到过。回来的时候，人也光鲜。

盐虎本是跟二毛一样惯于出力卖命的，回来后却像迷上了四处钓鱼。不是弄根竹竿、窝根曲别针去钓，而是专门从商店买了齐全的钓具。出入戴着一顶圆顶遮阳帽，很像在外面混得不错的人。

有人说，神了，他把钓钩抛下去，鱼儿不顾命地往上扑，以咬他的钩为荣。他钓回来的鱼吃不了，二毛就会拿到集上去卖。

如今呢？

李墨喜真没出息，手发个什么颤？

盐虎他们两口子就那样接连走到了光善社区村级联合办公点，而且同样从兰菊香馍房买了两个馍馍。盐虎的大，二毛的小。

这会儿，公羊纯真正领着她在办公点二楼参观呢。

在两个月前的那个夜晚，面对如钩的残月，李墨喜向万镇长求助重组村两委班子，万镇长这样回答：

"我不能帮你！"

好吧，那就自己来吧。一点一点地来吧。

万镇长"十万火急"让他去镇上，是要他面见省里来的生态环境保护督查组。

在杨暖仪书记的陪同下，昨日到达的督查组已经听过了金平白露湿地扩容、东荡街君逸钢构件生产、金全圣农有限公司年产九千吨鲜地龙养殖等项目的报告，却又特意提出要来塔镇。为何？只因塔镇大河湾香庄有个丰茂生态农场。李墨喜心里觉得怪，这丰茂生态农场进驻香庄，一直不声不响，没见上过报纸电台，就小艾他们几个人领着香庄二十三个村民在那里干，名声怎么会传到省里的部门？

到了镇政府，李墨喜简直吓出了汗。没想到来了那么多人，乌泱泱把接待室都坐满了，可见政府对环保的重视度。杨暖仪书记的个子小，又没穿鲜艳衣服，在那些身材魁伟的男人中间，就像找不到了。万镇长把他拉到自己跟前，向来人介绍，这就是我们光善社区村级联合办公点代理书记、香庄书记李墨喜。还不忘幽默地补充一句，李书记现管着四个村子呢。李墨喜给大家鞠了一躬，动作竟像个小学生。杨暖仪书记见状，就提议不如去看现场。大家十分乐意。

跟去年朱麒麟来的时候一样，在丰茂农场这个板块、那个板块之间走动，李墨喜下意识地靠后，都是万镇长和小艾在给人介绍。这块他本来再熟悉不过的土地，现在变得让他认不出来了。如果不是还能看见那棵苍郁的老皂角树，他会觉得跟自己没有任何关系。

昨夜刚下过雨，四处景色悦目，说是农场，更像花园。人们舒畅地呼吸着清新的空气。

李墨喜没有从任何一个人身上发现将要跪拜土地的迹象。暗想，如果有人跪下来，万镇长这回会有什么反应？

重复一定是可笑的。自然，这些人也一定吃不上二毛的酱油了。

不料，李墨喜小看了督查组的认真。

问题没出在丰茂农场，而是出在与农场比邻的大河湾。

远远地，一个脑袋不大、脖子却很长、鼻若悬胆的男领导，眨巴了两下明亮的欧式俏眼，就灵敏地侦探到了大河湾的异样。

县镇两级领导绝无对生态环境问题不作为、慢作为、不担当、不碰硬甚至敷衍应对、弄虚作假的意识，一看那脸色就预感到了不妙。

至此，李墨喜还没想到大河湾会出事故，他的不安仅仅是出于非常不愿回答的一种询问：

为什么他要留下大河湾的一百二十亩肥沃的土地，任其荒秽在现代化的丰茂农场一旁？像乞丐黏着财主，像小丑比着潘安，像怪物挨近了美女，像癞蛤蟆亲吻了白天鹅。

县镇两级领导比省级领导还要积极，带头直奔大河湾，并率先发现了草丛深处隐藏着的遍地垃圾。

因为暴雨的冲刷，那些垃圾还在流淌着令人恶心的、散发着怪味的、阳光照耀下好像发酵了的、污浊不堪的黄水。更可怕的是黄水四溢，不仅污染了清澈的河流，还侵蚀了丰茂农场美丽健康的肌肤。

不用哪个发话去查，李墨喜就已经看到了在电闪雷鸣之夜，顶风冒雨、艰难前行的村民王四统。但说句实话，众人眼中无用甚至有毒有害的垃圾，对这个以此为生的香庄农民而言，却是一座沉甸甸的金山银山。

截至下午两点半，大河湾的垃圾被彻底清除，恢复了大河湾生机勃勃的自然原貌。

据王四统讲，他往大河湾运送破烂是从过年以后。之前，那些废弃的厂房、人迹罕至的工厂围墙后面、空置的旧屋、烂尾的建筑，都曾做过他的破烂存放地。他不断地被人从这里那里驱赶出来，最后他选择了风水宝地大河湾。每天披星戴月，一大早出门，赶至大河湾，开出他那辆用了十多年的机动三轮车，开始了一整天的游窜，夜幕降临才会赶回来，将一天的收获从三轮车上卸下。这些收获需要整理归类和进一步的积攒。

住进光善社区意味着香庄人的新生活，老实巴交的香庄农民王四统却有这么个觉悟。不像在香庄的时候，家家有个大院子，屋里屋外，处处都是存放破烂的地方。把破烂弄到楼上去，或者违反物业规定，堆放在楼下，像个什么样子？他甚至连那辆看上去就像是专收破烂用的三轮车也没开进过小区。他不能给社区抹黑。收破烂的三轮车，跟光鲜亮丽的光善社区不配。

如果有可能，他甚至还想让个子再长高一点，模样更好看一点。他不再邋里邋遢像个燎毛家雀。他有个外号叫"雀孩"，老勺头起的。他已年过半百，叫他大号的还不多。他为自己添置了新衣。那件穿在他身上像个筒子的黑色羽绒服，是他有生以来买得最为昂贵的一件衣服，塔镇百货大楼卖的品牌货。

衣服号码有大有小。当时站在货架前，不知怎么想的，决定买大的。

穿新衣出门，到了外面再换上旧衣，回来时再换上新衣。旧衣等于工装。香庄那些讲究的人出外干粗活，都是这样。

干活不要好，但活人得要好。活人得鲜亮。

这天不巧的是，王四统在大河湾的老巢被捣，他闻讯赶来的路上违规，三轮车被交警扣下，他又不是遇急事能够想到打出租的人，就只凭着两脚往大河湾紧赶慢赶。

"雀孩叔来啦！"人们远远看见他，就一起说。

到了大河湾，他已累得上气不接下气，直不起腰。

对生态问题，县镇两级政府都不会慢作为，村级也不会。李墨喜当即拨打电话吩咐唐继民从村里叫了几个人来，清理现场。总比执法队来处理，或拉走做反面教材好。

别看雀孩王四统的破烂在大河湾深深的草丛里平铺起来显不出什么，可堆成一堆，就真的像座小山！幸好唐继民有个大古马村的亲戚是开奶牛厂的，就找人帮忙把破烂拉到那里暂存。王四统万分地过意不去，也不好意思说自己的三轮车被交警扣了。

这一天的风波消停后，万镇长在电话里向李墨喜抛出了那个让他不安的询问，而且是以杨暖仪书记的名义：

"杨书记让我问你，你留着大河湾想做什么？"

2

出于对李墨喜的信任，万镇长从一开始就有的疑问，在心里压了大半年。

大河湾的一百二十亩地是香庄行政村的机动地，跟香庄其余的一千五百七十七亩土地的属性不同。这是李墨喜没有对万镇长说出来的理由。当他申明要把大河湾的土地留下来时，万镇长却问都没问。李墨喜是对的。至于怎么对，万镇长还没细想。这块近于荒芜的土地，今天却首先引起了杨暖仪书记的注意。

　　为什么要留下大河湾呢？最初的理由好像已经不再成立。那或许应该有更大的用途……什么用途？

　　李墨喜想了想，还是给不出具体的答案。但至少，王四统会把这里当作存放破烂的地方。老勺头不是每天都来大河湾吗？他自己也来。不止来过一次。他没能发现王四统的破烂。他在这里做出过重大的决定。如果大河湾并入丰茂农场，他不能确信香庄从此还有没有真正属于自己的土地。这是不是最具说服力的理由？他要向另外一个人说出口来吗？

　　"留着吧。"他模棱两可地回答了万镇长。

　　好在万镇长没有继续追问。万镇长非要追问，他就说：

　　"留着吃！"

　　你说怪不，李墨喜只是想一想大河湾，身上就好像生热啦，那不是吃过了的感觉吗？不要怀疑，这个有些神。

　　大河湾从来就神哩。不信就问老勺头。

　　家里开店与不开店是不同的。之前只要李墨喜回到家，桌上都有金兰做好的热汤热饭在等他。如今金兰在店里的时候多，虽有金菊帮忙，给他做饭也不能像过去一样及时。况且金菊也有家，两口子还年轻，又极要好，本是一夜也分不开的，若为了香馍房影响了夫妻团聚也不像回事。一般情况下，金菊每晚都要回刘堂村。金兰到底还是店主，不能把店铺经营一股脑儿推给别人。她老娘生怕女婿吃不上可口饭菜，就经常过来。幸喜这孔老娘不算太老，手脚也还麻利，给女婿做顿便饭不是难事。女婿的亲娘死得早，有这个老岳母在家里，他仿佛又得了母爱，感觉很是温暖。

　　这天傍晚，李墨喜不光要吃，还很困。昨夜没好生睡，白天又被惊了一回，恨不得回家就躺到床上去。他出了办公点的门，顺便走到香馍房。金菊不在，金兰一见他就让他回家，不让他插手。

　　香馍房打烊，得到八点多。他和孔老娘一起先吃过了，却又觉得不困了。在沙发上坐了一会儿，有些心不在焉，就说出去转转。他是要去王四统家看看。

跟李墨喜想象的相反，王四统家没有丝毫哀愁的气氛。

江玉枝正在发出幸福的震颤，王四统喜笑颜开。他们也是刚刚吃过。

电视机开着，正播出中央电视台的《焦点访谈》。

喜看《新闻联播》和《焦点访谈》，是塔镇二十五个行政村村干部的标配。这是韩大哥多年前总结的。

今晚，李墨喜没看完《焦点访谈》就到雀孩王四统家里来了！一进门就感到自己想严重了。这个家收拾得跟二毛家一样干净。不用苛刻的眼光看，还非常具有艺术情调。客厅的这面墙上，挂了几个还算完好的工艺品，那面墙上却不多不少张贴着几幅画。工艺品里，香袋、扇带、荷包、中国结、人偶都有。从那一幅幅美术印刷品中，找得到国画、油画、年画、十字绣等种类，其中不乏大师名作。电视机旁边的一张小黑桌上，是一对两尺来高的竹雕笔筒，上了黑漆，有黑陶的质感。其中一只插着一根粉红色鸡毛掸子。因为竹雕笔筒裂了口，粉红色鸡毛掸子也平添了几分雅致。

王四统夫妇热情地齐把李墨喜往大沙发上让座。家里来人，不端杯茶来总说不过去。王四统忙着给李墨喜上茶，倒叫李墨喜感到来错了地方。李墨喜连说不用，王四统夫妇哪肯听。他仔细一看，王四统端出来的虽显然也是从废品中淘出的一把玻璃泡茶壶，但放在一般人家里，也算讲究了。在双方的谦让中，王四统泡茶的架势使他联想起了红樱桃茶社的专业茶艺师一点红。给他使的一只敞口青釉茶盏，确实也像是他曾在红樱桃茶社见过的。他怎么也不能把眼前的王四统跟外面见到的样子联系在一起，竟然不由得拘谨了些。

"四叔四婶都这么客气。"他说。

更让他想不到的是，王四统泡上茶之后往旁边小沙发上坐下的那个派头。好家伙！不单他坐不出来，即便正经在编干部米委员、万镇长、杨暖仪书记也坐不出来。

那个从容有度，甚至让他看出了万年石窟中子在川会长的神韵。

王四统坐得端端正正，两手往沙发扶手上一放，便慢条斯理开口道：

"谢谢喜子书记，俺家没困难。"

李墨喜听错了吗？他被叫作了"喜子书记"！李墨喜敢说足有十年，

没听香庄人叫过自己小名了。他身上都麻了。

江玉枝挨着王四统坐在一个马扎上，微微震颤，微微含笑，也在向李墨喜点头。她穿着一双缎面平底鞋，蓝地红花。懂行的人会认出来，这是一双舞鞋。

李墨喜本意是来安慰这家人的。他会给王四统的废品破烂存放想办法，让王四统的废品破烂既有地方存放，又不花钱，更重要的是不被人四处驱赶。

现在坐在李墨喜身边的人，反而不像个收破烂的了。这样的家庭、他这个人、他的脚穿舞鞋的身材纤细的老婆，跟收破烂有什么关系？每日风吹日晒的，脸上黑些，脸黑不是短处。万镇长的脸就不白。杨暖仪是个烟黄脸，难道黄脸就比黑脸高贵些？

"我差点给香庄捅了娄子。"

请听，王四统先生还在主动向光善社区村级联合办公点代理书记表达歉意啦。

类似大河湾随意存放破烂这样的破坏生态环境的事情，不能发生第二次了。近一两年来，政府严查环保。从去年起，全县的村子连煤也不让烧了，基本上实行了电气双替代。原来的农村，生活垃圾随处倒，生活废水、养殖废水随意排放，小工厂、小作坊生产没人管，才导致雾霾天气增多，环境污染严重，村子里怪病频发。

东二区大王庄有个叫王启俊的，五年前额头上生了一根尺把长的牛角。到县医院去治，县医院搞不掂，诊断为牛角下面生根，连到了中枢神经，要动大手术。他怕花钱，认为除了有点吓人，不痛不痒又不碍吃喝，就没治，至今还要每天带着牛角出来。

江玉枝所生的病，说不定也跟环境污染有关……

王四统先生从电视上看到，全省都在推动产业转型升级，严禁新增钢铁、焦化、电解铝、铸造、水泥和平板玻璃等产能。随着莱河东最后一家小型造纸厂——兴隆镇金星造纸厂的关停，莱河水彻底变清。环保治理说起来是国家的事情，但它更是每个人的事情。

"我只想着自己方便啦。"王四统先生再次有模有样而又诚心实意地承认了错误。

李墨喜是不是担心王四统心里会有疙瘩？是有点担心。听其言，观其行，李墨喜就不禁有了愧意。自己的政策理论水平，不见得就比王四统高多少，或许很多方面还不如他啦。不说对党的政策的理解，就论个人的文明素质，也很难说谁比谁差……不，不，不。李墨喜再不拿架子，也不能让自己表现得差距太大。

　　"四叔，"李墨喜默想至此，也便含笑说道，"从今以后，还请咱多多相信村委会。"

　　虽然语气温和，但这确实是批评了。批评不是能够随便批评的，谁批评谁的站位就高。李墨喜这一批评，站位一下子就上去了。但是如果批评不被接受，站位上去也会栽下来。

　　显然，王四统是接受的。但王四统肯定不会承认自己不相信村委会。这时候，江玉枝就抢先回答了李墨喜：

　　"李书记，咱相信着啦。百分之百相信李书记。"

　　女人一张口就挠到了李墨喜心坎上。香庄一千二百九十七人（二月份又去世一位七十九岁的秦姓老人），谁说过江玉枝说过的话？过去没说，可能没机会。今晚真是机缘巧合，既有机会，又有人愿意说。李墨喜不由得笑了。

　　"谢谢四婶。"他说。

　　王四统把茶杯送到他手上，就突然扭过脖子，冲着里面一个房间喊了声：

　　"小文，出来吧。"

　　原来他们的儿子小文在家。怪不得李墨喜走进门来时，隐隐感觉哪里有点不对头，好像刚才有个人匆忙避开一样。

　　小文从他们的北卧室走出来。李墨喜有很长时间不见他了，只见他面容清瘦，不像是很健康的样子。

　　"李书记。"小文上前叫道。

　　"我记得你是在县城的一家房产中介上班。"李墨喜说道，"都还好吧？"

　　小文明显支吾了一下，回道：

　　"还好。"

他在另一个单人沙发上坐下。他一出来，江玉枝的目光就紧追着他。他从衣兜里掏出一盒烟，向李墨喜递过去。李墨喜摆摆手，笑着问他："学会抽烟啦？"他点点头，抽出一根，安在嘴上，却又拿下来，塞回去。

"谢谢李书记对我家的照顾。"他说，"我找时间请李书记吃饭。"

"小文也在客气。一听就是在外面学会的。"

"您别笑话……"

江玉枝低低呻唤了一声。三个男人一起把目光转向她。

"真快啊。"江玉枝笑道，"明天又是集啦。"

是啊，上次集逢六，跟逢三集相隔七天，却像只过去一转眼的工夫。

李墨喜知道，自己该告辞了。可以肯定，这一家人正在小文身上遮掩着什么。不然小文不会在他进门之前躲进房间里。他猜得出王四统把小文叫出来，就是这一晚对他最高的礼遇了。自己待的时间若长，多有不便处。"我回了。"他放下茶杯。但他必须再批评这家人一次。"有困难不说是不对的。"说着，站起来。

"喜子书记再坐会儿。"王四统挽留着，却也跟着站起来。

"不啦。"李墨喜笑着说，"我来看看，家里没事就好。再来吧。"

江玉枝在站的时候像硌了一下脚。

李墨喜不由得又朝她脚上那双蓝地缎面舞鞋看了一眼。

她站起来了，轻轻震颤着。她脚踩漂亮小巧的舞鞋，踮着碎碎的步子，像走在田间小径上。

天气和暖，阳光明媚，道边开着的婆婆丁花，就像她喜盈盈的心情……

王四统坚持把李墨喜送进电梯，又送到楼下。这期间两人都没吭声。李墨喜觉得自己实在没什么可说的了。如果要说，那也只能是对王四统的批评。同村爷们儿，用不着这么客气，客气就是不对。……如果王四统一家人今天愁眉苦脸，他就有话可说了。偏偏出乎他的意料，让他有些失落呢。他们在灯影下分手。刚走了两步，就听背后有人叫：

"喜子。"

他怀疑自己的耳朵。脚步声从身后传来，他转过身。

这才是一转身的工夫,他就看到了一副焦枯黯淡的燎毛家雀的面容。

他几乎不能断定这是刚才在楼上的客厅里见到的那个生活自在满足、稳妥知礼、举止云淡风轻的人。笼在这张脸上的是一块黑沉沉的、由深深的皱纹织成的幕布，幕布后面好像正有什么东西极力要走出来。夜色本来是虚飘飘的，但落在这个人干瘦而窄小的骨架上，却有了千钧之重，让他不禁生出伸手扶上一把的强烈冲动。即将被压垮的骨头咔吧响，也像被他听到了。但那幕布却依旧执拗地艰难地在他面前放出熠熠的亮光来。黯淡随之消遁，面容的焦枯也因这亮光而动人。

"谢谢喜子能来我家。"王四统轻声说一句，没等李墨喜回话，又转身低头走了。

李墨喜在回家的路上遇到金兰，两口子一同走进家门。

"你猜谁到咱家店里来啦？"金兰一进门就问他。

李墨喜猜不着。

"一点红！"金兰告诉他。

3

县城荷香街红樱桃茶社经理、茶艺师、史家洼的老闺女一点红，在过去的几个月里过的是什么日子！她是一次次被赵玄玄家的人架在火上烤啦。几个月前的夜半在光善社区西一区响起的玻璃破裂声，余音断绝，显示着史家洼的宽厚和仁慈，但对错过了人生大好年华的老李家的闺女，却又是那样残忍和疯狂。

他们一心要把她赶出红樱桃茶社啦！他们是要她光光地走出去啦！人为财死，鸟为食亡。他们得了真味了。

不仅如此，他们是在一次次翻检出那些糟污不堪的传言，狠命往她心上捅刀子，给她不尽的羞辱。他们是在踩她、啐她。她被踩、被啐了千万次了。这些踩、啐，在她身上发生了作用。

光善社区有她一套两室的小房子，是赵玄玄主张男女平等，坚持分给她的。为此，还惹得她自家兄弟不快。分房的时候，她幻想自己将来不论走到哪里，一定不会忘记史家洼就是自己永远热爱的家乡。她会经常回到它的身边。史家洼有她的房子，就是给她这个不安分的漂泊在外的女人一颗定心丸。

几个月前，尽管她也很少回来，但一想到光善社区的这套小房子，心里就暖融融的。现在，连她自己都觉得再也走不到那里去了。她一次次在深更半夜，徘徊于光善社区周围，甚至在空无一人的街头，无助暗泣。

她从来就不是服输的人。到底是什么挫败了她坚强的内心？似乎仅仅因为她是被踩和被啐的。它们加在了她的身上，像是黏痰脓液，像是毒岚瘴气，是她无论如何也甩不掉的。而她并不是没有丝毫远见的女人。她早早地预料到会有糟糕的结局到来。正月底那个夜晚，她走到万镇长的面前，只有一个目的，就是期望将来一旦遇到麻烦，可以从万镇长那里寻求帮助。毕竟因为赵玄玄，她跟他还算熟悉。一个人做到了镇长，总不能算是没有地位的人。据她冷眼观察，万镇长也不是那倚势凌人的人，到底还是平易的，危难时或可一求。

两三个月下来，她是真的失望了。不光是万镇长，就是过去她认为是熟悉的朋友，无一不在暗暗地躲着她，仿佛她本身就是一种危险和麻烦，万万沾惹不得。万镇长那里她去过了。还有赵玄玄的那些生前好友，比如他们那一伙的韩大哥、江福兴、陈小杰、金士魁，她也接触过。以前跟这些人多熟，一转脸，全都成了陌生人。

她去小羊圈产业园拜见韩大哥，韩大哥虽没赶她走，但眼睛一直没从他肩头的大鹦鹉身上离开。

陈官庄的那个陈小杰，跟她开玩笑总是半真半假，傻子也看得出来。不过是碍于赵玄玄的面子，才没太出格。她想见他。给他打电话，接了。支支吾吾，说自己要去参加镇里的会议。那好，等参加完会议再打。她知道那一天镇里并没有什么会。但她仍旧在第二天打过去。结果发现，自己已被拉黑。她气疯了，明知道他再也接不到自己的信息，却一连发出七八条同样内容的信息：

"陈小杰，我等你。来吧。"

赵玄玄尸骨未寒，这样对她冷酷拒绝的事情就在一次次发生。

她都不记得给万镇长打过多少次求助电话了。万镇长每次都会流露出为难。万镇长比陈小杰好得多，自始至终没删她的手机号。她再也等不下去了，她要当面求他！

那天，她擅闯万镇长办公室。她去过那里。万镇长没来塔镇之前，她就对塔镇政府非常熟悉。万镇长的那间办公室，她跟赵玄玄一起去过，她自己也单独去过。去之前，她精心地打扮了自己。因为他和赵玄玄的交情，她准备以哀伤的风格见他。赵玄玄是她的合作伙伴，赵玄玄改变了她的生活，要她怎么不难过呢？

一推开万镇长办公室的门，万镇长就惊呆了。是的，那不该是见惯了大场面的万镇长的表情。他像倒吸了口凉气呢，嘴张成了"O"形。她有那么可怕吗？哦，或许在别人眼里，她是可怕的。因为她背后有一团的麻烦。

为了不让万镇长过度担心，她马上让自己轻轻一笑，用淡淡的笑容告诉他，她只不过是一个寻求帮助、对人无害的弱女子。

她柔弱地在他面前坐下来。她不去诉说自己目前的困境，因为史家洼赵家的人跟她争夺红樱桃茶社股权的事情，已在全县闹得沸沸扬扬。

赵家人无理纠缠。当然，最主要的是赵玄玄的遗孀和他本家的几个兄弟。少不了那寡妇娘家的人。红樱桃茶社已无法正常经营。他们口口声声："让婊子怎么吃进去的再怎么吐出来！"

一点红不是那等随意让人拿捏的人。一点红不含糊。她只是赵玄玄生意上的合伙人，不是出卖肉体的婊子。她不光善于经营，还是本地知名的茶艺师。没有她，红樱桃茶社就不会存在。开茶社不符合赵玄玄的性格。在她经理办公室最明显的位置上，摆放着那年她参加"春茗茶艺师第十届全国评选大赛"得来的二等奖的奖杯。她靠诚实的劳动给自己赢来了财富和立世之本，任何侮辱人格的不实之词，都会触及法律的底线。若要打官司，一点红奉陪到底。真要到了没有缓和余地的那一步，一点红也会主动要求上法庭。

真要到了那一步，仇怨也就结下了！

一点红要跟自己从小就熟悉的乡人们结下仇怨吗？那可不是她一个人的事啦。那是一辈一辈的事啦。

十里八乡，谁不知道史家洼有个三十多岁还没出嫁的老姑娘？有关她的万千传言，条条不堪入耳哩。别说她生了双头怪胎，就是说她生了猪狗老鼠的都有。别说她跟赵玄玄相好，说她睡遍了金乡县所有股级以上干部的都有。说她三十多岁像十八，就是夜夜吸精所致。她要心小些，早不活了。她爹就早早死了，死的时候还不到六十九。她跟娘家的人基本断了联系。他们宁愿相信无稽传言，也不信她这个跟他们有血缘关系的女子。她坚持从光善社区要那套房子，更是动了他们的奶酪，消耗尽了残存的那点亲情。她在光善社区外面徘徊，就是想要回到那套房子里，去体味一下安全的休憩的感觉，也是希望能够走到亲人身边，哪怕跪下哀求他们原谅自己曾经的过错。但是，她没有。她莫名地怕他们会比外人更绝情。

对，她不想结怨。不想跟任何人结怨。她需要有人站出来，给她充当调解人。她相信万镇长是最合适的人选。

她在万镇长面前坐着，楚楚可怜。本来她是个高个子女人，却像缩小了一半。她还要再小些，像个小女孩，像只小鸟就好了。

请万镇长给出面说句话。她别无所求。

她是个被踩、被啐的女人。她是多么值得同情，多么冤枉啊。她真是走投无路才来到万镇长身边。万镇长不给说话，她真的不知怎么活下去了。她不是在逼迫万镇长。她是看万镇长心好，才来求他帮助的。

她不提赵玄玄。她敏锐地感觉到，万镇长不会对赵玄玄没意见。把自己是一个弱女子的信息传达给他就够了。人心都是肉长的。在她的安排下，红樱桃茶社曾给万镇长提供过完美的服务，人总得讲点交情。

从万镇长的眼光里，她看出来了。这种经济纠纷，最好走法律途径。他是这个意思。在电话里，他也这样流露过。

可是，谁知道她内心的苦衷！

能调解就不要上法庭。上法庭干什么，不还是要好好活着吗？结下怨来，能好好活吗？她自己倒还好说。如果她不是史家洼的，那还好办。她是史家洼的，她就不能光顾自己。她有这个善心。

她动人的哀戚，她柔弱的挣扎，终于打动了万镇长。万镇长答应了。

她不知怎么感激他。纠纷就像立刻无声无息地得到了解决。这就是她期望中的效果。她要让万镇长看到自己心中的感激。不知不觉，她的眼中流下泪来。在进门之后这么一大会子，她的样子那么可怜，却没有流出一颗泪。现在她流泪了，可想而知这泪水中的真诚。一边谢着万镇长，一边擦去泪花，然后她朝万镇长心怀感激地淡淡一笑，告辞了。

在万镇长办公室门外，她遇上了李墨喜。两人擦肩而过，她才凭直觉断定那个人是李墨喜。她把能够打电话求助的人想遍了，都没想到他。她感觉得到他对自己本能的排斥。从来如此。他从来不像那些人。不像赵玄玄、韩大哥、金士魁，甚至也不像万镇长。她能替他感到他在他们中间的孤独。

她等待着万镇长的好消息。

注定是徒劳的。

万镇长不是因为她来自己的办公室就去给她充当调解人。过去他就专为红樱桃茶社的事情找过公羊纯真。公羊纯真跟他几乎是同样的观点：

让法律说话！

本着不偏袒任何一方的原则，公羊纯真向赵家人指出了这样一条通往公平、公正的道路。公羊纯真立刻受到赵家人内心的严重耻笑。赵家人唯一的目标，"让婊子怎么吃进去的再怎么吐出来！"现在不会改变，将来也不会改变。公羊纯真的，万镇长的，任何人的，哪怕天皇老子的调解都不会让这样伟大光辉的目标改变。那甚至包含了中华民族道德维护的崇高意义。坚决彻底地惩戒一个坏人伦、乱纲常、为人不齿的狐狸精，岂不大快人心？

对这种事，谁知道还有多少扯不清道不明的内幕，也就只有"骑驴看唱本——走着瞧"啦。一点红注定等不到自己想要的结果，或者暂时还等不到，但她已经快要垮了，因为她不像赵家人那样肆无忌惮。

一点红已是"泥菩萨过河——自身难保"，却偏偏有这么些个顾忌，她的日子岂能好过？

从一次次打给万镇长的电话里，一点红得不到一点情势缓和的信息。

她忽然发现，自己好像只有万镇长一个人的电话可打了。

她不会给韩大哥打第二次的。去他的！他是谁的韩大哥！

很多人她不会打第二次。也有很多人她不能打第二次，比如陈小杰。她越来越感到事情在往法律的方向走去。

这天，夜幕降临不久，她就驱车来到了振兴街。如果她有足够的勇气，她就会直接把车开进去。而她走到她娘的身边，不是诉说委屈，她要向她的亲人们当面表达自己的情非得已，为自己尽可能地争取到哪怕一点点的原谅和理解，也为将来的亲情和解留下一丝余地。

显然，她太高估了自己的决断。来回从光善社区西一区的大门口经过三次，她都没能停下车来。

夜色越来越浓，她把车开到了振兴街的尽头，再往前的道路上，残留着昨夜暴雨导致的泥泞。车子已经颠簸着进入黑沉沉的原野。她哀伤地想到，完了。光善社区西一区的大门，她是终生进不去了。

其实在这个乡村女儿的面前，只有大地的尽头。

早在多年前，她就永远失去了自己可爱的家乡。

4

在万物生长的大地上，一阵强烈的饥饿感突然向一点红袭来。她一下子看到了自己的体内，从口腔，到食道，到胃、小肠、大肠，空荡荡的，吸尘器吸过了一样，边边角角没有一粒粮食。她从来没有像现在一样，感到体内需要充满。那种饥饿感，好像被噬咬的疼痛传遍全身。牙齿无形，因为无形而更为锋利。食物在哪里？

小的时候，她跳着轻快的步子，成天在田野上飞跑，可以随时找到吃的。她那张樱桃小嘴，从没闲着过。她在田野上吃过的东西不计其数。正在灌浆的麦粒、嫩玉米、地瓜、白皮茄子，生吃就很可口。毛豆必须燎熟了。有些野果好吃得超乎想象。还有一些嫩嫩的草尖，清甜的花心。

她娘骂她饿死鬼托生的。她不管。她就是要吃。如果吃得少，她也长不成这样的高个子。不到十三岁，她的个子就长起来了。史家洼谁不说她将来会得贵婿？

夜色温柔，却没让她的饥饿感减轻。而且，她又有那么多的不甘。她掉转了车头，重新回到了振兴街。

这一次，她走进了兰菊香馍房。

金兰正准备带着卖剩下的三四个馍馍离开，抬头看见她，还以为是个买馍馍的。但她一声不吭坐了下来，就像是来避雨。她面对店门，挺着身子，纹丝不动。金兰纳闷，忙问她是不是累了，要歇一歇。她慢慢朝金兰转过脸来。从她小小的嘴上，金兰马上断定她是一点红。这样的樱桃小口，全世界也找不出第二个，虽然它已远不如少女时期那么明艳夺人。金兰不由得脸上一冷。

"我饿啦，姐姐。"她说，垂着眼皮。

她饿了就只吃馍馍？她是吃惯了珍馐美馔的吧？

金兰不愿管她，顺手把那三四个装进塑料袋里的馍馍全都朝她递过去。她真是饿极了，拿起一个馍馍就往口里塞。金兰怀着厌弃之心悄悄退后，在靠近和面机的一张板凳上坐下，也不看她，但心里还是疑惑的。这个名声不好的女人，到底遇到了什么？

你能想到一个长着樱桃小口的女人狼吞虎咽起来，会是怎样的一个情况？金兰递给了她四个馍馍，竟然被她一口气吃个精光。

她响亮地打了个饱嗝。金兰像从沉思中醒来一样，猛地站起来，给她倒了一杯水。她不客气地接在手中，咕咚咕咚喝了，喘息着看了金兰一眼，声音有力地问道：

"多少钱？"

四个都不是大馍馍，卖两块。

她随手从身上掏了一把，什么也没掏着。"扫码！"她说。

金兰抬手往门旁的墙上一指，那里张贴着微信和支付宝的支付码。

她又打了个饱嗝，拿起手机，操作了半天，看来对支付不是很熟悉，或者吃得太饱，有了醉意。操作完毕，就呼一声朝外走。推开店门，身子嵌进去的时候，张口朝夜色里粗声骂了一句：

"去他奶奶的！"

第二天是逢三集日。一早，集市上就似乎被一种神秘的兴奋的气氛笼罩住了。从四面八方赶来的人，摆好了摊位，却还要不停四顾，能从空气里发现什么新奇玩意儿似的。

大鹦鹉已经不再新奇。人群里跑进一头大象来肯定是新奇。

王四统没去收破烂，也不是新奇。本来就没人注意他有没有去收破烂。他帮着江玉枝在靠近办公点的地方铺开包袱，摆了个摊位。今天出售的东西比上一集要丰富。

没腿的"像章王"乔光明比王四统晚来一步。一枚看上去普普通通、直径约五点五厘米的圆形铝制像章，引起了他的注意。那像章无背文，正面是头像衬图案，最下面是阴刻文字"为人民服务"。他建议这枚图章，要么卖给他自己，要么不卖。说得王四统两口子半信半疑。

大王庄的王启俊额头上顶着牛角也出来了。没见过的觉得新奇，见过的觉得也就那么回事儿。不怎么坚挺。他从乔光明摊位前经过的时候，乔光明就跟他开玩笑：

"老王，等你的牛角掉下来，不要扔。我收藏。"

王启俊眼一斜：

"给你个二道贩子？我要捐献给国家啦。"

乔光明慢悠悠故意打击他：

"不要以为自己长了牛角就一定是'牛魔王'啦。大夫们不给你治，那是哄你个现世宝。什么生了根？敢情你是五岳之尊？你这个恶心人的丑东西，十有八九跟真菌、病毒有关。快让你儿拿五百块钱来。我有王母娘娘的神药。酒精加水杨酸，调上两勺百花蜜，给你抹上半月，保你'牛魔王'现形！"

这里欢腾的一片笑声，引得南北街上的人都探长了脖子往这里看。

不知不觉，振兴街上似乎人上齐了，集市的高潮也就来了。太阳照下来，是给空气里添了酒精。一呼一吸，都像是在饮酒哩。往地上丢根火柴，街上就会腾起透明的火焰。

跟韩大哥和他的鹦鹉在振兴街出现一样，街北头首先发生了一阵骚动，不抬头看，你会感到好像有一头大象不可阻挡地侵入了赶集的人群。

人们的预感就是这么准！因为这头大象，这个集日就不再是普通的集日。空气已经在振兴街燃烧起来。人在火焰里，却又像鱼在水底。每个人的脸孔都在滚过一道道波光。

鹦鹉是真鹦鹉，大象却不会是真大象。

侵入振兴街的大象是一点红和她带来的一个身材异常魁梧、眉清目朗的男人。只见这一男一女手挽着手从街北口款步而来，神态悠闲，好像任何一对工作之余赶集上会的亲密夫妻。男人个子大，目测一米九，但女人个子也不小。两人走在一起，牛郎织女一样般配。男人像座山，女人则是伴山的嘉木异卉。男人目中含情，女人眼角有爱。男人仪表不俗，女人举止优雅。男人面白似玉，女人貌美如花。真个是一对光彩耀目的降临凡间的神仙眷侣！别说是不认得的人羞于上前，就是那史家洼的乡亲也早知趣地退避三舍。

谁再说一点红是史家洼的女儿？不是啦。她的娘是西王母，她的父是玉皇大帝。她跟史家洼已没有一丁点儿关系。她压根儿就不认识史家洼的人。

从西一区门口经过的时候，她和那个男人果真都没朝小区里看上一眼。倒是在东一区的门口，他们在那些半睡半醒的老人跟前停了停。男人向她俯了一下身子，听她含笑说了一句什么悄悄话。

来到江玉枝小小的摊位前，男人竟然也注意到了那枚黯淡无光的普普通通的铝制像章。

"这个怎么卖？"男人蹲下庞大的身躯，用标准的普通话问价。

男人蹲下来也像小山。女摊主半天没反应过来。男人又彬彬有礼地问了一句。

"不卖！"女摊主猛地想起"像章王"的话。

男人转脸向一点红轻轻做了一个妙不可言的无奈的表情。

毫无疑问，这个表情迷住了一旁的"像章王"。"像章王"身不由己地模仿了一下。

他们走开了。直到走出振兴街，他们始终手拉着手。

大象走掉，火焰消退，振兴街恢复了集市的常态，好像一个人做了场迷眩的大梦。

就在这天晚上，万镇长着实地吃了顿惊吓。城里人晚饭后喜散步，万镇长也是城里人，老婆也是正经的国家干部，却都没这个喜好。

为了身体健康，也想过适当出门走走。有一次遇上跑步回来的邻居。邻居忽然一本正经地说，老万一看就是成天忙工作的。他问怎么看出来的。邻居说，你看我每晚绕着奎星公园慢跑两千米，雷打不动，就证明我工作不怎么忙，有闲情，是不是这个道理？他说是是。回头一想，真是这么回事。工作忙的话，哪有心在街上跑？让邻居在自己脑子里种了颗歪种子似的，以后每次想到出门散步，就会不好意思，好像散步是个错误。

今天的破例出门，缘于一点红的一条微信。不用说，一点红又想约他见面。过去她约他都是直接打电话。他不会答应的。有事电话上说。她请他协调与赵家人的纠纷，他也尝试着与公羊纯真一起协调过了。没有用处，他也不能硬来。

在距他回绝她上一次约请的半个月后的今晚，他深感疲倦的时刻，一点红把一条简短的微信轻轻发了来。微信只有连起来的六个字："万镇长我等你。"这条微信他看不到也就算了，本来对无足轻重的微信好友他设置了免打扰，微信到来只会显示一个表示未读的小红点，但因为在这个时间，又是这么简短的话，又是悄无声息，微信就不是微信了。微信成了一个静悄悄的告别，而且一步一回头。我走了……我走了……我走了……余音袅袅。

有时间，有地点，万镇长会拒绝。不是万镇长无情。去跟一个美艳的独身女人约会，绝对不是谨慎的行为。

没有地点，没有时间，万镇长也可以拒绝，但他若拒绝，就又可笑了。人家还没怎么着呢，你就慌得像被人挖了祖坟。

万镇长决定丢开。

丢不开。眼前看到一个人，并不是一点红，是一个小女孩，蓬着头，赤着脚，甚至像安徒生童话里卖火柴的小女孩，在山野上，显然是他的家乡蝎子崖的山野，一步一步地往远处走……每一次回头，都让他的心颤一下。

山花烂漫，小女孩越走越远，身影越来越小，但她还在回头……

万镇长要出去走走。这一回不像正月里的那天他去红樱桃茶社，把自己包裹得严丝合缝。那时候他也并不是怕自己被认出，而是不愿让人看到自己脸上的哀伤。这一回走出去，只是因为自己心头有点闷。他简单地整理了一下衣着，就对他老婆说自己出去一下。

"出去一下"，意味着很快就回来。

不知不觉，他走上了那条树木极为茂盛的书院街。如同华轩的书院街上，弥漫着树木新鲜蓬勃的气味。他觉得好受多了。再往前走几步，他就返回。

一辆黑色越野车尾随而来，无声在他身旁停下。从车上走出一位高大的男子。

"万镇长，请上车吧。"男子向他发出礼貌的邀请。

显然他是紧张的，连问话都没能讲利落。

"李经理在前面等您。"男子又说。

男子保持着警惕，防备他的逃脱。他打量一下男子魁梧的身材，上了车。男子也随后上来，坐在他的身边。男子在黑暗里向司机点了点头。司机感觉到了，启动车子。

万镇长出乎意料地马上放松了下来。车子一直往前开，到了第三个路口，就拐入县城中心街，然后又开到了大隅首。从车上，万镇长看到一个长裙飘飘的女人，站在路灯下。她是一点红。车子停在一点红跟前，司机下去，一点红上来。坐在万镇长旁边的那个高个男子也下去了。车里只剩他和一点红两个人。一点红在启动车子之前，回头朝他莞尔一笑。

"今晚上不管您出来不出来，我都会派人等您。谢谢您，您出来啦。请您放心，我不可能伤害您。您是好人。"她说。

5

这不是周密的安排。一点红还没想起带着万镇长去哪儿。红樱桃茶社是去不成了，那里像遭了败兵。一点红独自住在缙国未来城小区，家里被她收拾得温暖舒适，会是向他倾诉的好地方，但看万镇长的谨慎劲儿，去那里只会增加他的不安。夜间营业的餐饮店、酒吧、咖啡馆，一点红都想了一遍。沿着山阳路从县城唯一一家四星级酒店——维也纳国际酒店门口经过的时候，一点红觉得去酒店开房也不合适。她想征求一下他的意见，感觉他正在车座上闭目养神，以应付停车之后的局面。

转悠了一圈，发现已经出了城。她忽然受到提醒，带着万镇长夜访丁公山蝎子崖！那是万镇长的家乡。而她这么长时间，渴望向万镇长倾诉的正与自己的家乡有关。

几个月前，在红樱桃茶社，她对万镇长说："我想给您讲讲我的事。"她的事也就是村庄的事。她说了，也就在心里记下了。

那时候，她就有预感，接下来的日子不会好过。

一切皆如她所料。

事态发展越来越严重，她向人倾诉的心也越来越迫切，但她没有得到机会。而她也越来越感到，把自己的事说出来的时候，也该撒手了。

在她已做好撒手准备的时候，她做了最后一次争取，给万镇长发去一条简短的微信。

微信发出去，没有一丝忐忑。

然后，她去县城大隅首静候。

白天里，她已经告别过了。人来人往的振兴街上，她和一个仪表堂堂的男人，如同訇然闯入的大象！

有没有必要再从塔镇经过一次？结果，她把车开到了正月二十四晚上万镇长和李墨喜来过的莱河岸边。白石护坡上似乎有个人影在晃动。她没有下车，胸靠方向盘，往外默望。

河水从南而来，映着高远的夜空。十里外沿河的史家洼，曾是她的村庄，现在已为凤落村人所居。她家的祖宅上，住进了一户姓刘的人家。为了这个缘故，红樱桃茶社特意招了这家的女儿做服务员。那也是一个历史悠久的村落，比大河湾香庄还要古老，始于明朝洪武年间，为张氏始祖所建。后张姓人家由于家境贫困，搬离此地，史氏家族方得以迁入。这岂不像极了当代凤落村与史家洼的土地置换？或因有此传统，史家洼人才抛舍得开。近二百年来，史家洼史氏家族不兴旺，赵姓兴旺。

史家洼也有一门世代相传的手工技艺，那就是以脱粒的空高粱苗穗扎缚笤帚。道是几百年前，一个外乡卖笤帚之人来到村街之上，口中念念有词：

  一把笤帚五苗缠，
  扫天扫地扫心田。
  扫天冰雹乌云散，
  扫地不干不湿又不淹，
  扫心不生邪恶念，
  除灾祛病子孙贤。

听之煞是神奇。所携笤帚被史家洼人抢购一空。便有人问，您这笤帚好之又好，用毁之后，如何购得？卖笤帚的人就说，我家在千里之外，不能常来，不妨我将扎缚笤帚之法尽数传授于众乡亲，丰年自缚自用，歉年可换铜板养家糊口。授技已毕，转眼踪影杳然。

一点红将从自小学习扎缚笤帚说起。

"万镇长，"一点红这样开口道，"我会缚笤帚哩。"

本来万镇长不会惊奇，早知道史家洼的孩子是生在笤帚堆里的。不认识筷子，就先认识了高粱苗穗。在史家洼，女孩子会缚上一把好笤帚，就等于大家闺秀的描龙绣凤，是心灵手巧的表现。

一点红十二岁就能把笤帚缚得很好了，就连她娘都说，你要是不馋，谁娶你这样的大姑娘，那就是烧了八辈子高香。她觉得她娘冤枉她。她不是馋，是饿。一睁眼就觉得饿。有时候还会被饿醒。

茶艺方面一点红十分灵透，说不定就跟她从小学习缚笤帚有关。

"要我一辈子在村里缚笤帚，我甘心吗？"一点红问万镇长。"不甘。"她自己回答，"那时候，我是想过缚上一辈子笤帚啦。只要我能改掉馋病，我就可能是一个完美的女人。我不承认自己馋。你想不到，我是怎样爱饿。那是饿。没有我不能吃的。我说这些干什么？让我想想。您在听吗，万镇长？"

"嗯，在听。"

"从我十岁,我就被叫作'馋妮儿'。只要看见我,大人小孩都会喊,'馋妮儿来啦!'为了躲开他们,我总是跑得飞快。"一点红继续说,"我知道这个外号不好听。丑!我以为只要跑得快就能把外号甩掉了。可我又不能不吃。'馋妮儿'就是我的噩梦,缠磨了我好多年。我从小就担心,自己长大是没人要的。嫁到人家家里,还不把人家囤底子给嚼穿啦?既然管不住嘴,我就好好缚笤帚。一把笤帚有什么好不好的?不是史家洼的人看不出来。怎样选苗穗,怎样穿绳,怎样排布,谁缚笤帚谁心中有数。

"还好,那些总说我馋的人也会夸我手巧。从十二岁到十五岁,我全部的心思就放在吃和缚笤帚上。一边缚笤帚,还一边做梦。总有一天,会有个腰缠万贯的人看我笤帚缚得好,就会把我娶过去。有钱人家才会有吃不完的好东西。邻居大娘给我娘说,你家樱桃是贵相,你看那张银盆大脸,又生着这么个樱桃小口,怕不会有贵妃娘娘的命。

"贵妃娘娘我不敢想,但我敢想有钱人!村里最有钱的当然是赵尚之书记家。他有个二儿子比我大一岁。羞死人啦,我从十二岁就偷偷相中了他。当时他个子比我还矮,但他爹是书记,谁管他矮不矮?那几年,每天都能看见他家热热闹闹,迎来送往,都是来他家喝酒的,都是有身份的。不在家喝了就去村委会喝。有时从塔镇的饭店里叫,饭店做好了给送来。天天闻着从他家和村委会飘出来的菜香,偏又吃不着,馋死啦。一看见书记的儿子坐在他家院门口啃着手里的鸡腿,我就会咽着口水走过去。他从来没有看过我一眼。

"有一回我看他鸡腿吃不下啦,刚要叫他,他随手丢给了跑过来的一条狗。发生了一件谁也想象不到的事情。我猛冲过去,那条狗叼着鸡腿扭头就跑,我紧追了两步。回过头来,我还朝他讨好地笑了笑。意思再明白没有:吃不了的鸡腿可别再扔给狗,给我李樱桃,将来很有可能我是你的老婆呢。"

她停下来,过了好一会儿才问万镇长:

"你信不信,我的饿病就这么重!"

这叫万镇长无法回答。

"晚上,我家里人正在厨房吃饭,赵书记找来啦。"她说,"我爹一见他,就忙站起来。赵书记面对我爹,眼角却看着我。我止不住胡思乱想，赵书记相中我去做他家儿媳妇啦，我也可以像他儿子一样坐在家门口啃鸡腿啦。当时就这么不争气。没想到赵书记说，'管好你家樱桃。'他甚至不想避开我说这些话。'我儿子要考大学！'像怕我勾引了他儿子，影响他儿子考大学似的。我爹连连点头。他说完就要走，却又回头看了我一眼，似笑非笑说了句，'也是个人才嘛。'

"这一天，我爹头一次打了我。是往死里打。你可以想象，我逃出家门，没跑两步，就昏死在街上。"

说到这里，她基本上还是保持着平静的语气。因为自己的过去，已经被她回忆多少遍了。略停，只听她轻轻一笑。

"得亏我爹，我的'好名声'就这么传出去啦。"她说，"'馋妮儿''馋嘴儿''馋樱桃'，还有叫我'馋娘娘'的。我不跑了，跑也跑不掉。

"史家洼的李樱桃，可是出了大名。不光村子里有人叫，到了学校也有人叫。我就没那些志气,努努力考上大学，远走他乡，谁叫也听不着啦。没参加中考我就退了学。我还在做那黄粱美梦，缚好笤帚，等有钱人来娶我。我倒是想开啦，该吃还要吃。我个子噌噌往上长。

"一天下午，我在地里干完活，碰上放学回家的书记儿子。我眼一红，向他追过去。他还没开个儿，一见我撒腿就跑。哪里有我跑得快！追了不到两百米，被我一把揪住了衣领子。你猜怎么着？"

"你打了他？"

"想打来着。"她说，"从他书包里掉出来了几块口香糖。我还从没吃过那东西。想都没想，我弯腰捡起，撕开绿色的糖纸，就往嘴里塞。我威胁他每次放学回家都得给我带点好吃的。接下来一年时间，他都很听话。但我没想到，才一年时间他的个子就蹿起来啦。

"我最后一次堵他，是那年的秋后。去晚了，路上没人。路边的高粱地里传来哗啦哗啦的声音。我脸上一红，怕有人问我在干什么，我不好回答，就要离开。书记儿子从高粱地里看见我，就叫我名字。我一愣，想起来他从来就只叫我一声'喂'。既没有叫过我'樱桃'，也没叫过'馋妮儿''馋丫头'。他站在我跟前，又高又细，像根高粱秆儿……这一回他给我带来一大兜子好吃的，拎在手里沉甸甸的。他先回村啦。那兜东西被我藏在了我家地里。第二天我自己去塔镇赶集卖笤帚，又做了件不要脸的事。

"我家的笤帚好卖。我知道多半买笤帚的都是为了看我这个全镇有名的'馋妮儿'。笤帚怎么卖出去的,我一点也想不起来,因为我有点犯迷糊,就是听到有人说,'馋妮儿,有钱了去买点好吃的吧。'我也不想理会。我想回家。

"槐树街上有家叫品香楼的饭店,当年生意最好。每次从品香楼饭店门前走过,我都会停上半天,就为了能好好吸吸饭店里飘出来的香味。这一次,我根本没想到自己走到了饭店门口。一个人像在等我一样把我拦住了,问我,'你是樱桃?'

"我是樱桃!我不是'馋妮儿'!

"他把我叫了进去,我乖乖地跟他走进一楼一个临街的包间。我扫了一眼,认出这里有赵书记,其他人有认识的有不认识,反正都是村干部。他们上午来镇上开会,开完会就来品香楼吃饭喝酒。桌上都是剩菜。

"我忽然很生气,转身要走。赵书记就说,'樱桃,来了就坐下。天不早啦,回到家也赶不上中午饭。'还是叫我'樱桃'。我一看在座的有七上村的妇女主任胡大美,就坐下啦……

"天黑前,我被抬回史家洼。他们灌了我八瓶啤酒,是后来胡大美告诉我的。我在床上迷迷糊糊地躺到半夜,还是不能动。家里人都不管我,尿都撒到了裤子里。我哭起来,因为我很害怕。

"我都快撑死啦,那些人也不想着把我送医院。我要真是撑死了,做鬼也不放过他们!"

万镇长身上不由一哆嗦。她向他转了一下头,眼睛里似乎发出了一道寒光。她没有动,黑黑的侧影像是凝固了。过了好一阵,她才轻叹一声。

"从这以后,我碰都不碰那些高粱穗子,也不下地干活。"她继续说道,"有什么用呢?史家洼祖祖辈辈缚笤帚,也没见谁发家。祖祖辈辈种地,才刚够活命……哼哼,我要懒给他们看。

"就像谁管着似的,史家洼没谁叫我'馋妮儿'啦。一天到晚,满耳朵里都是'樱桃樱桃'。我也不怎么爱饿啦。

"留在地里的那兜东西,被我爹发现。我爹不舍得扔,拿回家里,还以为捡了便宜,发了横财。我说可能有毒。我爹一瞪眼,说你还怕毒死?

说着就要分给我娘、我兄弟们尝尝。我抢上前，一把夺下来，冲出院子，一股脑往街上倒，只觉得糖果啊，果冻啊，旺仔小馒头、桃酥、饼干、瓜子，什么都有，怎么倒也倒不完似的。嗯，还有一只臭扒鸡。

"扒鸡还没落地，就被一条狗叼了去。

"以后，我不用去打劫书记的儿子啦。常常有人走到我家门外，朝我喊，'樱桃，村委会叫你！'虽然我不怎么馋了，但我会去。

"只要你见我从家里出来，在街上急急忙忙往前赶，就准是要去村委会。我这么个能吃能喝、又会逗男人开心的'人才'，怎么能够一辈子蹲在家里缚笤帚？"

不知为什么，万镇长暗暗松了口气。她也像讲完了，看着车窗外发愣。

6

深更半夜停在野外的车辆总是令人迷惑的，一点红的这辆车也一样。在白石护坡上漫步的那人早已发现了这辆车子的可疑，并没有打搅他们，而是悄悄走开了。等一点红觉察白石护坡上空无一人时，就建议两人下去走走。

她的讲述还仅仅是刚开始。

如果不是跟一个背景复杂的女人在一起，迎着从河面吹来的缕缕清风，漫步在温暖的夜色里，那一定是心旷神怡的。

万镇长心头的不安仍未消除。他刻意跟一点红保持着三到四米的距离。好在四处静悄悄的，还不到蛙鸣的季节，只有偶尔一两声鱼儿在河面翻花的声音，一点红无论声音高低，他都能听到。

"您知道我这辈子最恨的人是谁？"一点红忽然问道。万镇长怎么能知道呢？她没说出那个人的名字，而是接着说，"他儿子考上大学，他在村里摆宴庆祝。那时候我就知道自己嫁不出去啦。半夜里，我一个人走到过去拦截他儿子的路上哭，像个鬼一样。可是第二天村委会一叫我，我照样往那里跑。他儿子考上大学，就是外面的人啦，我想追也追不到。"

一点红站住了。她低下头，像在寻找什么。万镇长也不由得随着她往地上看。地面铺着柏油，黑乌乌的，自然什么也没有。

当年赵尚之还在任上，不光史家洼的人，全镇的人都开始叫她"樱桃主任"了。自然是"妇女主任"。

她那么年轻，就让人看出了七上村胡大美的派头。问题是，她比胡大美长得美，比胡大美受人欢迎，当个"妇女主任"不在话下。之所以还没明确，主要原因是年龄尚小。人们说，这是赵尚之许诺过的。

好像就为了当这个"妇女主任"，她长到了二十岁，樱桃小口也越来越好看了。

这一年，赵尚之主动让贤。年轻赵尚之十岁的赵玄玄接任。

一想到塔镇最美丽的"妇女主任"即将在史家洼诞生，人们身上都要止不住一阵阵麻颤哩。可是，史家洼上一届的老妇女主任穆桂玲当上了瘾，不退。那穆桂玲是赵尚之的婶子，在娘家王丕镇璧井庄当过民兵连长，因为在工作中勇挑重担，还受过县一级的表彰。嫁到史家洼的时候，比一点红要大得多，差一个月三十岁。在史家洼当妇女主任期间，勇挑重担的优良工作作风不变。人人都认为她给一点红树立了榜样，所以一点红不用急。

没想到把她爹给急死了。一点红二十五岁没婆家，摇身一变，成了红樱桃茶社的经理。她花岗石般的爹却不认为是好事情，撕破脸皮，跑到赵玄玄家里大闹。他忘了全家这些年从村里得了多少好处！赵玄玄迫不得已，将他像狗一样赶出家门。自此一年时间，他都低头走路，自觉没脸见人。深冬，竟一病不起……

"我为什么说这些？"她自言自语，"让我想想……我什么也想不起来啦。没什么好说的……要不我们走吧。我说这些是要您耻笑我的吗？您肯定耻笑我啦。"

万镇长向她摇摇头。

"您真是个好人。"她说，"您本来可以不理我的。您帮了我，您来听我叨叨这些，都是因为赵玄玄吧。我还没讲到赵玄玄。算啦，万镇长，我们回吧。"说着，就朝那辆车走。

"樱桃。"万镇长叫她了。

她停下了。

"不妨说说看。"万镇长说。

"没什么好说的……"她又嘀咕，目光在脚下寻找什么。"该回去啦。"她抬起头，语气变得坚决了，"我送您回家。"她快步走到车门旁，但没有上车，像在等待万镇长过去。

尽管万镇长对这个女子充满了同情，实际上并没有去了解她的意愿。那天晚上他从红樱桃茶社离开，就暗暗告诉自己，不可能再有第二次走进红樱桃茶社。当然，也不会主动去联系这个艺名叫一点红的名声不好的女人。

没错，一切都是因为赵玄玄。可是，赵玄玄真的与他建立了深厚的感情吗？赵玄玄不过是天边短暂划过的一颗流星。想起他的时候，不过是一些为他惋惜的心情。一个人就这样走过了？如果说物伤其类，更多的哀伤其实是给了自己。

一点红把他当成赵玄玄的生前好友，不得不说出于一种一厢情愿的误会。刚才她反复嘀咕"没什么好说的""为什么说这些"，该是有所醒悟了吧。如果纯粹因为好奇，强迫或诱惑她说下去，那就是做人的恶劣了。

从车子那里传来嘤嘤的哭泣声。万镇长走过去，发现这女人身子斜倚着车轮，蜷缩着坐在了地上。哭泣声嘤嘤不绝，若有似无。他的心又不忍了。他不能怀疑这个女人的痛苦。

"樱桃，到车上去。"他轻声唤她。她像听不见。他向她伸了伸手，最终没能伸过去。渐渐地，他着急起来。

一男一女夜深人静避开人群跑到郊外，总不是好解释的。一着急，就想着离她远一点儿。他老婆那里，他在出城的时候就已经发了微信。不好实情相告，就说遇上朋友，要晚一些回去。如果有人打来电话就好了，可是手机却像哑巴了。他望望河面，向河水走了两步，站在了护堤坡上。他仿佛又看见两个月前自己跟李墨喜一起坐在护堤坡的某个地方。

那时候，也是一个人按捺不住向另一个人倾诉，也是因为同一个人。

有些人就是这样的，自己流的眼泪自己擦干。

万镇长站在白石护坡上回想起二十多天前的情景时，一点红已经不声不响地从地上爬起来，整理了一下衣裙，轻轻拉开车门，坐到了车里。

万镇长一点也没觉察，偶一回头，才发现车轮旁的女人不见了。他走了过去，也上了车。

"没什么好说的。"一点红说了句。她完全冷静了下来。"我们回。"

"你要觉得说出来会好受些，就说出来吧。"万镇长忙说。

"我已经好受多啦。"她微微一笑，"谢谢您陪我到现在。"她扬了一下头，咣一声拉上车门，启动车子。堤上的道路狭窄，她小心地、耐心地转动方向盘。车灯刺眼的亮光从黑暗的河道上掠过。一只苍鹭被惊起，又落下。车头掉转了过来。

沿着堤上的道路，车子缓缓行驶，开到凯瑞大街的桥头就驶下河堤。她一直没说话，但车里的空气已经不再让人感到压抑和不适。

很快，他们来到老农委家属院的门口。车子停下，她走下来，身板笔直，可以说是昂首挺胸地站在万镇长面前。

哦，她那目光却是极为快乐的！她丝毫没有避讳地注视着这个男人。突然，向他深深地鞠了一躬。没看他的反应，就转身上了车。

车子向前窜去。她一口气开出了好远。

第二天上午，从公羊纯真那里传来一个消息，红樱桃茶社经理、首席茶艺师一点红已不知去向。手机、微信，所有联系方式均失效。这是死不见尸，活不见人了。公羊纯真到底还是担心，才从万镇长这里讨主意要不要报案。万镇长当然不会说出昨晚被她带到野外的事。回想她昨晚的表现，也便暗暗点头。

这个世界，天上有卫星定位，地上有密布的摄像头，互联网系统无处不在，真要找一个人，除非化了青烟，不会找不到。

问题是，赵家人突然失去对手，好像被打了个措手不及，一时还没想到对策。一点红因历来与家人关系紧张，家人也好像终于等来了自己想要的结果，并没有特别强烈的反应。

可怜一点红，也算红火过的，死活是这么无足轻重。真正把她的死活放在心上的，似乎只有公羊纯真这么一个人了，而万镇长惊是惊了，惊过之后，又像什么也没有了。这让公羊纯真倍感迷惑。

好在红樱桃茶社的一个服务员在十点整向赵家人拿出一个信封，她

解释这是一点红昨天下午交给她的,要她务必按照这个时间拿出来。信封里装着一张字条。公羊纯真没有亲眼看见,据说只有几个字:

"都是你们的啦!"

既然都是你们的了,还有什么话说?想说什么,一点红也听不到了。一点红这是对世人交代过了。任你想说什么,她也不想听了。就此,她跟家乡断了。

昨晚在老农委家属院与一点红分手后,万镇长就难抑心中怅然。她准备了那么久,一次次要对一个人说出自己的故事,就像要为自己做一个总结性的辩解,最终却还是选择了放弃。

即便她没有讲下去,万镇长也能猜个八九不离十。在莱河大堤上,当她说出自己不再贪吃的时候,他不由得替她松了口气。但她显然是一个不甘于像父辈一样生活在村子里的人。这样的人全中国有多少?自己岂不也是其中一员?只是那么多像她一样的人,没有自己和赵尚之的二儿子那样的大幸,得以跳出农门。据说赵尚之后来主动让贤,就是听从了这个受过高等教育、具有现代文明意识的二儿子的建议。早在十多年前,赵尚之夫妻二人就被二儿子接去了自己工作的海滨城市定居,他对赵尚之也只有耳闻,并未谋面。接替赵尚之的就是赵玄玄,赵尚之未出五服的本家侄子。你还要她怎样做呢?

话说回来,在塔镇,自己总不能算是普通人了吧?这些日子,即便对她抱有同情,实际上又帮到了她什么?

他期盼着一切与一点红有关的流言蜚语,都能随着她的不知去向而永远消失。让大地上的女儿们都能清清爽爽地存在着吧。不禁又想到,昨晚一点红主动中止了自己的倾诉,对着哩。一个人一生中的不堪经历,多一个人知道,不就是多经历一遍?所有人都忘记了,至少幻觉上是干净的。

一个极健康、极纯朴、极美丽的女子,一边不停地大吞着东西,一边在田野上疾走的形象,蓦地出现在了万镇长眼前。

他睁眼看着,竟有些痴痴的。米委员来敲门,他才回过神。

7

人生在世，必不可少的就是步步紧跟的各种传言。昨天跟一点红一起出现在振兴街上的天神一样的男人，就是她的相好。两人这是远走高飞了。有人说，哪里是相好？就是一个擅长色诱的骗子，看上了她的钱，把她拐跑了。等把钱榨干，还不蹬了她？谁肯要这样一个女人呢？

各种猜测在继续。至于什么时候饶过这个女人，现在不好说，但肯定不会像日月一样长久。

地球旋转……振兴街上，大象已成记忆。

这天下午，香庄村民王四统，从金乡县交警队如愿要回了曾被多次扣押的三轮车。从被扣押到要回，仅隔一天，一举打破历史纪录。不是王四统忽然有了神通，而是大老肖神通广大。

职业并无贵贱之分，大老肖向来无比热爱自己的做饭工作，把"做好饭"看得比天大，对食材来源严格把控，每隔一段时间，都会抽出时间实地考察。本来王四统与其素无交往，可巧就在奶牛厂不期而遇。

塔镇政府食堂有个不成文的规定，不论油盐酱醋、花椒大料、菜蔬肉蛋，能用本地的，绝不去买外地出产的一根葱、一块姜，仅与塔镇一河之隔的鱼山镇、王丕镇、高河镇，也不允许。虽有本位主义嫌疑，但为了保证自身发展，本位也就本位了。

大古马村人开的这家奶牛厂，五年来一直为镇政府食堂供应优质奶源。大老肖一来奶牛厂，就注意到了那堆破烂废品，三问两问也便得知了王四统的三轮车被扣押。

去镇政府食堂吃饭的，就有镇派出所的职工。大老肖本村就有人在派出所当民警。县公安局来人，有时也会在镇政府食堂就餐。

大老肖当即一拍胸脯，打下包票，给王四统说，你也别收拾了，立马就去交警队领你吃饭的家伙。放心，我的电话比你跑得快。

闲了一天多、愁得不住唉声叹气的王四统，一路小跑到了县交警大队，就发现三轮车正在交警大队门口等着自己啦。骑上车，忽然想做点什么，反正不是去收破烂。

做点什么呢？一时又想不出来。

就这样，王四统欢快地行进在了洒满阳光的田野上。路过塔镇，没有停留。一直向前，看得到丁公山的山影了。在他的身后，西去一条路，通往女儿的婆家张岔楼，东去一条路，通往金佛寺和边子村。

王四统停下来，也就幡然醒悟。他是要找个没人的地方，静心回味一下自己命运的悄然改变。

哪里改变了呢？他不是还要骑着三轮车继续自己收破烂的事业吗？他家的小文依旧在东躲西藏，大雨之夜才敢潜回家中，他家的存款也依旧不能够偿还小文的债务。但他确信已经发生了。

他没用低三下四地求告，就轻易把三轮车从交警队要了回来，破烂废品也能够及时找到暂存之地。常年缠绵病榻的老婆江玉枝，不敢说病根去除，但至少病情好转。

早知道收破烂是一项变废为宝的事业，但他收了这么多年破烂，都没看到破烂怎样变废为宝。因为江玉枝在振兴街摆下的小摊，他看到了。这倒是个不错的门路。如果怀疑，还可以再看看那位被称作"像章王"的性情开朗的乔光明……

整个大河湾香庄都找不到一个像他那样会逗乐的人！摊子挨着他，数不清大笑过多少次。

不知不觉，就有光从江玉枝身体里透射出来。他们的家庭，这是要走出黑暗了。这是又要回到当年两口子甩膀子、撸袖子、心气高昂、快马加鞭奔日子的时候了。

他们两夫妇小小的身躯里，有着多少使不尽的能量。香庄男女老幼，谁不说他们能干！

那时候，连打个盹都会生自己的气啦。连坐下吃顿饭都觉得蹉跎了岁月。路上遇见个人，说句话都觉得是耽误工夫。何曾慢悠悠地走过路？天天都是一路小跑着！一分钱能掰两半，一天恨不得当十天过。没黑没白。地上的小野花，檐下的大燕子，天上的星星、云朵，都像没看见过……日子过得那叫有奔头！

可那样的日子在江玉枝三十五岁那年，戛然断了……一家人从此跌进了黑暗的谷底。熬了快十五年,才终于看到了曙光。

那位可爱的"像章王",答应为他们招徕买主哩。

"像章王"不光赶振兴街的集,整个金乡县的集市都赶。"像章王"没腿也能走很远。

卖不卖的呗……王四统还能指靠着女人?他历来都是决心给自己的女人带来幸福的。他向东走到金佛寺去了。

"收——破布衬、烂棉套子!"他拉长声调吆喝,"收——长头发!"

他觉得自己像在歌唱一样了。

"叨——咪咪咪咪咪啦烧啦烧,叨叨咪咪,咪啦烧啦烧——"

他笑眯眯地跟人说话。大姑娘小媳妇,大嫂大婶大娘老奶奶,被他熟悉的声音吸引出来了。活泼可爱的小孩子们也跟着跑过来。他觉得自己有点像货郎。

"叨——咪咪咪咪咪啦烧啦烧,叨叨咪咪,咪啦烧啦烧——"

十年前他曾收到过铜制钱,后来常常有城里的文物贩子下乡搜罗古旧物件,他就再也收不到了。以后他倒要多多留心那些破罐子破碗,说不定就能淘到宝贝。对过去不感兴趣的破桌子旧板凳,不妨也长长眼。

谁知道一个升斗小民简单的快乐?

跟在城里走街串巷相比,他更喜欢乡村。只有质朴而明亮的乡村才与他此刻的内心相匹配。他呼吸着原野的风,心情像风一样舒畅。

"收——破布衬、烂棉套子!"他拉长声调吆喝,"收——长头发!"

他觉得没有谁能比自己更会吆喝的了。声音高高低低,轻轻重重,像拉动了一串圆润的珠子,有紧有缓。珠子滑动,相互轻轻碰击,听在自己耳朵里,都能听醉。

昨天在振兴街,他见过金佛寺养蜂人金大筐卖蜂蜜。路过金大筐的养蜂场,不由得停下来。过去出门他从来不肯多花一分钱的。饿了啃一口随身带来的馍馍,渴了喝一口随身带来的凉白开。白开喝光了,连沟边的积水他也喝过。他的肠胃好,生熟冷热不忌,砖头瓦块吞下去也能消化,从不坏肚子。

小树林里的养蜂场他路过了多次,但都没有对诱人的蜂蜜做过一次想象。而今,忽然满脑子里就都是这淡黄的半透明的人世间最美好的液体了。

正是槐花盛开的时节,浓香阵阵。

王四统捏一捏身上的钱夹,走进了小树林。无数金色的蜜蜂,友好地迎接了"破烂王"的到来。

从金大筐的养蜂场,王四统咬牙购得两斤蜂蜜。两斤装一瓶。本来他可以放在三轮车上,他却如获至宝地揣进怀里。

他亲爱的初中女同学,他的同甘共苦的好老婆,他孩子的妈妈,那个苦命的病女人江玉枝,今天晚上,就要吃到甜美的、纯净的蜂蜜了!

唉,这都活了大半辈子,就没想过人生在世会需要蜂蜜,好像蜂蜜在他们卑微的生活中是不存在的。连她生病期间,也没想过给她买瓶蜂蜜尝尝……张岔楼也有养蜂的,张岔楼的女婿来看丈母娘,带来的礼物不少,同样没有蜂蜜。

都住上楼了,电气化了,信息化了,都这个兴旺发达、人类能得上天的年代了,这不是让人惊奇的事吗?难怪王四统的那颗心,感到蜂蜜瓶子正在自己怀中,像个兔子似的突突弹跳呢。

王四统狭小的脑壳还在为这诱人的、美好的、能够穿透灵魂的液体所充满。他的三轮车在朝新凤落村开去。

相比金佛寺,新凤落村是让他陌生的地方,因为常会发现,赵家门里说不定就走出了姓刘的……一个被打乱的村庄,像一地瓦砾……

沉甸甸的蜂蜜瓶子在他怀中弹跳得更厉害了。黏稠的液体在发出美玉一般迷人的光芒。他听到两个声音在空气中对话。

"尝一尝吧,四统。"

"太可耻啦……这是买给江玉枝的。"

"就尝一小口……"

"你怎么有这想法?你是小孩子吗?"

"嘿嘿。可真馋啊!"

"馋鬼!丢人的馋鬼!"

"那就用舌头舔一舔……"

"江玉枝没尝到之前,谁也别想……"

251

"舔一舔也不影响……"

"恶心……这是犯罪。"

"严重了吧?"

"比犯罪还……这是不忠实。"

"舔一舔就是不忠实……万一不甜呢?"

"蜂蜜怎么会……"

"谁说不会?掺假的蜂蜜还少吗?"

"金大筐不会。"

"你们很熟?"

王四统跟金大筐不熟。王四统在田间小径上停下了。用眼角的余光四顾,附近没有人走来。如果他抬头看,会看到高高的天上悬着一朵被阳光照得雪亮的白云,像是在等待着什么发生。王四统两手捧出了蜂蜜瓶子。他凝神看着它。虽然它只是一个瓶子,却像装进去了一个晶莹的大湖,深不见底呢。他止不住微微晕眩起来。

轻轻拧动瓶盖……里面还有一道封口。他不再犹豫,将封口纸揭去一角。

马庙乡徐砣门孔氏之女孔金兰将一种神奇的甜点吞下口中时,不由得淌下眼泪。现在,孔金兰的感觉简直一模一样地降临在了王四统的身上。他猛地打了一个大哆嗦,蜂蜜瓶子差点从他手上脱落。全身毛孔炸开了,汗毛直愣愣的。他被一种神秘的力量穿透了,从天灵盖直打到脚心。然后,他猝然化作一团四处飞扬的粉末。他像找不到自己了,因为哪儿都是自己,充溢天地之间。泥土里,庄稼叶子上,树梢之上,白云之上,最高的尚未显露的星辰之上。眼窝里发痒。一摸,湿的。

没有走进新凤落村,王四统继续向前骑了去。

他真的管不住自己,喝了一大口。蜂蜜的魔力这么大,好像让他有了老勺头那样愉快自由的灵魂。喉咙里清甜无比,舔一舔嘴唇,也是甜的。

多么过瘾!多么美妙!

整个人是在无拘无束地飘飞着。

颠倒语,你颠倒听,

蛤蟆吞了长虫精……

转眼骑到了莱河堤上。看到了河水，就明白自己是要回到大河湾。那里才是世界上最好的地方。

一个一百二十亩地的绝世花园。在那里，勤劳的蜜蜂不会错过每一朵花。

蜜蜂飞舞的嗡嗡声中，借助蜂蜜的魔力，王四统要对一生中所有美妙的时刻好好做一番回忆哩……

一抬头，看到一位土地爷爷正坐在大河湾的河岸边休息，身旁却停放着一辆破旧的自行车，紧忙放慢了车速。

土地爷爷含笑向他招了招手。他这才认出是凤落村书记刘建忠。

王四统颇觉诧异。刘建忠手摇着一顶麦秸草帽，脚下一双塑料凉鞋。为了凉快，右裤腿挽到了膝盖下面，露出那条汗毛很少的光腿。膝盖上，摊放着一个黑皮笔记本，中间躺着一杆碳素笔。王四统怎么看，他都不像个村书记。只听他笑道：

"你那个歌子唱得恁好听哩。"

王四统登时闹了个红脸。

8

一个多月前，刘建忠书记给自己找了个闲事，一有空就游荡在塔镇大地上的各个乡村、社区之间，乐此不疲地搜集民谚俚曲。他原先就有这个爱好。当年塔镇文化站的站长是个叫宋相的大学生，跟他特别合得来，所以凤落村的文化活动不仅举办得比别的村多，内容也更丰富、生动。沾了这个光，凤落村曾多次被命名为县镇两级的"特色文化村"。在文化站协助宋站长工作的，是一个姓黄、脸又黄的老民办教师，也特别钟爱民间文化。从那时起，宋相就做了搜集整理民谚俚曲的计划，不料黄民办中风，宋相也考上了全日制研究生，从此离开了塔镇，再没回来。黄民办临终前，把自己未完成的手稿交予他。想来又特别地愧对黄民办，手稿被他珍藏在祖传的梓木柜子里，竟被老鼠给啃得七零八落，所余数页残稿，字迹漫漶支离，不可辨认。这事一直像块巨石压在他心头。他不知多少次对自己说，老刘，不能再等了，不能再等了。

老一辈的人越来越少了啊。

何曾想，村子也越来越少了！

不是因为搞了村庄整体置换，凤落村何处去寻？其实，凤落村也是有名无实。原指望这番操作把凤落村给保留下来，却不知又闹出多少后遗症。

正月底那回两村对垒，寻衅闹事的群众走散不久，刘建忠就被万镇长一个电话召到了镇政府。事非寻常！当时连杨暖仪书记都被惊动了。

塔镇二十五个行政村，当村书记最久的并非韩大哥，也非李墨喜、江福兴、陈小杰、金士魁之流，而是刘建忠！

刘建忠十九岁高中毕业，刚到二十二岁就干上了村书记。他二十二岁不显年轻，因为他是少白头。圆颅短项，生着细细的眼，大大的嘴，呼扇扇两只招风耳，可亲可近。

公平地说，他这太平官做得煞是好。凤落村民风醇厚，邻里和睦，一年见不到一次站街吵架的，堪称乡村道德典范。但遇上事情，人就变成了慌脚鸡，没了主意。

除此之外，却又是唯一在县城没有买房子的村书记。他爱住凤落村，舍不得祖辈耕种的土地。他爱劳动。他爱出力流汗。去村里找他，十有八九是在自家地里挽着袖子、卷着裤腿干活。出门开什么车？就是这辆老飞鸽二八，掉光了漆，还在骑！

总之，人是好人，能力有所不逮。镇政府不是没考虑换人，他自己也多次递过辞呈，但总抵不住民意。凤落村人要他。他若不干，找不着第二个人。

一到年节，全凤落村的人都会争相把他往自己家里拉。他有十个分身也顾不来。索性哪家也不去。这就形成了凤落村独特的春节民俗：

除夕夜聚在他家吃饺子。

不能夸张说全村人都到，至少挤满了他家堂屋。

女主人煮了一锅又一锅，还常常跟不上趟儿。为包除夕夜的饺子，她忙活了一天。她一个人十根指头，包的饺子哪里够吃？幸亏有人来帮忙。吃饺子，喝酒，吞云吐雾，话桑麻，论时事，必得熬到半夜，把个主人家熬得磕头打盹坐不住。

要知道，按本地民俗，饺子是要在大年初一五更吃的，吃完饺子再去拜年。也没有全家守夜之说。

为着这个只会做太平官的大好人，凤落村把百年民俗都给改了。

身为凤落村书记，对群众的安抚工作，是怎么做的？连一个欢乐祥和的正月都不让人过完！

事实上，万镇长严厉指责刘书记的同时，已将赵玄玄之死浑然忘在了脑后。因为赵玄玄的死去，这个还差五天就要结束的正月，就跟欢乐祥和无关。

刘建忠冤枉啊！刘建忠要能拦得住，还不早拦下了？刘建忠可不是赵玄玄。若是赵玄玄，住在光善社区高楼上享受新生活的，可就是凤落村的村民了。哪里还有后来的这些麻烦事？别说普通村民，他刘建忠也已经悔青了肠子，也暗恨当初不如随大溜往楼上一搬了之。如今也只能盼着镇政府加快出新规划，把凤落村规划进去。

要不，辞职吧。种好自己的一亩三分地，省心啦。

当着杨暖仪书记的面，刘建忠当然不好说辞职。有了问题就辞职，不仅是懦夫行为，也是不负责任的行为。

万镇长已经重新感受到了失去朋友的悲伤，口气也就缓和下来。还好吧，两村的纷争已被制止住。凤落村的村民，总归讲道理。问题就是如何把道理说到人心里去。万镇长不再责备刘建忠，反而向杨暖仪书记检讨自己工作没做好。

刘建忠走了，回到家就翻出了黄民办的遗稿。总共三页纸，他熬了三宿才认出一首短短的《老头牵羊》、一首《柿子筐》和三句《两头忙》：

> 三月生了一个小儿郎，
> 四月会爬，五月会走，
> 到了六月里送到南学念文章。

手捧遗稿，止不住悲从中来，再想黄民办，脸是愈加黄了，却怎么也想不出具体的五官来，就如同看到了一大块光溜溜的黄金。

这一天，他打定了主意。知道辞职无用，也便不再提。工欲善其事，必先利其器。修了自行车，备好了草帽、毛巾，自己上淘宝买了录音笔、军用水壶。考虑不久之后夏天的到来，又添置了一把黑色大折扇。折扇上孤零零一朵大牡丹，轰轰烈烈、旁若无人地开着。笔记本是现成的。他曾是连续两届金乡县政协委员。每次开政协会，都会领到一个塑料皮的高级笔记本。因为上面印着金乡县政协的字样，他以之为荣耀，都保存了下来。数一数，十本之多，够使了。

古有采诗官，春天就是采诗的季节。

自封的采诗官刘建忠，以自己哗啦作响的自行车为木铎，在一个春光明媚的日子里，开始了村舍社区之间的轻松游荡。因为心中惬意，骑着车子赶路的时候，也会不由自主地哼唱起来。

他从来没有像在这个春天里一样快乐！

田间地头，都是他停留的地方。他与每一个愿意跟他交谈的人交谈，不论大人小孩。

很多人认识他，会说，你是书记，肯定不能听酸曲荤故事。好像听酸曲荤故事违反党的纪律。他就说，我不是书记了。没人相信。很多村子里都是人们争着当官，为着当官打破头，怎么会有主动放弃的？所以，开始的时候，他搜集到的酸曲荤故事很少。不过没关系，民谣俚曲又不专指酸曲。

非常意外的是，他在五合社区遇到八下村的一个绣花姑娘，顶多二十岁，唇红齿白，可谓人间绝色。人们告诉他，三月里她就要出嫁了。嫁的是金乡县城里的一个大款。这位漂亮姑娘独自坐在楼下的花池边上，一针一线动作优美地绣着一只枕套。把结婚的枕套拿到外面来绣，不能不引人遐思。

姑娘一边绣着花，一边近乎主动地慢慢给他吟唱了完整的令人怅然的《两头忙》。

几天过去，他都没能醒悟绣花姑娘吟唱《两头忙》的用意……但愿有情人终成眷属。但愿绣花姑娘得幸福。但愿那个大款是她千挑万选出来的如意郎君。

总的来说，对民间传统文化掌握得多的集中在七八十岁以上的老人那里，像绣花姑娘那样会吟唱《两头忙》的极少，王四统这个年纪的几乎就是向下的极限。

在大河湾，刘建忠与王四统一直聊到夕阳西下。王四统不急着去收破烂，刘建忠不急着回村。虽然王四统所知都是些片片断断，刘建忠也不想放过。要知道王四统平时并不是话多的人，他说一句话到下一句话的间隔，长得好像能够用卷尺量出来。刘建忠具有十足的耐心，每句话都不轻易打断。

其间，他怕王四统口渴，就奉献出自己的地雷一样的军用水壶。王四统喝了水，才想到这样的水壶自己也有一只，今天出门前不知能够顺利取出被扣押的三轮车，就放在了家里。他一时不留意，把刘建忠书记崭新的水壶当作自己的来用了。

还给刘建忠，刘建忠丝毫没有嫌弃，也咕咚喝了一口。

不知不觉，刘建忠就在笔记本上记满了两页纸，从西边射来的阳光，花蝴蝶一样，柔和地飞落在他们的头上、肩上。王四统看着那些密密麻麻的字迹，郑重其事地对刘建忠说道：

"刘书记，我给您推荐一个行家。"

"哪位？"

"俺香庄八十七岁的勺头大叔。"王四统十分认真地说，"我认为他是'国宝'一级的。"

闻听此言，刘建忠恍然大悟，两眼闪出喜悦之光。

"怎么没想到勺头大叔呢？早知道他是方圆十里有名的拉呱儿唱曲儿高手。"刘建忠说，"谢谢你提醒，四统。"他向对岸的田野看了一眼。田野上不知什么人点起了一堆篝火，青烟袅袅。"耽误了你的宝贵时间，我再次表示感谢。"他跟王四统告辞，"好极啦，好极啦。有时间再聊。"

看着他有条不紊地收拾起碳素笔、笔记本和军用水壶，然后戴上草帽推自行车要走，王四统突然认真说道：

"刘书记，您像个记者！"

刘建忠一听就连连点头，笑道：

"是像。"

他骑上了车子，竟像喝醉了一样，车子斜斜地向河道冲去，但又及时地稳住了。

在过去的一个多月里，刘建忠已经在大河湾与老勺头聊过了多次。他甚至跟老勺头一起躺在大河湾的草丛里，用草帽盖住面孔，睡了整整两个小时。醒来的时候，草帽从面孔上滑落，嫩绿的草叶低低地伸展在眼前，好像被放大了几十倍，他瞬间就有了自己是一只小蚂蚁的感受。这样独特而强烈的体验，让他久久不忘，以后时常在游荡的半路上，生出要即刻停下来，躺在青草上美美睡一觉的冲动。

刘建忠没回头，身后王四统的目光一直在追着他。眼前的河堤上终于空无一人了，王四统还未收回目光。

对面田野上的篝火似乎已经熄灭，青烟在半空中飘散。王四统闻到了黄昏的气味。他的全身像蜡烛熔化一样慢慢松懈下来。

一天就要结束。毫无疑问，这是无比快乐幸福的一天。

王四统从来没有说出过这么多别人爱听的语言。他像游荡了一天的小动物，听从黄昏的召唤，就要疲惫而满足地回巢了。但是，他没有走向他那辆停在河岸上的三轮车，也没有注意前日堆放破烂留在地上的痕迹，就向大河湾旺盛的草丛里走去了。

草丛里的阳光，不是从天上落下来，而像是从幽暗的水面浮起的。

王四统一步步走进草丛，渐渐只露着一颗洒满阳光的头顶。

阳光如蜜。王四统这是浸在那愉悦洋溢的美好液体之中了。

> 青蛙配对水上漂，
> 猴子配对挂树梢。

就听得一声闷响，王四统不见了。欲知发生了何事，一个月后便有分晓。

9

这天半夜,韩大哥又打来了电话,张口就问李墨喜,知道不知道下午万镇长被上边"叫"去了。李墨喜全身猛一紧张。韩大哥向来不会乱说,但他仍然满腹疑虑。他不相信万镇长是"那样"的人。韩大哥也不了解更多内情,只是说等等看。

放下手机,李墨喜不由得发愣。金兰看在眼里,暗怀了担心。不料,万镇长本人的电话接着就来了。

"我在办公点门外。"头一次没说"五分钟之内"。

李墨喜一阵惊喜。这些年,大家共同认识的人被上边"叫"进去,时而发生。塔镇也有。两年前的冬天,镇党委、政府领导班子倒平安,却有两个年轻干部坏了事。一个是镇政府项目办公室负责人,叫胡雷,一个是农村公路管理养护办公室的报账员,叫田力强,平时看上去都不错,不是被人举报,谁也不会把违法乱纪想到他们头上。胡雷在塔镇才工作四年,还没成家,作为塔镇党委、政府"最年轻的中层干部",本来前途一片光明,偏偏沉迷网游,挪用公款玩"升级"。提起这两位,人人替他们惋惜。

万镇长能这么快就出来,可见不是韩大哥说的那种被上边"叫"进去的。李墨喜急急地穿衣下楼。

如果再早一会儿,李墨喜就会碰到刚刚从小区外归来的王四统,但不见得就能注意到这个小个子男人,因为他总是无声无息的。

不到五分钟,李墨喜看见了等候在办公点门前的万镇长。他们一言不发,一起走进李墨喜的办公室。

万镇长往椅子上沉沉一坐,脑袋低垂。李墨喜还从来没见过他这个样子。暗想,他这一惊非同小可。他不是神仙啦。他也有惊慌失措的时候。他这是一点也没有想过掩饰自己的颓丧啦。难道他不应该像个百毒不侵的、法力无边的、指挥若定的活神仙吗?李墨喜都有拉住他的手的冲动了。此刻他的手一定软绵绵的,甚至还是冷冰冰的。怎么询问他?李墨喜没想好。但他终于抬起头来了,果然双目失神,脸色十分难看,冷水里泡过半年似的。

"墨喜,"他谨慎地说,"我一直想问你,能不能争取扩大香庄丰茂农场规模?你不觉得相对于全国丰茂生态农业组织这么大的阵仗,香庄丰茂农场一千多亩的规模太小了点儿?"

他对韩大哥电话上说到的事情只字不提。

李墨喜一摊手。

"我对你保持了足够的信任。"万镇长继续说,"我相信你能够做的,就一定会毫无保留地去做,所以,我从来没对你提出过任何要求。这是兄弟情。你也不要把我当作什么镇长。你也不是为镇长做事。但是,我今天要说出来,就请你为'万启顺镇长'做一件事吧。你去努力,把丰茂农场扩大,搞上个几千亩。把凤落村、史家洼、大王庄、尚庙村连成一片,甚至可以再扩大,扩大到金佛寺……越大越好。你去,你去找子在川!"

话音未落,办公室里的空气就像凝固了。

这还是往日那个对人好、可靠、成熟、稳重、充满智慧、胸有成竹、朴实里又透着威严的中年男人吗?怎么像是缴了械的呢?

嗯,他是缴了械了,全身上下一点武装也没有了。又像剥了皮的狸猫,露出鲜红的血肉,真是赤裸裸的一个肉体凡胎。他那样瘫了似的坐在椅子上,说话声也像是在可怜地哀叫。

"你去找子在川!"好像玻璃摔碎在了寂静的黑夜里,带给耳膜一阵刺痛。可是,子在川在哪里?子在川会长是地球上随便一个名不见经传的普通农民就能找到的吗?

好吧,李墨喜即将坐下来,复述去年面见子在川会长的经历。

当时他完全是在不知情的情况下,被召到了傲徕峰。如果能够先知先觉,他肯定会以另一种方式去表现。他复述一遍,请万镇长帮着寻找有无实现美好心愿的可能,但凡有一线机会,也要紧抓不放。

机会从来不是大路货。机会常常是从狭窄的石头缝里用手指抠出来的。常常要把手指抠得鲜血淋漓。

门外有人!

是谁?公羊纯真。这么晚,公羊纯真怎么也赶了来?公羊纯真一直存在心里、支支吾吾不好意思讲出来的，万镇长今晚替他讲了。

公羊纯真也是这么个意思。有大河湾香庄的样子摆在眼前，史家洼不会平静。史家洼一度被压住的问题，随着强势的赵玄玄死去，眼看着就要浮出水面。住上楼也没脱离农业生产的史家洼，一，就近劳动不复存在。二，小区没设计摊晒农产品的场所，部分村民开始打小区绿化带的主意。三，无法饲养鸡鸭猪羊，也失去了庭院种植，传统的自给自足的生活方式受到严重困扰。四，小区物业费、水电气暖费，增加了每个家庭的生活负担……这些问题公羊纯真不能不考虑。

对于李墨喜，振兴街村级联合办公点代理书记的头衔不是白挂的。史家洼的事情，就该是李墨喜的事情。

李墨喜，有个绰号叫"李二搂"哩。

第二天，韩大哥也知道自己虚惊了一场。上边接到了举报信，事关史家洼、凤落村整体置换。万镇长被询问。

> 今有塔镇史家洼行政村、凤落村双方村民自愿调换宅基地、耕地、房舍，分别有宅基地一百一十八点七四亩、六十三点七三亩，耕地一千三百二十亩、一千零五十亩，房舍七百一十二间、五百三十间，双方协议商定不得反悔，立此合约。

白纸黑字，加标点一百零四字。两村委会大印。请法律人士把了关的。

确定两村置换的时候，杨暖仪书记还不在本县。如果在本县，这事情不一定就能通过。

显然，这回的被询问让万镇长感觉受到了警告。他不是早有了归隐蝎子崖的想法吗？但是，想法归想法，做起来就是另一码事。即便神仙又如何？况且大地上的人，还没有谁是食五谷而不放屁的神仙。

有道是"身正不怕影子歪"。即便做出的事有不妥之处，做了也就做了。过了一夜，万镇长也就缓过气来。韩大哥不放心，去镇政府找他，他还是谈笑风生的样子。李墨喜如果见到他，就会感到跟他昨晚的表现根本挂不上号。

小羊圈国际产业园引进项目,济宁市轻盈智能穿戴有限公司塔镇分公司开业庆典,将于本月二十日举行,计划邀请金乡县委常委、组织部部长、金乡县开发区第一副书记刘维林,塔镇镇委书记、镇长万启顺,济宁市妥投金融信息服务股份有限公司董事长徐文生,济宁市武鑫产业园管委会常务副主任楚良凯,金乡县武鑫产业发展公司总经理周大海等出席仪式。

好。小羊圈在用劲向瀚童集团看齐。万镇长表示祝贺。嗯嗯,再加上杨暖仪书记。万镇长会替韩大哥争取。

谁站在了智能化的前沿,谁就拥有了世界。智能穿戴是不是传说中的隐身衣?那要看了才知道。中午韩大哥不走了,塔镇政府得管饭。就吃食堂。打电话叫李墨喜。

当然,好哥们儿都在被邀请之列。

李墨喜赶来了。

中午在食堂吃饭的还有县里两个部门来检查工作的领导,加上韩大哥、李墨喜,就在一个单间凑成了一桌。工作餐,没有酒。万镇长作陪。米委员也不能走开,忙着端盘子倒水。

李墨喜刚坐下,就看见大老肖在向自己招手,他装着没看见。大老肖干着急,倒是万镇长提醒了他。

"大老肖有话说嘛。"

大老肖面露难色,不说。李墨喜会心一笑,知是又为酱油,就走过去。两人来到外面。大老肖就悄悄说:"李书记,您看,上次我说过的事。"李墨喜说:"这不也挺好的嘛,没人说难吃。"大老肖说:"谁会嫌更好呢?"李墨喜点头:"对,对。"大老肖急得什么似的:"别光点头啊,您得给我点面子。您老人家就从一个做饭维生的厨子的角度考虑考虑。"

这时候,手机响起来。他接了个电话,也不告辞,就要离开。单间里的韩大哥叫他,大老肖暗生闷气,也扭头走开了。

怪只怪小喇叭多嘴,在跟朋友聚会的时候,讲到自己在光善社区见过小文。岂料他朋友的朋友就是小文的债主。受到小喇叭的提醒,小文的债主邀了一帮狐朋狗友赶到光善社区，向聚集在大门口的老人们打听小文父母住在几号楼。老人们个个保留着给过路人热情指路的优良传统，没有任何防人之心，也就争相暴露了他家的底细。一个外号叫"八字方针"的老人，忙不迭拎起小马扎，就去引领他们。到得楼下，还不成，又陪他们上了电梯。

没这个"八字方针"，独自在家的江玉枝可能不会轻易给陌生人开门。

"谁呀？"门里有人问。

"小文的娘，是我，你范六大爷，'八字方针'。"

门开了，那伙追债的人蜂拥而入。"八字方针"还以为自己引路是做好事，也便得意扬扬地跟了进去。

怎么没想到王小文也是娘生爹养的呢？大道如青天。冤有头，债有主。父债子还，子债父还。不用兜圈子，乖乖把小文交出来吧。

这下子江玉枝慌了。

江玉枝震颤起来了。由弱及强，由强及弱，反反复复，像打摆子。当然不能承认见过小文。江玉枝也在想他啦。

真没见过小文吗？请想想几天前的大雨之夜。

江玉枝瞬时安静了。江玉枝的神情又舒展开来了。她完全是一个健康的中年女人，从生下来就没得过病，从来就不知疼痛为何物，连牙疼都没过。她客气地请这些人沙发上坐，还要去给他们沏茶。

"八字方针"不能一走了之，也跟着相劝。来的都是客。

不坐。站客难待。把小文在哪里说出来，比什么都算有礼。

江玉枝自己坐了，柔弱地低下头，止不住擦鼻子抹泪。她有多难啊。她能变一个小文出来，就给他们变一个了。他们是正经人家，可不会赖账。要是有钱，早把账还了。在世为人，谁肯伤了和气？可是他们没钱。是真没钱。看看这个家就知道了。小到一只茶杯，大到摆在客厅里的沙发，都是捡破烂捡来的。小文的爹常年收破烂，很多人都认识他。收破烂能收成有钱人吗？风里来雨里去的，谁看了不可怜他？苦人啦。

"八字方针"不忍，便劝她不要难过。

江玉枝用哀戚的目光告诉他，自己不难过。她只是发愁。她又震颤起来了。先是一边身子，再是另一边身子，最后是全身发颤。

债主轻蔑地注视着她，不为所动。

她只短促地呻唤了一声。额头上开始钻出汗珠。真是奇怪的汗珠啊，好像发黏，又有点发黄。她重新安静了下来，咬着牙，不再开口的样子，但她低低地说话了。

"看有什么值钱的，你们就拿吧。"

声细如蝇。

既然这么说了，那就不客气了。来人四顾，分头跑到几个房间里，又都空着手出来。这太让人窝火了。没什么值钱的东西，还让人随便拿。怎么办？债主恼羞成怒了，又一头冲入房间里去。他拎出了江玉枝的一只百宝箱。

江玉枝眼睁睁看着他们走出房门，才猛地醒悟过来。她疯一样追到了楼下，死死拉住他们的车门，两眼紧盯着她的箱子。债主狠狠搡她一把，只听她尖叫一声，摔倒在地。箱子随之被丢出车外。趁着还没有香庄的人拢来，债主开车扬长而去。

李墨喜赶到的时候，人们手忙脚乱正准备把江玉枝送往县医院。

"疼！"江玉枝不停呻唤着。

10

百宝箱简直是江玉枝拿命抢回来的。箱子里的物件散落一地。牛角梳子、荷包、扇坠、发卡、三星翻盖手机，人们也都已看到。怪不得她会连命也不要了，说不定这些物件价值连城哩。这很符合人们素来对她的想象，实际上却也是对她深深的误解。

江玉枝要抢回来的，不过是一枚普通的铝制像章。

不管"像章王"乔光明说的真不真，反正她是信了。人世间，有些东西可以不要，但还有些东西却需要一个人以生命来保护。

在李墨喜的建议下，再也承受不了剧痛的江玉枝，被直接送往了位于济宁市古槐路上的济宁医学院附属医院。

结合江玉枝病史，医院神经内科当天下午就给出了诊断结果，当年她患上的很可能是一种叫作"格林—巴利综合征"的自身免疫性疾病。

江玉枝不顾病房里还有其他病友，止不住大哭了一场。一边哭，一边打自己的脸。王四统抓住她的手，跟着哭。

当初若听从医嘱转院，也不至于落下神经功能障碍的后遗症，白遭这些年的苦痛。但有什么办法？她是那样疼钱呢。花钱就是割她心头肉呢。钱花了就没了，苦痛忍一忍，可能就挨过去了……

这个小个子女人，她强忍了这些年！

不提江玉枝在济宁治病，李墨喜回来后想着万镇长说过的话，就找到小艾。他开门见山：

"能不能帮我联系上朱麒麟董事长？"

小艾如实告诉他，像香庄这样的丰茂生态农场，全国得有上千个，分属不下五十家会员公司，就连他的顶头上司，他们公司的丰茂生态农业项目负责人田经理，也不见得见过朱董一面。过几天田经理从南京赶来指导工作，他可以当面问田经理。

李墨喜又来到大河湾。又有什么大事要在这里决定呢？

太阳在上，大河湾在下，李墨喜身在其间。

一百二十亩的大河湾永远是他现在看到的样子。看到什么就是什么。他就像来到一个世界的中心了……不想走了。他就要在蜃气缭绕的绿色草丛里躺下了。

在大地的胸膛闭上眼睛，仰面朝天。那是他小时候爱做的事情。可以看到无法描述的色彩，在眼帘后面像云朵一样慢慢漂移。还会有一根细细的金线，一直到他十五岁都没有消失。把眼皮打开一道细缝，发现阳光明晃晃挤在眼皮之外，千丝万缕，像挤在大门口。

阳光的气味，青草的气味，泥土的气味，都是让他躺下去的召唤。

李墨喜等不及了。

两个月前莱河白石护坡上的那个夜晚，李墨喜深思熟虑之后，第二次向万镇长提出请求。

"你真是一个少见的人哪。"万镇长叹息，但已不再重提自己在那个大雾之季向他说出的理由。万镇长不会替他出面去邀请赵明海。解铃还须系铃人。"你要让他们走近你。"这就是万镇长的忠告。

过去的日子里他是错过,就像活着的韩大哥、金士魁和去世的赵玄玄一样错过,不然村里人对他们也不会是这种复杂的态度。

想想吧,韩大哥绚丽的大鹦鹉,被村民齐力抬回小区的赵玄玄的爱车,那些飘落在浓雾里的百元人民币,总是出其不意响一声的二毛的骚扰电话,疯狂追击金士魁的蜂群……时至今日,赵国瑞两口子都没有赶过一次振兴街的集市哩。

李墨喜要不要再去鱼山镇的冷藏公司找赵明海谈一谈呢?这两个多月,他们竟没有碰上过一次,赵明海就像从不在光善社区居住。

可是,他又要受万镇长的委托,去见根本不可能再见到的一个人了。他对自己能否将光善社区的事情办好产生了怀疑。

他不是曾经雄心勃勃地要在振兴街建起一座城吗?显然,他的耐心受到了考验。那需要多久啊?是不是超出了自己的能力?

李墨喜没有躺下,而像是站不住了,慢慢蹲下来。想都没想,他用双手抱住了脑袋,就像在等待一个人从背后走来,轻轻拍一下他的肩膀,亲切地唤他一声:

"哎。"

一天没人拍他的肩膀,他就一天不得安宁。

他的姿势仿佛包裹在母亲柔软的子宫里、被芬芳的羊水滋润着的七八个月之后的胎儿。他没用眼睛看,也知道此刻正有一个穿粉红褂子、浅蓝裤子的女孩,像一朵明艳的打碗碗花一样,慢慢往草丛深处飘去了。

草叶沙沙作响,像是明媚的阳光变成了跳动的雨水。雨水一会儿是金灿灿的,一会儿是绿莹莹的。赤橙黄绿青蓝紫,轮番出现。一会儿又是无色的。草叶不响了,雨水也就停了。

又隔了一会儿,一个穿短裤的男孩也走了进去。

阳光吹动草叶。蜜蜂嘤嘤嗡嗡。

好像有一股神异熏然的热烘烘的气浪,呜一声,滚过大河湾,他随之发现一只棕色的大蚂蚁,正趴在自己从袜子口露出的脚踝处,埋头贪婪叮咬。他满怀慈悲地用手指尖将它轻轻弹走。

"小青,慢些。"

他听到一个老人的声音,像是来寻找自己贪玩的孙女。他一动没动。他知道那是活在梦幻世界的老勺头。

老勺头口中喃喃叫着"小白""小红""小香""小蓝",从离他不远的地方走过。

脚下蜥蜴哧溜溜乱窜,不择路径。它们从来都是极易受惊的样子,为了逃命,可以自断尾巴。

隐秘的草棵里闪动着一对圆圆的小眼睛,原来是一只惯于昼伏夜出的獾狗子。他惊扰到了它吗?

地球旋转,大河湾无语。

不知不觉,李墨喜的下肢已经蹲麻了。两手按着膝盖,他试着站起来。头重脚轻。腰里在咔吧响,告诉他,这已不是年轻人坚韧茁壮的腰了。骨头开始悄悄生锈。流光易逝,人生就像一列疾驰的火车,转眼就会到站,没人能让它停泊在半路上……别响,老骨头。别响,别惊了大河湾……

阳光好像比刚才更加明亮了,刺得他睁不开眼睛。略一适应,他就无声无息地走向自己停在岸边的那辆黑色马六。钻进车门之前,他恍惚又看见刘建忠书记的影子消失在通往凤落村的发白的道路上。

半夜里,李墨喜推醒了金兰。

"明天,给我准备十斤大馍馍。"

"干啥?"

"中午我去泰安。"

"怎么忽然想起去泰安?"

"嗯。"他说,"我去见那个子在川会长。"

"约好了?"

"哪里约去?"

"你怎么知道他会在山上?"

"我知道见不着他。"他说,"但这不要紧。我索性在山上等他几天。他总会知道有人来过。我相信他会想起我来。帮我合计合计,我还要带些什么金乡土特产?空手去,失礼。见不着他,就把土特产放在山上,更能帮助他想起来是我。"

金兰不吭声了。她翻身坐了起来，过了一会儿，问道：

"你听说了吗？"

"什么？"

"你在济宁这两天，张福庆家里的堵在二毛家门口骂了半天。"

李墨喜一惊，抬了一下身子。

"二毛紧着她骂？太不像话啦。"

"我倒盼着二毛跟她对骂。"金兰说，"真要对骂起来，张福庆家的不是二毛的对手。看样子，张福庆家的不算完呢。"

李墨喜默不作声。

"你要去就放心去吧。"金兰说着，又躺下了。李墨喜一动不动。她不易觉察地朝他的身子靠一靠，又不易觉察地伸出手，放在他的身上。"金塔黑蒜拿几斤，这个没人不喜欢的。点心就拿工商联的。"她一五一十地慢慢说，"马庙金谷就买塔镇老林家牌子的，假不了。再加上几瓶刘麻子小磨香油、几盒金安堂杜红花，也就拿得出手了。

"你要十斤馍馍不会是自己吃吧？穷家富路，不能亏了自己……"

"人在就送人，人不在就自己吃。吃坏了就扔，也不值几个钱。

"我想了，你最好带上一本《香庄村规民约》。"

"带《民约》干啥？"

"放在礼物里。"

"好主意。"

"睡吧。"金兰又把手从他身上拿下来。

第二天不到八点半，兰菊香馍房就出了头一锅白生生的大馍馍。金兰把馍馍装好，放进停在办公点门口的马六车里，打电话告知楼上办公室里的李墨喜。不大一会儿，就见李墨喜和公羊纯真一块儿下来了。所需礼物，可顺道从塔镇和县城购买。

李墨喜要上车。金兰走到他跟前，抬头看他一眼。她竟然看羞涩了。老夫老妻，有什么可羞的？她脸一红，头一低，退到一旁。

马六开动。公羊纯真对着马六挥手。马六拐到了路上。

金兰快走几步，追到路边，浑不知两手抱在胸口，向沿街远去的马六望去。公羊纯真微微一笑。这女人，怎么搞成送夫参军呢？

看不见马六了，金兰才慢慢走回来。没去香馍房，又走到了公羊纯真面前，看他一眼，却像在问，李墨喜去干什么了？公羊纯真像被她一下子问懵了，什么也没回答上来。她像是失望地叹口气，走开了。

整个上午，金兰都是魂不守舍的样子，多次走出香馍房，站到街边。

第六章

1

到得泰山脚下,李墨喜估摸着正是去年自己从傲徕峰走下来的时间。他当然不是来旅游散心的。为表虔诚,他不是没在大河湾想过西天取经似的从香庄一步步走到泰山来。三百多里路,跟神话里的西游没法比,跟历史上的两万五千里长征也没法比,走个两三天的话,还能撑得住。他记得香庄老范家有个长辈,回忆自己几十年前徒步去胶东半岛的龙口贩海货,就凭两条腿,风餐露宿,走了半个月。他要是徒步来一趟泰山,一步一叩首,可就有些意思了。即便开车前来,也总要别致一些。

选了离傲徕峰最近的一个停车场停了车,望着拿下车来的一地礼物,犯了愁。他两只手不够用。一位白胡子老者得知他要上山,就向他建议,可以请个挑山工帮他挑上去。一句话提醒了他。

从停车场出来,却又犯难。

路边倒有两三家店铺,但一眼就能看出来,都不像会有扁担出售的样子。

李墨喜这回来了泰安,是要亲自做一回挑山工哩!

这里位于泰安城区,要找到出售扁担的农村集市,不大容易。李墨喜一边想,一边信步走动。往山上望,满山苍翠。山上一草一木,一枝一叶,肯定是动不得的。

转念一想,不如去商店看看有没有卖登山拐杖的。若有,买根结实的,权且一用。

正要往一家商店走去,就听山林边上传来一阵热闹的说笑声。伸脖子踮足看一看,七八个挑山工俱光了膀子,坐在树影下的山石上躲避午后燥热。他选了个不远不近的地方,佯装没事人一样地站着,目光一刻也没从人堆里离开。

这些挑山工,有的是要往上去,有的是刚刚返回到这里,有挑着货物的,也有空着担子的,不知在说些什么,一个个兴高采烈。他在这里停留得一久,他们就注意到了,也便停止了说笑。他想了想,便走上前去,客客气气地问道:

"各位弟兄,哪里能买到扁担?"

一句话就把他们问愣了。一个五十多岁、耳朵长得十分夸张、面孔红得像鸡冠、眼珠子像李逵的人,长长"咦"一声,说道:

"老关我行走泰山三十余载,见到过买了半个真人大的石敢当、硬生生从泰山极顶抱下来、累得脱肛的日本人,却没见过买扁担的。"

"大哥,请莫耻笑。"李墨喜一拱手。

"你要扁担何用?"

"这个……"

"听你普通话说得还不错,敢情是北京人?"

李墨喜头上汗都下来了。"弟兄……这个……"他开始吞吞吐吐起来。

一个坐在一边不大言声的年轻人见状,忍不住爽朗笑道:"关大爷就会吹!日本人脱肛在裤子里,你看到了?人家不过是问一句哪里卖扁担,你开腔就像教训起人来。管得着人家何用?"说着,跳下山石。"我这根扁担还是新的,绝好使的桑木扁担。不长不短,带得上火车。就送你吧。"

李墨喜嘴里呜呜噜噜,小动作的意思是要付钱。

"我自己再做。"年轻人说一声,随手把扁担往他怀里一推,麻利套上汗衫,就迈开大步离开了。

李墨喜抱着扁担,不知说什么好。

"散啦,散啦。"那老关摇动大耳,摆手说两声,大家也便上的上,下的下,只留下李墨喜一个人站在那里。

这李墨喜一出家门,就改了口音。入乡随俗也罢,这泰安地界跟金乡塔镇,相隔三百余里,想来也差不了多少,他偏选择了全国通行的漂亮的普通话。他觉得自己在泰山脚下,再也启不开这张口了。

果然,回到停车场,把带来的礼物扎捆好,挑在扁担两头,李墨喜都没说过一句话。从他身边路过的人,有多嘴的,问他在做什么,他就闭着嘴,抬手往山上指,像个哑巴。

多少年没担过扁担了,只见他一弯腰,就将扁担肩上担了,竟也没有打闪。一径出了停车场,脚下踩的虽不是香庄那里的平地,却也走得稳。不知力气从哪里来,一直走到上面的石阶上,也没用歇一歇。

心想,得亏有这扁担,不然背上驮的,肩上扛的,手中提的,要上山多有不便。人有闪失不好,物有闪失也不好。

他本盘算着两个小时到达傲徕峰顶,那时才是半下午。生恐耽误了时间,不光没心赏花观景,连从上面有无走下来游客,也都没去注意。因为山峰、树影的遮挡,山上天暗的速度,比在山下还快,只有走到暴露的高处,才觉得明亮如常。等到发现没人走下来时,他也不过换了两三次肩膀。

让他吃惊的是,脚下这条路像是走过,也像是从没走过。

一种不祥的预感,让他不禁打了个哆嗦。很有可能,自己在深山迷了路。作为一个从小生活在鲁西南大平原的人,对山地的崎岖复杂,缺乏足够准确的判断。

可以说,直到这时,肩上的担子也还没有构成负担。他照旧脚步轻快地拾级而上,登上一块凸起的巨石。

举目四顾,除最高的山峰可以判断为泰山主峰,其余山峰连绵不绝,不可尽数。他警惕地放下扁担,拿出手机,给万镇长发去了一条微信和一个地址定位。

现在的问题是,原路返回还是继续前行?

他努力分辨着傲徕峰。幸亏他来之前,做过了充分的功课。认出了形状最为独特的扇子崖,也就认出了相邻的傲徕峰。只是他没想到,还有那么多大大小小的无名山峰,散布在自己前行的道路上。峰回路转,会让两座山峰时隐时现,生了腿一样,时左时右,满山乱跑。

时间还不到半下午,太阳依旧高挂,李墨喜却如同看到自己艰难行走在夕阳余晖下的山野，而傲徕峰依旧遥不可及。

　　他将在黑暗中摸索前行。在他备好的物品中，有吃的喝的，还有一条新被单。不知山野的夜晚，会不会十分寒冷……累了，他在山石间睡下。或许能找到一个安全的山洞存身。会不会有野兽出没呢？狼？《山海经》载，泰山有一种嘴里可以吐出珍珠的野兽，名叫狪狪，或许就是他昨天在大河湾见过的獾狗子……生火断不可行。他用扁担和石块防身。可惜没能带来一把锋利的刀子。持刀上山？凶哩。

　　李墨喜重新挑起扁担，却不由得"哎哟"一声。卸下担子，才发现衣服紧粘在了肩头。轻轻扯开衣服。他没看。不用看也知道，肩头磨破了，衣服跟新鲜的伤口连在了一起。但他忽然面色平静下来，好像磨破的是块树皮。

　　从行李中，他取出一条毛巾，围着脖子，搭在衣服下面。

　　他智慧地告诉自己，要向着明亮的山坡走去。

　　目测最近的一个被阳光照射的山坡，大约二百米。为了不让扁担过于摇摆，他伸开双臂，一手抓住扁担一端。从一块大石，走到另一块大石。

　　要稳，要稳……山路变窄，更要稳。

　　山野的空气多么清爽。山上的阳光，也好像比平地上更加纯净透明。

　　怪不得万镇长会有一个回归山野的愿望……可是，才过去十五分钟左右，他就发现自己眼中那个明亮的山坡，已经看不到了。他完全是走在了一个阴暗的山坳里，巨大的山影阻挡了天上的太阳。

　　不能停，不能停，他一定要尽快走到山峰的另一侧。

　　脚下的大石早已变成了碎石，每走一步，都会有石块滑落。有一次，为了保持身体的平衡，扁担一头重重打在陡峭的石壁上又弹了回来，他眼疾手快，一下子抓住了一丛蝙蝠葛才得以站稳脚跟。他再次庆幸自己得到这根扁担。

　　眼前的路变得忽上忽下，越往前走，就越灰暗。繁茂的树木遮挡着他的视线，使他感到自己正行走在悬崖的边缘。

　　他极力寻找着亮光，可是，随着时间的流逝，天空也不像刚才一样明亮了。他可怕地想到，天黑之前，自己很有可能被困在这个山坳里了。

等他忽然看到一束色彩温暖的阳光从两座山峰之间射出时，他知道日已黄昏。

他再次站在了高处。那是一道陡峭如削的山脊。迎着山风，他本来可以卸下担子歇息一会儿，但他没有。

在二百里外紧挨圣人故里曲阜的济宁，有个正在治病的名叫江玉枝的香庄女人，就曾像这样忍受着无边的疼痛。

她忍受了十几年，才终于在人前叫出声来，而他是香庄的男人，他也是可以不叫的。

山脊上，并不是没有人哩。

天上，无数神灵在看着。人间，子在川会长也在看着呢。就在前面的傲徕峰，那里深藏着一个神秘的千古石室。

子在川会长在等他。此时此际，从石室里探出一架高倍望远镜，悄悄观察着他的一举一动……朱麒麟、小艾在看着，万镇长、杨书记、公羊纯真在看着，以及史家洼那个不顾一切躺在冰冻的土地上以身护稼的女人，他爱着的贤惠老婆金兰，全村的人，包括让他心灵失去安宁的赵明海，也都在看着。

他不光不能卸下担子休息，还要将身板往上挺一挺哩。

挑着担子，李墨喜的身子转都没转，就先去辨认落日余晖里的那座傲徕峰。

这一回，他要盯紧它，不能让它有片刻逃出自己的视线……天黑之前到不了那里，那就夜里到。夜里赶不到，还有明天。

对，等待天亮，即便他找不到通往傲徕峰的路，但会遇上其他结伴的游客或者山民。那时，他将得到有益的指点。他不会拒绝任何人的帮助。

背对着山脚下已被苍茫暮霭所笼罩的城市和田野，那被子在川会长所熟稔的人烟阜盛的壮观景色，李墨喜又朝前走去，只不过步子很慢了。

暮霭仿佛大水，持续不已地漫到了山脊两侧。

眼前每道山脊都被夕阳镀上了一层辉煌的金色，好像群山里姿态各异的游龙。伴随着夕阳的坠落，山脊上渐渐发红发暗，直至沉入了黑夜的大海。

李墨喜凭着微弱的星光，才能影绰看到山脊上人类行走过的痕迹。在他面前，一团漆黑，是群山连绵的影子，好像立起来的大地，没有尽头。不知什么时候已从山脊上走了下来，身旁是一面光光的石壁。他一边站住喘息，一边朝傲徕峰的黑影打量一眼，心想，真是望山跑死马。傲徕峰看上去明明就在眼前，走了这么长时间却还是只在它的脚下。

他很小的时候就听老人们讲过乡间夜行遇上鬼打墙的怪事。这么在傲徕峰下兜来转去，该不会就是鬼打墙吧。他向来不信鬼魅的，况且又是在这座中华民族的神山上，谅那些山精木魅也不敢恣意作祟吓人。在他心里，没有畏惧。

从中午到现在，他还没吃过一口饭哪，可还是不怎么感到饿。再往前走走，找块平整的山石，坐下来稍事休息。要不就在晒热的山石上眠一晚，这么摸黑走山路，到底还是危险一些。网络上说，每年都有游客失足落崖……下午他给万镇长发去的微信，就是自己在世上留下的踪迹。到达泰安之前，他没将此行告诉万镇长。

他略略俯身，将扁担小心换到左肩上。是不是麻木了？没感到肩头伤口的疼痛。可是腰里的咔吧声被他听在了耳中。

老骨头，你要挺住啊。他在心里对自己的腰说。傲徕峰不远啦。

不好！脚下石头松动，身子猛一趔趄，扁担就要从肩上滑脱。第一个念头，别丢了礼物。可是脚下又一滑，人就和扁担一起顺势闪落下去。只听一片碎石掉落声和树枝折断的声音。还好，下面是一个不扎人的灌木丛。人和扁担还在一起。本想马上爬起来，却又躺下了。

身下厚厚的腐叶和野草，正在发出柔和的温暖的气息。他忽然就是在大河湾了。多久没在大河湾躺下了？他不可抗拒地慢慢闭上眼睛。虽然不是在太阳底下，但他仍然看到眼皮内漂动着一片神异的亮光和色彩。

"喜子。"

"喜子……"

远远地，他听到了一声声低低的呼唤。

眼角痒痒的、凉丝丝的，像那儿蠕动着一只小虫。他不动，任它爬。在群山宽厚坚实的怀抱里，他觉得自己也像一只小虫呢。

星河绚烂，山野静寂。

2

　　李墨喜重新爬起来，继续朝沉睡的傲徕峰攀登的时候，已过夜半。他似乎不指望很快登上傲徕峰了。每一次从黑暗里辨认路径，他都会在心里默念，急什么呢，李墨喜？你不是要做一次挑山工吗？那就好好做一做。不是每个人都有这样的机会。

　　做挑山工究竟是一种什么体验呢？他甚至不需要食物和水，也不怎么困倦，肩头的苦痛也不算什么……就这样，一块金刚巨石突然从浓浓的夜色中隐现出来，他一下子屏住呼吸。他的双腿软绵绵的，身子也像在悄悄矮着……

　　金刚巨石在夜幕下闪着幽光。

　　多少人会从这块巨石跟前自动走开啊。

　　一只夜巡的蜜蜂撞在了他的脸上。接着，他听到了大山内部传来的若有若无的亿万只蜜蜂一起扇动翅膀所发出的声音。他不再迟疑，挑着扁担攀爬了上去。

　　在紧闭的石室门前，他如释重负。这一刻，他是那样安心镇定，好像此行根本不需要有什么结果。默默放下扁担，站立了一会儿，就走到一旁隐藏着整个蜜蜂王国的石隙跟前。虽然什么也看不清楚，但他能够感到零零星星的，有一些蜜蜂在飞出飞入。他从丁公山的一个养蜂场了解到，蜜蜂在晚上也是需要睡觉的，像这样温暖的季节，大部分睡在巢内，但也有的睡在巢外。那些夜晚飞出蜂巢的蜜蜂，一般情况下，则是在执行巡逻的使命。显然，他的不期而至并没有惊扰到任何一只蜜蜂。

　　困倦像无边的潮水一样袭来，他摸索着整理了一下自己的衣衫，然后背倚石壁，轻轻坐下，眼皮那么一碰，就立刻睡着了。

　　他连床单也没盖，一气儿睡到旭日东升。

　　无意之中，他的面孔朝向了东方。

　　朝阳映红了他的面庞，也刺痛了他的眼睛。但他没有猛地把眼皮睁开，而是像轻轻打开两扇门，把阳光一点一点地放进来……

　　阳光里飞动着无数蜜蜂的影子。

一时间，只觉得内心充满了从未有过的深入骨髓的喜悦之情。

直到中午时分，李墨喜都独自一人守在孤悬世外的傲徕峰，根本不觉得时间难熬。从石室外面看不出子在川会长多久没来过了。石隙里的蜜蜂王国好像比一年前更为壮大，因为整个傲徕峰几乎都被飞舞的蜜蜂占据了，密密麻麻到处都是，嗡嗡声不绝于耳，空气也是清甜的。去年来去匆匆，他没怎么注意到呢。这些像云彩一样在山头缭绕的蜜蜂会不会被从傲徕峰下走过的人发现？蜜蜂日复一日地采花酿蜜，这道石隙到底装得下多少蜂蜜？会不会渗到山下？金刚巨石挡得住一般的游人，对惯于攀登的山民可能不算什么。他仔细观察了一下环境，确信任何人来到陡峭的山峰脚下都会认为无路可走。心想，这子在川真的是个盛世奇人了。他给自己带来了多大的迷惑啊！

手机响了。在这里竟然也有信号！还满格！他下意识朝四周打量，像在寻找基站的位置。他把手机举到耳边。

"你在哪儿？"万镇长的声音。

"还在山上。"

他吃了一惊，忽然意识到自己差不多二十个小时没有开口说话了。

"见到啦？"

"没有。"

"下午三点，去济南会合。一会儿我把位置发给你。"

只用了一个小时，他就回到了昨日自己上山的位置。他只带下来了扁担和被单，其余悉数放在了石室门口，包括那本棕红色封面的《香庄村规民约》。

他望着来路，越想越觉得《村规民约》带得好。金兰还是很有头脑的。而他能做到这样，也是一个农民竭力往好处做的极限了。

泰安距济南才百里，走高速用不了一个小时。

按照万镇长发来的地址，李墨喜准时赶到济南。原来万镇长昨天就在经十一路上的一家旅社住下了。走进他的房间一看，房间太小了，刚刚放得下一张一米五宽的床，也没有卫生间和窗户，大白天得开灯，而且散发着一股重重的霉味。他一副神魂不定的样子,皱着眉,像是饿了几天,脸颊都有些凹了,见了李墨喜,脸上才舒展一些。问他来济南何干,他就说自己也没想到事情会一路狂飙到目前这个地步……

说来话长,去年春天那个深夜,他接到从济宁招商局打来的有重要人物召见李墨喜的电话,当时就觉得这事说公嘛非公,论私嘛非私,路子不怎么正规,但也没怎么计较。结果李墨喜上了一回傲徕峰,见了名声如雷贯耳的子在川会长,然后引来一连串的事,倒是在一年之间,把香庄改了个样。前天他去办公点与李墨喜晤面,明确恳求李墨喜再上泰山。对,是恳求。但他自己也不能袖手旁观,想来想去,就给当初联系自己的人打电话,试图双管齐下。不料那联系人一听事关乡村振兴,千倍用心。只指望找个一般关系的就不错,他却又找了个"大"的,也不知他通过什么途径,也不知这个"大"的,跟子在川会长搭不搭得上茬儿。

至于怎么"大",万镇长压低了声音,往李墨喜耳边凑一凑:

"我就不说他名字啦。"

"省委书记?省长?还是省政协主席?"

"他是一位百岁老人。"

李墨喜不吭声了。

万镇长怕啊。过去他从来没这样过。他怕搞不好。当济宁招商局的联系人向他说出这个老人的名字时,他听到平地响起一个惊雷,继而又陷入深深的疑惑。不可能吧。那是一个在四五十年前经常出现在报纸、广播电台上的名字。他从来没想过命运会跟这样的高级领导发生任何交集。他自己仅仅是个普通的乡镇干部,已经看到了仕途的终点。虽然这个人曾经位高权重、一言九鼎,他也不大相信能够影响到在商海畅游多年、根基深厚的子在川,毕竟还只是一方诸侯。谁知道呢?不是说一切皆有可能吗?万一这人管用,岂不正合我意?他必须再次确认这不是一个玩笑。

"在大领导面前,有没有什么忌讳?"他故意问道。

"忌讳倒没有,"招商局的联系人说道,"你注意徐主任的眼色就是。"

接着,万镇长拿到了徐主任的手机号码。听从徐主任安排,在李墨喜赶往泰安不久,他也驱车离开了塔镇。他不能不去。

徐主任的意思是让他随时在济南等候召唤。一旦老人身体情况允许，便可前去拜见。今天一早，徐主任来电告知，若有可能，拜见可定在下午三点以后。拜见时间不超过二十分钟。他左思右想，对自己不大有把握。万一出了差池，或者自己不招人待见，既枉费济宁好人的苦心，又办砸了自家大事。于是，便请李墨喜来，为自己壮胆。李墨喜身份比自己更合适。况且，他不是上趟泰山就成了吗？平心而论，他比自己生得好，更容易获得他人好感。

但见三点已过，看来下午拜见的安排又要泡汤。万镇长不由得心情沮丧。大约五点钟左右，才接到那位徐主任的电话，拜见时间安排在明天上午十点。电话挂了，万镇长忽然没头没脑地说了句：

"真是个'大'的呢。"

这一夜，两人和衣宿在了一张床上，背对背，一人一个床边。李墨喜本来要再开个房间，万镇长不让，说："省些吧。两个人在一起，想起什么，可以随时商量。"

在旅社的公共卫生间里，李墨喜检查了自己的肩膀，伤口已经红肿起来。他没告诉万镇长。因为没在旅社前台登记，也不便乱走。万镇长去公共浴室冲了澡，也让他去冲一冲，他就说："算啦。"可是等万镇长冲了澡回来，好像鼻子尖了，往空气里嗅了一下。他受到提醒，发现自己身上的确在发出汗味，就有些不好意思。那万镇长碍于面子，倒没再说什么。

忽然，万镇长问道："我给老人带了些小米、香油、黑蒜、蜂蜜，还有几盒杜红花、两斤知了猴，你觉得东西不会少吧？要不，我再去买一些。"

李墨喜心想，他这些东西跟自己上山带的也差不多，看他犹豫不决，真有意思。自己哪里像他那样想许多？他嫌少，再去买人参、鲍鱼、茅台，甚或珠宝金器，也买不起。这还八字没一撇，一个高级领导干部收受基层群众贵重物品，怎么着都不像回事。设若这些值钱的东西带进去又给退回来，面子不说，又白添了担心。不如就带些普通的土特产，既表了心意，又不让人为难。

"我觉得不少啦。"李墨喜这样回答。

"嗯。"万镇长点点头,安静了。过了一会儿,又说,"你也先想想,到时候说什么好。人老了,喜奉承的多。"

其实李墨喜正想着呢。"见了才知道。"他说。

"关键是能让老人记着我们的事,明白我们的事。我就怕到时候词不达意。"

"不会的。"李墨喜宽慰他。

"来这一次,我更认识了自己。我没有不满足的了,墨喜。"他神情、语气俱严肃,"我这个人也就这点出息。能干到目前这个位子,万幸。"

"万镇长有时太过自谦啦。"

"不是自谦,是我还有这个自知之明。给我高的位子,我不配。德不配位。"

"有什么怕的?谁也没长八个头。"

"看吧,看吧,"他指着李墨喜,"我就说你行。"

"万镇长太紧张啦。"李墨喜如实说。

"紧张?"他点点头,"我是紧张。可是,你得理解,我还没见过这么'大'的。我做梦都没想过。昨天一夜我都没睡好。看我眼睛红的。我脑子里嗡嗡响。"

"这不行,万镇长。你得休息。"

"已经好多啦,一见你我就好多啦。你要不来,我敢临阵脱逃。真的。"他说,"谢谢你,墨喜。"却又不放心地问,"你觉得会有用吗?"

李墨喜想了想,没理他。看看床,说:

"我睡这边吧。"

他睡在了靠门的一边。

半夜里,李墨喜被门外的脚步声吵醒过一次。好像旅社来了查房的,还带走了一对男女。万镇长睡得呼呼的,一条腿伸着,一条腿蜷着,老实得很。旅社又安静下来,李墨喜想了一会儿天亮后去拜见退休大领导的情形,虽然看不清大领导的面目,倒是觉得十分和蔼,甚至还拉了拉手,手上也很温暖。想着想着,就又睡了。

第二天醒来，才发现此行仓促，没带牙刷。原打算在山上守个几日呢。若真守了几日，岂不变成野人了？万镇长睡了一觉，精神好多了。他的牙刷也是在省城现买的。为了不让李墨喜被旅社的服务员碰见询问，就先去柜台给他买了一支。

洗漱已毕，万镇长望着李墨喜的眼睛，颇为神秘地说道：

"猜我梦见什么啦！"

3

两人准时来到徐主任指定的地点。进了一扇黑色铁艺大门，像走入了一座公园，不同之处是难觅行人。一棵棵高大苍翠的雪松之间，是一条干干净净的柏油路。开了一二百米，才发现稀稀落落一些房屋，掩映在花木丛中。

百岁老人的家在东南角，好像是一条路的尽头。在靠近之前，万镇长踩住刹车，最后一次调整了自己的心情。到了凌霄花盛开的院门前，两人下车取出礼物。一转身，就看见了一个年纪与万镇长相仿的斯文男人，猜他就是徐主任。

"东西放回去。"徐主任开口就说，"怪我没告诉你们。王老一生两袖清风，最看不得这个。"

两人面面相觑，只得把礼物放回车里。

院子里花木扶疏，一座中西结合的三大开间的两层楼，正对着院门口。在徐主任的引领下，两人低眉顺眼地走了进去。先是一个方方正正的不大的门厅，东西两侧各放了一张长木椅。徐主任轻轻一摆手，两人就停住脚步。

从里面隐约传来一个老人哼曲儿的声音。如果不是身处此地，肯定会以为里面有个老勺头。

"王老今天高兴。"徐主任轻声说着，推开眼前的房门。门后才是这座房子的会客厅。"二位请吧。"

会客厅里没有人。徐主任让他们坐下，他们怎敢坐？

"客来啦。"徐主任朝空气里喊一声。

不大一会儿,就看见左侧的墙壁上悄无声息地开了一扇门。竟是一部电梯。一个坐着轮椅的老人出现在里面。万镇长刚要上前,徐主任就止住了他。老人理着平头,露着雪白的头发茬,皮肤也是雪白的。

李墨喜瞪大了眼睛,马上联想到了石室里的子在川,心想,他们该不是一对父子吧。他若头发长一些,再留了长胡子,妥妥就是神话里的太上老君。只可惜整个人却像凝固了一般,一动不动,好不容易才看清他的一只手掌竖起,是在向来客示意。

轮椅停在了主人的位子旁。推轮椅的妇女就只含笑站着。万镇长猜出老人是要离开轮椅,又要上前,徐主任又给他使个止住的眼色。

老人面无表情,小心尝试着把双脚伸到地板上,然后用手撑着轮椅扶手,颤颤巍巍,让旁人看着,心里也在暗暗帮他使劲。他终于弯腰站起来了。那妇女及时把一个靠背放在座位上,他就势落了座。

"王老真棒!"徐主任将手一拍,笑着叫了一声,转头对万镇长和李墨喜解释,"王老自己能做的事,就一定会自己做。"

那老人脸上露出了一丝自得的微笑。

"坐吧坐吧。"徐主任热情邀请来客。

他们坐下来。老人缓慢地打量着他俩。

"王老,您好啊。"万镇长脱口而出。"我们是金乡塔镇的。"又指李墨喜,"他是大河湾香庄的。"

"过来,让我看看。"老人慢慢说。

两人都没听明白。徐主任打手势让他们靠近。他们忙起身靠近老人,向他扬起脸来。他们也立刻将老人看清了。

没见过皮肤这么薄的人,像一层纸,挣一挣就会破似的。

老人看看万镇长,又看看李墨喜。他有了抬手的意思,万镇长下意识将脸孔往前凑了凑。他慢慢把手抬起来,摸着了万镇长的脸。他轻轻地抚摸着。万镇长不动。他又去摸李墨喜,李墨喜也不动。摸了半天,转而又摸万镇长。

那是一只干净的凉丝丝的有魔力的手,让万镇长心里麻酥酥的。因为蹲踞在地的姿势不稳,万镇长一不小心,就扑通跪在了老人面前。只听他声音发颤，带着哭腔叫了声：

"王老！"

老人似乎很满意地把手拿开，慢慢说道：

"别叫我'王老'，我还是小鬼。"

"王老永远年轻啊。"徐主任说。

"让你不要叫'王老'，你还叫。"老人赌气似的。又转向来客，"坐吧，坐吧。"

两位来客这才返回到座位上。

徐主任问老人：

"刚才您在楼上唱什么来着？"

"还能唱什么，就唱了几句颠倒语。"

万镇长心里咯噔一下，忙问：

"王老，您跟金乡塔镇有渊源吗？"

心想，王老当年莫不是在金乡那块打过游击、抗过日？那年月，金乡县鱼山镇秦庄村就出过一个大人物。此人抗战期间，与人组织的抗日游击队，后被改编为苏鲁人民抗日义勇队第二总队第十三大队，又随第二总队一起编入八路军主力——五师苏鲁豫支队第四大队，英雄事迹有案可查。

老人摇摇头。

"我小妹就爱唱这个。"

"你们来，王老可高兴啦。"徐主任说，"王老一高兴就会哼上几句。王老，再给我们哼一哼。"

老人脸上一沉。"你就说'唱'得了，动不动说我'哼'，我是猪吗，我哼一哼？"他说。旁边的妇女扑哧一声笑了。

"好好好。"徐主任赶忙承认错误。"您高兴，您老就'唱'几句。"

老人略微清了一下嗓子。

说颠倒，语颠倒，
樱桃树上结樱桃。
张三吃了李四饱，

撑得王五满街跑。

万镇长身上一激灵，却转头去看李墨喜。老人又唱：

颠倒语，颠倒颠，
老头驮马上南山。
狗烧水，猫做饭，
老虎把那孩子看。

"好！"徐主任喝彩。老人便说："好什么？老虎看孩子还能看出个好来吗？"接着又唱：

种了几棵葫芦秧，
开了一架眉豆花。
摘到手里是黄瓜，
吃到嘴里豆腐渣。

老人乐不可支。那是真正的快乐。刚才走出电梯时，整个人都像是凝固的，现在不知不觉就融化了，薄薄的皮肤下面开始泛起红润。

"好！"万镇长叫道，突然朝李墨喜一指，"他也会的。"心想，李墨喜不可能不会。虽然没听他说过，但他每日在村子里，光听也听得熟了。

不料，李墨喜被他提名，竟支支吾吾，脸红了半天，没憋出一句话。

万镇长暗想，他不是笨口拙舌的啊，今天怎么这么不伶俐？而那徐主任见状，马上解围，说："我也会一个，跟王老学的。"便唱道：

太阳一出照正东，
满天月亮一颗星。
八十岁的老头还吃奶，
没满月的孩子害牙疼。

大家又一乐。万镇长不甘落后：

"我不唱颠倒语，就唱个小段儿吧。虽说是小段儿，可也有头有尾，有人有物。这是我轻易舍不得唱的小段儿。诸位试听！"开腔唱道：

说了个老头牵着一只羊，
一句的小段儿就这么长。

不知大家是不是听过，都怔怔瞅着他，不语。过了半天，他就自己说："完啦！"

完啦？小段儿嘛。大家哄堂大笑。那位妇女不知被他挠到哪块痒痒肉，笑得乱扭着水桶腰。徐主任一边笑，一边直抠耳朵眼。老人抬起手，朝他指了指，极慢极慢地说：

"都是好孩子。"

李墨喜明显是干笑。其实这段子是米委员在酒桌上说过的。万镇长拱拱手，谦虚地说：

"献丑啦，献丑啦。我没王老唱得好听。"

"王老累啦，失陪啦。"徐主任却突然说道。

万镇长竟又像听到一声惊雷，今天肩负的重大使命还没完成呢。可是搭眼一看，老人确实已面露倦色，身体也像缩小了，脑袋比一颗鹅蛋大不了多少。那妇女小心携了他的一只胳膊，帮他站起。他是真累了，不然仍会坚持自己移坐到轮椅上。

老人像睡着了一样，被缓缓推到电梯跟前。万镇长一直愣着，不敢冒昧，因为实在不知该怎样向这年迈的老人告别。老人进了电梯，他们也便跟徐主任一起走到院子里。万镇长没有发现自己沉默了。这算不算空手而归呢？

在回旅社的路上，万镇长接到了徐主任的电话。

徐主任没多说，告诉他王老今天很开心，而让王老开心，就一切都好。他略微明白了徐主任的意思，也就安心了一些。

当天下午，两人各自开车赶回金乡。

万镇长对李墨喜是有意见的。回到家后，越想越认为他在王老家的表现不佳。除了他那几声干笑，万镇长不记得他开过口。

叫他赶来省城的目的是什么？万镇长的胆子倒是壮了，在王老家千伶百俐、左右逢源、谈笑风生，像个孙猴子变的。他要突出李墨喜的目的，显然没有达到，真不知他在于在川面前是怎么个样子。又想，那王老真是个好人，房子虽大，里面看不到一件珍奇物品，四壁光光的。那不拿群众一针一线的作风，能是哪里来的？万镇长不得不浮想联翩，连夜上网搜索王老的信息。

这人生于一九二三年，河北南皮人。这南皮曾一度划归山东德州专区。看他小小年纪就参加了中共冀鲁边区党组织领导的"国民革命军别动总队第三十一游击支队"，至新中国成立，活动区域基本是在青潍一带，跟鲁西南确实没有牵连。

老八路干革命的经历错不了，但唱的歌子却让万镇长起疑。不过也对，快百岁的人了，在和平时期会客，再去唱"三大纪律八项注意""大刀向鬼子头上砍去""风在吼，马在叫，黄河在咆哮"，也不合适。

万镇长曾见过一个人，金乡县原二轻局的副局长，因作风问题被撤职后，脑子就开始乱，一到阴雨天就跑到街上，先是用金乡味儿的普通话，声情并茂朗诵苏联作家高尔基的《海燕》，朗诵完就开始嘶吼年轻时候学到的那些革命歌曲。

过了将近二十年，人已白发苍苍，还是不改。

两年前，仓坊街有个卤货店店主看不下去了，认为他既已失常，就不该允许他乱唱，但法院、检察院不管。谁有这本事？卤货店店主果断给了他一顿教训。可能因为出手有度，不光人没打坏，还把他打忘词儿了。看他不停张嘴，是想要唱的样子，却再唱不出来。偶尔唱出来，也是"当哩个当，当哩个当"。他安静了，家人不但没追究责任，还对卤货店店主报以感激。

王老唱唱民间小调，只能证明一个老人对生活的无限热爱。一个不热爱生活的人，怎能奢谈爱别人？他会唱小调也没什么奇怪。本来就是个河北南皮的农村孩子。

但是万镇长注意到了一点,就是王老提到的"小妹"。

他的小妹爱唱颠倒语。神情里就看出来了。不是同胞小妹,是他用心爱过的小妹,是一让他想起来,内心就充满甜蜜的小妹。

想起小妹,柔情就会战胜衰老。

当他说出"小妹"时,他的目光多么柔和。他仿佛听到了小妹银铃般的欢笑。

在省城经十一路上的普通旅社,拜见王老的前夜,万镇长做过一个前所未有的长梦,梦中就有这样一个可爱的小妹。

几乎从入睡到醒来,万镇长都在不停地寻找着进入一道门的路径。所见倒不是阴森可怖的场景。目力所及,都是繁花似锦,也有阳光照耀,分明就是在风和日丽的白天,不相信自己正睡觉。

寻来觅去,就像来到了一个大花园。心里还想,这就到了吗?不料走进去,眼前风景,那是重重叠叠,无穷无尽。不是一片桃林,就是一片杏林,不是一片花海,就是一道花篱。闻到的也无一丝恶气,俱令人身心愉悦。如果不是记着找门,定会留恋不前。渐渐地,就觉得倦了。

忽然,纷纷扬扬的繁花丛中,出现了一个少女曼妙的身影。少女白色衣裙,衣袂飘飘,如同轻盈雅丽的仙子。他心里想的却是,一则自己有重任在肩,二则自己年龄老大,与少女几同隔代,理当自重,也便目不斜视。那少女却似在向他招手。

定睛一看,可不!身不由己跟上去,少女便在前缓缓引领。这样走走停停,果见少女打开了一扇花门。只觉头一低,身子就悠然过去了。又闻一阵欢笑,抬头一看,少女还在前面花丛里。

一连过了几道花门,才听少女向身后唤道:"万启顺来啦!请来迎接!"不由心中诧异,这少女怎知自己名字?

再一瞧,不得了!哪里是别人?正是自己的大学女同学。还用说吗?初恋情人。一时心中翻江倒海,醒了。

万镇长没把绮梦讲给李墨喜,还不仅是因为牵扯到初恋情人,民间向来有个说法,早晨说梦,会让好梦失去灵验。

梦准不准?准啊!

正是一个淹没在历史长河中的小妹，将会见变得如此欢乐。而要搞清楚小妹是谁，似乎也没什么难。

从徐主任的反应来看，小妹的存在并不是什么机密。可惜还没来得及交谈，就从王老家离开了。

想来想去，万镇长决定拨通徐主任的手机。

徐主任非常吃惊。

金乡大地上的不肖子孙，竟然不知当年叱咤风云而又柔情似水的小妹是谁！

4

能够怪罪大河湾香庄人吗？很多很多年以前的事情，大约只有老勺头那样的老人才能恍惚记着了。实际上，老人们讲出来的也只是猜测和传言。

第二天是集日。光善社区村级联合办公点代理书记、香庄村书记李墨喜，下楼就看见张福庆骑着他的三轮车，急匆匆地往小区门外赶去。

八九点钟，李墨喜在办公室接到唐继民的电话，说金佛寺来赶集的几个老娘们儿又把二毛的家门给堵了。他一时没想起来金佛寺是张福庆老婆的娘家，忙叫了几个人去看究竟。果然看见张福庆老婆带着娘家人在楼道里骂骂咧咧。

张福庆老婆看见李墨喜，也并不畏惧，夹枪带棒、指桑骂槐的，把他也牵扯到里面。门里的二毛一听，突然把门打开，沉着脸走到门外。那些老娘们儿就一起拥上去撕扯，亏得李墨喜一把将二毛推进房内，她才免了一顿皮肉之苦。李墨喜警告她们，不怕犯法，就在这里守着。她们个个嘴硬，气汹汹说：

"哪朝哪代的官府也不会护着奸夫淫妇！"

公羊纯真不过帮着说了句话，她们就要朝他扑上去，吓得公羊纯真不敢再吭声。

李墨喜灵机一动，说道：

"既然我劝不动，只好随你们。我叫你们金书记来。"

楼道里的吵闹声顿时降了八度。

结果，张福庆老婆见娘家救兵一个个赶集去了，就一屁股坐在地上，拍打着手掌大哭起来。李墨喜本想丢下她不管，她却恶狠狠地说道：

"看我不吊死在这门口！"

李墨喜不由得为了难，心想曹秀花不走就好了，香庄至今还缺个妇女主任。

不料二毛又从门里走出来，塌蒙着眼皮，背倚着门框，不慌不忙地对张福庆老婆说：

"你不怕白死？"

张福庆老婆没听明白。

二毛又说："捉奸捉双，你看我像不像看得上你家张福庆的？你不是想吊死吗？那好，我也不想活了，陪你死。"

张福庆老婆对她看了半天，一声不响，自己爬起来走开了。

这里李墨喜刚叫了声"二毛"，二毛又一转身，打开房门走了进去。房门咣当一声，把李墨喜他们关在外面。

回到办公室，公羊纯真悄悄对李墨喜说：

"这个二毛，厉害啊。"

不知金士魁从哪里得来的消息，打来电话说：

"这种事你早该告诉我。我没办法治她们？！"

听着金士魁的声音，李墨喜简直感到是赵玄玄复活。这是个让李墨喜不由得心头发慌的家伙。

"有我在，看谁敢惹我喜兄弟——喜兄弟村上的女人！"金士魁啪啪拍着胸脯，"喜兄弟，你有好事别忘了我们金佛寺。"

挂断金士魁的电话，就收到了万镇长的微信。六个字：

"来一趟大河湾。"

李墨喜纳闷。去大河湾干什么？这是万镇长第二次叫他的时候没说"五分钟之内"了吧。从这六个字上，他似乎看到了万镇长沉重的脸色。但是，五分钟之内，他到了大河湾。

万镇长在草丛里站着呢，李墨喜走过去他也没回头。他面对着香庄丰茂农场。李墨喜走到他身后：

"有什么话电话里不能说，要到这里来？"

万镇长往草丛里走了几步。他发出一声感叹。

昨天回到家里，李墨喜向金兰讲了自己去泰山，然后又去济南陪同万镇长拜见王老的过程，当然没进行形象化的描述。他认为万镇长在王老家里的反应有些过分，特别是在讲小段儿的时候，一个劲儿挤鼻子弄眼，是他完全不认识的万镇长。碍于情势，他跟着笑，其实心里很不自在。正是因为不自在，他没能"唱"出颠倒语。会得不多，但总能"唱"出一两段。今天看来，万镇长真是发生了变化呢。

请万镇长不要打哑谜，李墨喜没那么好的脑子，猜不透。

一切都明白了。全国丰茂生态农业组织选择大河湾香庄事出有因。这里曾经生活过她最优秀的女儿，可惜被后人忘记。忘记了历史，就是对祖先的背叛。忘记了历史，就是忘记了根。忘记了历史，等于丧失了人类存在于世的尊严。

大河湾香庄的土地上，历史的遗迹几乎荡然无存，得亏还有一块大河湾留在了自己手中。不管是不是误打误撞，值得庆幸。

"小妹是谁？"

"哪个小妹？"

"还能哪个小妹？"万镇长像要生气，"十年前在北京去世的秦向林部长。"

"啊？确切？"

"跟王老一起打鬼子的时候，还叫过林小妹。"

李墨喜眉头紧锁。这些陈年往事翻腾出来好不好呢？

"按说她只是香庄的媳妇，对岸的闺女。"李墨喜说，"人家籍贯都改了，老家人也不能不识趣。"

万镇长自然联想到子在川会长在香庄建设生态农场，是为了实现老革命秦向林部长的遗愿。她到底还是没忘了大河湾！

既然斯人已去，个人恩怨可等待适当时机重新评判。大河湾，要保护起来。如果跟子在川会长没有任何关系呢？但这有什么要紧？历史作为既成事实，永远不会改变。

将来时机成熟，即便只为了秦部长，将大河湾建成乡村纪念公园，也是说得过去的。万镇长四顾大河湾的样子，好像心中有了规划。

微风吹动草叶，大河湾泛起层层碧绿的涟漪。

神秘莫测、如同远在天外的子在川会长，会将目光重新投向这块土地吗？来不来，生活都得继续。

就光善社区来说，首届振兴街物资交流会要继续筹备。就全镇来说，"兴工强镇"工作要进一步夯实，新社区排污工程要提升，基层党组织创优争先工作要加强，村（社区）两委换届工作要吹风，塔镇首创的村（社区）致富明白人的筛选要铺开，镇政府机关进一步加强机关作风建设，自觉执行党风廉政建设的有关规定，纯洁自己的社交圈，净化生活圈，规范工作圈，管住活动圈……干到年底也闲不下来。

万镇长已经不怎么担心了。万镇长好像重新认识了自己，觉得自己还成。在王老家的表现，是他过去从没想到过的。

不得不承认，他和李墨喜都有才艺方面的短板。即便是在过去卡拉OK盛行的时代，他都没学会几首歌子。那时公款吃喝司空见惯，也并不是吃吃喝喝就完，宴会上唱歌跳舞，是必有的节目。身边的人，没几个不会跳的。偏他一支舞都不会。人家跳，他看。人家唱，他听。要拉他上去，他必出丑。唱歌跳舞之外，还常常大讲黄段子。谁讲得多，谁讲得露骨，谁本事大。他没有标榜圣洁正经，但确实也不怎么会讲。黄段子讲得好的，卜南田就是一个。卜南田若讲起来，那叫眉飞色舞。可是，如今的他，还会讲吗？

话说回来，才艺还是有用的。塔镇的这些村干部，在才艺方面，金士魁算是最突出的一个。他唱的还不是难登大雅之堂的小调，是唱正儿八经的梆子大戏。黑头最拿手。他那个金佛寺，一声令下，就能拉出个生旦净末丑全行当的戏班子。他本来嗓子就高，唱起黑头来，声嘶力竭，能把人耳朵震聋：

两狼山困住俺杨家将，

累得我精疲力净两膀酸。

朔风怒号山摇动，

夜露茫茫铁甲寒……

既然有用处，万镇长以后真得留意了。在王老家，他和李墨喜都没来得及提到丰茂生态农业组织。他凭直觉断定，在争取政府政策、资金的支持上，王老发挥影响的可能性更大。他这个位子上的人，不说是不说，一说那可就是金口玉言。没想到他口中的"小妹"是这么个情况。

万镇长记着凤落村刘建忠走村串户搜集民谣俚曲的事情，当初还有不满，认为"不务正业"，刘建忠保证不会耽误村里的工作，他才没说什么。

今早一上班，万镇长就叫来米委员，问他颠倒语算不算民谣俚曲。米委员答道，当然算了。又问刘建忠搜集民谚俚曲的进度如何。米委员说他是个慢性子，时间都耗在路上了，等他搜集整理好，还不知猴年马月。

万镇长忽然关心起民间文化来，米委员也纳闷。

省城之行似乎带来了转机，万镇长还没离开大河湾，杨暖仪书记就给他传来一个令人心情大好的消息。

杨暖仪书记上午去济宁开会，会议间隙向市委领导汇报全县新农村建设工作，偶提凤落村和史家洼村整体置换的做法，得到肯定：具体工作一方面要求合规，另一方面也要灵活掌握，合理变通。

真是要不得，不小心就是"独创"了，不小心就要出"经验"了。

近来一直纠缠万镇长神经的疑虑已经扫除，若不是李墨喜在眼前，万镇长可能会笑出声来。

太阳高挂中天，两人肚子在咕咕叫。

"去我家垫垫。"李墨喜发出邀请。

到了这一天，万镇长才吃到兰菊香馍房的馍馍。

却不知前脚刚走，后脚就有一位老人在一对年轻男女的陪同下静悄悄来到了大河湾。老人就是被他们寄予无限厚望的子在川会长。

在大河湾流连了许久，老人又沿着莱河河堤，信步向南走去，一路欣赏着河岸美丽的风景。大约走了两三里，遇上有人放蜂。二十多只蜂箱，两只一组，在河岸上错落地排放着，好像一户户和平相处的人家。老人停下脚步，与养蜂人攀谈，看养蜂人开箱检查蜂群。

从这里折回大河湾，就到了下午两三点。一行人乘上他们开来的一辆帕萨特，去了县城。

他们下榻在书院街上的一家普通宾馆。整个金乡县无人知晓他们的到来。晚饭后，那一男一女又陪同老人上街散步，仍然没有引起任何人的注意。

第二天的早餐，是在街头小饭摊吃的，简便到不能再简便。豆腐脑、糊粥、油条和吊炉烧饼夹驴肉，三人四样。早餐后，回宾馆结账退房。本来可以出城向东，就近去鱼台县罗屯镇济徐高速路口，北上南下均可，却取道凯瑞大街，上了莱河堤，再次在大河湾逗留了一个多小时。据说遇上了老勺头，并与老勺头进行了趣味横生的交流。

傍晚，李墨喜得知此讯，脚底心都凉了。自己处心积虑求见子在川，不料人家来了，连个招呼都不跟他打，可见自己的无足轻重。可是他又不能不相信，早有人查到了他入住书院街宾馆的底子，登记名有二字：

"马卡。"

傲徕峰千古石室里的情形，油然浮现在他的脑海。深色的炭烧榆木护墙板，厚重的炭烧榆木书架，书架上的精装书籍。手里拿着卓别林自传的马卡。认真听他讲述大河湾香庄前世今生的马卡。带他去领略非凡的蜜蜂家族的马卡。站在金刚巨石上，看他哈哈笑着滑下去的马卡。

马卡，马卡，马卡……本来可以让一方土地发生地动山摇的人物，就这样从金乡县轻轻飘过。

李墨喜出了办公点，径直去了老勺头家。

"勺头大叔。勺头大叔。"他在门外声声呼唤，"勺头大叔。"

开门的是二毛。

他怔了怔。他明白，不是因为老勺头，自己就不会坦然走上门来。

"勺头大叔还好吧？"他问。

"他什么时候不好了？"不出所料，她永远对他带着那种反诘的嘲讽的而又不以为意的语气。"谢谢你惦记。"语气不易察觉地转换。

"勺头大叔。"李墨喜叫着。老勺头就在沙发上乖乖地坐着，像个孩子。

他能问老勺头见没见一个名叫"马卡"的人吗?不能。老勺头只会见到三里窑开车马店的张瘸子。

  月亮在白莲花般的云朵里穿行⋯⋯

勺头大叔,就请讲讲过去的事情吧。

5

  当晚,有从大河湾经过的人,听到草丛里传来了婴儿细细的哭泣。
  月明星稀,草木失去了阳光下的青翠和旖旎,森然可怖。
  莱河水静静流淌,墨染似的黑。月光落下来,就立刻被水面吸进去了,好像水下有个苍白虚弱的溺水女鬼,素以月光为食,什么时候唊饱了月光,什么时候才有资格解除水面的封印,露出头来透口气,双目哀怨地望一望曾经熟悉的大地。
  从古至今,这块大地收纳了多少阴魅游魂,催生了多少诡谲怪诞的逸闻传说。人行夜路,少有不迷性生疑的。偏有人不怕。
  凤落村书记刘建忠向来不惧鬼神。他因在镇北结实村一个老光棍那里聊得兴起,就忘记了时间,天黑也没能到家。
  婴儿的哭泣清晰入耳,他停下车子,循声望去,不由想到被大姑娘遗弃的私生子。一步步向草丛里走去,借着月光,就看见一个男人坐在坍塌的看瓜窝棚前,忙俯身问道:
  "是谁?"
  男人不语。他便又问:
  "看你年纪也不算小啦,怎么抱着个吃奶的娃娃躲在这里?"
  男人木木的,月光在他脸上写满了疲倦和愁苦。他连有一个人站在了跟前,都没受到一点惊动,就像溺水的人放弃了一切挣扎,不再关心水上漂来的木桩是否有助于逃生。他总不说话,刘建忠也便直起腰来。
  "你是丢了房,还是失了地?这娃娃又是怎么回事?"刘建忠说,"我猜得不错的话，你是香庄的。只有香庄人愁了喜了，才来大河湾。你们就剩这块地了。我说得对不？"

男人抽泣了一下，还是不吭声。

刘建忠无奈，便叫来李墨喜。

果真是香庄的。

不是别人，正是盐虎。

十天前，跟盐虎相好的胖女人为他生下了儿子，却没给自己留下一条命……花光了多年的积蓄，生怕夜长梦多，盐虎不敢在济宁多耽搁，抱着娃娃回到了大河湾。

两个村的书记对他好劝歹劝，他才肯上李墨喜的车。他实在是怕见二毛，李墨喜就先把他带到自己家。

娃娃是好娃娃，随了他娘，虎虎的，身个儿长得开，盐虎说生下来重八斤，过这几日，看着还瘦了些。孔老娘也在，一见就喜欢得不得了。先给娃娃喂奶粉，哄他入睡。看盐虎可怜巴巴的样子，大家也没怎么对他责备。商议了一番，李墨喜的意思，还是要盐虎自己去跟二毛说。李墨喜陪他下楼，他明显害怕别人看见自己，倒是很快地走到了三号楼下。

后来，是二毛把婴儿从李墨喜家抱回去的。她独自前来。起先只是坐在熟睡的婴儿旁边，一句话也不说。

真是好娃娃啊。脸上鼓鼓的，都是娇嫩的肉。小小的鼻子埋在肉里，只露两个鼻孔，轻轻发着生命的呼吸。眼睛也是这么小呢，必须仔细看才能发现一道细缝。粉嘟嘟的小嘴儿在嚅呢，好像皮肤下面躲着一只泥鳅。脑袋两边，是一对几乎透明的耳朵，在一动一动的，好像不属于这初生的肉体。整个房间里，因为这新鲜的娃娃，那种极为柔和的温暖的令人心醉的生命气息，不绝如缕，好像闪出了细碎的光泽。

可是，二毛对这一团肉看都不看一眼呢。

她是坐在小生命的一旁，却又是坐在宇宙间任何一个地方。她像忘了这是在李墨喜的家里，也像忘了身边熟睡着一个婴儿。

当她把婴儿抱在怀里的时候，她就是一个真正的母亲了。

很快，人们就知道盐虎从外面带回来一个儿子。

二毛没有吵闹。他们住在了自己家，怎么能把婴儿放在有棺材的房子里呢？香庄的女人们去她家看婴儿，本也是赔了小心的，见到二毛之后就觉得不必了。母性与生俱来，那个婴儿就像她亲生的呢。尽管人们说，凭二毛那身架，生不出这样沉重的儿子。

"八斤呢。"二毛告诉人们。

二毛的头上，顶着一块喜庆的红头巾。她完全是农村女人坐月子的打扮。她的娘家人也来帮忙照看婴儿了。她家的房子里，头一次有这么多人。

二毛坐在床上，抱着婴儿。谁要想抱一抱，她会说：

"俺可不放心呢。"

她抱得更紧了。女人们都不生气。谁不理解一个女人做母亲的愿望？谁不理解一个女人刚刚做了母亲？

多么娇贵的小东西啊。磕了碰了，可不得了。

女人们带来了各种礼物，婴儿服装、配饰、玩具、奶粉、鸡蛋，也有封个一两百块钱红包的。二毛都会一一收下。二毛还会邀请村里人来喝满月酒。

那是一定要喝的。那是全村人都盼了好久的。

盐虎煮了三四百斤鸡蛋，染红了，就给村里人分送。

"盐虎，行啊，有儿子啦。"人们说。

盐虎嘿嘿干笑。

"二毛怎么饶你啦？"

这话问的，二毛怎么不饶他？他给她带来了一个儿子。可是，当初他是那么畏怯。他在门外徘徊了那么久，才终于打开家门。一见二毛，就不由得扑通跪地。这绝对发生了不简单的事情。二话不说，二毛抬手就是一个大巴掌。那一巴掌多重，打得他两眼冒金星。他没叫，但老勺头叫了一声。他等着二毛再打第二巴掌，但二毛一巴掌就把全身的力气使尽了。二毛趔趄着走进房间，倒在了床上。他过了好久才起身跟过去。二毛仰面朝天躺着，两眼直直地望着天花板。他重新跪下去。

这是夫妻二人在一起了。"我对不起你。"他说。他想把事情原原本本告诉她，乞求她的原谅，但她的目光只朝他轻轻一扫，就让他闭了嘴。

在静默中，时间流逝。二毛还躺着，死一样。盐虎还跪着，像石头。

客厅里有老勺头缓慢移动身体的动静。二毛的身体好像这才动一动。

"说吧。"她气若游丝，却发出了不可违抗的命令。

那失去母亲的私生儿现放在李墨喜家里。

她挣扎似的，想坐起来，可是盐虎不敢去扶她，好像一伸手，她就会顿时化为粉尘。她终于坐了起来，一条腿放到地上，然后再放下来第二条腿。她站起来了。向门外走去的时候，被盐虎绊了一下。她没摔倒，盐虎反而倒在了地上。

盐虎发出了低低的哭声，好像被遗弃的婴儿。她被哭声吸引，回头看他，不明白他为什么会哭。盐虎抬手打了自己一个耳光，跟二毛打他的耳光相比，根本不算什么。他又打了一个，有气无力。二毛不管他，走开了。

本来二毛是不知道李墨喜家住几楼的。自从搬进光善社区，她几乎没串过门。在香庄的时候，她就不是爱串门子的女人。要挣命呢。哪有那些闲工夫？但是她竟然找到了李墨喜的家。她迷迷糊糊的，好像看见一个穿红肚兜的光腚小孩儿在自己眼前引路。两脚发软，穿过了一道道碧绿的田埂，那个小孩儿不见了，她也就站在了李墨喜家门外。

怎么能把孩子放在别人家呢？她抱起孩子就会冲出去，可是，她像管不住自己，在那孩子身边木木地坐了半天，而且几乎看都没看一眼。金兰、孔老娘对她说了什么，她一句也没听到耳朵里。

回三号楼的时候，忽然发现金兰跟在自己身后。她转过身子，在昏暗的灯影里一步步后退，连她都觉得自己是一个败退的幽灵。与金兰相隔十几步远，她停住了，然后，对金兰微微弯了一下腰。

二毛把盐虎饶过了。

老勺头也是知道得了重孙子的。眼前有人无人，老勺头都合不拢嘴，白牙闪闪发光。

这一天，老勺头也是头一次在走向大河湾的半路上自己折返了回来。盐虎出来找他。盐虎还以为他在大河湾。遇上盐虎的人会问他：

"盐虎,还去不去济宁啦?"

当然不去了。盐虎的眼神告诉人们。

"盐虎,去不去钓鱼啦?"

盐虎懒得回答。

家里有了儿子,八斤呢,盐虎不舍得离家了。他向大河湾飞跑起来。

在大河湾,他遇上了张福庆。

没看见老勺头,张福庆告诉他。他没工夫去管张福庆怎么会来大河湾。虽然香庄人没地种了,谁能闲得住?没大活,有小活。

"恭喜啦,盐虎。"张福庆说。

"谢谢啦。"盐虎边走边说,"孩子满月来喝酒。"

"你真有福。"张福庆又说,"抽根烟。"

盐虎心中一动。张福庆没说错。他这个年纪又有了儿子,二毛也没怎么着他。打他那一巴掌又算什么呢?盐虎不能只顾自己高兴了。

"福庆,还不错吧?"盐虎说。

"抽根烟。"

"家里有儿子呢。"盐虎说,并不是显摆。

张福庆自己点上了。他深深抽了一口,又把烟吐出来。"这一套要过时啦。"他指指停在岸边的那辆脚蹬三轮车。

盐虎马上听明白了。修车生意不好做。自行车比以前少了。大多数的电动车也都使用了不容易损坏的真空胎。当代社会不光修车生意不好做,补鞋的生意也不好做了。补旧不如买新。这叫时代变化。

他的眼光不敢看盐虎似的。他像在看丰茂农场的田野,也像在看香庄遗留下的那棵老皂角树。

"盐虎。"他又说,"这些年,二毛在家辛苦着哩。"

盐虎承认。但这话从张福庆口里说出来,盐虎心里不怎么舒服。

"我还忙。"盐虎说,"再聊。"他匆匆离开了大河湾。

远远地,好像听到背后有人在喊:

来啦来啦又来啦!

走啦走啦又走啦!

老勺头能去哪儿呢?

盐虎一路打听,竟然没谁见到,连东一区门口的那伙老人也都说没见到。回家告诉二毛,二毛变脸训他,还不快去再找!这是你爷爷丢了。你亲爷爷呀!疼你的亲爷爷呀!大河湾没有,就再往南去。凤落村、金佛寺、边子村,河西河东,都去看看。再找不着,就去丁公山。丁公山找不着,就去三山县。找不着不要回来!

三山县远在丁公山之南。

盐虎出去不久,二毛把孩子交给她老姨,也出了门。

老勺头的房门敞开。他还像在村子里一样,出入从来不知道关门。二毛闪身走进去。

包裹棺材的塑料布已被揭下。棺材盖挪开了一半。一条矮板凳放在棺材旁边。

棺材里传出老勺头的呻吟。

"爷爷。"二毛叫他。

"我快死啦。"老勺头说。

"你死不了。"二毛说着,一下子流出了眼泪。她扶着棺材在那条板凳上慢慢坐下来。不知为什么,她觉得身上没有一点力气。她头抵着棺材,一时间悲不自胜。"你不要死,爷爷。"她哽咽着,"你有孙子了……你要一年又一年地活着。"

"大浪婆。小青。秀才。小白。张瘸子。"他又胡乱叫唤起来,"小肉肉。小甜甜。等我。"

"他们也死不了。"二毛说,"放心,我也不死。我陪你好吧,爷爷?我还要怎样呢,爷爷?除了活下去,还要怎样呢?告诉我,爷爷。"

"喳喳。"

"让我养大你的孙子吧。"二毛抽泣着说,"让我来养你和你的孙子。你们都要好好活着……也只有这样啦。"

天色悄悄暗下来。棺材里的老勺头终于静息了。

二毛不动,像跟那具薄皮棺材长在了一起。

6

振兴街集日又到了,也仍然并非一个特殊的集日,但一件只有李墨喜才会在意的事情发生了。

修车匠张福庆一早骑着他的脚蹬三轮车,沿街向北,到了花园社区门口却又折身返回,在不久前老勺头骑着幻想中的大白马摔倒的地方,安了个摊位。

其实张福庆跟"破烂王"王四统相比,不相上下,也是一个不怎么起眼的小人物。除了人世间的"阴阳蛋""擀白饼""李二搂"李墨喜,谁肯在意这样一个人的存在呢?

修车事业如此萧条,从早上到午后集市将散,大约也就补了三条车胎,接了三根车链子。吃的馍是从家里带的,喝的水也是自带的,摊位费为零,生产成本近于没有。但他坚守岗位,人快走尽了,也未收摊。

这天,所有香庄人极为关注的是另一件事。

盐虎媳妇郭二毛的娘家人,足有三十几口子,从化雨乡旗杆庄赶来光善社区为宝贵的新生儿"送祝米"了!

这"送祝米"乃当地育儿习俗,一般得儿十二天,生女九天,娘家人就要召集各路亲戚,带上米、面、鸡蛋、糖等物品去看闺女,谓之"送祝米"。日子是二毛定下的。二毛定哪天就哪天。二毛十月怀胎,吃了多少苦,还不依着她?二毛要摆供就摆供,要拜神就拜神。盐虎不敢说个"不"字。

小区里的鞭炮声传到了振兴街上,就有赶集的人问,谁家娶媳妇了?不是娶媳妇,是"添了"呢。

二毛"添了"。

二毛是谁?就是人世间那个曾经走起路来脚不沾地、恨不得插翅高飞的女人呀!那时候,她像一只整天忙碌不休、要把自己累死的小蜜蜂。

如今,她做了在亲人们眼里懒洋洋的心满意足的母亲。

赶集的人谁没看见叠盘架碗的山珍海味、鸡鸭鱼肉被送进了东一区的大门,把守在门口的老头子给馋得垂涎欲滴?让让,让让。它们都是二毛从塔镇的高级饭店定下的,一样样色鲜味美、形态讲究,绝非出自一般厨师之手。

地球在宇宙空间旋转。亿万星辰,隐藏在天外……日坠西山。

小区里飘来一股浓浓的刺鼻的烧皮子味。别是谁家电路烧了吧?光善社区村级联合办公点一再警告广大居民要安全用电。

振兴街的集市上,只有一辆燃烧着的脚蹬三轮车。不远不近袖手旁观的,就是修车匠张福庆。

红霞渐渐飞满天,三轮车只剩下了一具乌黑的骨架。

从这天起,光善社区居民张福庆放弃了自己的修车事业,也成了一个天天要去大河湾的人。有时他在大河湾的草丛里神出鬼没。有时则围着大河湾的土地转来转去,像要步量出大河湾的周长。

一百二十亩土地,一千八百步。有人量过的。

张福庆打的什么算盘?这引起了人们的注意。不少人假装无意中从这里经过,远远观察着他。其中就有王四统。

他的女人江玉枝,在济宁经过高水平治疗,现已回到了光善社区。因错过了治疗良机,不可能恢复到当年的健康状态,但身体机能确实已得到大大改善。这是一家人做梦也想得到的结果。

收破烂的王四统十几天前在大河湾发现的秘密,至今尚未揭晓,如今失业的修车匠是不是又有了新的发现?

盐虎几乎不用去大河湾找回老勺头了。他跟张福庆成了伙伴。不去大河湾,张福庆就在小区里闲逛。

隔三岔五,张福庆两口子就会爆发一场激烈的冲突。在他老婆波涛汹涌的詈骂声中,人们不禁想到,张福庆这下完了。

张福庆眼珠子发红,一连十几天没睡过一样。天天胡子拉碴的,越是无所事事,越像是一条濒于绝境的孤狼。过去他曾忠心耿耿追随过的赵明海,难道没看见他吗?苏广厚、王宝堂的包工队,不缺人手?李墨喜看见他了,但也没有向他走过去。他已经让人莫名其妙地畏怯起来。

整个香庄,似乎只有盐虎一个人一次次走到他的身旁。这有什么奇怪?盐虎要把自己内心的喜悦传达给每个人,况且,张福庆不止一次把老勺头从大河湾领回光善社区。

天气越来越热了。

这两个男人又走在了一起。他们谈论什么？

天气，国内外时事，小区管理，也会谈论丰茂农场。还有那些对香庄人来说已逝去的乡村事物。庄稼，家禽，牲畜。也会谈到蜜蜂。在莱河岸上，总会遇上一些养蜂人。

大河湾就是一个良好的养蜂场。为什么没人来大河湾放蜂呢？撂荒的土地也是土地。有人占用就不是撂荒。

两个男人谈得越加热烈，越加投机。张福庆浑然忘记了自己的忧愁，不禁像盐虎一样手舞足蹈起来。他们不知道二毛正在无声走近。

二毛满脸怒气。刚才她在家里打发盐虎去办公点旁边新开业的一家小超市买香醋，再去兰菊香馍房捎上几个馍馍，盐虎一见张福庆就拉不动腿了。

"看我不割了你那条老婆舌头！"二毛骂道，"一家人等着吃饭，出门你就住下啦。"

"就去，就去。"盐虎慌忙跟张福庆分开。他若慢一步，二毛一巴掌又打过来了。二毛一生气，嘴就扁扁的，他不敢看呢。

"也就跟盐虎兄弟说了几句话……"张福庆要打圆场。

"呸！"二毛出其不意朝他啐一口，然后转身就走。

盐虎愣住了。

张福庆也愣了。他抬手摸摸自己的脸，又看看自己的手心，像看手心里有没有唾沫。看了一阵，也就讪讪笑了。

该不该啐？该！谁让他看不住老婆。当初若不是李墨喜要叫金士魁，二毛可就把亏吃下了。那时，他又在哪儿呢？

经过塔镇政府前期的大力宣传，已经为十里八乡所广知的首届（春季）振兴街物资交流会，明天就要开幕了。

盐虎作为一个见过世面的人，走出东一区的大门，仍会被街上稍显忙乱的气氛所感染。街道两旁，一座座彩棚正在搭起，就像要过年了一样。办公点门口，靠墙摆着几门军绿色的庆典礼炮，明天将为交流会开幕鸣响,也标志着这里就是交流会的中心位置。由此向北、向南,摊位次第铺展。向北到了花园社区,向南几乎到了田地里。

距离办公点一百米,是一个装饰着常春藤的舞台,背景板是一块巨幅电器广告。有年轻人在调试音响。一个穿短裤、露大白腿的女孩子,坐在一把蓝色塑料椅子上,心不在焉地嗑着瓜子。看来明天会有演出的。

等白天结束,一些远道而来的商户可能就要留在振兴街过夜了。

物资交流会办在了家门口,对所有光善社区居民来说,都是破天荒的新鲜事。三三两两的人从小区里走出来看热闹。

张福庆不知道大街上发生的事情吗?盐虎与他在小区里聊得那个起劲儿,怪不得二毛生气。

买好了香醋和馍馍,盐虎马上回家。他仍旧是兴高采烈的,好像二毛根本没对他发过火。

在他的家里,人口是这样齐全。老婆,儿子,爷爷。父母不在,但心地善良、身体尚可的姨岳母却能帮助他们抚养儿子。没用他和二毛说,七十岁的姨岳母就自告奋勇,担负起了奶奶的角色。他基本上知足了。

自从他们搬到楼上来住,吃饭就跟爷爷分开了。并不是嫌弃爷爷。都是为了儿子。爷爷不肯上他们住的四楼,每顿饭都需要他陪爷爷去吃……二毛把他和爷爷的饭菜盛好,他就送到楼下。他要在楼上吃完再下去,二毛不让。不光不让他在楼上吃,晚上也会赶他去陪爷爷睡觉。他有些猜不透二毛。过去在生理上他欠了她很多,是不是一有儿子,她就不需要了?趁姨岳母不在跟前,他会鼓起勇气把手伸到她怀里。也曾想着关上门,来个速战速决。她倒不发火,但总会默默把他的手拿开。对此,他能够有什么怨言?看看那个正在吹气一样生长着的新生儿,他知道自己是连生怨的资格都没有的。

跟爷爷一起吃饭的时候,他会仔细回想这一切。

想来想去,都是自己的错。

他把二毛丢在香庄那么久!他从另一个地方,从另一个女人身边,给她带回一个没有任何血缘关系的儿子。如今,她在替他收养这样一个儿子,视若亲生。

这些日子,他赔了多少小心。他要怎么做呢?

饱经风霜的爷爷能不能提供宝贵建议?

爷爷可没有这样的经历。爷爷若清楚这一切,可能不会轻饶了自己。

吃了午饭,爷爷又要去大河湾了。这样的好天气,爷爷可不想在家里呆坐。

盐虎上楼看儿子。他没想过自己还要出门做事。地是不用种了。他还能干什么?

一转眼,他又走在了小区院子里。这回没看见张福庆。看见张福庆他也不会走过去。他到了振兴街上。

在他朝装饰着常春藤的舞台望去时,他发现自己目光里藏着一个小偷。他畏畏缩缩的样子,好像来到了一个陌生的世界,跟见过世面压根儿联系不起来。

整个下午,他走上大街三次。第二次没看见那个穿短裤的长腿女孩子,第三次也没看见。他本来想打问别人,却不知如何说起。

这一天,老勺头仍旧是张福庆给送回家的。

盐虎陪老勺头吃过饭,还没拾掇碗筷,二毛下来了。

老勺头住的房子还像过去一样干净,老勺头弄脏的衣服,都能得到及时清洗。二毛走进十几天前还住着的那个北卧室去了,盐虎腾地跳了起来。

当着老勺头的面,盐虎砰一声关上北卧室的房门。二毛回身,吃惊地看着他。怎么?不认识自己的丈夫了?她是不是忘了人生还有那回事?他不管她,沉重的身体猛地将她压倒在床。

一个多月前,他从济宁回来的那个夜晚,他们在这个房间里并排躺着,熬到半夜也没睡着。很突然,他就爬上她的像是生锈的身体,但是,那么快,他就结束了。他重新躺下,好像什么也没有发生……

这一回,他是一个嘴里喷射着火焰的怪兽。不是抚弄、揉搓,他是要摧残这个不幸的女人。弄疼她。弄疼她。他在心里说。火焰在她身上舔炙。脖子、肩膀、四肢,那还像是少女的细腰,被他弄出了咔吧咔吧的声响。他闻到了皮肤烤焦的气味。他整个人都燃烧起来了。他听到了二毛一声尖叫。真弄疼她了……他不算完。两个人光溜溜的了。他的疯狂还没有

停止。昏头昏脑地,他听见自己对二毛说:

"我要疼你,二毛。我要疼你,二毛。二毛,二毛……"

他不动了。二毛没有推开他,任他像块湿布无力地搭在自己身上。他没敢睁眼。怎么会这样呢?他不敢看她。

7

在这个季节,一颗颗杏子早早红在了枝头,一颗颗蒜头几乎长成了饱满结实的拳头,一大半鼓出了地面,其内部各种营养物质已经完备,辛苦劳作的人们即将频繁迎来一年之中的一次又一次收获,直至大雁南归,凛冽的西北风从塞外吹来,再次冰封大地。

劳动如此漫长,收获必得经常。

从早上起,四面八方的人就开始往振兴街拢聚。道路上,有骑电动车、摩托车的,有蹬三轮车、自行车的,间以开小汽车的。

这收获之前的人类聚会,实际上就是一次欢乐的宴饮,是一曲生活的欢乐颂。酒不醉人人自醉,人人皆笑逐颜开。振兴街熙熙攘攘,人头攒动,笑语喧天,好像只有赵国瑞两口子闷闷不乐。

因为错失良机,他们把那辆装满布匹的蓝色时风农用车,停在了木器市场和一个炒货摊之间。根据以往赶集的经验判断,最佳位置应该紧挨着服装鞋帽摊位。赵国瑞拉长着脸,站在马机上,像在小声嘀咕。他的老婆则一言不发,一个人整理着那些花花绿绿的布匹。

今天逢六,方圆三十里之内,还有哪些集市?除了白浮图、金鸡湾,还有羊山镇的欢德营、肖云镇的柳筐铺、河东苇子园。

"腰!"那脸色红黑的女人突然叫了一声,是要让丈夫注意自己的腰椎,但丈夫没有反应。

"有钱的帮个钱场,没钱的帮个人场!"

斜对过,响起一阵吆喝声。

一个赤膊汉子,在向四方央告。

振兴街交流会把这卖大力丸、跌打损伤膏药的也给吸引了来。他是会一套拳脚功夫的。那粗粗的胳膊，拦得住一列火车。那榔头似的脚，踢得死一头公牛。整个腰身，都像铁打的。

"好！"

那边厢却是塔镇卫生院的冯耀国院长，亲自带了人来振兴街义诊。小鸡撒尿，各有各道。你卖你的大力丸，我讲我的中西医结合，两不碍。冯院长是来帮人场了。

东土楼子村财大气粗的韩大哥，既帮人场，又帮钱场。这回没带大鹦鹉。整条振兴街上，有小羊圈国际产业园的三个大彩棚。韩大哥还是振兴街物资交流会的开幕嘉宾，为此，他穿了一身红。

办公点门口，摆放着二十五个行政村赠送的花篮，有合送的，有单独送的。一溜儿排开，十八只。

最大的人场，是谁帮的呢？当然是万启顺镇长。万镇长亲自担当了振兴街首届（春季）物资交流会筹备委员会主任。

上午九点整，万镇长就地宣告交流会正式开始。礼炮鸣放十八响。

振兴街从来都没有承接过这么多人的到来。市场秩序管理组的成员，就包括了塔镇所有的城建办、城管队、派出所的工作人员。给人一个印象，莫非塔镇搬到振兴街来了？他们把别的事情放下不管了吗？

短时间内，市场秩序管理组就统计过了，最远的商户来自江苏徐州圣泉镇。挨着"像章王"乔光明的摊位主人，则是个商丘口音的古董商。

与其他商户不同，别人为卖，这古董商却只为收购。摊子上的样品就是一些破罐子破碗。如果不是身穿一件亮闪闪黑色丝绸大褂、手上戴着银戒指，人们会把他当成王四统那样的"破烂王"。

古董商屁股没坐稳，就看中了江玉枝带来的三四种小物件，出价之高，吓得江玉枝不敢出手。江玉枝赶紧与陪在身边的王四统商量，两口子决定，卖出那把牛角梳子试试看。两口子亲眼看见古董商像得了宝物，小心翼翼把牛角梳子放进了随身带的雕花箱子里。

那箱子打眼一看，就能看出也是老物件。除了市场上的乔光明，没人认得出那叫作花梨木小官箱。

这边厢，大舞台上声乐阵阵，年轻姑娘人美歌甜扭得欢，那边厢却走来个一步三摇、两步一退、患了羊角风似的花子。

你道当今盛世,全中国十几亿人口从根本上解决了温饱问题,脱贫攻坚战接近尾声,哭天嚎地的花子何来?

此花子,已非昔日之花子也。此人也非老迈,不过二十啷当岁,下巴上稀稀软软几根短黄胡须,一手呱嗒板,一手铜简,原是一位年少有为的、衣着花子装的、热爱中华传统文化的莲花落艺人!

  我的名字王银山,
  四海之内把身安。
  迈步走进繁华地,
  三街四巷闹喧喧。
  靠艺吃饭自古有,
  打起竹板唱坤乾。

看你一表人才,气宇非凡,奇异的外貌后面似有一种无法抵御的高贵,却为何流落到这般田地?

  想当初,背井离乡去打工,
  狠心朋友把我骗。
  传销害我魔窟地,
  银山他乡一命悬。
  世上没有绝人路,
  学艺无愧地和天。
  各种证件都齐全,
  不是骗子坑黑钱。

传销可恨,害人匪浅也。靠艺吃饭不丢人。想这莲花落也是中华传统文化艺术之瑰宝,年轻人有志习艺,或可保传承无虞。

那位说啦,既然已经上街卖艺,想必学艺已成,但不知您会熟练演唱哪些经典曲目?

《打金枝》《骂金殿》，王华买爹《回龙传》，《吴汉杀妻》《牧羊卷》，问问大爷听哪段？《沙家浜》《红灯记》，《武松打虎》《西游记》，想听啥戏我唱啥戏。

　　《响马传》《大八义》这样的长篇大书，能唱仨月，想来不实际。王银山紧跟时代大步伐，给各位看官来段新编《十八怪》可好？

　　果然，那《十八怪》可谓字字奇，句句怪，字字句句唱到了人心间，自然赢得了广大人民群众的一片叫好之声。

　　王银山眼看自己的艺术水平得到肯定，竹板一打又响连天，欣欣然就唱《选村官》。

说村官，道村官，
村官实在不简单。
村官虽小作用大，
事关国泰和民安。
再不能由着土皇帝，
再不能娇宠腐败官。
十八大已把规章定，
谁再腐败要翻船。
想当年，法律规章不健全，
想当年，选举都是胡捣蛋。
当官为了权和利，
当官为了占和贪。
贫困户都是村干部，
铆着劲儿侵公款。
老百姓敢怒不敢言，
谁管发展和民冤？
俺村里有个马大宽，
斗大的汉字识半碗，
坑蒙和拐骗，样样都占全，
他看当官千般好，

一梦醒来想当官……

围观的人群挡住通道,市场管理员忙赶来疏散。莲花落艺人暂停演唱,往前移动几步,眼观这振兴街,可真是一片兴旺。

街上已经摩肩接踵。人的叫卖声、电子喇叭传出的叫卖声、乐曲声、演唱声,汇成了声音的海洋。王银山的嗓门再大,也大不过电子喇叭,所以不可能传到更远,只为眼前的人所闻。接下来他所唱的,也就是所见的。

卖服装的把衣挂,存车子的用绳拴,卖鞋子的摆上架,卖花布的挂得宽。五金摊上响叮当,百货摊上货物全。肉摊子上刀子明又亮,家电摊上声音响,油条锅下冒青烟……

打竹板,用目观,前面有个水果摊。咱的水果可真鲜,听我给您表一番。橘子苹果和桂圆,杏子桃子可真甜。有荔枝,有香蕉,甘蔗个头非常高。叫老板,赶紧给我把钱掏。

走过水果摊,又到卖菜的摊子跟前。

竹板一打呱嗒嗒,卖大葱的第一家。这堆葱,是好葱,一头白,一头青,一头实在,一头空,还有葱胡子闹哄哄,好大嫂,给俺一块中不中?

卖葱的大嫂气汹汹,一张口怼回去:"我一上午挣不了一块钱,给你钱给你钱,给你个屁!"

这位大嫂不客气,二话不说给个屁。给我屁,我也要,运到日本当大炮,打得鬼子嗷嗷叫。你给我屁我不嫌,屁给多了也卖钱。这大嫂,你别烦,到底给屁是给钱?你不给,我不走,在你门前当死狗。

大方人,大方手,该出手时就出手,谁要不给谁是狗。给了吧,给了吧,别叫银山多说话。话说多,不中听,锣敲千遍也岔声。

人比人,气死人。都想好,谁想歹,都想坐轿谁来抬?

不孬不孬真不孬,大嫂打开小钱包。给我钱,说你好,走到天边忘不了。

一挂呱嗒板,呱嗒呱嗒。两片铜筒,叮叮当当。

转眼之间,莲花落艺人就来至赵国瑞夫妇的布摊旁边。

新农村，赶潮流，您的三轮车不费油。三轮车，跑得快，交流会您把花布卖。红布红，绿布绿，不做短袖做大衣。做了汗褂凉又爽，做了裙子美滋滋。做窗帘，做床单，能包财宝能包天。

这大哥，吃不愁，穿不愁，不住瓦屋住高楼。叫大哥，咋回事，马机上一站不吭气。一没仇，二没冤，你不掏钱为哪般？白浮图集上见过你，振兴街又把你来见。叫俺哥，动动手，给俺一块俺就走。

俺哥一笑可真好看，白牙满口亮闪闪。俺哥给钱不叫找，县政府请你做领导。俺哥给钱不打艮，县政府请你当顾问……

大河湾香庄布贩子赵国瑞，第一次在振兴街头咧嘴笑了。

天空瓦蓝，阳光明亮刺眼，振兴街头的赵国瑞不由得转动了一下黧黑中透着赤红的面孔。他心里是要哭一声的，却哭不出来。回过头来，只得又笑了。光荣的莲花落艺人，已被熙来攘往的人群淹没，但那欢乐诙谐的吟唱声，还能被他隐隐听入耳中。

  打竹板，进宝街，
  一街两厢的金招牌。
  想当初，想当年，学艺的路上作过难。
  吃过苦，受过累，学艺的路上遭过罪。
  现如今，走江北，闯江南，
  振兴街卖艺来要钱……

赵国瑞伸了伸患了椎间盘突出的老腰，似乎要在马机上站得更高一些。南北一观，能把整个振兴街尽收眼底。集市往北，超过了高楼林立的花园社区，往南已过振兴街尽头，伸到了青绿的野地。看得见还有人正从南北源源不断地涌来。

从头上取下草帽，赵国瑞暗暗气沉丹田，与老婆不约而同，一人一头扯起一块大花布，熟练而悠扬地吆喝了起来：

"亏本处理减价啦！减价啦！减价啦！厂子倒闭啦，厂长枪毙啦，厂里发话啦，全部大杀价！走一走咪，看一看，过了这村没这店！"

直到晚上，振兴街兰菊香馍房主人金兰，拖着劳累一天的身体回到家中，才蓦地想起，大约午后两点来钟，一个神秘老人带着一对青年男女来到香馍房门前，却只是看了看，就走开了。他们显然并不是来买馍馍的，也不像是要从集市上买到任何东西。人生不凡的阅历，已经在他们的相貌和神情上面体现了出来。集市的热闹，跟他们过往的见闻相比，那一定是土气的，所以才使他们的出现与众不同。

金兰相信错不了，可是李墨喜还没回。她想马上告诉李墨喜，他一直想要再见到的那位老人又一次来到了塔镇。

李墨喜还在办公点跟万镇长一起研究工作。交流会的第一天，圆满收场。为了保证为期三天的交流会顺利举办，随时为商户排忧解难，交流会筹备委员会制定了全天候值班制度，所有工作人员必须保持二十四小时开机。市场秩序管理组、交通秩序维护组、文艺演出组、后勤保障组，各小组成员一个也没回家，各自总结了一天来暴露出的问题。亡羊补牢，未为晚也。这时，李墨喜接到了金兰的电话。

"没什么。"金兰却只说。

文艺演出组组长公羊纯真建议：正确使用那位顶有意思的莲花落艺人。

"马上跟他联系。问他，每天五百，包他两天，干不干？"

筹备会主任万启顺随即发出今晚的最后一道指令。

8

子在川会长，你在哪里？大河湾香庄到底有什么吸引了你，不光使你引入了丰茂生态农业组织，还要一次次亲自走在这块土地上？

李墨喜睡不着了。听金兰的意思，他是专门走到了香馍房前，那么，李墨喜几天前去傲徕峰，他一定知道。他见到了李墨喜放在石室门前的那些礼物！

第二天，天刚蒙蒙亮，李墨喜就起床了。下了楼，忽觉一个黑影子朝他猛冲过来，吓了一跳。定睛一看，原来是头黑猪仔。光善社区不光没养猪的，连羊和鸡鸭鹅也找不到影子了。这猪仔是从哪儿来的？猪仔嗷地一叫，就逃到不远处的黑影里，不见了。李墨喜返身走回楼道，去地下室取出了那根从泰安带来的扁担。

在办公点会议室，他找了两根钉子，简单设计了一下，就把扁担挂在了墙壁上。除了满墙的规章制度，这扁担最为引人注目，看上去比工艺品还像工艺品。

子在川会长有没有可能来办公点一站呢？

万镇长来到办公点，果真对那扁担一阵猛夸。李墨喜没对他讲子在川会长昨天来到塔镇的事情。大约上午九点钟，李墨喜独自上街察看。街上仍像昨天一样热闹。倾销电器的大舞台，新增了表演内容，是一台与真人一般大小的银色机器人，让唱什么就唱什么，要女声有女声，要男声有男声，尖声细声、粗声高声，人声里不时又杂以妖孽声、公公声，或谐或庄，或清或浊，声声毕肖，凡所应有，无所不有，引得人山人海。

手机响了，是刘建忠书记打来的。只听了一句，他就愣了。他满脸狐疑的表情，往一旁跨了一步，差一点撞在别人身上。

"你说什么？"他高喊。

"你村里有人在大河湾淹死啦。"

"怎么回事？淹死啦？谁淹死啦？"他的声音浑不知低下去，全身已经克制不住地哆嗦起来，声音也在发抖。"谁死啦？"他不由得想起几个月前死于车祸的赵玄玄，眼中流露出本能的恐惧。"怎么回事？"

"那个在县城西关修车子的。我认得他。他从河里漂上来啦……"

"你说淹死的？"

"淹死的。"

他听不清。他冷。他茫然四顾。

　　黄金浮世在，
　　白发故人稀。
　　但看行路人，
　　百岁能有几？

那位被挽留的莲花落艺人,又在振兴街头开了腔。

李墨喜向前走去。他下意识地不想惊动任何人,至少不想让任何人发现自己的慌乱。躲躲闪闪,穿过赶集的人群,他走进小区,然后就急急地走到小区东门。不料东门关着,想都没想,就翻身爬上去,跳到了小区外面。

嗖的一声,他朝大河湾没命地飞跑起来。

刚一起跑,双腿还有点打拐,脚踝就像不是自己的,在腿下乱碰。他有多长时间没在大地上撒腿奔跑过了?那一定很久了。他每天走出的都是不紧不慢、不慌不忙的四方步,一看就是村干部。没谁说当官要威风八面,偏偏当官就威风起来。不轻言,不苟笑,一看就像二大爷欠他三百吊。

还好,那两只脚踝又长在自己腿上了。他一下子跑出了一匹野马的脚步。四个蹄子像是踏在坚硬的火石上,跑着跑着就溅出了火星。风声在他耳旁呼呼响,风声里像有千军万马的奔腾,也像有无边的吵闹。跑了很远他才听出来,有人在风声里说:

"他可真会死。"

哪个真会死?死,还有会死不会死之分吗?这不是人话。

但是,并非一个人,很多人都在喊喊喳喳:

"真会死,真会死,真会死,真会找时候……"

李墨喜心生恼怒。他像一匹马一样地收住脚步,脚下的土地被他踩得腾起一股烟尘。他拿出手机,拨通了唐继民的电话。

"继民,你能不能找到张福庆的老婆?"他极力克制着自己的喘息,"她是叫麦子吧?你对麦子说,到大河湾一趟。"

"发生什么事啦?"

"你陪她来。"他说,"你想办法,千万不要让她激动。"

"好……好……放心。"唐继民被吓住了。

李墨喜静息了片刻。他的眼前其实什么也没看到,却感到一团浓厚的乌云正在头顶集聚。他又跑起来。不知自己是跑在什么地方。不知自己惊起了一只只飞虫、野鸟和野兔。不知自己踩到了什么草,什么庄稼。

跑啊,跑啊。他又是一匹野马了,好像没有任何阻力。是一匹燃烧

313

的野马，生着光滑的皮肤，火是身体里的热血。在大地上自由的奔跑中，活着……

大河湾到了，李墨喜忽然两眼发黑。他听到了尖利的不祥的警车声。努力睁大眼睛。河岸上，聚集着一群人。

张福庆的尸体是刘建忠路过时发现的，已经被人从河水中捞出来。警察赶到，立刻保护现场。

河岸上遗落着一只空酒瓶、一袋没吃完的花生米和一根自制的钓竿。初步判断，是张福庆坐在岸边喝酒钓鱼，喝醉了栽到河里，而且不是今天发生的事。

在唐继民的陪同下，张福庆的老婆麦子出现在田野上。他们也跟李墨喜一样，徒步而来。他们越走越快。到了近前，麦子只看了一眼地上歪倒的马扎，还没认那死者是谁，就嗷地一叫，浑身抽搐，躺倒在地。警察紧忙抢救，才让她醒过来。但见她呆了一呆，就坐在地上号啕大哭。她像忘了张福庆躺在自己身边，一边对着空气哭，一边数落：

"该死的张福庆，怎么想起钓鱼啦！钓鱼钓鱼，不怕鱼吃你！鱼把你吃啦……鱼把你吃啦……鱼的魂缠住你啦……怎么活啊！我可怎么活啊！老天，老天……张福庆，你说话啊。你有没有对不起我？你把啥都带去了啊！"

死人是不可能拉回家里的。他们一家在光善社区居住的怎么着也是新房子。是失足溺水还是他杀，还需要进一步勘察分析。

这里张福庆的尸体刚被殡仪馆的车拉走，万镇长打来电话：

"五分钟之内赶到！"

今天是个什么日子啊！这里还没消停，李墨喜和万镇长朝思暮想的全国丰茂生态农业组织创始人朱麒麟就又要莅临塔镇！

李墨喜立马对唐继民交代几句，从桃渡庄一个认识的看客手中借了辆电动车，匆忙骑上去就抄近路直奔塔镇政府。

像一年前一样，他们要在那里隆重迎接朱麒麟董事长的到来。李墨喜急得满头大汗，把电动车骑进塔镇政府大院，一看就知道县领导已经到了。放下电动车,紧忙走进办公楼,迎面碰上万镇长和杨暖仪书记等县领导从会议室走出来。

未及寒暄,李墨喜就觉得身后好像猛地涌来了一股气势磅礴的潮水。他忽然就立在了高高的潮头之上,有力的浪涛还在一个劲儿把他托举着,像托举到了天外。四周雪亮,刺得他睁不开眼睛。

在去年大雾弥漫的时节,他曾做过一个怪梦。梦中,他走到了一个白茫茫的耀眼的雪野。

现在,那明亮的是光,是雪,还是潮水?潮水怎会是白的?……那就是白云。他身在令人陶醉的白云之上了。

没错,就是那位性格豪爽、生活简朴、厌弃一切繁文缛节的商海弄潮儿朱麒麟!这回陪他一同前来的,还有济宁市招商局的领导。他们每个人都是能给这块肥沃的土地带来繁荣发展的贵客。

不用过多客套,朱麒麟就向当地政府表达了扩大香庄丰茂生态农场规模的意愿。那跟万镇长设想的一样啊。不是两千亩,也不是三千亩,是万亩农场!

听到了吧,万亩!

午饭要不要在塔镇政府食堂解决?镇政府食堂没有山珍海味、美馔珍馐,但贵在洁净安全,尽可放心食用。万镇长两眼潮湿,向贵客发出邀请。

不不不。大河湾另有客人在等候。这一回朱麒麟董事长一行仍旧只需要塔镇政府提供充足的开水。

另有客人?那能是谁?李墨喜又一次被请上了朱麒麟的座驾。

避开拥堵的振兴街物资交流会,车队眨眼工夫来到了大河湾。

不错,子在川会长已先到一步。几天之内,子在川会长已数次来到这里。他究竟是多么热爱这块土地啊。他看这块土地的眼里,饱含着深情。所有人一看到他在大河湾草丛中伫立的身影,都会被深深打动。朱麒麟下了车,就快步走上去,其他人紧随其后。

一见子在川会长,朱麒麟的样子就好像变了。变成什么了?不好说,反正人们只能看到他对子在川会长的那种极为自然的敬意。这么大的名人,用得着介绍吗?当然。

"这是汉马控股马总裁。"

杨暖仪书记表示欢迎。"马总裁"对塔镇的农村发展给予了巨大的关怀和支持。"马总裁"当然也会感谢当地政府对丰茂生态组织的全力支持。这是一场愉快的合作。合作还将继续……那位香庄的掌门人怎么靠后了?

子在川会长的目光寻找着他。

李墨喜这么个七尺男儿,在这些人面前是多么羞涩啊。他像个怕见生人的孩子呢。脚下要往人前挪一步,那么难。脸都红了呢。跟朱麒麟同车的时候,他没能说一句话。除了点头,就是"嗯嗯"。

他还像是很陶醉呢。

万镇长一步跨到他跟前,压低声音:"怎么啦?"

他想告诉万镇长,一个多小时前,这里的河岸上,曾经躺着香庄人的一具尸体。他的心里充满了悲伤。为什么这样的情感,不会被人看到?因为他在掩饰着,就让他的神情有了别的意味。他像哭,又像笑。

"您的到来,让这家伙太激动啦!"万镇长对子在川会长说道。他巧舌如簧。"这也说明,这块土地上的农民兄弟,对您的到来有多么期盼。"

万镇长眼圈一热。不过是在几天前,他还驱车到省城去求见一位百岁老人。在老人面前,他变得像猴子一样机灵。大河湾这些尊贵的客人,是因为老人才赶来的吗?他不敢确定。他要掉下泪来啦。

"马先生,朱先生。"他向两位远道而来的客人叫了一声。他有了面对大河湾跪在地上的冲动。

一年前,朱麒麟在香庄的土地上跪过一次了。那时,众目睽睽之下,朱麒麟单膝跪地,捧起一把泥土,放在脸前,久久凝视。

"好土!"

朱麒麟如是赞。

万镇长还没跪过。一个农民子弟,一生还没跪拜过一次土地!时机到了吗?

这是香庄人忧了喜了都要来到的大河湾。这里有那么多的草木虫兽,以及隐藏在土地之下和土地之上的祖先与神灵。

鸟儿们在草丛里叫，虫儿们在草上飞。蜜蜂，蝴蝶，蜻蜓，蝈蝈，瓢虫，牛虻，他都认识。还有打洞的沙獾、老鼠、蜥蜴。

"跪下！"一只飞过头顶的绣眼鸟在叫。虫儿们也在窃窃私语。

"跪下！"被香庄人一次次听到的万物声音，被他听到了。

"跪下！"那些草，茅草、莎草、马唐草，都叫。

河水里的红蓼、绿藻、芦苇、菖蒲，也都在纷纷发出声音……一切都在说话。

他的双膝一软，就要像去年朱麒麟一样，也要像前几天在王老家一样跪下了。

"我来迟啦，万镇长！"

一个雄浑高亢的大嗓门，炸雷一样在人们身后响起。别人还好，倒叫李墨喜打了个大激灵。原来，竟是金士魁沿河堤从南边金佛寺开车赶至，把车往河岸上一停，下车就大叫了一声。这却是万镇长万无一失的安排。

万镇长趁空给他发了短信，让他也来参加大河湾的聚会。

9

不得不承认朱麒麟这样杰出的企业家人间少有。别具一格的泡面宴，再次在大河湾举办。在他带来的部下分发泡面的时候，只听他对子在川会长说道：

"马总，我请您尝尝一种酱油。尝过之后，天下什么美味都不值一提。"

酱油会有如此神奇？子在川会长眼中不由得流露出了浓厚的兴趣。神奇的酱油会是一种什么样的味道呢？

朱麒麟转头就问万镇长酱油带来了没有。多数人都认为他是在开玩笑。

一听朱麒麟提起酱油，万镇长就暗叫不好，自己怎么疏忽了？！

镇政府食堂的饭菜味道的确大不如以往，即便听到职工有所反映，他也没放在心上，更没想到大老肖的厨艺会全凭这酱油。况且他也想过，你一个政府食堂做出的饭菜能够入口，填得饱肚子，保证卫生安全，不太难吃即可，又不是面向社会开饭店的，没必要非得做出国际顶尖水平。好吃又能好吃到哪儿去？

看他要打电话，李墨喜就猜出他要询问大老肖，忙将他拉到一边，低声说自己去找二毛要一些。

"那你快去！"他马上催促。

现场停放的汽车有七八辆，可就连李墨喜自己也没想到乘车去光善社区找二毛要酱油。他开始了今天在大地上的第二次狂奔。

"快去快回！"万镇长在后面叮嘱，然后对朱麒麟保证，"十分钟之内。"

十分钟一个来回。

"暂停。"朱麒麟阻止大家进餐，"我们等等。"好像美味酱油就放在百米之外的一道田埂上，那位乡村书记可以手到拿来。

这是像昨天一样的好天气。瓦蓝的天空，宽广无边。天上只有太阳，把人间照耀得如同四处镶嵌了无数亮闪闪的钻石。从河面吹来的，好像还是去年的那股清风。大河湾的草木葳蕤，都带着对上一个春夏之交的记忆。隔着大河湾的丰茂生态农场，平躺在蓝天下，似乎正在体味时光的静谧。大家不由自主地陷入了一种贯穿古今的悠远惬意的沉默之中。

"诸位，诸位！"突然，万镇长打破了沉默。他抖擞精神，"我给尊贵的客人、尊敬的领导、亲爱的朋友，表演一个节目可好？"

"欢迎欢迎！"杨暖仪书记附和。

大家笑起来。"好。"

"那我万启顺献丑啦。"万镇长朝四周一拱手，清清嗓子，"诸位听来。"

　　　　太阳一出照西墙，
　　　　西墙西边有阴凉。
　　　　天到中午十二点，
　　　　到了晚上落太阳。
　　　　买一头小驴四条腿儿，

尾巴长在了后腚上。

金士魁扑哧一笑。相对于他素常的大嗓门，这声笑就太娇柔了些。
"这叫大实话。"万镇长继续说道，"除了大实话，塔镇民间还有颠倒语。我说一个，各位女士先生请听。"开口道：

六月数伏下严霜，
刀拖秦琼斩蔡阳。
箭借草船是包文拯，
粮放陈州诸葛亮。
貂蝉女下聘西门庆，
吕布嫁给孙二娘。
天门阵大破孟姜女，
三堂会审武大郎。
芭蕉扇三盗小罗成，
梁山寨大闹忠义堂，
黑旋风李逵来迎战，
手里端着机关枪。
说不尽的颠倒颠，
猪八戒坐月子生下牛魔王。

"有趣！"朱麒麟笑着赞道，"这个是要有点儿历史知识的。"
子在川会长也笑笑。万镇长抬手擦了一下额头的汗。
"他也会的。"万镇长脸上涨得红彤彤的，指一指站在一丛紫穗槐边的米委员，并悄悄给他递个眼色。"米委员。"他叫。
岂料米委员不但没领命，还有了躲闪的意思。
万镇长为米委员的命运，不知在背后悄悄叹息了多少回。当年塔镇大搞招商引资，米委员想方设法招来了一个外地大款。他为让大款开心，晚上带大款去娱乐城洗浴，跟洗脚姑娘发生了冲突，被姑娘乱刺了几刀。人人——包括冯耀国院长，都以为他死挺了，也没怎么抢救。送到殡仪馆，却在火化炉口，被细心的火化工发现还有一丝游气……很少有人主动提这事。若提起来，他就说自己是个从鬼门关走过一遭的人。本来又爱逗又机灵的，却从此完全变了。对有这样经历的他，内心仁慈的万镇长向来觉得怎么着都行。

田野上，还没有出现李墨喜的影子。

时间在悄悄流逝。万镇长只得把目光投向金士魁。

向光善社区一路奔去的李墨喜似乎没想到自己要去干什么。他依旧躲开了热闹的集市，又从东门爬门翻入了小区。

站到老勺头家的房门前时，忽然愣住了。他的眼前，好像扑啦啦飞出了一只花花绿绿的大鹦鹉。

"《村规民约》第三条！"

大鹦鹉鼓动翅羽，嘎嘎笑着，飞舞成一团缭乱的影子。影子的五彩斑斓，更增加了他心中的迷惑。他站在那里，像在等待大鹦鹉说出新的警醒的天启样的语言，大鹦鹉却没有停留，翅膀唰唰撞击着墙壁，像个旋转的彩球，飞进了楼道。接着，楼道里传来它飞出窗子、投向蓝天的声音。

四周静息下来。他从敞开的房门，朝里面慢慢走动的老勺头看了一眼，就默默地转身走开了。他没进电梯，而是踏上楼梯来到二毛家的房门前。

他抬起胳膊，却又静止在空中。

几个月前就听大老肖说过镇政府食堂酱油用完的事情，他为什么一再敷衍，没有转告二毛呢？是不是镇政府干部吃不上好饭，正中下怀？……就不该让他们吃得那么好！不，不。更重要的是，因为他内心真实的畏怯。

二毛，竟是个让他感到畏怯的女人！

迄今为止，他仍旧不能向二毛坦然走近。

大河湾上的众人，正等着二毛的酱油吃午饭哩。众人之中，就有对大河湾香庄、对塔镇、对金乡县的农业发展极为重要的客人，可是李墨喜却在二毛家的房门前退缩了。

他从大河湾跑来的时候，多像一条狗。虽然这并不是远方的客人吩咐的，即便没有万镇长的命令，他也会主动前来，但是，他能够张口对二毛说给点酱油吗？巴巴地专为酱油跑来一趟，领了圣旨也似。还没等说出口，他就已经看到了二毛万分鄙弃的目光。

那目光刀子样，能剥人皮哩。

"十分钟之内！"这是万镇长给他的时间。他在田野上跑得多快啊。他像马。他像箭镞。他像飞一样呢。他有了光的速度。

但是，凭着直觉，他也知道，时间过去已不止十分钟。

怎么能让尊贵的客人饿着肚子在大河湾久等呢？

怕什么！

二毛，你要剥就剥吧。

李墨喜悬在空中的手，在房门上敲了一下。里面没有动静。他再敲一下。

如果再没有动静，他就回自己家里，随便拿瓶酱油冒充。天底下，不是谁都长着朱麒麟那样灵敏的舌头的。况且，谁能确定那不是朱麒麟的错觉？

房门开了。给他开门的是盐虎。

"你？"盐虎大惑。

"盐虎。"他往后退了一步，"良志。"

"有事？"

"哦，良志。"他沉吟着，又往后退一步。他一眼就能看出来，盐虎对张福庆淹死在莱河的事情一无所知。他的心尖利地痛了一下。

此时此刻，在张福庆溺水的地方，一群人正在等候他拿去酱油，以点缀他们太阳下的欢宴。他蓦然想起张福庆被河水泡得发白肿胀的目不忍睹的面孔。

血液也可以褪去颜色吗？白色怎么会在一个死者的脸上变得那么可怕……

他的肠胃里立时一阵翻滚。他想呕。

"你不舒服？"盐虎又问，"进屋来坐吧。"

盐虎的目光不是刀子，他却觉得盐虎是一位威严的法官。他在被审判。他背负着不可饶恕的罪孽，因为，他让大河湾香庄的父老乡亲，隔绝了符合人道的悲哀。他全身虚弱。他开始微微气喘。

"哦……良志。"他低下头。

多么沉重的头颅!

"你病了?"盐虎走出房门。

他摇一摇头。他使了很大劲儿似的。他在挣扎。

"我来借点酱油,盐虎……"他艰难地说道。在确定盐虎没听明白的时候,又补充一句,"二毛做的酱油。"

"二毛。"盐虎回头喊。

话音未落,二毛就出现在他的身后。二毛手上拿着一个酱油壶,他接过来,递给李墨喜。在他们看来,李墨喜像捡了自己丢失的命根子。

李墨喜把一个普通的酱油壶抱在了怀里,脸上带着傻子似的笑容。他走到电梯口,按了按钮,这才转回头向盐虎夫妇投去感激的目光。不过,盐虎夫妇更加疑惑了。那不过是一壶酱油哩。他急不可耐地走进了电梯。

来啦来啦!李墨喜来啦!

宽阔的田野上,李墨喜又在撒腿狂奔。他的脚下,不知是踩着了凤落村的土地,还是大王庄的土地了。不知是田埂、沟渠,还是道路了。不知是泥土,还是草木了。

在这样的行进中,他更像一条迅疾的游鱼,灵活自如地游入了大海。而且,这是他一个人的大海,没有干涸,也没有被吞噬的危险。

海水如同巨掌,温柔地抚过他的身体,而又如此有力地推动着他的前行。

当他听到金士魁极响亮、极高亢的唱腔好像从天顶传下来时,他感受到了自己满身光滑的鱼鳞和强健的鱼鳍。

头皮一震,他就停了下来。

宋王爷钦差把海过,
皆只为海王起风波。

海水忽然从四周退个干净。李墨喜重又安稳地踩在了大地上。耳朵里嗡嗡响。头顶骨也在发麻呢，仿佛古老的太阳把所有的光亮都一股脑儿地倾泻到了他一个人的头上。

挤了挤眼睛，才像从幽暗里看到了眼前绿色的世界。

阳光白亮，随着金士魁直冲九霄的声音，像是急雨激起的水花，挤挤挨挨，满世界跳着呢。大河湾的人们和那些草木，一起发出夺目的光芒。

接下来，李墨喜浑不知迈起了四方步。他不慌不忙地向人们走了过去，就像从未野狗一样疲于狂奔。他是乘坐七香宝辇而来，身披无上荣耀。

人群中的金士魁唱出了最后一字，万镇长扭头发现了他。

"酱油来啦！"

万镇长脱口叫了一声。

"马先生，尝尝，尝尝。"

万镇长亲手给子在川会长的碗里滴上那种神奇的液体。

子在川会长吃完了面，没说话，像在细细回味。他不说话，别人也不说话。

半晌，朱麒麟才煞有介事地开口：

"我的感觉嘛，甚于去年。"

在一行人即将离开大河湾的时候，李墨喜终于憋不住悄声对万镇长说：

"俺村的张福庆在这里淹死了。上午发现的。"

万镇长的面孔瞬间变色。呼一声，背后扑来一股阴风。

这样的话可千万不能让远方的贵客听到。

很显然，张福庆的死亡影响了万镇长的心情和思维。他不像此前一样灵活了，根本没有想到邀请子在川会长和朱董前去参观光善社区村级联合办公点。

在他原来的设想中，两位尊贵的客人将会站在李墨喜从泰山脚下带来的那根桑木扁担跟前。那将是一幅多么意味深长的画面……我们塔镇的广大农村干部有意愿把泰山挑山工精神给切实带到新农村发展的实际工作之中。

那可能比他勉为其难、厚起脸皮、撕破喉咙，再唱十支民谣起的作用都要大。他甚至还想伺机讲一讲米委员的故事呢……虽然那事已过去十几年，但想想当年在全国引起的轰动，他稍一提醒，两位客人肯定会想起来。

客人的车队沿着河堤绝尘而去。

万镇长带着迟钝的神情，慢慢朝李墨喜转过脸来。

这时候他才发现，半壶酱油还拿在李墨喜的手里。

10

那个在二毛家门口撒泼打滚的麦子，不见了。

麦子变成二毛了。

麦子也变成江玉枝了。

李墨喜一恍惚，麦子就变成他的"小妻子""小母亲"金兰了。

张福庆的家里，男人们会聚在客厅，女人们会聚在他们夫妻的卧室。李墨喜只去卧室站了站，碍于传统礼节，不好多加停留。麦子一脸悲戚，但人又出乎意料地安静，坐在床上一言不发，眼睛直直地盯着一个地方。那个地方距离她的眼睛，顶多一尺。

唐继民已经把香庄红白喜事理事会召集到了张福庆的家中。这里有赵邦文、曹秀花的丈夫李留柱、赵明海的六叔赵有方、王四统的大哥王一统，他们都是这方面的行家。像赵明海的六叔赵有方，不但为本村人服务，还常常被别村请去主持。除了他们，就是张福庆的几个本家兄弟叔伯。

房间里阒无声息，飘散着男人们吐出的缕缕青烟。所有窗子都关上了，把振兴街上的喧嚣全关在了外面。

那个新寡的女人，离开大河湾后，哭没哭呢？她脸上干干的呢。

警察已经询问清楚，昨天下午四五点钟，张福庆就拿了钓竿、提了桶，离了家门。高度酒和花生米，是他从集市上顺路买的。天快黑了，集散了，麦子给他打过电话。他好像很不高兴，对她恶声恶气："我就钓一夜呢！"

就为这句话，她没去管他。从现场来看，他一条鱼也没钓到。

停灵三天出殡，就是麦子的主意。

看这里都妥当，李墨喜就回了办公点。在振兴街上，远远望见了赵国瑞两口子。不由想到，他们大概还不知道张福庆在莱河溺水。再想想其他人，比如二毛夫妇，也不像知道的样子。

看来，张福庆溺亡的消息还没在光善社区传遍。这哪里比得了原来的香庄？那时候可是一家有事，不出半个时辰，就全村知道了。

在张福庆家，也没看见赵明海。

就赵明海与张福庆的交情来讲，赵明海不是应该第一时间到场的吗？

这个时间，街上的人明显少了。卖电器的舞台上空空的，人可能都坐到了台下。花五百元雇下的那位莲花落艺人，也不知去了哪儿。

幸亏交流会时间只有三天。明天会怎样呢？李墨喜不禁有点心虚。

今天李墨喜在大河湾与子在川会长重逢，实际上话没说三句。他自认为是一个普普通通的村干部，怎么能在那么多重要人物面前做主角呢？如果不是万镇长时刻把他往前推，他都不知要退缩到哪里去了。他可能就只是跟米委员在一起，平心静气地悄悄观看着眼前发生的一切。

想来真是有些感激万镇长。他让自己抽身回社区取酱油……哦哦，他要感激二毛才对。因为二毛的酱油，他得以躲开了那种热闹的场面。

在省城王老家里，他开不了口。

在大河湾，让他开口也难。

他不是没有吼出声来的冲动，但是，不知为什么，他却只想着吼给自己听……

小蚂蚱，土里生，
前腿蹬，后腿弓，
长了翅膀扑棱棱棱。
一飞飞到柳树上，
问问知了老先生。

夜幕降临，大河湾又浮现在了他的眼前。他想，其实他是要吼给大河湾听哩。头顶着天，脚踩着地。四周只有他一个人。也是给天听，给地听。

万镇长说得对，香庄人喜了忧了都要去大河湾。

李墨喜又想去大河湾了。尽管大河湾刚刚出了人命，他也不怕。

　　一月二月没有你，
　　三月四月你才生，
　　五月六月兴家月，
　　七月八月你还行，
　　九月十月，你，你，你，你，你……
　　你哪，归了，阴城！

……香庄人喜了忧了去大河湾，那么，大河湾跟万里之外的子在川会长又有何干呢？他为什么一次次来到那里？

凭直觉判断，子在川会长处心积虑把现代的全国丰茂生态农业组织引入香庄这块肥沃的土地，也跟大河湾有关。

李墨喜是要亲口问问子在川会长了。他还要再上一回傲徕峰吗？

不用的。子在川会长并没有跟朱麒麟同去。他再次住进了金乡县城书院街上的那家宾馆，而且再次把那辆黑色的帕萨特开到了乡村大人物李墨喜的身边。这回没有通过任何人，而是亲自给他打了电话。

那是一个亲切的老人的声音。他被直呼为"墨喜"。老人像称呼一个身边的老朋友。

"车去接你了。请来一趟。"

他一下子想到了傲徕峰！他怎么能断定车子已经来到了办公点楼下呢？没有一刻耽搁，他就丢开众人，走下楼去。他的步伐多么矫健有力！

在这一天里，他痛快奔跑过了多次。那久违的奔跑，让他全身血脉贯通。鲜红的血流，在体内哧溜作响。他全身的筋肉，神奇地充满了弹性。一不小心，就会像颗圆溜溜的弹丸，被弹射到宇宙之外的异度空间。

子在川会长派来的车子还没到。不大一会儿，就看见一辆黑色帕萨特像条大泥鳅一样从昏黄的灯影里钻出来。

　　山上有座庙，庙里有个老和尚……李墨喜在年轻男人的引领下，来到宾馆五楼的一扇门前，蓦然听到了傲徕峰上蜂群的巨大嗡嗡声，眼睛也像看到自己，像个孩子似的滑下傲徕峰的金刚巨石。

　　走进门去，他还需要再给老人讲述香庄的故事吗？他将怎样开口？在傲徕峰，他没一句问话。连问一句老人怎么称呼都没有，好像一问，就会失去一切可能。

　　年轻男人敲了敲房门，年轻女人从里面把门打开了。李墨喜忐忑不安地走进去。他上一次见老人还不这样呢。他好像再也不能从容淡定地讲述那些乡村故事了。

　　坐在沙发上的老人，早早客气地站了起来。他走上去，老人微笑着向他伸出了双手。两只手，如同白天鹅的双翅……他们的四只手握在了一起。老人的手那么温暖，一下子就把他的心融化了。

　　"你去了傲徕峰。"老人微微含笑。声音很小，很柔和。"他们在摄像头里看到了你。他们说，安装摄像头是为了我的安全。我没隐私可言。放心，你带的东西我让他们拿去了。谢谢你。他们说，大馍馍好吃。我想，那会像今天吃到的酱油一样好吧。"

　　李墨喜不由得咧开了嘴。不知为什么，想笑，没笑出来。

　　"你坐。"老人指一指身旁的沙发。

　　那个年轻女人已经像影子一样，无声地走了出去。

　　李墨喜坐下来。房间里静悄悄的。他慢慢直了直上身。对面的墙壁上，挂着一幅淡雅的水墨画。他认识，那是一幅静物。一只半透明的花瓶里，插着几根细草，再无其他。这是一个小巧的套间，一间卧室，一间会客厅。他忽然感到这是为了他们的会谈而临时定下的。老人的话让他感觉好多了。

　　山上有座庙，庙里有个老和尚……他倒要尝试一下，还能否像上次会面那样娓娓道来。

　　"很好。"老人又颔首道。

　　李墨喜不解。这是对他的赞赏？

　　"你把大河湾留下啦。"老人说。他的沉静的神色那么奇异，好像从李墨喜身上看到了一颗宝贵的赤子之心,这让李墨喜身上不由一震。

李墨喜做对了吗?

哦,是时候了,他要当面问问老人为什么。是什么把老人的目光吸引到了这片土地?大河湾为什么如此牵动老人的灵魂?他的嘴唇,不由得翕动起来。

"我要托付你一件事。"老人郑重地说,"我请你在大河湾找到一块石头。"

"石头?"李墨喜又惊异又茫然,"您说一块石头?"

"嗯。"老人肯定。

"土地庙?"

"嗯。"

"女娲娘娘补天之石……"无数体现中华民族生活智慧的古老传说,开始在李墨喜心头如浪花翻涌。这个上世纪九十年代从金乡二中毕业的货真价实的高中生,两眼看到了上古神话瑰丽的闪光。

无独有偶,女娲娘娘于大荒山无稽崖炼成高经十二丈、方经二十四丈顽石三万六千五百零一块,补天只用了三万六千五百块,单剩一块未用,弃在青埂峰下,得了灵性能大能小,后来就成了绝世情种贾宝玉口中所含通灵宝玉。难道这样虚构的故事,真的要在山东省金乡县塔镇香庄村的肥沃土地上发生一遍吗?

真敢想啊,子在川会长!

"此石下连泰山山根。"老人否定了他的说法。从老人的脸上,只能看到确信无疑的神情,容不得别人的一丝怀疑。

李墨喜的目光被他的神情牵引着,一会儿就到达了群山苍翠的怀抱里。每块石头,都像喻示着世界的什么奥妙。

"我也是受人之托。"老人又说。

万物之间的联系,让人想都想不到。大河湾的土地庙消失了七十年,几乎不再被香庄人谈起,如今却被一个外来人牵挂。一时间,李墨喜似乎感到了羞愧。

墙壁上那幅画里的细草,好像在轻轻摇动。

"你有没有听说过'华大夫'?"

"华大夫？"李墨喜摇头，"没有。"

"哦，对的。"老人沉吟道，"你太年轻，墨喜。"

在书院路的宾馆，从老人口中，李墨喜亲耳聆听了一个感人至深的人间传奇，有关仁义、孝道、诺言、感恩，有关圣迹，以及……哦哦，天地之正。

那还是在遥远的上世纪六十年代，李墨喜尚未出生。

华大夫的父亲病危，却仍旧心怀天下，为国家和民族的前途深深忧虑。有一天，父亲突然命令他从北京专门前往山东金乡看一块石头。

这位父亲，也就是子在川会长称呼了一辈子的"华伯伯"。

因为华伯伯就当过医生，从小喜爱医学的华大夫就像从没别的名字，人人称其为"华大夫"。

华大夫回去后，欺骗华伯伯石头还在。华伯伯很满意，病也像陡然轻了许多。从华伯伯眼里，华大夫看出来天下不能无此石……不错，就这意思。

局势不大好。过了半年，华伯伯又令他去山东向金乡政府提出对这块了不起的石头加以保护。当时的情势下，这怎么可能呢？

华大夫在回京途中做出了一个大胆决定。当时他是北京地坛医院骨外科的主治大夫，为让父亲安心，主动要求从北京只身调到金乡。

从此，在父亲看来，这个做医生的孝顺儿子，每天都在为天下守候着那块石头，那块他眼中的"神石"。

有了这块"神石"，天下终会大安。

华大夫在金乡县人民医院出任外科主任，北京的亲戚朋友都知道他在当地赢得了很好的口碑。

每年，他都会从金乡给华伯伯频频传回大河湾石头平安的消息。

华伯伯熬过艰难的岁月，奇迹般地多活了十年，于一九七七年十一月十六日溘然长逝。

又在金乡服务了五年，华大夫才返回北京。

在京的亲朋好友，并不了解他下调基层的真实原因。直到前年冬天，他躺在地坛医院的病床上，奄奄一息，才向前来看望他的子在川会长讲出了这一切。此前两个月，他在家人陪伴下带病故地重游，并悄悄去了大河湾。

华伯伯也是老革命，与子在川会长的父亲在过往的峥嵘岁月里患难与共，结下了深厚的友谊。枪林弹雨中，华伯伯还救过马父一命，而在政治生涯的关键时刻，马父也曾奋不顾身地保护过华伯伯。

华大夫弥留之际，明确希望子在川会长能够帮扶一把大河湾香庄，并嘱他探寻那块石头的下落。

实际上，子在川会长在大河湾香庄所做的一切，就是在告慰那位忧国忧民的"华伯伯"。可是，"华伯伯"又跟大河湾有什么关系？

如果不是前不久李墨喜刚刚拜会省城王老，他就不会做如此联想：

多少人有过共和国女部长秦向林和省城王老的奋斗经历啊！"华伯伯"的革命足迹一定到过大河湾香庄，不凡的经历让他对香庄这方热土终生难忘。

李墨喜更加羞愧了。作为一个地地道道的香庄人，竟然对此一无所知。

面对子在川会长恳切的眼神，李墨喜过早地表了态：

掘地三尺，也要找出这块在大河湾平白无故消失掉的"神石"！

这天晚上，仍旧是那辆帕萨特把李墨喜送回振兴街。从车上下来，李墨喜第一个电话打给了冯耀国：

"知不知道县医院曾有个医术高明的'华大夫'？"

"怎么不知道啊？"冯耀国说，"那可是很久很久以前的事啦。"

可是，昔日为什么没听他说起过呢？没等他说第三句，李墨喜就挂了电话。望着振兴街上高远的夜空，李墨喜吁口长气。

再过一天，振兴街交流会就要结束了，李墨喜却恨不得今晚就结束。

回家躺在金兰身边，他反复地回忆着与子在川会长今晚会面的情景。华家传奇就好像在他眼前演出着一部风谲云诡的电视连续剧。怎么也睡不着，索性爬起来。他像当初在网上搜寻子在川会长和朱麒麟董事长的信息一样，打开了电脑。

历史烟尘缓缓退去，一条再次让李墨喜感到惊异的信息呈现：

华伯伯早年背叛了自己的家庭……
漆黑的窗外淅淅沥沥，应是下着一场小雨。

次日早上，空气果然清新。
乡村大人物李墨喜吃过早饭就去了办公点，一进办公室就没再出门。公羊纯真每次来向他汇报，都会发现他坐在办公桌前陷入沉思。
窗外的集市正在进行。忽然，街上响起一阵如火如荼的鼓乐声。
李墨喜猛地站起，开大窗子。

　　宋王爷钦差把海过……

那腔调多么粗犷高亢，雄健激越，像一股迅疾的暴风扑向了李墨喜。
公羊纯真出现在办公室门口，眼看他轻轻摇晃着，慢慢坐了下来。

地球在宇宙间运行……一天的时间，电光石火般短暂。
随着白昼的消逝，振兴街终于恢复了往日的宁静，而光善社区的一户人家里，却传出新寡女人麦子的大声哀哭。
李墨喜独坐在办公点，像坐在空寂的旷野上。他倾听着人间的一切。

尾 声

新的一天里，光善社区东一区迎来了一悲一喜两件事，事关死亡和出生。

难道去参加了一个人的葬礼，就不能再去喝一个孩子的满月酒吗？没谁这么规定。

全县范围推行移风易俗新风尚，红白喜事禁止铺张浪费。去年冬天赵国瑞爹去世，豪华葬礼触犯了规矩。年底，李墨喜代表香庄被镇上点名，也就等于批评了赵国瑞。

婚丧嫁娶不能免，规矩也便渐渐被变通，吃桌饭改成了吃份饭，标准不超过二十五元。

张福庆的葬礼简到不能再简，今早才在他家楼下摆了一张木桌，棚也没搭，也不像赵国瑞他爹的葬礼，请来昂贵的响器班子。

哀乐阵阵，循环往复，气势贯通，高音明亮，低音丰富，是用大功率音响播放出来的。演奏者出自名家班底。"呜呜哇哇，呜哩哇哇，呜哩哇，呜哩哇……"听上去比从乡间请来的响器班子吹奏得更完美、更卖力，绝不会因主家招待不周而有一刻松懈偷懒。

事出仓促，不少亲戚朋友没被通知到，所以，除本村之外，来吊唁的人并不很多。

麦子放声哭了一夜，嗓子已经哑了。这女人，丧夫之痛让她把哭泣给忘了吧，盛大的交流会过了才想到似的，半闭着两眼，嘴里还在一个劲儿地念叨着：

"张福庆啊，你是叫大鱼给吃了啊……大鱼啊，大鱼啊……"

从殡仪馆取来的骨灰盒，就放在那张桌子上。供品有烟有酒，有肉有鱼。鱼是一条少见的十二斤重的大鲤鱼。

在张福庆的灵前，多数吊唁的人只鞠躬，不跪。因他虽然死得让人痛惜，但还不够老。

按理，李墨喜只要鞠一躬就可。

意外出现了，李墨喜满面悲伤地走过来，步履如常，口中叫一声"福庆兄弟"，话未落地，身子一趔趄，两脚一扭，摔倒了，像有人在地下猛扯了他一把。

地下能有谁呢？在场的人不由得在心中叫声"不好"，天色也好像跟着一暗，连麦子也停了念叨，睁眼看着他。

那确乎像是给张福庆下了一跪。

等他站起来，麦子重新开始哭诉。

"大鱼啊……大鱼啊……"

哪里是在哭呢？只是嗓子哑了而已。

"大鱼啊……"似乎在葬礼现场也不一定要哭呢。为什么要给一把骨灰献上沉痛的哭声？即便是张福庆本人躺在这里，也不过如此。天地之大，光阴之短，一个人在世上究竟能做什么？

"大鱼……"麦子的念叨声越来越低。

但是，人们心里盼望的并不是李墨喜在葬礼上的出现。二毛来一下嘛，那才有意思。实际上，大河湾香庄每家都早为葬礼和满月宴做了分工。吊唁过后不好再去赴满月宴，毕竟是去过了"脏地方"。二毛不会来，盐虎也没来。

张福庆死之前，跟盐虎好着呢。再好，还是活人重要。张福庆本不是糊涂人，在天之灵也会有所担待。

去参加满月宴的多是每户人家的女主人。为这个满月宴，二毛让盐虎挨家挨户邀请了全村人。全村三百户，每户来一人，就是三百人。十人一桌，就是三十桌。桌子是从邻居家借来的，房子里摆不下三十张，就摆在三号楼后面的阴凉里。结果呢，三十桌不够。不够就随便找地方一坐。也是份饭，也有酒。

王四统家来的是江玉枝,但是,有心人发现,王四统并没有出现在张福庆的葬礼上。

到了下午四五点,光善社区东一区像结束交流会的振兴街一样,一片安静。人们发现,二毛抱着那刚满月的婴儿在小区里慢慢走动呢。

婴儿出生才一个月,不吃奶水,全靠喂奶粉,竟能长这么大,在这一天里得到了多少人的夸赞!看这身架,准长大个儿。

二毛不舍得回房间里去呢。她好像是要人人都看见她的婴儿。

幸福的女人多么美。谁看见谁都不舍得把眼睛拿开。

乡村大人物李墨喜,去塔镇给万镇长做了一次秘密汇报,回到东一区的时候,天都很晚了,但二毛还走在小区里。

霞光满天飞,晚风轻拂。

李墨喜犹豫了一下,才决定向她走去。她背对着他,轻轻摇晃着她那幼小的可爱的生命,连背影都充满了爱意。

"二毛。"李墨喜叫道,不知不觉就赔了小心。

二毛像听不见,继续摇晃着。她的脑袋几乎歪在了自己的肩膀上,好像是要更近地贴近臂弯里的婴儿,更多地吸入婴儿好闻的气息。

"做起来吧。"他说,"二毛,把酱油做起来吧。是时候啦。"

大地的丰沛之季正在来临。谁都知道,二毛酿制方法独特的酱油吸取了百物之味。

二毛不知身后有人。他要走开吗?但二毛转回了身,不声不响地看了他一眼。还是那样撩人的眼神。他心中咯噔一声。他怎么忘了她怀中的婴儿?应该首先送上赞美,特别是在满月这一天。他随之闻到了婴儿的气息。但是,二毛抬腿就走。他无奈地暗暗摇头。

为什么自己会在二毛跟前像个没有恋爱过的毛头小子?简直就是一个成人的耻辱……一次次走近她,就像一次次自投罗网,还有尊严没有?

谁?又是谁在走来?

金兰。

半夜,小区里发生了一场骚动。

老勺头的宝贝棺材被人偷偷从房子里拉出来,扔到楼下,一把火给烧了。

　　火光惊动了很多人。李墨喜赶到的时候，无助的老勺头正坐在火堆旁哭泣。没人救火。早有同楼的人反映，一想到这座楼上的棺材心里就不舒服。活人怎么能跟棺材同楼？都有住进棺材的感觉了。

　　"烧得好！"幸福女人二毛，对老勺头一点也不袒护。

　　听见二毛发话，人们也便开始七嘴八舌地笑着劝慰老勺头：

　　"您老放心活着吧，棺材用不着啦。"

　　还有人指着夜空说：

　　"您老啊，就是天上的一颗星宿哩，吃过长生不老的仙丹，活吧。您活得过太上老君！"

　　剩块棺材板子也不好处理，既然要烧，那就一把火烧净才好。

　　人们眼睁睁看着老勺头的棺材化成一堆黑灰。

　　几天后，草木葱茏的大河湾，有两个半老男人头顶炎炎烈日，在不停走动。

　　一个崭新的规划应运而生。临近大河湾，是一个规模即将达到万亩的现代化智慧农场，宽广的大农场半包围着一块美玉：

　　一座一百二十亩的大河湾乡村原生态纪念公园，浓缩着休闲区、历史纪念区、农耕文化区以及康养小舍……

　　一想到不是李墨喜，这块土地就不会给他们留下来，万镇长就会转头朝他看呢。那眼神好像在说，有你的。

　　这块土地上，还埋藏着只有他和李墨喜、王四统等为数很少的人知道的秘密。

　　从事破烂收购事业的光善社区居民王四统，在振兴街交流会结束的那天晚上，跟着"像章王"乔光明的几个朋友去济宁风光了一遭。因为并非第一次前来，他没有一丝畏怯。还有一个重要原因是，乔光明的朋友已经极大地赢得了他的信任。三天的交流会，他们以不菲的价格，向他收购了五件藏品，其中就有那部过时的三星手机。

　　在济宁，他被安排进最好的宾馆。原计划乔光明的朋友要带他去任城区太白金星国际广场一楼美食街的海船饭店去吃海鲜。

那里的海鲜直接从青岛的渔村码头供货，既有波斯来的大龙虾，也有常见的黄花鱼。扇贝、毛蛤、蛏子、牡蛎、海虹、海星、爬虾，应有尽有。饭店装修风格是浓浓的海洋风，似乎看得见碧海蓝天。海鸥的啼鸣，不时响在飘散着海腥味儿的空气中。

刚一落座，他的肠胃里却忽然涌起一种强烈的愿望。

他不能在海鲜馆里待下去了，他新生的刁钻口味让他再闻一闻海鲜味儿就要作呕。乔光明的朋友几乎是架着他飞跑出了海船饭店。

他想吃的并非人间稀有，只是祖国北方极为普通的炸油条，就连江玉枝也会制作。但他极其想吃到一根根刚出锅的、外酥内嫩的油条，而且今天定要吃个过瘾，一口气吃个撑。

这个时间，要在街上买到油条，不容易。当地的习惯，油条是早餐食品。过了中午，就难觅踪影。

乔光明的朋友本要满足他的一切愿望，即便再不好买，也会想办法给他买到。终于，在老运河边一条叫肚脐眼的偏僻小巷子里找到了一家。

不吃不知道这家油条铺为什么会全天经营。这是王四统有生以来吃到的最好吃的油条了，每一根都像黄金做的。看他真诚的吃相，乔光明的朋友忍不住说道：

"大爷，放开吃。"

油锅里热油滚滚，蓝紫色油烟飘香，新油条炸出一根又一根。在金黄蓬松的优质油条面前，王四统变成了人间饿鬼。尽管乔光明的朋友说"别烫着"，但他全然不听，吃完一根，抓起另一根，张嘴就咬。凑近了看，那嘴上都似烫出了血泡。

炸油条的见状，炸了一根胳膊一样长的、一斤重的油条，早早搁在油条筐里晾着。"收锅收锅。"说什么也不肯再炸了。

眼看王四统面前正常大小的油条只剩下三四根，乔光明的朋友就说自己也饿了，伸手抢去了两根。

最后，一圈人看着王四统把那根大油条抓在手上，嘴里塞得鼓鼓囊囊，但咀嚼的速度明显降低了下来。

想当年，王四统才七八岁，就曾立下宏伟大志，长大后一定放开肚皮吃一顿正宗的、技艺高超的炸油条。他长到如今这个年纪，才得以实现。

志向实现了,王四统却好像吃下去了整整一吨水泥,被撑得嘴歪眼斜,舌头耷拉,喉咙眼里还塞着半块油条。一圈人看他,就像在看一个戴着足镣重枷的囚犯,但他一点也不以为耻。

他知道,当年村里一个比他小四五岁的小孩,也有一个远大志向,那就是长大后天天让他娘给他擀白饼吃。

那个小孩说了出来,被老勺头听到了,就得了个"擀白饼"的绰号。而他没说,他一辈子就只一个绰号,叫作"雀孩"。

小时候,他实在太像一只燎毛家雀了。

在济宁的肚脐眼小巷,王四统终于实现了在脑海沉寂多年的宏伟大志,脸上却露出痛苦的神色。乔光明的朋友连口水都没敢让他喝。

你能想象一碗水灌下去,他的肚子里会出现什么情景吗?那肯定比熙熙攘攘、众声喧哗的振兴街交流会还要热闹。

不出所料,王四统开始发出痛苦的呻吟,他的嘴唇也像被马蜂蜇了,哆嗦着。别人不可能听到,他正在心里给自己吟唱一首古老活泼的歌谣。

> 咣当筹,细打面,
> 请好孩子来吃饭。
> 啥饭?杂面。
> 谁擀的?老红眼。
> 谁打水?蚂蚱。
> 咋着走?跳跶。
> 谁烧火?秃老婆。
> 咋着烧?拨拉着。
> 谁拾柴?豆虫。
> 咋着走?鼓涌。

他是真的鼓涌不动了。于是,他不好意思地对人轻轻一笑。这一笑,也打消了乔光明的朋友要送他去医院的念头。他们一起回了住宿地。

为什么他像喝醉了酒一样呢?一进房间,就身体僵直地躺在了床上。朦朦胧胧,看着眼前出现了一团金灿灿的繁花。他搞了好久才确定,它们都是他吃下肚去的油条。

真是没想到，油条吃下肚去，还会这么好看。他一直盯着看，像看花。看着看着，就嘿嘿笑出声来。

乔光明的朋友给他在宾馆开了单间，有一张暄软的席梦思大床。他从床上醒来的时候，发现自己身上光光的，一丝不挂。更要命的是，床上另有他人。这可不是他老婆江玉枝，而是一个肤白貌美的年轻女人。

他一下子就从床上滚了下去。早就听说，城里的大宾馆里有干那个的，今天算叫他碰到了。看他惊慌的样子，吃亏的好像是他。就听那女人说，老板叫我来伺候你，你要没事，我就走了。那女人果真穿着衣服。

房间里又只剩下他一个人，就像刚才走出去的是个鬼影子。他摸摸自己的身体，是洗过的。女人帮他洗的？摸摸肚子，虽然还有些鼓，但已不觉太撑，在能够忍受的范围内。

想想睡觉前的情形，确实是一种头晕的感觉。莫非油条在肚子里酿出了酒来？

乔光明的朋友来叫他吃早饭，问他睡得好不好。他想起那女人，脸就一红。乔光明的朋友笑起来，他就觉得自己被误会了。他想责备乔光明的朋友未经他允许给他叫女人，就正经地把脸一沉。

"上午就回去吧。"他说，"你们去吃，我不饿。"

"来了就好好玩一天。"乔光明的朋友说，"不急。"

"我想通啦。"他说。

他的儿子小文还在被人追债，他女人江玉枝的医疗费除了新农合报销的以外，因为等待期的规定，保险公司只能给报一部分，剩下的还是李墨喜给垫上的……

他怎么能想不通呢？能跟乔光明的朋友来济宁，就接近想通了。

但是，在乔光明的朋友们眼里，想通了也就是昨晚被伺候舒服了。

"我没有……"王四统必须辩解，因为他非同一般。他是大河湾香庄生活在初中女同学江玉枝伟大的爱情里，并拥有宝贵事业的男人。

乔光明的朋友不由发出叹息，并惋惜地告诉他，不管做与不做，都是付过钱的。

这时候，他才发现自己与他们根本不可能是同路人。他王四统终是有德行的，而他们不是。他更强烈地要求回去，直到他们在他面前打开了一个手提箱。

那好吧。面对满满一手提箱的钞票，德行溃败。王四统又决定听从一切安排。

王四统乖了。中午，跟他们去海船饭店吃了海鲜。下午，去一家娱乐场所K歌。晚饭是孔府家宴，又吃又喝到半夜，才往回返。

大河湾的夜晚多么安静，又多么神秘。听不到虫子的叫声，却能感到虫子在草棵里睁着眼睛。没有风，只有星光从天上无声洒落，却像有一个个透明的人影在空中走动。人影子有宽袖博带的古人，有短衣打扮的今人。

王四统越往前走，心头越发虚。突然，他转身奔跑。刚跑两步，就感到一根完整的油条带着焦香和热度，从嘴里猛冲了出来。

第二天，他被刘建忠书记发现躺在莱河岸上。打人者早已逃窜。追查到乔光明那里，才知道乔光明跟那伙人也是偶遇。

这是一伙文物贩子，终有一天会落入法网。

一个月前的那个黄昏，脚下的土地突然塌陷。王四统掉进一个深洞，一伸手，就摸到了一块石头，立刻想起大河湾土地庙的传说……

在振兴街交流会上，是他主动向文物贩子透露自己知道大河湾神石的下落。

到底是一块普通的石头，还是一座下连岱岳山根的小山？那只有子在川会长邀请的地质队勘探过后才能弄清楚。据王四统的描述，它可能潜在地下一米半。

唯物主义地质队，后天抵达。

一只红胸脯黄嘴黑背的小鸟，猛地从李墨喜和万镇长脚边的草丛里蹿出来，啾啾鸣叫着，向丰茂农场飞去了。

李墨喜追着小鸟轨迹的目光，却停在了半路上。他发起怔来。

"你在想什么？"万镇长问道。

李墨喜要否认，但困惑的眼神瞒不住别人。

"您觉得石头是埋在地下好，还是挖出来好？"他反问万镇长。

"你担心？"

他点点头。万一那只是块普通的石头呢？万镇长可拿不准。他们又向前走去。还有一天半时间，唯物主义地质队才能到达。他们可以用上一天半的时间进行思考。

河岸上又传来自行车经过的声音。那是热爱民间文化的刘建忠书记，自得其乐地哼着一支什么歌子，埋头向北骑去了。

听到他那诙谐的歌声，你会感到他是天底下最快乐的人。哼着哼着，他会把自己逗乐了，还会不由自主地发出哈哈大笑。

过了一会儿，又从北边慢腾腾走来一人，不用看就知道是长生不老的老勺头。

李墨喜不禁想到，如果没有留下大河湾，老勺头又会去哪儿呢？香庄人喜了忧了，又能去哪儿呢？

在他们离开的时候，天边悄悄冒出一道长长的绿云，好像一条趴伏在那里、窥视大地的巨蟒。刚过下午两点半，太阳就在天上隐匿了行踪。

彤云密布，饱含着水分，一场大雨眼看就要来临。街上的行人忙着往家赶，盐虎却飞也似的冲出小区。他要去大河湾寻找老勺头。李墨喜听人说他就要去做一个自由自在的养蜂人了，绝对不会成为丰茂农场的工人。

不久，密集的雨点就砸下来。

这场雨只下了一个多小时。老勺头也没被淋着，大雨之前就被小艾领到了丰茂农场，倒是盐虎被淋成了一只落汤鸡。

谁都能看出李墨喜心事重重的样子。他少有地早早从办公点回到家，不等金兰回来，就下厨炒了两个菜，还切了两个微山湖咸鸭蛋。想了想，又从橱柜里拿了瓶酒。

自从金兰开起香馍房，两口子坐在一起好好吃顿饭的时候就不多。那么，今天是好日子吗？发生了什么大事？有什么特殊的意义？没有特殊意义就不喝酒了吗？

金兰一进门，往桌子上一看，他就躲闪了一下目光。金兰是那样的好女人，不用多问，也知道男人内心火焰般的渴望。

地球在宇宙间运行……两口子睡得早，也起得早。因为睡得踏实，两口子都感到神清气爽。

驴年的男人一早走出光善社区，向大河湾走去，又仿佛回到了傲徕峰上的清晨。那时，他手持一根桑木扁担，眼前朝阳冉冉升起，每道光芒都像一支支温柔的宽大的羽翼，卵孵着苍茫大地这枚巨蛋。苏醒的蜜蜂，纷纷从他身后的石隙里爬出来，又要开始新一天的艰辛而神圣的劳作。玫瑰色的晨光里，蜂群翻飞如云，嗡嗡声笼罩整座山头，而他的内心，则灌满了欣悦的蜜汁。

雨水冲坍了一个坑。男人从坑底一眼发现了石头露出泥土的巴掌大的影子。

大地猛地一抖，男人好像飞快地打了个旋儿，一个倒栽葱，就向一个地方跌落下去。他紧忙蹲下来，抱住脑袋，直到大地重新静止。

男人已经做出了决定。

这时，一只热腾腾的手掌从他背后搭在了他的肩头。大河湾香庄的另一个男人，也来到了这里。

正月底一个寒风料峭的夜晚，在莱河的白石护坡上，他接受了万镇长的忠告。现在那个男人已经走到了他的身边。他克制着不把头转过去。

这只手掌搭在自己肩头的奇妙感觉，他盼了多久！他还记得他们小时候一起躺倒在香庄大地上，朝天上的太阳眯起眼睛……眼皮后面有多少奇妙的色彩。但他没有转头，几乎是一动不动地听他给自己述说着……他也用不着知道他说什么。

等他转过身去，大河湾上却仍旧只有他自己。

太阳褪去赧颜，跃出地平线。草丛里还残留着一些珍珠一样的雨滴。它们从四处闪出光芒，好像遗落在漫长时光里的无数记忆。

乡村赤子李墨喜没看到已经走开的赵明海，而地质队即将到来。

地质队越来越近。

　　来啦来啦又来啦！
　　走啦走啦又走啦！

一种低沉的声音，好像是从天边、从地层、从远古传来的。

给大河湾保守一份秘密。给大河湾以传说。给大河湾以神话……站在大河湾肥沃的土地上，李墨喜感到自己有权利阻止子在川会长的地质队到来。

……结束与那个远在天边的重要人物的通话，李墨喜就站起身，折断灌木、扯来杂草，将那灰白的石迹细细掩藏。

在他做着这一切时，曾经生活在大河湾上的人们，从被老勺头记得最早的外乡人，那或是"华伯伯"曾经背叛的祖父或者父亲，到几年前承包这块土地的三户人家，再到常常游荡在草丛里的二毛、老勺头以及刚刚离世的张福庆，如同大地的奥妙，联翩在他眼前出现。

很快，他就要带着香庄的老人们，在一个春天的朗日，出了他的城，重归古老的大河湾，让他们住进刚刚做出规划的康养小舍……

谁？那是谁？谁？谁在大地上走来？

万镇长？金兰？二毛？盐虎？江玉枝？王四统？张福庆？麦子？赵玄玄？金士魁？韩大哥？子在川……看官，是老勺头。

颠倒语，语颠倒，
千吨巨石水上漂……

老皂角树一般的老勺头，又吼起来了！

二〇二一年七月九日（初稿）
二〇二一年七月二十八日（二稿）
二〇二一年九月九日（三稿）
二〇二一年九月二十九日（四稿）
二〇二一年十月三十一日（五稿）

主要人物表

李墨喜　　光善社区联合办公点代理书记、香庄村书记兼村委主任。
二　毛　　香庄女村民。
金　兰　　香庄女村民。李墨喜之妻。
老勺头　　香庄村民。人称"勺头大叔"。
江玉枝　　香庄女村民。
王四统　　香庄村民。江玉枝之夫。
李良志　　香庄村民。二毛之夫。绰号"盐虎"。
老地丁　　香庄村民。老书记。
赵明海　　香庄村民。老地丁之子。
张福庆　　香庄村民。
赵国瑞　　香庄村民。
唐继民　　香庄村委委员。
麦　子　　香庄女村民。张福庆之妻。
小喇叭　　香庄村民。保险员。
大　龙　　李墨喜之子。

万启顺　　塔镇党委书记兼镇长。
子在川　　原名马卡。傲徕会会长。

朱麒麟　　全国丰茂生态农业组织创始人。傲徕会会员。绰号"猪头"。
赵玄玄　　史家洼村书记。
李樱桃　　史家洼女村民。红樱桃茶社经理、茶艺师。艺名"一点红"。
韩凤昆　　东土楼子村书记。人称"韩大哥"。
金士魁　　金佛寺村书记。
刘建忠　　凤落村书记。
王　老　　省委老干部。
杨暖仪　　金乡县委书记。
小　米　　塔镇镇委宣传委员。
冯耀国　　塔镇卫生院院长。
公羊纯真　光善社区联合办公点代理副书记、史家洼村书记。
金大筐　　金佛寺村民。养蜂人。
孔老娘　　李墨喜岳母。
金　菊　　李墨喜小姨子。
王银山　　莲花落艺人。
乔光明　　乔大庄卖像章的小贩。人称"像章王"。
徐主任　　王老家的工作人员。
艾弘树　　香庄丰茂生态农场经理。

图书在版编目（CIP）数据

大地之上 / 王方晨著 .—济南：山东文艺出版社，2022.3
ISBN 978-7-5329-6628-8

Ⅰ．①大… Ⅱ．①王… Ⅲ．①长篇小说－中国－当代 Ⅳ．① I247.5

中国版本图书馆 CIP 数据核字 (2022) 第 067450 号

大地之上
DADI ZHISHANG
王方晨 著

主管单位	山东出版传媒股份有限公司
出版发行	山东文艺出版社
社　　址	山东省济南市英雄山路 189 号
邮　　编	250002
网　　址	www.sdwypress.com
读者服务	0531-82098776（总编室）
	0531-82098775（市场营销部）
电子邮箱	sdwy@sdpress.com.cn
印　　刷	肥城新华印刷有限公司
开　　本	680 毫米 ×1000 毫米　　1/16
印　　张	22　　插页 /2
字　　数	326 千
版　　次	2022 年 3 月第 1 版
印　　次	2022 年 3 月第 1 次印刷
书　　号	ISBN 978-7-5329-6628-8
定　　价	52.00 元

版权专有，侵权必究。如有图书质量问题，请与出版社联系调换